AF178049

JAN MÜLLER, geboren 1971 in Hamburg, ist seit der Gründung 1993 Bassist der Rockband Tocotronic. Müller lebt seit 2010 in Berlin und betreibt den populären Interview-Podcast »Reflektor«.

RASMUS ENGLER, geboren 1979 in Köln, ist Schlagzeuger und Gitarrist in diversen Bands (u. a. Herrenmagazin, Ludger). Er war Herausgeber des Fanzines »Die tobende Mumie«, schreibt für verschiedene Zeitschriften und arbeitet im »Uebel & Gefährlich«. Er lebt bis heute in Hamburg.

Jan Müller · Rasmus Engler

VORGLÜHEN

Roman

Ullstein

Besuchen Sie uns im Internet:
www.ullstein.de

Wir verpflichten uns zu Nachhaltigkeit
- Papiere aus nachhaltiger Waldwirtschaft und anderen kontrollierten Quellen
- ullstein.de/nachhaltigkeit

MIX
Papier | Fördert
gute Waldnutzung
FSC® C021394

Ungekürzte Ausgabe im Ullstein Taschenbuch
1. Auflage Februar 2024
© Ullstein Buchverlage GmbH, Berlin 2022 / Ullstein Verlag
Alle Rechte vorbehalten
Wir behalten uns die Nutzung unserer Inhalte für Text und
Data Mining im Sinne von § 44b UrhG ausdrücklich vor.
Umschlaggestaltung: zero-media.net, München
Nach einer Vorlage von semper smile Werbeagentur GmbH –
Nicole Godart
Titelabbildung: © Plainpicture / Platten
»Als ich noch ein Junge war« (Musik: Peter Moesser,
Text: Christian Holm, Guenter Lex)
© 1966 mit freundlicher Genehmigung von Edition Intro Meisel GmbH
Satz: LVD GmbH, Berlin
Gesetzt aus der Stempel Garamond LT Pro
Druck und Bindearbeiten: ScandBook, Litauen
ISBN 978-3-548-06862-6

Prolog

Der Regen fällt, dachte Albert. Er fällt in den Fluss, und der Fluss fließt ins Meer, und dort verdunsten die Regentropfen, und dann halten sie sich eine Weile in Wolken auf, und die Wolken kehren wieder zurück, und dann regnet es wieder, ein lachhafter Kreislauf.

Schulauer Fährhaus, 12:30 Uhr, Regen. Rentner in Rentnerjacken zeigten mit Rentnerwissen auf die Elbe. Dabei rammten sie Kuchengabeln in Sahnetorten, alles mit dem ureigenen Rentnerernst. Erstaunlich, dachte Albert, sehr erstaunlich. So wie die Tatsache, dass er hier und heute in der Schiffsbegrüßungsanlage allein Dienst tat, er, die Landratte, die noch nicht einmal einen Palstek knüpfen konnte. Sein Nachbar Hans-Uwe hatte tatsächlich ein Kapitänsdiplom, außerdem ein Alkoholproblem. Albert hatte Hans-Uwe regelmäßig auf Schicht besucht; die Hymnen der Länder, unter denen die einfahrenden Schiffe fuhren, hatten ihn schon immer interessiert. Die vollkommen überflüssigen Fakten zu Bruttoregistertonnen, Ziel und Herkunft und so weiter hatten ihn immer beruhigt. Hans-Uwe hatte ihm in seiner angesoffenen stoischen Art stets jeden seiner Arbeitsschritte genau erklärt, und eines Tages stand Hans-Uwe vor Alberts Tür, wie immer in Kapitänsjacke, hatte auf seinen Seesack gezeigt und nur gesagt: Albert, ich muss 'ne Weile weg. Übernimm mal am Willkomm-Höft. Erstaunlicherweise hatte sich nie einer der übrigen Begrüßungskapitäne oder irgendwer von der Belegschaft des angeschlossenen Cafés darüber gewundert, dass Albert Hans-Uwes Schichten nun allein machte.

»Die SANTA CATALINA aus Tampico, Mexiko, Baujahr 1971, 27.407 Bruttoregistertonnen!«

Das Mikrofon krächzte wie ein Rabe. Während er automatisiert die Informationen von der Karteikarte ablas, tippte er mit dem Zeigefinger Dido an. Die fleischfressende Pflanze stand unbeeindruckt auf der Fensterbank und machte ihm keine Vorwürfe. Hey, hallo, Fettkraut, dachte Albert. Er griff ins Regal nach der Kassette mit der mexikanischen Hymne und legte sie ein.

Wo Toni wohl steckte? Damals hätte er Dido niemals allein gelassen. Niemals!

I

Vor dem Werk B standen schon reichlich Leute, und es regnete einen typischen Hamburger Kackregen. Ebenjenen Regen, der sich anschleicht und über Tage bleibt, kein Platzregen mit absehbarem Ende und auch kein Nieseln, das einfach zu verdrängen wäre, sondern der nervende Hamburger Dauerregen. Alles in ihm wurde grau, angedüstert. Es schien Albert Bremer absurd, einfach in die S-Bahn zu steigen, um zu einem Konzert zu fahren. In seiner Heimat Wehl, in der kulturellen Wüste des Oberbergischen Lands, waren Konzertbesuche unvermeidlich mit endlosen Autofahrten verbunden gewesen. Diesen Reisen waren lange und komplizierte Losverfahren vorausgegangen, wer das Fahrzeug lenken und demzufolge nüchtern bleiben musste. Eine undankbare Aufgabe, doch eigentlich hatte er die Konzerte nur dann wirklich miterlebt, wenn das Los auf ihn gefallen war.

Er war das erste Mal allein auf einem Konzert. Damals waren sie immer mindestens zu viert gewesen, weil sonst das Spritgeld für jeden Einzelnen zu hoch gewesen wäre, und wenn sich nur drei Leute interessiert gezeigt hatten, waren sie halt kurzerhand in Wehl geblieben und zu irgendeinem Besäufnis in irgendeinem Partykeller gegangen oder in irgendeinem Garten, immerhin hatte man da immer gewusst, was einen erwartete. Ob Skrei und er irgendwen hätten überzeugen können, zu einem Konzert der *Coral Key Parks* mitzukommen? Skrei hatte eigentlich als Einziger einen belastbaren Musikgeschmack gehabt, deswegen war er auch Alberts bester Freund. Albert musste kurz schlucken, als er an Skrei dachte, doch nur kurz, denn er war ausgesprochen aufgeregt. Die Typen um ihn herum waren eindeutig älter als er, kippten Dosenbier in sich hinein, trugen Shirts von ziemlich coolen oder ihm völlig unbekannten Bands und schienen sich genauso auf das Konzert zu freuen wie er selbst. Vereinzelt kam es zu Tumulten, erwachsene Männer tanzten Ringelreihen, warfen mit leeren Dosen oder brüllten einfach nur herum. Ein Typ, dessen Hemd die mit Fingerfarbe aufgetragenen Wörter »NON FUCKERS CLUB« zierte, segelte an Albert vorbei und warf ihn fast zu Boden.

»Pardon, pardon!«, rief er grinsend, und Albert grinste zurück. Kein Problem, alles richtig gemacht, dachte er.

»Zwanzig Mark«, sagte der Typ an der Kasse. Nicht unbedingt günstig, dachte Albert. Egal, das waren Legenden, Geiz galt jetzt nicht, und außerdem war das Hamburg und nicht die NoiseBox in Attendorn.

Mit der Karte in der Hand stand er kurz unschlüssig vor dem Eingang, als ihm jemand auf die Schulter tippte: »Albert! Na, guten Abend!«

Albert drehte sich um und blickte in ein freundliches Gesicht unter wirren Haaren, ein angedeutetes Schielen.

»Claus mit C!«

Sie waren sich vor einigen Tagen in der S-Bahn begegnet. Im letzten Moment war Claus durch die sich schließende Tür gehüpft, und Albert hatte zuerst gedacht: Was für ein Idiot. Dann, im nächsten Moment: Hochinteressanter Stil. Claus hatte eine rosa Skijacke getragen, Gummistiefel zu einer Jeans, die ähnlich zerfetzt war wie Alberts, und auf der Skijacke hatte der gleiche Button geprangt, den auch Albert an seiner Jacke trug, vier Buchstaben, weiß auf schwarzem Grund: »WÜRM«. Erkennungszeichen der Liebhaber der obskuren Ami-Band. Sie hatten Blicke gewechselt, und Claus hatte »Würm!« gesagt. Sehr richtig, hatte Albert gedacht, Würm.

»Claus Würm. Claus mit C.«

»Albert Würm. Albert mit A.«

Und schon war das Gespräch beendet: »Die Fahrkarten bitte!«

»Scheiße«, hatte Claus gezischt und sich clownesk verrenkt, um sich irgendwie in der Sitzgruppe zu verstecken. Das klappt nie, hatte Albert gedacht, doch zwei der Kontrolleure waren genau in diesem Moment von einem besoffenen Penner drei Sitzgruppen entfernt aufgehalten worden. Der Typ hatte bis zu Albert gestunken.

»Ihr seid doch Betrüger!«, hatte der Penner gebrüllt, die Kontrolleure waren ruhig geblieben.

»Ich bin ein Ehrenmann, ihr Kommunisten. Stasi raus!« Dann war ihm seine Rotweinflasche auf den Boden gefallen und durch den Mittelgang fast bis zu Alberts Füßen gerollt. Als die Bahn die nächste Station erreicht hatte, war ihnen einer der Kontrolleure bedrohlich nahe gekommen, doch als sich die Türen geöffnet hatten, war Claus wie angestochen aufgesprungen und entwischt.

»Wir sehn uns!«, hatte er gebrüllt, und Albert hatte gedacht: Schade.

Wie erfreulich, dachte Albert jetzt, nahezu oberbergisch, da begegnete man ja auch immer denselben Gestalten, sobald sich etwas abseits der Schützenfeste tat. Auf den Schützenfesten selbst allerdings ebenfalls.

»Auch zum Heroin-Rock hier?«

»Ja, ich wollte jetzt rein. Geht ja gleich los.«

Claus winkte ab. »Nee, die Vorband musst du verpassen. *Don-*

key Kings, Hamburger Band, Muckerproleten. Ich glaub, die kennen den Besitzer. Schleimen sich überall ein.«

Claus hakte Albert unter und schleifte ihn regelrecht um die Ecke. »Komm mal mit! Wir hängen da drüben ab! Vorglühen.«

Zwei Typen saßen auf einem Metallgitter, das durch ein kleines Vordach vor dem Regen geschützt war.

»Albert, das sind Susesch und Gernot. Susesch, Gernot, das ist Albert, wir kennen uns von der Fahrkartenkontrolle am Dammtor.«

Immerhin, hier wird man vorgestellt, dachte Albert.

Susesch war sehr gut gebaut. Mit seinem gepflegten Schnurrbart, dem glänzend frisierten Haar und der edlen Lederjacke sah er aus wie aus dem Ei gepellt. Typen wie ihn hätte Albert nicht auf einem Konzert dieser Art vermutet. Gernot hingegen pflegte einen ähnlichen Stil wie Claus, nur ein wenig schmuddeliger. Seine Brille war der Inbegriff eines Kassengestells. Aus einer Plastiktüte holte er vier Dosen Holsten und drückte auch Albert eine in die Hand. »Prost und hi!«

Susesch reichte Albert die Hand. »Freut mich sehr! Der Typ mit dem *Würm*-Button!«

Claus sagte: »Kannst du uns eben einen Gefallen tun? Du gehst kurz rein und lässt dir 'nen Stempel geben. Danach gehst du wieder raus. Aber bitte unbedingt bei der anderen Seite, da ist noch ein Ausgang, dann kommst du wieder hierher, okay? Ich halte dein Bier so lange.«

»Kein Ding«, sagte Albert, »aber warum?«

»Siehst du dann. Bis gleich!«

Albert zeigte dem Türsteher seine Karte und ließ sich einen Stempel auf den Handrücken geben. Er sah sich kurz in der Halle um. Die Vorband war tatsächlich schauderhaft, Claus hatte nicht zu viel versprochen. Der Laden war gut gefüllt, das Publikum war gut gelaunt und gut gekleidet.

Albert verließ das Werk B über den Nebenausgang und begab sich wieder zu Claus, Susesch und Gernot.

»Ah, der Stempelbote!« Gernot griff nach Alberts Hand, drückte einen Aufkleber auf den Stempelabdruck und zog ihn gleich wieder ab.

»Welche Farbe?«, fragte Claus.

»Blau«, sagte Gernot.

Claus zückte einen blauen Filzer. Gernot malte das Stempelmotiv auf dem Aufkleber nach und drückte ihn dann auf seine Hand. Claus tat es ihm gleich. Beide hatten nun perfekte Stempelkopien auf ihren Handrücken. Claus hielt Susesch Aufkleber und Stift hin.

»Nee, lass mal«, sagte der, »ich kauf mir 'ne Karte!«

»Oho, der feine Herr!«, rief Gernot.

»Ist doch gut«, sagte Claus, »dann fällt es weniger auf. Ach so, hier dein Bier, Albert, vielen Dank!«

»Interessante Strategie«, sagte Albert und deutete auf den Aufkleber, den Claus noch in den Händen hielt.

»Wir haben immer direkt gearbeitet. Stempel mit Tintenkiller nachgemalt.«

Gernot klopfte auf der Bierdose herum. »Ja, Mann – zwanzig Mark, Abzocke. Die zwingen einen doch zum Stempelabdrücken.« Er steckte sich eine Zigarette an. »Willst du auch eine?«

»Nee, ich rauche nicht, danke.«

»Noch so einer!« Er gab Susesch ungefragt eine Zigarette.

»Das ist übrigens meine Band«, sagte Claus. »Susesch Bass, Gernot Schlagzeug und meine Wenigkeit an Gitarre und Gesang.«

»Ja, ja, Gesang«, sagte Gernot, »von wegen!«

»Wie heißt ihr denn?«, fragte Albert.

»*Systemgebäude*«, antwortete Gernot.

Susesch sah ihn an. »Tatsächlich? Ich dachte, wir heißen *Irrtum!*«

»Das ist ein Irrtum«, sagte wiederum Gernot und zerknüllte seine leere Bierdose.

Claus winkte ab. »Egal, eigentlich heißen wir *Horn der Anden*, aber das ist noch nicht so ganz klar. Erzähl du doch mal lieber, du bist neu in Hamburg, oder?«

»Ja, kann man so sagen«, entgegnete Albert. Er war direkt nach dem Abitur und Ersatzdienst zum Studieren nach Hamburg gekommen. Jedenfalls versuchte er immer noch, sich das einzureden. Dabei war das Germanistik-Studium nur ein Vorwand gewesen, rauszukommen. Denn Wehl bot zwei Optionen: versauern oder abhauen. Eine Kleinststadt, die nichts bot, was junge Menschen interessierte, abgesehen vom Saufen. Eigentlich hatte sich alles glücklich gefügt. Es war zum Beispiel sehr richtig gewesen, nicht nach Köln zu ziehen, was nahegelegen hätte. Geografisch und überhaupt. Aber Köln war bereits von Alberts Ex-Freundin Nele okkupiert. Dass sie dort Soziologie studieren würde, hatte für sie schon festgestanden, als sie noch ein glückliches Paar gewesen waren. Glückliches Paar. Eigentlich eine Tautologie, dachte Albert.

Dann war es eben Hamburg geworden. Ein Wink des Schicksals: Jürgen und Monika, alte Freunde von Alberts Eltern, besaßen hier eine Einzimmerwohnung.

»Das trifft sich hervorragend. Unser bisheriger Mieter, der Rüdiger, hat eine Stelle als Rechtsreferendar in Dresden ergattern können. Wir wollten eigentlich morgen neu inserieren. Ein optimales Quartier. Bekommst du supergünstig!«, hatte Jürgen zu Albert gesagt.

»Weil ihr es seid!«, hatte Monika zu Alberts Eltern gesagt.

»Klasse Studentenbude, ganz nah beim Stadtpark«, hatte Jürgen gerufen und ihm augenzwinkernd auf die Schulter gehauen. »Wirklich ideal für dich!«

Der Typ an der Tür guckte zwar skeptisch, ließ sie aber alle rein.

»Wollen wir nach vorne?«, fragte Claus.

»Unbedingt«, antwortete Albert.

Sie drängelten sich durch die Reihen Richtung Bühne, die derweil in Windeseile von den Instrumenten der Vorband befreit wurde. Die *Donkey Kings* hatten offenbar gnadenlos überzogen.

»Ich hol noch Bier«, rief Susesch.

Schon nach zwei Minuten gesellte er sich mit vier randvollen Bierbechern zum Rest des Quartetts.

Gernot verneigte sich, so gut das im Gedränge ging: »Susi Karimi, wie machst du das?«

Vier Hände, vier Becher Bier.

»Prost!«

»Prost!«

»Prost!«

»Prost!«

Um sie herum kam Unruhe auf, als vier Gestalten auf die Bühne schlurften. Vereinzelt blökten Fans bewundernde Schimpfwörter. Eine der Gestalten setzte sich ans Schlagzeug und begann sogleich, einen infernalischen Lärm zu machen, während die übrigen drei in der Mitte der Bühne standen und sich offenbar in einer lebhaften Diskussion befanden. Abwechselnd tranken sie aus einer Literflasche Rotwein. Der Schlagzeuger drosch unbeeindruckt weiter auf sein Instrument ein. Wie konnten sie einander in diesem Krach überhaupt verstehen? Sie wirkten angespannt. Keiner lächelte auch nur. Albert konnte sich nicht erinnern, jemals ein freundliches Foto der Band gesehen zu haben. Die Diskussion und der Schlagzeugkrach dauerten bereits mehrere Minuten an, als sich der Bassist sehr langsam an sein Instrument begab. Ein unfassbar verzerrter Bass begann im Beat drei sich ständig wiederholende Noten zu spielen, der Gitarrist hing noch an der Rotweinflasche, und der Sänger brüllte ins Mikrofon: »Good fucking evening fucking wherever we fucking are!«

Der Gitarrist stimmte recht nachlässig sein Instrument und trat dann auf den Verzerrer. Albert hatte schon an der Basslinie den Song »Impetigo« erkannt, aber mit der einsetzenden Gitarre hob sich die Stimmung im Saal. Die Masse kam in Bewegung. Jemand spritzte mit Bier um sich. Albert wurde rüde von der Seite angestoßen und ging zu Boden. Claus half ihm auf.

»Geil, oder?«

»Wahnsinn!«, brüllte Albert und versuchte, ein wenig sicherer zu stehen, aber die Menge wippte und wankte und schwankte um ihn herum. Er war Teil einer betrunkenen Materie und versank im Kontinuum aus Krach, der eine seltsam beruhigende Wirkung auf ihn hatte. Der Schwankpogo, bei dem immer wieder jemand von links nach rechts und auf die Schnauze flog, war roh, aber friedlich. Albert betrachtete die Band etwas genauer. Das hinterwäldlerische Erscheinungsbild beeindruckte ihn. Ziemlich ungeduscht, dachte er.

»Die sehen aus, als hätten sie gerade einen Atomkrieg überstanden!«, brüllte Claus ihm ins Ohr.

»Ja, geil! So klingen sie auch!«, erwiderte Albert.

»Ich geh Bier holen, willst du auch eins?«

Claus hatte sich zu ihm gekämpft. Albert hob nur den Daumen. Er hatte fest vor, den Genuss dieses Konzertes durch Zuführung von Alkohol zu intensivieren. Zumal die Musik offensichtlich genau dafür gemacht war. Claus näherte sich mit einem Arm voll Bier. Als Albert den Becher ansetzte, fiel der Bassist ins Publikum. Die Band spielte weiter: »Nuclear Powered« begann, und offenbar hatten Teile des Publikums die letzten dreizehn Jahre damit verbracht, auf dieses Lied zu warten. Ein unfassbar besoffener, kugeldicker Typ in Jackett, weißen Jeans und mit Aktenkoffer stürmte auf die Bühne und versuchte, sich das Mikrofon zu krallen. Umgehend warf ihn ein Ordner von der Bühne. Unbeeindruckt, Arm in Arm mit einem nicht minder alkoholisierten Langhaarigen im Parka, grölte der Fan in der ersten Reihe weiter mit.

Was trägt dieser Mann in seinem Aktenkoffer, fragte sich Albert. Egal. Dies war genau das Hamburg, das er bisher vergeblich gesucht hatte. Ging doch.

Er verspürte nur einen starken Harndrang.

»Ich geh Bier holen!«, brüllte er Claus ins Ohr.

Im Toilettenraum stakste er über die morastigen Fliesen zur Pissrinne, in der unzählige Zigarettenstummel schwammen, und betrachtete interessiert die endlosen Aufkleberreihen. Eine Wandzeitung, dachte er.

Unweit der Tür des Toilettenraums befand sich der zweite Tresen. Trotz des laufenden Konzerts herrschte hier ein reger Andrang. Nach einigen Minuten war es Albert jedoch gelungen, sich zur Tresenkraft vorzuarbeiten und seine Bestellung aufzugeben. Während er auf die Biere wartete, schaute er auf ein kleines Podest rechts von der Bühne. Das konnte nicht sein. Unmöglich!, dachte er.

»Vier Bier, zwölf Mark!«

Er zahlte und versuchte, die Becher mit möglichst geringem Flüssigkeitsverlust in seine Arme zu schließen. Litt er an Halluzinationen? Bierbeladen blickte er auf ein Mädchen mit schwarzen Haaren. Nicht zu fassen! Die Comichändlerin bei den *Coral Keys*?

Er dachte zurück an seine erste Woche in Hamburg. Was Jürgen und Monika nämlich vergessen hatten zu erwähnen: Seine »ideale Studentenbude« lag im Stadtteil Barmbek, dem unbestritten Zentrum der Grauheit und des Trübsinns. Das einzig Interessante in dieser Diaspora war ein kleiner Laden, den er neulich entdeckt hatte. »Comics und Romane« stand mit bunten Großbuchstaben an die Scheibe geschrieben. Drinnen hatte es muffig gerochen, und erstaunlicherweise hatte nicht der übliche bärtige Endvierziger hinter dem winzigen Tresen gesessen, sondern ebenjenes Mädchen, das nun hier auf dem Konzert war. Sie hatte auftoupierte, schwarz gefärbte Haare, ein *Fields of the Nephilim*-T-Shirt getragen und mürrisch in einem Buch gelesen. Er hatte sofort gemerkt, dass das Mädchen ihn verunsicherte. Kein Mädchen nahm Comic-Nerds ernst. Egal, hatte er gedacht, die Augen zusammengekniffen und sich tiefer in die verwinkelten Gänge des vollgestopften Ladens begeben. Die zahlreichen Kisten mit Marvel- und DC-Superheldencomics hatte er unbeachtet gelassen. Sein Blick war auf eine Kiste in der Ecke gefallen: *Ehapa Sonstiges*. Darin: *Goofy als Dr. Jekyll*. Aha, hatte Albert gedacht. Den Band kannte er nicht, aber die Serie war ihm vertraut. Eigenwillig gezeichnet und ziemlich merkwürdige Geschichten. Kein Vergleich mit den normalen Micky-Maus-Heften, aber besser als der Schrott, der seit einigen Jahren in den »Lustigen Taschenbüchern« abgeliefert wurde.

Er hatte sich an die Anzeigen für diese Reihe erinnert, die er als Kind in der *Micky Maus* gesehen hatte: »Der lustigste Goofy, den es je gab«. Der Wehler Zeitschriftenladen hatte sie aber nicht vorrätig gehabt. Irgendwann hatte er dann bei einer Fahrt mit seinen Eltern nach Köln ein Heft der Reihe entdeckt und so lange gequengelt, bis sein Vater es ihm kaufte. *Goofy als Galileo Galilei*. Sein komplettes Wissen über Galilei speiste sich aus diesem Comic-Album. In einer Szene nahm Galileo Galilei, verkörpert von Goofy, zwei derangierte Salamis zur Hand und legte sie in einen eigenhändig konstruierten Salamibegradiger. Im Anschluss schnitt er deren Enden ab, positionierte sie auf einen Billardtisch, lochte mit einem genau berechneten Schuss über Bande das Innere der Salamis ein und konnte dann schließlich die hohlen Salamihüllen unter Zuhilfenahme von zwei Brillengläsern zu einem Fernrohr zusammenstecken. *Jekyll und Hyde* konnte also nicht schlecht sein. Er war mit dem Comicheft zur Kasse gegangen.

Das Mädchen hatte ihn angeblickt. »Hi!«

»Hi«, hatte Albert geantwortet.

»Aha, Goofy.«

Eigentlich hasste er es, wenn Verkäufer kommentierten, was er kaufte, aber er hatte ihre Stimme gemocht. Stimmen waren sowieso unterbewertet.

Er hatte geantwortet: »Ja, Goofy. Was soll das denn kosten? Da steht kein Preis drauf.«

»Echt nicht?«

Sie hatte sich das Heft genauer angesehen und dann geurteilt: »Zehn Mark.«

»Zehn Mark?«, hatte sich Albert laut gewundert. »Ist das dein Ernst?«

»Ja! Das ist von 1977 und selten. Also zehn Mark.«

Sie hatte sich wieder ihrem Buch zugewandt. Gute Stimme, aber blöde Kuh, hatte Albert gedacht und sich abserviert gefühlt. Er hatte mit höchstens drei Mark gerechnet. Und warum eigentlich *Fields of the Nephilim*? Hatte er die Musik dieser Band überhaupt schon mal gehört? Er fand sie einfach doof. Vermutlich fand er einiges doof, ohne es zu kennen. Aber mit Recht. Was machte sie eigentlich in diesem Comicladen? Im Comicladen arbeiteten doch ausschließlich Männer. Und zwar solche, die ihr Studium abgebrochen hatten. Er hatte noch kurz über diese Perspektive nachgedacht, dann jedoch wieder auf das Goofy-Heft geblickt, einen zerknüllten Zehnmarkschein aus seiner Jeans gezupft und ihn dem Mädchen auf ihr Buch gelegt.

»Hier, bitte sehr, zehn Mark für den lustigsten Goofy, den es je gab.«

Sie hatte gelächelt, entweder weil sie seinen Spruch gut gefunden hatte oder weil er ein überteuertes Heft gekauft hatte. Aber egal, ihr Lächeln war schön. Doch keine blöde Kuh, hatte er gedacht.

»Willst du 'ne Tüte?«

»Ja! Hier regnet es ja immer.«

»Echt? Ist mir noch gar nicht aufgefallen.«

»Seit wann wohnst du denn hier?«

»Schon fast immer.«

»Okay«, hatte er gesagt, »deswegen also.«

Sie hatte nicht auf seine Bemerkung reagiert, sondern nur eine Tüte aus einer Schublade gezogen.

»Und du?«

»Ach, noch nicht so lange.«

»Okay. Welcome!«

»Danke«, hatte er gesagt und sie: »Tschüss.«

»Tschüss.«

Draußen vor dem Laden hatte er sich nicht über den Regen geärgert, der ihm dummdreist ins Gesicht regnete, und auch nicht darüber, dass er zehn Mark für ein völlig schwachsinniges Comicheft vergeudet hatte. Er hatte sich geärgert, weil er sich nicht getraut hatte, sich weiter mit ihr zu unterhalten. Er hätte ihr erzählen können, woher er kam. Aber das wäre vermutlich uncool gewesen. Zum Glück hatte er »Tschüss« und nicht »Tschö« gesagt. Ihm war klar gewesen, dass er sich diese Vokabel hier ganz schnell abgewöhnen musste. *In Hamburg sagt man Tschüss*, hatte er gedacht und sich gefragt, ob er sich vielleicht doch mal die *Fields of the Nephilim* anhören sollte.

Und jetzt war das Mädchen auf diesem Konzert. Er dankte dem Schicksal für eine zweite Chance.

Zunächst musste aber das Bier abgeliefert werden. Er erreichte

Claus und Gernot zeitgleich mit Susesch, der ebenfalls vier Bier vom gegenüberliegenden Tresen geholt hatte.

»Weh und ach! Vier auf ex!«, rief Gernot.

Folgsam kippten alle das Pils herunter, die *Coral Keys* rabiatisierten sich zunächst etwas strukturlos in »Vintage Cheese« vom 85er-Album *Fermented Acid* hinein. Albert begann sich zu bewegen, sah aber ein, dass sein Bier diesen Tanz nicht überleben würde. Also hineingeschüttet, im Eiltempo. Er musste schon wieder zur Pissrinne. Die typische Durchlaufphase zu Beginn bierintensiver Abende – wie machten das eigentlich die Leute, die das ganze Konzert über an ihrem Platz verbrachten? Als er die Toilette leicht torkelnd wieder verließ, stolperte er fast in die Comicverkäuferin hinein.

»Na hoppla!«, sagte sie. Dann grinste sie ihn an. »Ach, der Goofy-Fan!«

Oh Gott, jetzt bloß nicht zu besoffen wirken, dachte Albert und sagte, so deutlich er konnte: »Goofy als *Coral Key Parks*.«

Sie lachte. »Wie bitte?«

Sie sagte nicht »Hä?«, und sie sagte nicht »Was?«, sie sagte »Wie bitte?«, und das klang überhaupt nicht blasiert oder blöd, sondern freundlich und interessiert. Albert schaute sie an, so gut er noch schauen konnte. Sie hatte heute kein *Fields of the Nephilim*-T-Shirt an, sondern einen schwarzen Rollkragenpullover, und sah ganz grundsätzlich total super aus. Er wusste, dass dies alles kein Zufall sein konnte, und er wusste auch, dass er sich umgehend vor ihr blamieren würde. »Ich dachte, du hörst nur *Fields of the Nephilim*?«

Wie unglaublich dämlich.

»Was sagst du?«, brüllte sie in sein Ohr.

Gelobt seien die heiligen *Coral Key Parks*, dachte Albert, deren infernalischer Lärm seine kleingeistige Bemerkung übertönt hatte. »Ach nichts!«

»Hier ist es echt zu laut! Wir sehen uns bestimmt nachher noch, okay?«

»Alles klar!«, sagte er und sah ihr nach, wie sie auf der Toilette verschwand. Wieder professionell eine Gelegenheit vergeudet, dachte er und begab sich zum Tresen, um sich kurz darauf schwankend mit vier weiteren Bechern Bier in Richtung Claus, Gernot und Susesch zu drängen. Albert fragte sich, wer wohl besoffener war: die Band oder die ersten Reihen im Publikum. Auf diesen Wahnsinn, der Hamburg war, ließ er sich gerne ein. Er hatte Leute kennengelernt, die er ausgezeichnet fand, und er hatte die Comicverkäuferin wiedergetroffen.

Nach dem Konzert war er erschöpft und erledigt. Auch Claus und Gernot wirkten ausgesprochen ramponiert, als sie vor dem Werk B im Nieselregen standen. Nur Susesch sah noch immer aus, als hätte er soeben frisch geduscht. Er näherte sich strahlend mit vier Literdosen Bier.

»Faxe, bist du irre?«, rief Gernot.

»Ist doch geil, war'n Sonderangebot im Imbiss!«, freute sich Susesch.

»Oje, Susesch«, sagte Claus und streckte seine Hand aus, »du bist unser Untergang.« Er öffnete die Dose. »Wo ist denn hier eigentlich ein Imbiss? Hier ist doch gar nichts!«

Susesch winkte ab. »Geheim!«

»Why not! Ein Liter is besser als keiner!«, sagte Gernot. Sie stießen an. »Wir wollen gleich auf den Kiez«, sagte Claus, »haste auch Bock?«

Albert nahm einen Schluck. Natürlich hatte er Bock. Jetzt bloß nicht nach Hause. Jetzt bloß nicht allein sein.

»Klar«, rief er und sah sich etwas nervös nach der Fachfrau für Comic-Literatur um.

In diesem Moment hielt Susesch ein Taxi an. Albert zuckte mit den Schultern und stieg mit den anderen ein. Der Fahrer störte sich nicht an den Faxe-Dosen. Sie heizten über die Ost-West-Straße. Eine breite Schneise, flankiert von Bürogebäuden. Albert blickte auf den Michel und die riesige Bismarck-Statue. Der Fahrer lenkte den Wagen auf die Reeperbahn, die voller Menschen war. Die Spielhallen und Sexshops blinkten bunt.

»Diese ganzen Ficker!«, brüllte Claus. An einer Seitenstraße hielt das Taxi.

»Zwölf Mark«, brummte der Fahrer in seinen grauen Bart. Er schien Fahrten mit volltrunkenen Herrengruppen gewohnt zu sein und blieb vollkommen ruhig, als Gernot schnurstracks von der Rückbank aufs Pflaster schlug, was Claus mit hysterischem Gelächter kommentierte. Susesch zahlte. »Fünfzehn, stimmt so!«

Albert wollte ihm ein paar Münzen geben.

»Willst du mich beleidigen?«, sagte er mit einem Ernst, der Albert erschreckte. Susesch verfiel darauf in bizarres Kichern.

Erstaunlich, dachte Albert.

Gernot schlug vor, zunächst in die Knolle III zu gehen. Albert versuchte, sich zu orientieren. In jedem Haus der kleinen Straße mit heruntergekommenen Altbauten befand sich im Erdgeschoss eine Kneipe. Überall standen Menschentrauben. Das Paradies.

»Ey, ihr Penner!«, erscholl es von der anderen Straßenseite. Zwei unrasierte Typen, der eine mit breitem ungepflegtem Iro, der andere mit einem Meckischnitt, gestikulierten übertrieben.

Claus winkte zurück. »Ach je, die Gebrüder Brett, natürlich vorm Grasshopper.«

»Nicht unbedingt niveauvoll, der Grasshopper«, erklärte Gernot. Albert nickte und folgte den anderen zu den Gebrüdern Brett. Was für ein genialer Name, dachte er.

»Woher des Wegs?«, fragte der Iro.

»Wir waren im Werk B!«

»*Coral Key Parks*? Das ist ja sogar uns zu asozial!«, sagte der Meckischnitt. Albert fiel auf, dass man die beiden nur anhand ihrer eigenwilligen Frisuren unterscheiden konnte.

»Nee, war geil«, betonte Claus, »aber ihr wart jetzt nicht ernsthaft die ganze Zeit hier, oder?«

»Selbstverständlich!«, rief der Iro und lachte. Er lachte ziemlich laut.

Albert betrachtete den Grasshopper durch die große Frontscheibe. Der Laden bestand eigentlich nur aus einem langen Tresen und einigen abgerockten Sesseln. Das Publikum sah ausgesprochen robust aus. Neben den Brett-Zwillingen standen drei fahrende Zimmermänner in voller Montur. Man kannte sich offenbar gut. Die Bretts verschwanden kurz im Laden, und Claus erklärte Albert, dass Axel und Harald Brett seit Menschengedenken ausschließlich im Doppelpack unterwegs waren. Wenig später kehrten die Gebrüder mit einem Tablett voll Tequila zurück. Das unvermeidliche Ritual mit Salz und Zitrone hatte Albert schon immer ekelhaft gefunden, außerdem lenkte es von der zentralen Aufgabe des Saufens ab, wie Skrei es einst formuliert hatte.

»Wir wollten erst mal in die Knolle III«, sagte Susesch.

Mecki Brett war anderer Meinung. »Nix da, da könnt ihr später immer noch hin. Wir wollen gleich in die Weststraße 11, da spielen um eins *Brom*!«

»*Brom*? Echt?« Claus war begeistert. Albert hatte keine Ahnung, was *Brom* sein sollte, aber es klang vielversprechend. Auch wenn sie gerade erst angekommen waren.

»Sicher!«, sagte Iro Brett. »Ist die Hochzeit von Bodo und Ariane, kostet auch nix. Wir wollten jetzt los.«

»Alles klar!«, sagte Claus und zu Albert: »Kennst du *Brom*? Super Noise-Rock-Band hier aus Hamburg.«

»Nie gehört«, antwortete Albert, während die Gebrüder Brett

bereits auf ihre monströsen Mountainbikes gestiegen waren und sich jeweils eine Büchse Holsten öffneten. »Bis gleich, Jungs!«

Derweil hatte Gernot schon ein Taxi angehalten.

Hier fährt man recht viel Taxi, dachte Albert und befand sich bereits im Wagen. Alles verschwamm vor seinen Augen. Er musste kurz eingeschlafen sein. Im nächsten Moment hielt das Taxi. Gernot zahlte. Albert stolperte aus dem Wagen. Das Haus in der Weststraße 11 war in einem erbärmlichen Zustand. An der Tür saß ein Mädchen mit silberner Jacke und blondierten kurzen Haaren. »Zur Hochzeit von Ariane und Bodo?«

»So isses!«, sagte Susesch, und Claus fragte: »Spielen *Brom* schon?«

»Ich glaube, die haben gerade angefangen. Passt auf mit der Treppe, das Geländer ist lose. Zweiter Stock!«

Albert fragte sich, welchem Zweck dieses Gebäude unter normalen Umständen diente. Die Gebrüder Brett standen bereits im zweiten Stock und wirkten in der ihnen eigenen Lautstärke auf einen unauffälligen Typen ein.

»Hi, Herr Leydvoll«, begrüßte Claus ihn.

Albert überlegte, ob er sich darüber wundern musste, dass die Gebrüder Brett mit dem Fahrrad schneller gewesen waren als sie mit dem Taxi.

Herr Leydvoll nickte ihnen freundlich zu. »Hallo, Claus, hallo, Susesch, hallo, Gernot. Ich nehme an, dass ihr nicht wegen der Hochzeit hier seid, sondern wegen *Brom*.«

»Ja, klar!«, sagte Claus.

Herr Leydvoll schüttelte den Kopf. »Eine sehr seltsame Wahl für die Hochzeitsband. Ich weiß nicht so recht, was ich furchtbarer finde: Hochzeiten oder Noise-Rock-Konzerte.«

Claus lachte. »Wo spielen die denn?«

»Das ist ja wohl schwer zu überhören, immer den Dissonanzen folgen!«

Claus, Albert, Gernot, Susesch und die Gebrüder Brett folgten dem Lärm durch einen dunklen Flur. Dahinter befand sich ein Raum, nicht sonderlich groß und dennoch nur halb voll. Auf einer improvisierten Bühne standen vier Typen. Der Sänger brüllte mit hochrotem Kopf unverständliches Zeug in ein Mikrofon, während der Drummer mit großer Wucht komplizierte Rhythmen in das Schlagzeug drosch. Der Gitarrist spielte keine Akkorde, sondern bearbeitete seine Gitarre mit einem Drumstick, und der Bassist bemühte sich, in dieses Chaos noch mehr Verwirrung zu bringen. Albert war zwar völlig besoffen, fand die Musik aber trotzdem furchtbar. Claus und Gernot hingegen waren begeistert und begannen eine Art Hühnertanz. Susesch hatte den Raum sofort wieder verlassen. Albert lehnte sich an die Wand und entschied sich, ebenfalls rauszugehen, als ihm einer der Brett-Brüder eine Dose Bier zusteckte. Im Grunde war es physikalisch unmöglich, bei dem Krach ein Wort zu wechseln, aber für das durchdringende Brett-Organ galten Naturgesetze nicht. »*Brom*! Geil, oder?«

Alberts Antwort ging im Bromkrach unter. Eigentlich war er an dem Punkt angekommen, an dem keine Flüssigkeit mehr in seinen Körper passte. Dennoch kippte er das ungekühlte Bier eilends hinunter und hockte sich irgendwo in den Flur, der sich langsam zu drehen begann. Im nächsten Moment saß er schon wieder im Taxi.

»Hey, alles klar?« Claus, der auf dem Rücksitz neben ihm saß, hielt ihm eine Dose Cola hin. »*Brom* war geil, oder?«

»Schon vorbei?«, fragte Albert.

»Ja klar! Wir wollen jetzt endlich in die Knolle III.«

»Okay«, sagte Albert, dem die Cola sehr gut tat. Albert fragte sich, ob die anderen auch so besoffen waren wie er. Hoffentlich, dachte er. Der Wagen war zugequalmt. Auch der Fahrer rauchte. Neben dem Fahrer saß seltsamerweise nicht Susesch, sondern irgendein anderer Typ mit einer völlig unseriösen Frisur. Er drehte sich zu Albert: »Ördi! Du weißt nicht, wer ich bin, aber ich weiß alles über dich, Albert Bremer. Auch wenn du jetzt noch am Zweifeln bist: Es war die beste Idee deines Lebens, nach Hamburg zu ziehen. Und jetzt lernst du sogar mich kennen. Besser geht es nicht. Ich bin Marco. Marco Weber, fast wie Bremer! Ich bin wirklicher Hamburger. Sagt dir Berne etwas? Ich fürchte nicht. *Brom* kommen ja auch ursprünglich aus Hamburg-Berne. Sie haben mich immer unterstützt. Ich mache nämlich auch Musik. Allerdings richtige Musik. So wie Elvis Costello. Nur mit normalen Texten. Sonst wäre das ja für mich nicht authentisch. Wo ich doch aus Berne bin. Deshalb gehe ich auch immer zum Friseur und lasse mir vernünftige Frisuren schneiden. Nicht solche Wuselfrisuren wie ihr. Alle zwei Wochen. Bei Karstadt in der Mönckebergstraße, Trockenschnitt Fasson für zehn Mark.«

Webers Augen quollen ein wenig aus dem Gesicht hervor, und er trug eine gelbe Jeansjacke. Eine gelbe Jeansjacke!

Wie kann *eine* Jacke *so* hässlich sein, dachte Albert und lauschte weiter fasziniert den Ausführungen des Grafen von Ohne-Punkt-und-Komma. Schließlich befanden sie sich wieder in derselben Straße links der Reeperbahn wie vor zwei Stunden. Albert war froh, als er das Taxi verlassen konnte, und folgte Marco Weber, der den nahezu quadratischen Mann vor der Knolle offenbar gut kannte.

»Moin, Marco.«

»Trockner, alte Hundelunge! Guck mal, wen ich dir mitgebracht habe! Albrecht Brenner aus Süddeutschland! Der will mal Pauli kennenlernen! Ist Gumbo da?«

»Gumbo ist hinten.« Er winkte alle rein. Eine Kneipe mit Türsteher, sehr erstaunlich, dachte Albert.

Gernot und Claus hatten bedrohlich Schlagseite, verschwanden aber in Windeseile in der Kneipe. Albert gab sich Mühe, ihnen auf den Fersen zu bleiben. Wieso ausgerechnet diese Kaschemme mit fürchterlicher Schlagermusik und jungem Prollpublikum der Laden ihrer Wahl war? Albert wunderte sich. Es blieb ihm wenig Zeit, denn sofort hatte Marco Weber, der offenbar auch den Typen am Tresen kannte, ihm ein Gedeck aus Astra und Kümmel in die Hand gedrückt. Kaum hatte Albert das geleerte Schnapsglas auf den Tresen gestellt, als Gernot mit schiefer Brille auf ihn zustob und rief: »Weiter, weiter! Wir müssen weiter!«

Albert stolperte hinter ihm her. Auf der Straße sah er zunächst nur Sterne, dann Claus, der ihm aus der Tür des gegenüberliegenden Fandango zubrüllte: »Albert!! Hierher!!«

Im Fandango erwartete Albert zunächst erneut Marco Weber, der offenbar die Frau am Tresen kannte und ihm ein Gedeck überreichte. »Prost, min Jong!«

Die Schlagzahl überraschte Albert, doch er leerte Bier und Korn, so schnell er konnte. Claus und Gernot fegten zu »I Was Made For Loving You« über die Tanzfläche, wobei vor allem Gernot aussah, als hätte sein Körper kein Knochengerüst mehr.

Marco Weber schlug ihm auf die Schulter. »Komma mit rüber ins Grasshopper, ich muss da noch was besorgen!«

Willenlos folgte Albert dem echten Hamburger, der im Grasshopper offenbar den Typen am Tresen kannte und mit diesem im Hinterzimmer verschwand, nachdem er Albert mit dem obligatorischen Gedeck aus Bier und Schnaps versorgt hatte. Wenige Sekunden oder Minuten später trafen Claus und Gernot ein, wobei Gernot aus Richtung der Toilette und Claus vom Eingang kam, was Albert verwunderte. In Freude versetzte ihn der Umstand, dass Claus unmittelbar den leeren Platz hinterm Tresen einnahm und Bier zapfte, während Gernot auf den Sesseln herumkletterte und die Bilder an den Wänden neu dekorierte, indem er sie verkehrt herum wieder aufhängte. Claus reichte ihm ein Bier über den Tresen, als Marco Weber mit dem Wirt aus dem Hinterzimmer kam.

Dieser war über den selbstlosen Einsatz von Claus als Tresenhilfe alles andere als erfreut. »Alter! Mach dich vom Acker, du Schwachmat! Sonst setzt das was!«

Im nächsten Augenblick wurde er auf die Straße befördert. Gernot, der soeben begonnen hatte, alle leeren Sessel umzudrehen, flog ihm auf einen Tritt des erbosten Kneipiers buchstäblich hinterher.

Alberts Füße gehorchten nur noch schlecht, doch er blieb den Missetätern auf den Fersen. Diese wedelten vor der Goldmarie wie von Sinnen mit den Armen, flankiert von drei Typen in Karohemden. Zwei von ihnen waren überdurchschnittlich lang und hager. Albert torkelte zu ihnen hinüber.

Claus führte eine Art Stepptanz auf. »Albert ausm Oberbergischen, darf ich Ihnen das Triumvirat der Ostfriesen vorstellen: Okke, Felk und Friedrich!«

Die Vorgestellten nickten Albert wortlos, aber freundlich zu. Der, den Claus als Friedrich vorgestellt hatte, war der kleinste der drei und trug eine äußerst sonderbare türkise Wollmütze mit ausgeleierten Ohrenklappen. Er reichte Albert eine Flasche, die kein Etikett hatte.

»Mutters Aprikosengeist! Lass dir schmecken!«

Albert ließ es sich schmecken, dann zerrte Gernot ihn in die Goldmarie. »Los, weiter!«

Hinter dem schweren Türvorhang konnte Albert vor lauter Zigarettendunst zunächst kaum etwas erkennen, dann fiel ihm auf, dass er bereits doppelt sah. Gernot näherte sich mit einer Flasche Bier und einem Glas Cola, das er Albert hinhielt. »Hier, zur Erfrischung!«

Albert nahm einen großen Schluck. Es handelte sich um Whisky-Cola. Dann drängte er sich hinter Gernot in die Kneipe hinein. Claus hüpfte um einen am Tresen lehnenden Typen mit Baseball-Kappe und mürrischem Gesichtsausdruck herum und sang: »Pfannebecker, der ewige Auerhahn, ohoo!« Das animierte Gernot, sein Bier über den dergestalt Inkriminierten zu entleeren, was dieser mit fassungslosem Kopfschütteln quittierte. Albert betrachtete die Szene mit tiefer Zufriedenheit. Jemand tippte ihm auf die Schulter. Einer der beiden langen Ostfriesen blickte ihn mit glasigen Augen und freundlichem Grinsen an. »Mutters Aprikosengeist bräucht ich mal!«

Albert reichte ihm die Flasche. »Pardon und gerne doch!«

»Feiner Jung!«, brummte der Friese, der wahrscheinlich Felk hieß, und hielt Albert die Flasche mit fragendem Blick vor die Nase. Er wollte abwinken, nahm dann aber doch einen weiteren Schluck. Seine Beine wurden zu Gummi. Als Felk mit der Flasche am Hals den Laden verließ, stürmte Marco Weber an ihm vorbei und sprang Albert an die Kehle. »Albert! Hast du mal nen Zwanni? Ringo vom Grasshopper will unbedingt seine Kohle! Der poliert mir gleich die Fresse!«

Ohne eine Antwort abzuwarten, verschwand der Schuldner in Richtung Getränkelager. Albert blieb keine Zeit, sich mit diesem Auftritt tiefergehend zu beschäftigen, da Gernot und Claus, begleitet von einem unauffälligen Herrn mit Nickelbrille und Kurzhaarfrisur, die Goldmarie fluchtartig verließen. Zwei Lederjackenbrecher folgten ihnen fäusteschwingend. »Das ist kein Spielplatz hier, ihr verfluchten Hühnerficker!«

Albert fühlte sich sehr richtig am Platz, auch wenn hier in St. Pauli offenbar immer Krieg an allen Fronten herrschte. Der Schnapsnebel im Kopf ließ ihn klarer sehen, und er stolperte dem Idiotentrio strahlend hinterher. Die Lederjacken standen mit drohendem Blick auf dem Bürgersteig, entschieden sich dann aber, in die Goldmarie zurückzustampfen. Gernot, Claus und der Nickelbrillenheini lugten grinsend hinter einem geparkten Lieferwagen hervor. »Hierher! Albert! Ab in den Hinkelstein!«

Im Stechschritt marschierten sie auf ein völlig heruntergekommenes einstöckiges Gebäude zu, vor dem eine nachlässig bekritzelte Tafel »KORN 1 MARK« versprach.

Albert reichte der Nickelbrille die Hand.

»Tach! Albert Bremer!«

»Benno, hallo!«

Im Hinkelstein übernahm erneut Gernot die Schnapsversorgung. Albert überlegte, wann er aufgehört hatte mitzuzählen. Sie mähten alle Schnäpse nieder, Musik und Licht verschwammen zu bunten Wolken. Benno wurde von Claus und Gernot bezüglich seines aktuellen Filmprojektes ausgequetscht. »Der Regisseur Benno Weichsel leidet an einer Regieblockade!«, erklärte Gernot empört. Ein echter Regisseur, dachte Albert, Wahnsinn. In Wehl hatte letztes Jahr sogar das Programmkino »Smoky« zugemacht. Smoky, was war das denn bitte schön für ein Name für ein Kino? Rauchen war ja dort nie erlaubt gewesen. Die Gebrüder Brett überfielen den Hinkelstein und Albert. Sofort hatte er ein weiteres Bier in der Hand. Dann rangen die Bretts Weichsel zu Boden und forderten die Fortsetzung seines letzten Films *Der Knochenklub*, während Gernot sich kurz entschlossen mit einer Frau mit einem Rieseniro in eine Ecke verzog und hemmungslos rumknutschte.

»Ekel-er-re-gend!«, sagte Claus und bestellte zwei Gin Tonic. Alberts Zunge war zu schwer, um diesen Angriff auf seine Unversehrtheit abzuwehren. Plötzlich standen die drei Friesen am Tresen. Albert war sich nicht sicher, ob sie gerade den Hinkelstein betreten oder schon die ganze Zeit dort gestanden hatten, während er automatisch die Flasche mit Mutters Aprikosengeist an den Hals führte, die ihm wahrscheinlich Friedrich wortlos in die Hand gedrückt hatte. Einer der Bretts hatte die Jukebox in Beschlag genommen. Auf »Es fährt ein Zug nach Nirgendwo« tanzte Gernot Walzer mit der Punkdame, während Claus und die Gebrüder Brett als menschliches Knäuel durch den Hinkelstein rollten und harmlose Zecher umwarfen. Albert legte einen Solo-Pogo aufs Parkett, den die drei Friesen klatschend und johlend anfeuerten. Der Brett mit dem Meckischnitt hatte sich aus der Menschentraube gelöst, die sich mittlerweile auch Gernot und die Irokesenfrau einverleibt hatte, und spurtete wieder zur Musikbox. »Jump« von Van Halen dröhnte los, auch das Ostfriesentrio verlor die Contenance, es war ein einziges Gewühl aus Armen, Beinen und Biergläsern, und wieso wurde die Flasche mit Mutters Aprikosengeist eigentlich niemals leer?

»Heidewitzka«, lallte Gernot, »ich machmichma vom Acker!« Er hinterließ eine Leerstelle auf dem Bürgersteig.

Albert fixierte angestrengt seine Armbanduhr. Zwei Armbanduhren? Seit wann hatte er zwei Armbanduhren? Nele hatte schon wegen einer Armbanduhr die Augen verdreht. Albert hatte sie in Bonn auf dem Flohmarkt erstanden und ihr voller Stolz präsentiert. Die Frau hatte wirklich keinen Sinn für Stil und Ästhetik, dachte er. Dafür saß sie jetzt wahrscheinlich mit den üblichen Exil-Obergern auf einer unsäglich öden WG-Party in Köln-Deutz, beziehungsweise: das mit Sicherheit nicht mehr, denn es war fünf Uhr. *Er* befand sich hackenvoll im tiefsten St. Pauli und war sehr zufrieden, sich nicht das übliche Gefasel von Thomas und Sven und Lars und Babsi und Nele und so weiter anhören zu müssen, im Zweifel über irgendwelche Leute von der Schule und im schlimmsten Fall über irgendwelche Lehrer.

Claus sagte sehr langsam: »Ich glaub, ich muss auch pennen!«, und Albert lallte eher zu sich selbst: »Wie komm ich denn jetzt ins Scheißbarmbek?«

Claus winkte ab. »Zarmutek is' weg, aber seine Matratze is' noch da, komm doch eben mit, Talstraße is' hier ums Eck!«

Sie wankten in die Reeperbahnseitenstraße, die Albert noch schäbiger vorkam als alles, was er im Laufe des Abends gesehen hatte. Sie passierten Sexshops, eine Schwulenbar und das Gebäude der Heilsarmee.

Nummer 24, so unscheinbar wie heruntergekommen. Claus fummelte am Türschloss herum und fiel beinahe ins Treppenhaus. Es war stockfinster.

»Licht is wieder kaputt.«

Sie tasteten sich in den zweiten Stock, wo Claus umständlich die Wohnungstür öffnete und Licht machte.

»Ersma in die Küche. Hier muss doch noch Whisky sein ... meine Fresse ... Von der Unmöglichkeit, eine Hausbar zu pflegen, wenn man mit Robin Zarmutek zusammenwohnt!«

Fluchend verschwand Claus in seinem Zimmer, während Albert auf einem völlig aus der Form geratenen Bürostuhl Platz nahm. Claus kam zurück und wedelte mit einer Rumflasche vor Alberts Gesicht herum.

»Cola? Ich kann gegenüber beim Imbiss 'ne Cola holen.«

»Unfug!«, lallte Albert.

»Eis? Willste wenigstens Eis?«

»Unfug!«, lallte Albert.

Claus goss zwei Gläser ein. Sie stießen an, und in das Klirren der Gläser mischte sich Getöse im Treppenhaus, kurze Zeit später war ein Kratzen am Türschloss vernehmbar.

Claus grinste. »Tonio Kröger ...«

Die Tür öffnete sich, und ein langer Typ mit geringfügig zu kurzer Lederjacke stolperte in den Flur.

»'n Abend, die Herren!«

»Komm ran, Toni. Einen warmen Rum zur frühen Stunde?«

Toni griff sich gleich die ganze Flasche.

»Ich war im Psycho Dog bei *This Is War*! Claus, *das* is Musik mit Power! Astreiner Sleaze Rock. Ich sach dir eins, die Neunziger sind die neuen Siebziger!«

»Is klar, Toni. Was hältst du eigentlich von Blues?«

»Jaja, du denkst immer, ich bin hintendran! Is aber nich! Gib mal den Rum!«

»Du hast den Rum in der Hand, Toni!«

»Ja, is klar! Wo issen der Kasentoaster?«

»Hat Zarmutek mitgenommen.«

»Scheiße, Mist und Kacke! Ich wollte dir doch was von *This Is War* vorspielen!«

»Nimmste halt die Gitarre, Toni!«

Toni nahm einen weiteren Schluck Rum und deutete mit dem Zeigefinger auf Claus. »Weißte wat? Das mach ich!«

Toni und Claus eierten in eines der Zimmer, die zur Straße lagen, wo Claus die Gitarre einstöpselte und den Verstärker aufdrehte.

»Fenster auf!«, befahl Toni. Albert öffnete das Fenster und stellte den Verstärker aufs Fensterbrett.

Toni drosch die Akkorde von »Satisfaction« in Claus' völlig verstimmte Gitarre. Erste Passanten blieben stehen und lauschten andächtig, was Claus animierte, mit seinem Badmintonschläger Federbälle auf die gegenüberliegende Straßenseite zu spielen.

Ich bin eigentlich ein Beatles-Typ, dachte Albert, doch dann schwang er sich aufs Fensterbrett und brüllte, was er für den Text von »Satisfaction« hielt. Claus stellte sich neben ihn und spielte Luftgitarre auf dem Schläger, während Toni sich im beschissensten Gitarrensolo seit Menschengedenken verlor. Es klingelte. Toni spielte sich in nie gekannte Höhen. Es klopfte hartnäckig an der Tür. Albert schrie sich die Seele aus dem Leib. Es donnerte sehr nachdrücklich an der Tür. Von der Straße erscholl Applaus. Toni latschte zur Wohnungstür und öffnete. Dort stand mit freiem Oberkörper ein blondgelockter Athlet in Radlerhosen. Er sprang Toni regelrecht an den Hals.

»Seid ihr völlig irre? Ich fahr gleich Achterbahn in eurer Bude, ihr blöden Heckenpenner!«

Claus zog Albert unauffällig ins hintere Zimmer, wo sich die beiden blödsinnig kichernd unter Tonis Schreibtisch verkrochen. »Jens Harm von oben, der is' dummerweise Kickboxer!«

Unterdessen diskutierte Toni mit dem erregten Sportler.

Unter Aufbietung sämtlicher diplomatischer Fertigkeiten gelang es ihm, den Wutentbrannten davon zu überzeugen, dass körperliche Gewalt nicht vonnöten sei. Nachdem er die Wohnungstür sehr behutsam geschlossen hatte, stiefelte Toni zu Albert und Claus, die immer noch unter seinem Schreibtisch hockten. »Habt ihr das mitbekommen? So eine Unverfrorenheit! In der eigenen Wohnung zusammengefaltet! Der wollte mir alle Knochen brechen! Frechheit sondergleichen! Ich ruf morgen den Anwalt an.« Toni baumelte noch immer die Gitarre um den Hals. »Aber ruhig jetzt! Sonst kommt der Harm gleich wieder! So ein Hanswurst! Ich hau dem auf die Fresse!«

2

Albert erwachte mit stechenden Kopfschmerzen. Seine Augen brannten, und ihn plagte heftiger Durst. Er richtete sich langsam auf und stieß sich den Kopf an der Zimmerdecke. Ein Hochbett also. Er lag unter einer giftgrünen Frotteedecke, ein grauer Wollpullover hatte ihm als Kopfkissen gedient. Neben der Matratze befand sich ein Stapel alter Zeitschriften. *Stern*, *Twen*, *Quick*, *Konkret*, allesamt mit grellbunten Titelblättern, die seine Kopfschmerzen noch verstärkten. Ein tragbarer Fernseher der Marke VEB Robotron mit einem verbogenen Kleiderbügel als Antenne stand am Fußende. Das Hochbett war riesig, drei Matratzen nebeneinander.

Wo war er hier? Und wie spät war es? Langsam kam ihm der gestrige Abend in den Sinn. Was für ein T-Shirt trug er da? Mit Mühe las er die aufgedruckten Worte »GOD IS OUR PAROLE!«.

Meine Parole ist Nachdurst, dachte Albert und quälte sich langsam die Sprossenwand hinunter, die als Leiter zum Hochbett diente.

Das Zimmer glich einem Trödelladen, den seit Jahren kein Mensch mehr betreten hatte. In einer Ecke stand erstaunlicherweise eine Waschmaschine. Ihr grauer Abflussschlauch ragte in ein Waschbecken. Ein Wasserhahn! Wasser! Die Rettung. Albert drehte am Wasserhahn, nichts. Er rieb sich die Schläfen und betrachtete die Poster über vergilbten Tapeten aus dem Kaiserreich: »*Franz Josef Strauß – Kanzler für Deutschland*«, »*Roland Kaiser kommt –*

Tour 86«, »Kajagoogoo«, »Kurt Schwitters«, »The Teens«, »Napalm Death«. Unter der Decke baumelte eine nackte Glühbirne. Albert blickte durch das verdreckte Fenster. Im Innenhof erkannte er seltsam provisorisch wirkende einstöckige Gebäude, ein paar verdorrte Bäume und sehr viel Taubenkacke. Hinter ihm öffnete sich die Tür. Albert zuckte zusammen und drehte sich um. Ein Mädchen betrat mit einem Wäschekorb das Zimmer und wirkte wenig überrascht, ihn dort in Unterhose stehend vorzufinden. »Ach, hallo!«, sagte sie. »Ich wusste gar nicht, dass wir 'ne Band hier haben. Sind oben noch mehr? Ich muss nur kurz die Waschmaschine anstellen, okay?« Sie stopfte die Wäsche in die Maschine, dann kroch sie unter das Waschbecken und hantierte an einem Hahn herum.

»Albert«, sagte Albert. »Hallo! Wieso Band? Und wo bin ich hier eigentlich genau?«

»Ach, ihr habt einfach nur gesoffen? Deshalb pennen Claus und Toni auch noch. Ich bin Liane, und ich wohne hier. Bin aber nicht so wahnsinnig wie die anderen. Könnt ihr nachher die Waschmaschine ausmachen und den Hahn zudrehen? Ich muss gleich los.«

»Aha. Ja.«

Liane verschwand.

Durst, dachte Albert.

Er ging in den Flur und fand instinktiv die Küche. Auf dem Tisch stand die leere Rumflasche. Deswegen, dachte Albert. In der Spüle stapelten sich Teller und Gläser. Albert fischte sich vorsichtig eines heraus, befüllte es mit Leitungswasser und trank es in einem Zug aus.

Claus betrat die Küche. »Hi! Genialer Abend!«

»Tach! Ich weiß nicht mehr so genau. Ich glaube, mir fehlen gewisse Momente.«

»Das wundert mich nicht.«

Albert goss sich ein zweites Glas ein. »Schönes Gästezimmer habt ihr.«

Claus lachte leise. »*Du* wolltest doch unbedingt im Gästehochbett und auf keinen Fall in Zarmuteks Zimmer schlafen! Du warst sehr überzeugend: ›Noch wohn ich hier nicht!‹ – Toni war ziemlich überrascht von deiner Vehemenz.«

Albert fühlte einige Erinnerungsfetzen zurückkehren. *Zarmutek.* Der Name hatte in ihm eine diffuse Angst ausgelöst. »Was meinte ich denn damit? Wieso ›Noch wohn ich hier nicht‹?«

Claus rieb sich die Hände. »Völliger Filmriss, was? Wir haben gestern einige gewichtige Entscheidungen gefällt. Erstens: Du wolltest auf alle Fälle umgehend in das freie Zimmer einziehen. Zweitens: Du spielst jetzt bei uns Gitarre. Daran dürftest du dich aber erinnern, oder?«

Albert war sehr überrascht. Er versuchte konzentriert, weitere Bruchstücke des Abends hervorzuholen, wurde dabei jedoch von lautem Gerumpel im Flur unterbrochen.

Claus grinste. »Ah. Der Herr Morgenmuffel.«

Toni betrat, lediglich mit einem Paar Alf-Boxershorts bekleidet, die Küche.

»Scheiße, ich muss gleich nach Berlin! Albrecht, kannst du mir dein Auto leihen?«

Albert, der gerade das dritte Glas Leitungswasser heruntergestürzt hatte, sah ihn fragend an. »Welches Auto?«

»Ach so, stimmt, du bist ja Student. Scheiße. Natürlich kein Auto. Ich bin noch etwas unkonzentriert. Witziger Abend gestern. Oh Mann, dieser Kickboxpenner. Dämlicher Pappsack.« Toni kramte im Kühlschrank, nahm einen Kirschjoghurt heraus und verschwand wieder.

Albert massierte sich den Nacken. »Was war denn gestern noch? An den Zores mit dem Nachbarn kann ich mich erinnern. Aber was haben wir besprochen?«

Das Telefon klingelte, Claus hob die Hand und ging ran. Ein

eckiges schnurloses Telefon mit ausziehbarer Antenne. Nicht schlecht, dachte Albert.

Claus bemühte sich offensichtlich um Seriosität. »Hi, Susi, ja, geil, oder? … Nee, war noch super hier. Wir hatten etwas Ärger. War aber Tonis Schuld … Deinen Anrufbeantworter vollgequatscht? Wir? Ach so, ja, klar, das meinst du! Ja, 'tschuldigung, war halt wichtig! Aber wie findest du die Idee? … Um drei? Okay, um sechs, scheiß Arbeit … Ja, mache ich! Tschüss!«

Claus drückte mit dem Zeigefinger die Antenne ins Gerät.

»Grüße von Susesch. Er findet die Idee auch gut, dass du bei uns mitmachst. Wir wollten eh immer zwei Gitarren haben.«

Albert sah Claus ratlos an. Was, in drei Teufels Namen, hatten sie beschlossen?

»Claus, ehrlich gesagt: Ich weiß nichts mehr. Alter, mein Schädel …«

»Aspirin?«, fragte Claus.

»Zwei Aspirin!«

»Ich war auch echt besoffen. Aber Filmriss hatte ich nicht, habe ich nie. Wir haben uns doch super unterhalten. Du hast mich voll überzeugt. Wir stehen auf dieselben Bands.«

Claus kramte in einer Küchenschublade rum. »Geil, Alka Seltzer!« Er warf zwei Tabletten in zwei völlig verkalkte Gläser, die er aus einer anderen Schublade holte.

Toni stolperte wieder herein, nun nur noch mit einem Handtuch bekleidet. »Ey, wo ist das Telefon?«

Claus reichte es ihm wortlos, löste die Tabletten auf und übergab Albert ein Glas. »Der Typ hat morgens immer eine sagenhafte Scheißlaune.«

Toni hatte sich das Telefon unters Kinn geklemmt und wedelte mit den Armen. »… ja, natürlich heute! Jetzt gleich … Ja, ich warte! … Fiat Panda, fünf Personen? Wieso denn nicht gleich einen

Opel Corsa? Oder eine Isetta? Ich bin doch nicht bescheuert! Größer und schneller! ... Ja, ich warte ... Was, morgen? Nein, heute! Um Himmels willen! Na, dann eben nicht. Tschüss!«

Toni setzte sich an den Tisch. »Mitfahrzentrale! Entwürdigend. Diese Penner mit ihren Zwergenkarren immer! Ich bin ei-nen Me-ter neun-zig groß. Und Musikmanager! So eine Scheiße! Dann fahr ich eben mit dem Zug. Kann ich ja von der Steuer absetzen. Claus, hast du Kaffee da?«

»Toni. Wir wohnen seit zwei Jahren zusammen, und du hast noch immer nicht mitbekommen, dass ich Kaffee hasse! Du bist wirklich ein Morgenidiot.«

Toni gab sich irritiert. »Ja, tatsächlich? Okay, aber war ein super Abend gestern, oder? Hier, Albrecht ...«

»Albert!«, verbesserte Claus.

»Ja, sag ich doch! Albert, du spielst echt super Gitarre. Wer besoffen gut Gitarre spielt, der spielt *wirklich* gut Gitarre. Siehe Ace Frehley, siehe Keith Richards und siehe Duff McKagan ...«

»Der ist Bassist. Bassist einer Scheißband«, sagte Claus.

Toni verdrehte die Augen. »Oh Mann, ihr Musiker immer mit euren Haarspaltereien. Außerdem sind *Guns n' Roses* echt super. Die sind hundert Prozent mehr Punk als alles, was hier in Hamburg auf den Bühnen rumkriecht. Ihr habt alle vergessen, dass die Musikrichtung Punk Rock und nicht Punk Folk oder Punk Jatz heißt!«

Jatz, dachte Albert. Er sagt tatsächlich Jatz.

»Ja, Toni!«, sagte Claus.

»Scheiße, ich muss los!«

Toni stürmte aus der Küche, wobei er beinahe das Handtuch verlor.

Claus blickte ihm kopfschüttelnd hinterher. »Der Mann ist wirklich« – nach »wirklich« machte Claus eine Pause, als wäre dort ein

Punkt – »nicht ganz bei Trost, muss man konstatieren. Außerdem hält er uns immer noch für eine Punkband. In seiner Welt gibt es nur Punk und Rock. Am besten beides zusammen. Vielleicht noch Hip-Hop, das ist auch erlaubt. Aber er ist wirklich in Ordnung. Hat auch über irgendwelche zweifelhaften Kanäle diese Wohnung aufgetan. Wie ist es denn jetzt eigentlich? Also, willst du hier nun einziehen? Du warst gestern so angekotzt von Barmbek und wolltest den Stadtteil nie mehr betreten.«

Ich, hier wohnen?, dachte Albert, sagte dann aber, ohne zu zögern: »Warum eigentlich nicht?«

»Ich zeige dir Zarmuteks Zimmer. Der ist zurück nach Frankfurt gezogen. Echt jetzt, Hals über Kopf. Hat da irgendeinen Stamm-DJ-Job bekommen.«

Im Zimmer befanden sich eine Matratze, auf einem Stapel Kartons zwei Plattenspieler, zwei riesige Lautsprecher und auf dem Boden einige Klamotten. Ein schäbiger Drehstuhl stand an der Wand, darüber ein Poster von *Run-DMC*. Sonst nichts.

»Zarmutek hat nur einen Riesenrucksack mit seinen Klamotten und seinem Technikschnickschnack mitgenommen. Ich wette mit dir, dass er den Kram hier nie abholt.«

Das Zimmer sah vollkommen beschissen aus, was Albert gut gefiel. Die ganze Wohnung war verranzt, verkeimt und unfassbar unordentlich. Genau das Richtige und viel besser als Barmbek und möblierte Einzimmerwohnung. Diese Wohnung war die absolute Antithese zum elterlichen Einfamilienhaus in Wehl, wo sogar der Rasen im Garten noch mit dem Staubsauger bearbeitet wurde.

»Und ich wollte lieber auf diesem bekloppten Hochbett pennen?«

»Ja, keine Ahnung, was dich da geritten hat. Aber du warst sehr entschlossen, wie gesagt. Ich glaube, das Zimmer kostet dreihundert Mark im Monat, aber genau weiß das nur Toni. Die Nachbarn unter uns sind echte Voll-Assis. Familie Bartsch. Das sagt ja wohl alles. Die Alte mit ihrer minderjährigen Tochter und ihrem Freund Dietmar Bombien. Die beiden haben ein Baby. Das Küchenfenster zum Lichtschacht lieber nicht aufmachen. Die schmeißen da immer die dreckigen Windeln rein. Das stinkt höllisch. Dann wohnt oben nach hinten raus noch eine Oma, im Souterrain ist Hardys Tätowiersalon, und Jens Harm hast du ja schon kennengelernt, der wohnt über uns nach vorne raus und ist eigentlich ein unauffälliger Typ. Das Haus hat ja nur drei Etagen, der Rest ist wohl im Krieg weggebombt worden. Ach so, und du musst wissen, dass hier bei uns öfter mal Bands pennen, die im Filter spielen. Wir haben da so einen Deal mit Thove Flock, dem Betreiber. Wir dürfen dafür immer umsonst zu den Konzerten und bekommen auch ab und zu mal Freigetränke. Das würde dann natürlich auch für dich gelten. Allerdings ist Thove ein unfassbarer Geizhals und Alki.«

Genial, dachte Albert. Er kannte zwar den Club nicht, von dem Claus sprach, aber er wusste, dass er in eine Welt gefallen war, die maximal anders war als alles, was er kannte. Talstraße, auf jeden Fall Talstraße!

»Die Elbe ist einfach geil. Und zwar nicht nur, wenn man verkatert ist!«, rief Claus in den Wind. Sie saßen auf einem Ponton der Landungsbrücken, Claus verspeiste ein Matjesbrötchen, und Albert Bremer aß einen Bremer. Vor ihnen brüllte ein Möchtegernkapitän in Fantasieuniform: »Große Hafenrundfahrrrrt!« Die Möwen sausten äußerst vital durch den Nieselregen. Mehr Hamburg geht vermutlich nicht, dachte Albert. Die frische Luft und die aus Fischabfall und möglicherweise Holzmehl geformte Frikadelle taten ihm gut. Remoulade satt, dachte er. Eine Schulklasse lief lärmend vorbei, die HVV-Fähre der Linie 62 legte an.

»Lass uns mitfahren, rüber nach Finkenwerder! Andere Elbseite, Perspektivwechsel ist wichtig!«, rief Claus.

Sie stellten sich nach vorne ans Deck, wo ihnen der Fahrtwind den Restalkohol aus den Hirnwindungen wehte.

Die Fähre rauschte vorbei an den Docks, den Häusern der Hafenstraße, die Albert bisher nur aus dem Fernsehen kannte, am Fischmarkt und an der Fischauktionshalle. Claus gab den Fremdenführer.

»Bist du eigentlich in Hamburg geboren?«, fragte Albert.

»Ja. In Alsterdorf. Eher uncool, der Stadtteil, aber ich bin jetzt seit zwei Jahren in der Talstraße. Sag mal, wie ist das denn jetzt, kommst du heute mit in den Proberaum?«

»Ich hab doch nicht mal 'ne Gitarre.«

»Nimm die von Toni, merkt der nicht. Oder im Proberaum steht noch was rum.«

»Gut. Bock hätte ich ja schon. Aber ich hab echt noch nie in 'ner Band gespielt.«

»Ich ja vorher auch nicht. Gernot ist ein ziemlich guter Drummer und Susesch ein super Bassist. Aber Gernot kennt nix außer Krach, und Susesch hat sowieso keine Ahnung von richtiger Musik.«

»Wieso ist er dann bei euch in der Band?«

»Eigentlich war das ein Versehen. Gernot habe ich im Plattenladen kennengelernt, als der mir eine Platte vor der Nase weggekauft hat. Irgendwie sind wir ins Gespräch gekommen. Und der hatte auch schon vorher einige Bands. *Die Wasserleichen* und *Arschgeiger Virtuos* zum Beispiel.« Albert musste lächeln. »Was für ein behämmerter Bandname«, sagte Claus. »Mit Bandnamen sollte man schon etwas aufpassen. Seine letzte Band hieß *Delf*, die hatte sich gerade aufgelöst, als wir uns kennenlernten. Na ja, egal, wir haben dann beschlossen, gemeinsam was zu starten. Aber irgendwie haben wir keinen Bassisten gefunden. Gernot hat dann einfach 'nen Zettel im Plattenladen aufgehängt ›*Punk-Band sucht Bassisten. Nur gute Leute!!*‹ oder so was in der Art. Aber der Kerl hat echt 'ne fürchterliche Sauklaue, und irgendwer hatte da was drübergeklebt. Und dann rief uns Susesch an. Gleich mit der Begrüßung: ›Ich bin der Richtige, der Einzige und der Schönste.‹« Claus grinste bei der Erinnerung. »Im Proberaum erzählte er dann erst mal von *Power of Tower*, den *Meters* und so weiter. Wir hatten uns eh schon gewundert, wie der Typ aussieht. Und er meinte dann: ›*Ja wieso, da stand doch Funk-Band!*‹ Und wir so: ›*Ey, PUNK, nicht Funk!*‹ Aber wir haben dann trotzdem geprobt, und das klang absurderweise super. Der kann ohne Probleme spielen wie *Gang of Four* oder Mike Watt. Ist echt ein genialer Typ. Stockschwul, der Vater ist irgendwie Professor, und die ganze Familie musste wegen Khomeini aus dem Iran fliehen. Na ja, jedenfalls läuft das super, seit Susi dabei ist, aber wir brauchen noch 'ne Gitarre, die was anderes machen kann als ich, ich kann eh nur diese Power-Chords spielen, das bringt es doch nicht. Ich dachte mir, dass ich dann Single Notes spiele und du vielleicht so eine Wand aus Lärm machst.«

Albert stellte verwundert fest, dass Claus ihn bereits fest in die Band eingeplant hatte. Die Fähre legte an, sie gingen an Land. Finkenwerder sah völlig anders aus als St. Pauli. Ländlich und still. An einer Imbissbude neben dem Anleger kaufte Claus zwei Dosen Cola. Albert war erleichtert, dass Claus kein Konterbier geholt hatte.

»Ich weiß ja nicht, wie du das siehst, aber ich hab da echt Bock drauf. Eine richtige Band. Das ist doch kein Zufall, dass wir uns getroffen haben. Würm! Das ist Schicksal, Albert!«

Sie liefen durch Finkenwerder, den Focksweg entlang.

»Ich weiß nicht, ob ich das kann«, wandte Albert ein. Ich hab ja nur zu Hause mal *Toxoplasma* oder *Stooges* nachgedaddelt.«

Claus hob die linke Augenbraue.

»Das ist doch nicht dein Ernst! Du hast gestern Nacht ›Freak Scene‹ von *Dinosaur Jr* gespielt. Unverstärkt, wegen dem bekloppten Kickboxer, und es klang fantastisch.«

»Freak Scene«? Albert erinnerte sich, dass er das Lied vor Jahren mal schwer verkatert mit Skrei rausgehört hatte. Sie hatten es dann so oft gespielt, dass Skreis Schwester ins Zimmer gekommen war und damit gedroht hatte, die »Penner umgehend einweisen zu lassen«. Erstaunlich, dass er es offenbar noch beherrschte.

»Warum bist du denn in Hamburg? Doch bestimmt nicht, um Germanistik zu studieren!«

Albert hätte Claus gerne etwas Kluges oder Begeistertes geantwortet. Doch er fühlte sich überfahren.

»Hmm …« Mehr fiel ihm nicht ein.

»Wieso denn plötzlich so zaghaft, Herr Bremer? Und das Zimmer? Willst du das auch nicht mehr? Lieber Barmbek?«

Claus redete sich regelrecht in Rage und schwenkte die Coladose vor Alberts Gesicht. »Ich bin in Hamburg geboren, das ist keine Leistung. Aber jeder, der hierherzieht, ohne Leute zu kennen, landet erst mal in einer völlig absurden Ecke der Stadt. Ich bin ja selbst in einem total verschnarchten Stadtteil aufgewachsen. Hamburg ist einfach nur St. Pauli, Schanze, Altona, der Rest ist Dorf, so wie hier in Finkenwerder. Nur mit ohne Charme! Ein Typ wie du darf nicht in Barmbek wohnen. Du bringst dein Seelenheil in Gefahr! Barmbek ist eine passive Aggression. Es gibt einfach keinen Grund, nicht auf St. Pauli zu wohnen, wenn man schon unbedingt in Hamburg wohnen muss. Obwohl, die Reeperbahn ist eine riesige Besoffenenfalle, und am Wochenende ist alles voller Touris.«

Claus trat gegen einen Mülleimer. »Außerdem bekommt man nichts zu essen. Pommes von der Heißen Ecke sind echt das Letzte. Die strecken ihren Ketchup mit Essig. Wenigstens gibt es jetzt diesen finnischen McDonald's direkt auf der Reeperbahn. *Hesburger*. Die haben sogar vegetarische Burger. Da müssen wir mal hin.«

Plötzlich schlug Claus sich vor die Stirn. »Scheiße! Verdammte Scheiße! Fuck! Und Fuck!«

»Wasn?«

»Ich bin ja mit Juliet verabredet. Scheiße! Los, Sprint! Vielleicht bekommen wir die nächste Fähre!«

Sie sahen die Fähre gerade noch ablegen.

Claus brachte nervös seine Haare in Unordnung.

»Das wird Juliet nicht gefallen, dass ich sie schon wieder warten lasse.«

Er machte eine Pause und blickte melancholisch über den Fluss, fand das dann aber offenbar selbst ein wenig zu theatralisch. Während sie warteten, sprachen sie über Musik, über Bands, die sie geil fanden, betraten die nächste Fähre, sprachen über Bands, die sie peinlich fanden und über ihr eigenes *musikalisches Konzept*, wie Claus sich ausdrückte. Als sie die Fähre wieder verließen und Richtung Talstraße rannten, war Albert vollends in Brand gesetzt. Am liebsten wäre er sofort mit Claus in den Proberaum gegangen. Sie erreichten die Nummer 24 mit einer halben Stunde Verspätung.

Auf der Eingangstreppe saß ein sehr elegantes Mädchen. Sie las in einem Buch und beachtete die beiden zerknitterten Ankömmlinge nicht. Claus ging zu ihr und gab ihr einen Kuss auf den Mund. Albert blickte auf das Buch. Es war irgendetwas von Tschechow. Albert war ausgesprochen beeindruckt. Mit wirklich eleganten Mädchen hatte er bis jetzt noch nichts zu tun gehabt. Eigentlich kannte er nur Mädchen, die vollkommen normal aussahen. Bei Nele war ein Band-T-Shirt schon der Gipfel der Ausgeflipptheit gewesen. Dieses Mädchen hingegen trug ein ausgesprochen stilvolles Kleid, neonfarbenen Schmuck und vor allem weder Turnschuhe noch Doc Martens, sondern lila Wildlederstiefel. Albert stellte verwunderte fest, dass die trotz des Dauerregens vollkommen unversehrt aussahen. Ihre blondierten Haare waren zu einem akkuraten halblangen Bob geschnitten. Ihre Lippen eher schmal und farblich passend zu den Fingernägeln geschminkt. Alles an ihr war cool. Und sie las Tschechow. Nele hatte nur Hermann Hesse gelesen, aber ihre Begeisterung hatte er nie geteilt. Juliet schüchterte ihn ein. Anders als Nele und auch anders als die Comichändlerin.

»Juliet, das ist Albert, unser neuer Gitarrist!«

»Aha«, sagte sie nur, »der Grund, dass ich hier so blöd rumsitze.«

Oha, dachte Albert, das geht ja gut los.

»Wie kann man diese tolle Lady nur warten lassen?«, dröhnte es von der Seite.

»Oje, Hardy«, sagte Claus leise. Ein älterer kräftiger Rockertyp kam auf sie zugestiefelt.

»Na, ihr habt ja wohl ordentlich gekachelt gestern, wa? Ich weiß schon alles von Toni. Und von Jens übrigens auch. Der war echt stinksauer. Das war ja wohl haarscharf. Also, wenn der Achterbahn fährt, dann aber mit Looping. Da müsst ihr aufpassen, Jungs. Der ist eigentlich ein ganz ruhiger Typ. Wie habt ihr den denn so angeschaltet? Ihr wisst Bescheid, Jungs: Nie solche Kaspereien während meiner Öffnungszeiten.«

Er strich sich sehr gemütlich über seine dicht tätowierten Unterarme. Riesige Unterarme, dachte Albert.

»Ja, ist doch klar, Hardy!«, sagte Claus.

Und zu Juliet und Albert: »Lasst uns eben hochgehen.«

In der Wohnung erzählte Claus Juliet in stark abgemilderter Form vom gestrigen Abend, erwähnte, dass Albert in der WG einziehen würde, und lobte dessen Fähigkeiten als Gitarrist in den höchsten Tönen. Albert bekam den Mund nicht auf. Sicherlich hält sie mich für einen Dorftrottel, dachte er, und sie sagte nur: »Claus, wisch doch mal den Tisch ab. Wirklich widerlich.«

»Ach ja, die Fotos!«

Claus gab sich Mühe, den Küchentisch in einen akzeptablen Zustand zurückzuversetzen. Juliet zog einen Umschlag aus ihrer Tasche. »Ich hab nur erste Abzüge, aber die Bilder sind super. Ich bin echt froh, dass Daniel das fotografiert hat. Der kann richtig gut inszenieren.« Sie blickte zu Claus. »Interessiert dich das überhaupt?«

Dann zog sie drei Bilder aus dem Umschlag und legte sie auf den Küchentisch. Albert blickte ebenso wie Claus auf Abbildungen verschiedener Objekte. Ein Bogen, anscheinend aus rotem Kunststoff, stand in einem weißen Raum, auf einem anderen Bild lagen ein paar weiße Metallstäbe in einer Kiste. Auf dem dritten stand eine Flasche mit abgeschlagenem Hals in der Mitte eines Zimmers.

»Du musst dir das in echt angucken«, sagte sie zu Claus. »Ich bin so unsicher, ob dieser Minimal-Kram überhaupt irgendwelche Relevanz hat. Wie findest du es denn?«

»Du weißt ja, ich hab echt nicht so viel Ahnung von Kunst. Aber ich finde das super.«

»Ich weiß nicht, ob ich das überhaupt noch will. Eigentlich interessiert mich Produktdesign viel mehr als diese sinnlose Künstlerwelt.«

Albert blickte ratlos auf die Bilder. Er befürchtete, etwas sagen zu müssen. Glücklicherweise rettete Claus ihn: »Juliet und ich müssen noch was bereden. Du kannst dir ja schon mal dein Zimmer einrichten oder so. In einer Stunde müssen wir los zum Proben.« Sie ließen Albert in der Küche zurück. Die Tür von Claus' Zimmer schloss sich.

Hier also werde ich zukünftig leben, dachte Albert. Er grinste. Hallo, St. Pauli, tschö, Barmbek!

Der Proberaum befand sich in der dritten Etage des alten Luftschutzbunkers in Eimsbüttel. Claus schloss die Stahltür auf, was sich nicht ganz einfach gestaltete. Der kleine Raum sah aus wie eine Sperrmüllhalde. In einer Ecke stand ein Schlagzeug, davor unzählige Bierflaschen. An den Wänden hauptsächlich Eierpappen. Neben einem Mischpult quollen einige Aschenbecher über. Im ganzen Raum türmten sich Verstärker, Lautsprecher, Pappkartons und nicht definierbares Gerümpel. Es roch muffig, wie im Keller der Turnhalle Wehl, wo Albert sich früher zusammen mit Skrei vor dem Sportunterricht geschützt und Dosenbier getrunken hatte. Mitten in dem Chaos saß auf einem zerschlissenen Sessel ein sehr wacher Susesch, auf dem Schoß einen kostbar aussehenden Bass. Er lächelte Albert freundlich an.

»Willkommen im Komplex der Kunst!«

»Tach, mal sehen, wie das wird!«

Albert nahm Tonis Gitarre aus der Kunstledertasche. »Welchen Verstärker kann ich denn benutzen?«

»Nimm den.« Claus zeigte auf einen ziemlich abgeschabten Combo-Verstärker. Erst jetzt fiel Alberts Blick auf ein Ungetüm aus Pappmaché und Plastik in einer Ecke des Raumes. »Das ist von den *Drosophilas*, Bühnendekoration. Unsere Proberaumkolleginnen und ihrer Meinung nach die erste Riot-Girl-Band Deutschlands.«

»Aha«, sagte Albert und stöpselte seine Gitarre ein.

»Wo ist denn Gernot?«, fragte Claus.

»Knast?«, mutmaßte Susesch.

Es rumpelte an der Tür.

»Für seine Verhältnisse sehr pünktlich.«

Gernot war völlig verschwitzt. »Ach, ihr seid schon da? Und ich dachte echt, ich wär heute der Erste.«

Claus und Susesch warfen sich einen vielsagenden Blick zu, während Gernot zwei Kartons hinter sein Schlagzeug stellte.

»Hi, Albert! Ich bin echt gespannt. Übrigens, neuer Bandname: *Erker.*«

»Nicht schlecht«, sagte Susesch.

»Quatsch«, sagte Claus.

Albert sagte nichts.

Unter ständigem Fluchen und Rauchen schraubte Gernot die Becken an die Ständer, suchte Claus seine Kabel und Effektpedale zusammen, drehte Susesch an der Gesangsanlage herum. Das ständige Quietschen aus den Boxen und die ausgesprochene Umständlichkeit der drei ließen Albert sowohl an der Sicherheit der Anlage als auch am Geisteszustand seiner Bandkollegen zweifeln. Schlussendlich gelang es der Rockgruppe *Erker* jedoch, sämtliche Technik an den Start zu bringen.

Der erste Song, den sie Albert vorspielten, war ziemlich schnell. Gernot drosch wie verrückt auf sein Schlagzeug ein, was Albert sehr gefiel.

Beim dritten Durchgang stieg er mit ein. Das Lied hieß »Mein erster Wille« und bestand, soweit Albert verstehen konnte, aus einer Aufzählung. Claus hatte eine zwar nicht sehr tonsichere, aber individuelle Art zu singen. Albert mochte seine Stimme. So wie er es überhaupt mochte, hier mit diesen drei Typen abzuhängen, mit denen er sich gestern in die Besinnungslosigkeit gesoffen hatte. Sein erster Aufenthalt in einem Proberaum. Seine Haare waren noch nass vom Regen. Claus wirkte erstaunt darüber, dass Albert auf Anhieb die Akkorde wusste. Sie sprachen sich ab, was das Gitarrenspiel betraf, Claus spielte weniger und konnte sich so mehr auf den Gesang konzentrieren. Susesch sagte nicht viel, lag aber nie daneben. Sie spielten drei weitere Lieder, »Unterstand«, »Gorch Fock« und »Autosuggestion«.

Niemand trank Alkohol, aber Gernot und Susesch rauchten in jeder Spielpause. Dann stand Gernot unvermittelt hinter seinem

Schlagzeug auf. »Ich muss los, wann spielen wir wieder? Morgen?«

Anscheinend bin ich mit dabei, dachte Albert.

Gernot war davongehastet.

»Wo der wohl schon wieder hinmuss?«, wunderte sich Susesch. »Na kommt, na los – ich nehm euch mit.«

Sie setzten sich in Suseschs Auto, einen alten edlen Sportwagen, Claus vorne, Albert hinten auf der engen Rückbank.

»Wohin wollt ihr? Nach Barmbek, Albert?«

»Nee, auch in die Talstraße. Ich hole morgen meinen Kram aus Barmbek.«

In der Talstraße setzten sich Albert und Claus in die Küche und öffneten zwei Dosen Holsten Edel vom Kiosk.

»Susesch hätte dich auch nach Barmbek gefahren. Er liebt sein Auto. Ein Karmann-Ghia Cabriolet! In Hamburg. So ein Unfug. Er bringt immer alle nach Hause, egal, wie groß der Umweg für ihn ist. Gernot muss immer irgendwann ganz plötzlich los. Der Mann ist ein Rätsel. Aber beides Spitzentypen. So richtig klar ist mir auch bei Susesch nicht, wovon der lebt. Studieren tut der auf alle Fälle nicht. Aber weniger dubios als bei Gernot scheint es bei ihm schon zu sein. Der hat auch 'ne ziemlich coole Wohnung. Natürlich in St. Georg.«

Albert wusste zwar nicht, warum es natürlich war, dass Susesch in St. Georg lebte, wollte jedoch Claus' Redefluss nicht unterbrechen.

»Der jobbt auf alle Fälle viel bei seiner Mutter. Die hat 'ne Edelboutique in Pöseldorf. Susi kann ziemlich gut zwischen den Welten wandeln. Am einen Tag Punkkonzert, am nächsten Schwulenbar und davor vielleicht noch Familienfest bei seinen Eltern. Das kann der – so ohne Zweifel leben. Das würde ich auch gern können.

Apropos können«, Claus nahm einen Schluck Holsten, »du hast ja offensichtlich Talent, das ist doch völlig absurd, dass du noch nie in einer Band gespielt hast! Wir klingen jetzt zum ersten Mal richtig geil!«

Albert war sich nicht so sicher, ob er das genauso sah. Sie wechselten in Claus' Zimmer und hörten Musik, die im Verlauf des Abends kontinuierlich lauter gedreht wurde. Zu später Stunde klopfte Liane und bat freundlich um etwas Ruhe.

»Ach, ich geh pennen, muss morgen früh raus«, sagte Claus.

Albert begab sich in Zarmuteks Zimmer, das nun sein Zimmer war, und legte sich auf die Matratze. Aus den Kneipen der Umgebung waberte dumpf stumpfe Rockmusik heran. Vereinzelt brüllten Besoffene ihre Weisheiten in die Nacht. Erst sehr viel später schlief er ein.

Drei Tage später hatte St. Pauli ihn bereits absorbiert. Albert gehörte nun zu jenen, die schon bei Tageslicht über die nahezu menschenleere Reeperbahn spazierten und in dem heruntergekommenen Penny-Markt an der Ecke einkauften. Morgens ließen er und Claus sich vom linkischen Verkäufer in der Bäckerei am Silbersack ihre Brötchen nach Wunsch belegen.

»Ach, die Schmutzfinken! Emmentaler, Remoulade, zwei Scheiben Gurke wie immer? Mach ich euch, ihr Süßen. Und zwei Kakao, was?«

Albert fühlte sich heimisch. St. Pauli war auch nur ein Dorf, größer, dreckiger, abenteuerlicher und nicht so lebensfeindlich wie Wehl, aber er hatte den Eindruck, sich dennoch in sicheren Strukturen zu bewegen. Und Barmbek verblasste bereits.

Am Nachmittag setzte er sich in die S-Bahn und fuhr in die Barmbeker Wohnung. Ich muss dringend bei Jürgen und Monika anrufen, um zu kündigen, dachte er. Aber wie sollte er das bloß anstellen, ohne dass es zu langwierigen und lästigen Diskussionen mit seinen Eltern kam? Den Gedanken schob er beiseite und steckte einige Dinge, die ihm wichtig schienen, in eine gelbe Ikea-Tasche. Er betrachtete den Stoffschlumpf in der Schlafecke. Als Sechsjähriger hatte er das große Los gezogen. *Freie Auswahl!* Er hatte sich für den Schlumpf entschieden, der seitdem stets in seinem Zimmer gesessen hatte. Skrei hatte ihm den Namen Herr Bismarck verpasst. »Du kommst natürlich mit«, sagte Albert zu Herrn Bismarck. »Bei Gelegenheit zeige ich dir deinen Namensvetter an der Ost-West-Straße.« Er klemmte sich den Schlumpf unter den Arm und machte sich wieder in Richtung St. Pauli auf.

Am nächsten Tag schlich er durch den verwinkelten Flur der WG und stellte fest, dass niemand zu Hause war. Claus übernachtete bei Juliet, Liane stand ohnehin zu unmenschlicher Uhrzeit auf, und Toni war offenbar noch immer »geschäftlich« in Berlin.

Aus der darunterliegenden Wohnung dröhnte furchterregende Musik in beleidigender Lautstärke. *Blue System*? Die alte Bartsch hatte wohl das Haus verlassen, was die äußerst unsympathische Tochter und ihren ebenfalls sehr unangenehmen Freund umgehend dazu bewog, das ganze Haus mit ihrem Schrott zu beschallen. Kretins, dachte Albert. Und: Das arme Baby. Bevor er melancholisch werden konnte, klingelte das Telefon. Albert überlegte, ob er es schon wagen konnte ranzugehen. Das Klingeln blieb hartnäckig, und er nahm den Hörer ab.

Umstandslos wurde er angebrüllt: »Hallo, wer ist da in meiner Wohnung?!«

»Ich bin's. Albert.«

»Ja, pass auf! Ich muss schnell machen, Ferngespräch, was hier abgeht in Berlin! Telefonkarte ist gleich alle!«

Toni also. Gehörte auch zu jenen, die glaubten, die Entfernung mit Lautstärke überbrücken zu müssen.

»Wer kümmert sich um Dido?«

Albert hielt den Hörer vorsichtshalber ein paar Zentimeter vom Kopf weg. »Um wen?«

»Mann! Dido, meine Pflanze! Wer hat sie gegossen oder das Fenster aufgemacht?!«

Albert war vollkommen ratlos.

»Scheiße, gleich alle! Telegramm: DIDO STOP FLEISCHFRES-SENDE PFLANZE STOP EINMAL TÄGLICH WASSER STOP FENSTER AUF FÜR INSEKTENZUFUHR STOP …« Es piepte in der Leitung. »Sie ist sensibel!«, brüllte Toni zum Abschied, dann klickte es. Ende.

Albert blickte unentschlossen auf den Hörer, zuckte mit den Schultern und legte auf.

In Tonis Zimmer an der Wand stand der riesenhafte weiße Schreibtisch, unter dem er und Claus sich vor einigen Tagen vor dem erzürnten Boxer versteckt hatten. Insgesamt wirkte das Zimmer seltsam unbewohnt. Ein Chefsessel aus Kunstleder, ein Wäsche-ständer mit Kleidung, die vermutlich schon seit Wochen trocken war, ein Futon mit schwarzer Satinbettwäsche. Er sah keinerlei Platten, nur stapelweise CDs. Passt, dachte Albert.

Auf der Fensterbank stand ein blauer Keramiktopf, in dem etwas Grünes vor sich hin welkte.

Dido bestand im Grunde nur aus fünf fleischigen Blättern, die flach auf der Erde lagen. Ein grüner Seestern, dachte Albert. Lieber nicht anfassen. Er füllte im Bad einen Zahnputzbecher und goss das Wasser vorsichtig neben die Blätter in die Blumenerde. Bloß nicht zu viel, dachte er, ließ das Wasser versickern und kippte das Fenster. Freut mich, dich kennenzulernen, Dido. Ich bin Albert.

Unten war man mittlerweile bei *2 Unlimited* angekommen.

I LIKE TO MOVE IT MOVE IT.

Er kapitulierte und beschloss, in die Universität zu fahren.

Albert erschien zu spät zur Zwölf-Uhr-Vorlesung. Möglichst un-auffällig schob er sich in eine Bank der letzten Reihe des riesigen Hörsaals.

»Die Morphologie beschäftigt sich unter anderem damit, wie

Sprecher verschiedenster Sprachen Wörter bilden, welche Regularitäten bezüglich der Wortbildung und Flexion bestehen und welches intuitive Wissen über diesen Teil von Sprache sie somit haben müssen.«

Der Professor hatte eine merkwürdige Stimme. Nasal und schnarrend. Leicht gebeugt stand er am Pult und sprach in das Mikrofon. Vielmehr sprach er am Mikrofon vorbei, weswegen er kaum zu verstehen war. Albert musste sich so sehr auf die Akustik der Sätze konzentrieren, dass ihm keine Kapazitäten mehr blieben, auch den Inhalt zu dechiffrieren. Die Studentin schräg vor ihm schrieb pflichtschuldig mit. Albert fiel auf, dass er weder Stift noch Zettel dabeihatte.

»Nimmt man den orthografischen Wortbegriff ernst, dann ist der Wortstatus strikt von der Orthografie abhängig. Die meisten Sprachen sind aber nicht verschriftlicht – haben diese dann keine Wörter? Man benötigt also einen Wortbegriff, der sich auch auf nur gesprochene Sprachen anwenden lässt.«

Albert schaute sich im Saal um. Die Studenten sahen aus wie seine Mitschüler in Wehl. Praktische Kleidung, praktische Frisuren. Einige Jungs mit langen Haaren und Pferdeschwänzen, einige Mädchen mit kurzen Haaren. Manche der Jungs trugen weiße Hemden und rote Jeans. Das schien eine Hamburger Besonderheit zu sein. Ansonsten unterschied sich Hamburg an dieser Stelle kaum von seiner alten Heimat. Die Minuten krochen quälend dahin. Albert dachte an die Talstraße, an Claus, an Dido, und er dachte an die Comichändlerin.

In der Pause der Doppelvorlesung beobachtete Albert seine Kommilitonen, die im Nieselregen des kleinen Lichthofes standen. Einige rauchten Selbstgedrehte. Andere hatten tatsächlich Behälter mit Müslibrei dabei, den sie mit sachlichem Blick löffelten. Alle schienen einander bereits gut zu kennen.

Albert lauschte den Gesprächen um sich herum. Diese Vertrautheit, die hier im Innenhof herrschte, verblüffte ihn. Anscheinend hatte er seit dem Semesterbeginn vor einigen Wochen in Rekordzeit den Anschluss verloren. Seine Kommilitonen hatten sich offenbar längst in Arbeitsgruppen eingeteilt und trafen sich auch privat. Vermutlich hatten sie gar nichts gegen ihn. Aber sie waren wohl zu dem Schluss gekommen, dass er nichts mit ihnen zu tun haben wollte. Und das war letztlich die Wahrheit.

Ein etwas älterer Student mit grauer Cordhose, Kunstlederjacke und akkuratem Kurzhaarschnitt kam auf ihn zu. »Albert! Bist du auch mal wieder hier!«, sagte er, während er seinen Pilotenkoffer zwischen die Beine schob. Albert hatte seine Plastiktüte achtlos im Vorlesungsraum liegen gelassen. Er sah, dass all die anderen Studenten Rucksäcke bei sich hatten.

Oje, wie hieß der Typ noch gleich? Er hatte sich mit ihm in der sogenannten OE-Woche unterhalten. *OE-Woche, Prof, Stabi.* All die Abkürzungen widerten Albert an. *Die Aküs,* dachte er. Vor dem Asta-Büro war er von einem Hippie mit Fusselbart als »Erstie« bezeichnet worden. Diesen Abkürzungswahn hatte er schon bei jenen beobachtet, die in derselben Zeit wie Nele nach Köln gezogen waren, die trafen sich auch immer nur im »Voga« statt im Volksgarten. Wollten sie dadurch wertvolle Lebenszeit einsparen?

In der OE-Woche hatte Ulf oder Arndt oder wie auch immer der Student mit dem Pilotenkoffer hieß, berichtet, dass er zuvor Zeitsoldat gewesen war. »Es ist einfach wahnsinnig wichtig für mich, dass ich mir dieses Studium selbst finanziere. Ich mag keine Abhängigkeiten, und meine Eltern waren eh dagegen, dass ich studiere. Vor allem so eine brotlose Kunst! Die Kameraden haben natürlich auch ganz schön blöd geguckt.«

Obwohl Albert niemals verstehen würde, wie man freiwillig zur Bundeswehr gehen konnte, fand er Uwe oder Arne wegen seiner fast schon hilflosen, entschuldigenden Gesten im Grunde ganz sympathisch. Schon allein deshalb, weil die anderen Studenten ihn mit unterschwelliger Missachtung straften. Ihm war nicht klar, was er sagen sollte. »Ja, ich bin umgezogen.«

»Aha«, erwiderte der Soldat. »Ich auch. Ich bin nun bei meinen Eltern raus. Das wurde ja auch Zeit mit achtundzwanzig. Aber bisher war es praktisch, wo ich ja eh unter der Woche immer in der Kaserne war. Glücklicherweise ist es mir gelungen, den Umzug zu meistern, ohne eine Vorlesung zu versäumen.«

Der ist richtig hier, dachte Albert, der redet ja wie gedruckt. »Und wohin?«

»Finkenwerder! Es ist nur eine kleine Mansarde. Aber in bester Umgebung!«

»Kenn ich!«, erwiderte Albert. »Super Stadtteil, direkt an der Elbe. Ich bin auf der anderen Seite. St. Pauli.«

Der Soldat blickte auf seine Armbanduhr. »So, nun geht es ja gleich weiter. Ich heiße übrigens Arnulf, falls du dich nicht mehr erinnerst.«

Er ergriff seinen Koffer und betrat als Erster den Vorlesungsraum.

»Morpheme, die eine grammatikalische Bedeutung realisieren, werden Funktionsmorpheme genannt. Mit dem Begriff ›Inhaltsmorphem‹ wird auf Morpheme Bezug genommen, deren Bedeutung nicht in der Realisierung einer grammatikalischen Kategorie besteht. Die meisten Morpheme einer Sprache sind Inhaltsmorpheme, die Funktionsmorpheme beschränken sich auf freie und gebundene Flexionsmorpheme.«

Noch immer schrieb das Mädchen vor ihm eifrig mit.

Ihm fiel auf, dass insbesondere die Mädchen hier sehr jung wirkten. Direkt von der Schulbank.

Er selbst hatte sich seine Zeit klug eingeteilt. Einmal eine Klasse wiederholt und dann seinen Zivildienst so geschickt begonnen, dass ihm nach dem Abitur und vor dem Studium jeweils vier Monate zum Nichtstun geblieben waren.

Leise versuchte er seine Materialien aus der Plastiktüte zu holen. Zunächst die *Mopo*. Das Boulevardblatt verfügte immerhin über eine Pop-Seite, auf der bisweilen auf nicht ganz uninteressante Konzerte hingewiesen wurde. Mehr las er darin meist nicht.

Außerdem befand sich sein Proviant in der Tüte, eine Dose Star-Cola, ein Banjo-Riegel und ein Micky-Maus-Heft, das er in der WG gefunden hatte.

Unter lautem Geknister zog er das Comicheft aus der Tüte. Das Mädchen vor ihm wandte sich um, verdrehte erwachsen die Augen und zischte: »Kannst du dich bitte woanders hinsetzen, wenn du eh nicht zuhören willst?«

Albert hob entschuldigend die Hände und schlug das Heft auf. *Micky Maus* Nummer 26/1987. Donald stritt sich mit seinem Nachbarn Zorngiebel. Entenhausener Vernunft, dachte Albert.

»Komposita, also komplexe Wörter wie Baumstamm bestehen aus zwei Stämmen, nämlich Baum und Stamm. Beide Stämme können auch als eigenständiges Wort vorkommen. Da wir zwei Stämme haben, die zu einem Wort kombiniert werden, haben wir auch zwei nicht gebundene Wurzeln, die in diesem Fall jeweils identisch mit den Stämmen sind.

Warum sind gebundene Wurzeln keine Affixe?

Wer hat eine Idee?

Ja, der Kommilitone Sebastian bitte!«

Albert schreckte aus seiner Lektüre hoch. Tatsächlich hatte der

Professor eine Frage gestellt, und sofort hatte sich der Typ aus Reihe zwei gemeldet und dem Professor leichthin eine lexikalische Regel an den Kopf geworfen. Der Professor nickte. »Sehr gut, Sebastian«, lobte er und fuhr in seinem Vortrag fort. Woher wusste der Professor den Namen des Kommilitonen Sebastian? Hier ging irgendetwas vor sich, was Albert völlig rätselhaft war. Er verstand gar nichts und niemanden. Keine Gründe, keine Ziele. Alle anderen fanden sich mühelos zurecht. Für sie war die Morphosyntax selbstverständliche Grundlage ihres Studiums. Sie verstanden, wovon der Professor sprach. Alberts Vorstellung war gewesen, ein paar Bücher zu lesen und darüber zu sprechen.

»Das, was durch die Wortbildung in der Welt bezeichnet wird, wird primär durch die Wurzel festgelegt. Ein Affix ist niemals der lexikalische Kern einer Wortbildung, die Bedeutung von Wortbildungsaffixen ist in der Regel sehr allgemein und benötigt ein weiteres bedeutungstragendes Element.«

Die Stimme des Professors war noch immer leise, aber sie tat Albert in den Ohren weh. Und sie lenkte ihn von seiner Lektüre ab. Der Streit zwischen Donald und Zorngiebel eskalierte. Die Studenten lauschten noch immer dem Professor, der Füller des Mädchens wanderte flink über den Block.

Albert steckte das Heft in die Plastiktüte, stand auf und verließ möglichst unauffällig den Hörsaal.

Er stieg in die S-Bahn Richtung Barmbek. Bei seinem letzten Besuch hatte er unter anderem vergessen, Socken und Unterhosen einzupacken. Eigentlich befand sich dort ohnehin mehr, als er tragen konnte. Er könnte die Sachen ja nach und nach in die Talstraße überführen.

In der Bahn stiegen erneut Sorgen in ihm auf.

Wie sollte er seine überstürzte Flucht aus Barmbek denn Jürgen und Monika erklären? Er hatte keine Ahnung von den Kündigungsfristen. Nur seine Eltern kannten die Details, sie hatten den Mietvertrag unterschrieben. Ihm fiel ein, dass er sich schon seit Tagen nicht mehr bei ihnen gemeldet hatte. Als er am Barmbeker Bahnhof ausstieg, fiel ihm auf, dass der Schlüssel für die Wohnung in der Talstraße lag. Dann eben zum Comicladen, dachte er.

An einem Münzsprecher kramte er etwas Kleingeld aus der Hosentasche und wählte die Nummer seiner Eltern.

»Albert, das ist ja schön. Wir haben uns Sorgen gemacht. Wie gefällt es dir denn? Hast du alles schön eingerichtet? Sind die Kommilitonen nett? Hast du noch saubere Unterwäsche?« Mutter hatte die Angewohnheit, Fragen zu stellen, ohne die Antwort abzuwarten. »Warum ist es denn so laut bei dir?«

»Ich bin in der Telefonzelle, das Telefon in der Wohnung spinnt.«

»Ach so, deshalb können wir dich nie erreichen. Ich habe es schon so oft versucht. Soll ich Jürgen sagen, dass er es reparieren lässt?«

»Nee, ist schon in Ordnung. Ist nur ein Wackelkontakt, kann man mit Bananensteckern überbrücken.«

»Ach so, dann ist ja gut.«

Beschämend, dass er seiner Mutter zu der Lüge auch noch solchen Quatsch auftischte. Er wusste, dass sie nicht weiter nachfragen würde, sobald er etwas ins Spiel brachte, das in irgendeiner Form technisch klang. Ein paar Minuten war er noch ihren besorgten Fragen ausgesetzt, dann war das Geld alle.

Als er den Comicladen betrat, stieg ihm wieder der muffige Geruch in die Nase. Enttäuscht stellte er fest, dass hinter dem Tresen nicht das Mädchen saß, sondern ein älterer Mann mit fettigen langen Haaren, Fusselbart und einem verfilzten bunten Wollpullover. Wäre ja auch zu schön gewesen, dachte er. Der Verkäufer blickte ihn misstrauisch an.

»Tach«, sagte Albert.

»Tüte hinter den Tresen«, erwiderte der Mann nur und zeigte in eine Ecke hinter sich.

»Okay, ich schau mich mal um.«

Albert wusste überhaupt nicht, was er nun hier sollte. War ja klar, dass die nur eine Aushilfe war, dachte er. Er nahm ein Heft in die Hand. *Tim und Struppi – Der geheimnisvolle Stern*. Noch bevor er es aufgeschlagen hatte, tönte es bereits vom Tresen: »Achtung! Das ist die Erstauflage!«

Eingeschüchtert und entnervt legte er das Heft zurück. Albert fühlte sich unter den Augen des Alten unwohl. Grummel, dachte Albert, Herr Grummel. Diesen Namen soll er tragen.

Er floh in die hinterste Ecke des Geschäfts. Hier war er vor den Blicken des Grummelmanns geschützt. Allerdings war hier auch nichts, was Albert beachtenswert erschien. Links und rechts Kiefernholzregale, vollgestopft mit unzähligen vergilbten und zerlesenen Groschenromanen. *Jerry Cotton, Perry Rhodan, Der Bergdoktor, Rote Laterne, Larry Brent*. Wie trist, dachte Albert. Sein Blick fiel auf das oberste Heft eines zerwühlten Stapels am Boden. *Erde 2000 – Mit der Zeit-Kugel in die Zukunft: Krieg den Maschinen*. Nicht uninteressant, dachte Albert. Er schlug das Heft in der Mitte auf, konnte sich aber auf den Text nicht konzentrieren. Schade, dass sie nicht hier ist, dachte er. Schließlich überwand er sich und trat wieder in den Hauptraum. Da war sie plötzlich und reichte Herrn Grummel eine Thermoskanne sowie einen altertümlichen blechernen Henkelmann.

Sie blickte Albert freundlich an. »Da bist du ja wieder.«

Bevor er antworten konnte, sagte Herr Grummel: »Den kennst du?«

Statt zu antworten, verdrehte sie die Augen und lächelte. »Nichts gefunden?«

»In gewisser Weise nicht, in gewisser Weise schon.«

So ein Unfug, dachte er. Er wusste unter dem strengen Blick des Alten nichts zu sagen. Sie lächelte jedoch noch immer. »Komm doch am Samstag zur Comic-Börse in die Mensa, da haben wir auch einen Stand.«

Albert blickte sie an, ihr Karohemd, ihre lässige Frisur. Gar nicht so gothic, dachte er.

Herr Grummel griff nach dem Henkelmann. Albert suchte nach Worten. Herr Grummel schraubte den Deckel ab.

»Danke. Mal sehen«, sagte Albert, ärgerte sich über seine ungelenke Antwort, nahm die Plastiktüte und verabschiedete sich versehentlich mit einem »Tschö«.

Ich esse wie meine Oma, dachte Albert und betrachtete, wie seine rechte Hand den Börek zergabelte. Eigenartig, was über Generationen vererbt wird, dachte er, und dass es alles nichts half: Demnächst würde er seinen Eltern die Wahrheit sagen müssen. Er leerte seinen Teller, zahlte und verließ den Imbiss.

Eigentlich hatte er gehofft, dass niemand zu Hause war, aber er hörte schon im Hausflur Gelächter aus der Küche. Offenbar hatte Claus Besuch. Albert schloss die Tür auf und trat ein.

»Hallo, Albert«, rief Claus, der sich an die Spüle gelehnt hatte und ihn mit einer Dose Bier in der Hand in die Küche winkte. »Ripplinger hat süße Stückchen mitgebracht, bedien dich!«

Neben dem Herd saß ein Hüne mit wirren Locken und deutete großspurig auf einen Pappteller voll Gebäck. »Hier, war im Sonderangebot! Rosinenschnecke oder Franzbrötchen?«

Albert entschied sich für einen Kirschkopenhagener und reichte dem Gast die Hand.

»Tach, ich bin Albert!«

»Schweitzer oder Einstein?«, fragte Ripplinger und blickte leutselig über seine Brille hinweg.

Claus grinste, verdrehte aber auch die Augen.

Albert hatte das Bedürfnis, sich in sein Zimmer zurückzuziehen, wollte aber nicht unhöflich wirken und spülte den halb trockenen Kopenhagener mit einem Schluck Bier hinunter.

»Hier, wegen der Probe morgen … Gernot meinte ja, dass er wahrscheinlich keine Zeit hat. Das wäre mir ganz recht, weil ich noch 'n paar Sachen aus Barmbek holen wollte …«

»Barmbek, Charme weg!«, kommentierte Ripplinger und nahm einen Riesenschluck aus einer Riesenplastikflasche Schwip Schwap.

Claus zuckte entschuldigend mit den Schultern. Offenbar bemerkte er, dass Albert nicht empfänglich war für eine Kalauerkanonade.

»Was ist jetzt eigentlich mit deiner Karre, Ripplinger?«, fragte er. »Deswegen bist du doch hier, oder?«

Ripplinger verschränkte die Arme. »Claus. Rich-tig geil. 240er Volvo Kombi, Automatik. Jetzt lass doch endlich mal gucken!« Er erhob sich, verstaute die Schwip-Schwap-Flasche in seinem Armeerucksack und schaute Albert begeistert an. »Der wird dir auch gefallen!«

Albert zweifelte nicht daran.

Ripplinger fegte in der Rekordzeit von etwa dreieinhalb Sekunden die beiden Stockwerke zur Haustür hinunter, die er Claus und Albert mit strahlendem Gesicht aufhielt.

»Scheckheftgepflegt, sagt man dazu!«

»Wieso eigentlich immer Volvo?«, fragte Claus.

»Wieso immer? Davor hatte ich doch den Fiesta!«, protestierte Ripplinger.

»Seit dem Fiesta hattest du drei Volvos.«

»Ich *habe* drei Volvos!«, korrigierte Ripplinger.

Interessant, dachte Albert. Ein Mann mit einem Fuhrpark. Und: Hat der Mann auch einen Vornamen?

Der dunkelblaue Kombi stand direkt vor der Tür. Offenbar sah Ripplinger Parken als Extremsport. Er hatte es geschafft, sowohl die Hälfte der Fahrbahn als auch zwei Drittel des Bürgersteigs zu blockieren.

Fasziniert blickte er auf sein neues Auto. »Geil, oder?!«

Albert fühlte sich müde. »Ich glaub, ich geh mal wieder hoch.«

Ripplinger setzte ein Gesicht auf, als hätte Albert der Karosse den Lack zerkratzt. »Bitte was? Jetzt setzt euch doch mal rein!«

Claus und Albert stiegen gehorsam ein.

Ripplinger ließ sich auf den Fahrersitz fallen und betrachtete die Armaturen, als hätte er sie noch nie gesehen. »Geil, oder?!« Dann drehte er sich zu Albert um, der die Rückbank durchaus bequem fand. »Ich kann dir gern helfen mit deinem Zeug! Neun Uhr?«

»Klar!«, sagte Claus. »Hauptsache, Auto fahren.«

Ripplinger überhörte die Bemerkung und bestätigte sich selbst: »Neun Uhr!«

Albert fand die Aussicht, nichts durch den Regen tragen zu müssen, ausgesprochen angenehm. »Neun Uhr!«

Claus und Albert verabschiedeten sich und stiegen aus. Ripplinger kurvte rasant aus der Parklücke und beschleunigte auf dem kurzen Stück zur Reeperbahn derart, dass Claus entsetzt die Hände vors Gesicht schlug.

Fehlen nur noch Fanfaren, dachte Albert. Euphorie war noch nie meine Stärke gewesen, dachte er und überlegte: Woher nahm Ripplinger seine unbeirrbare Begeisterungsfähigkeit für einen Kombi?

»Ich geh noch 'ne Runde spazieren«, sagte er.

»Okay. Ja, Probe fällt sicher aus. Gernot hat da wieder irgendeinen Quatsch am Start. Juliet kommt gleich, ich geh schon mal hoch.«

Albert überlegte, ob er von der Telefonzelle aus seine Eltern anrufen und reinen Tisch machen sollte, verwarf diese Idee aber umgehend.

Es begann heftiger zu regnen, und er zog die Kapuze seines Mantels über. Der alte Parka von Skrei. Albert fühlte sich in ihm wohl und sicher. Er hatte ihn sich vor zwei Jahren eigentlich nur für den abendlichen Rückweg nach Hause leihen wollen. Aber Skrei wollte ihn nicht zurück. »Du bist ein Parka-Typ. Ich bin eher ein Jacken-Typ.« Damit war die Sache erledigt gewesen.

Ich muss meinen Eltern sagen, dass ich umgezogen bin, dachte Albert und daran, dass seine Mutter sich große Sorgen machen würde. Ihr Sohn auf dem Kiez, im Rotlichtmilieu, im Drogensumpf! Sein Vater würde einfach nur beleidigt sein, dass Albert die Spitzenbude von Jürgen und Monika verschmäht hatte.

Albert fühlte sich unwohl.

Das Gegrübel ist ungesund, dachte er, es schlägt einem auf den Magen. Als er die Wohnung betrat, stellte er beruhigt fest, dass sämtliche Zimmertüren geschlossen waren. Liane schlief wahrscheinlich schon, Juliet und Claus hatten sich zurückgezogen, und Toni telefonierte.

Albert schlich in sein Zimmer und verfluchte sich dafür, dass er die Akkus für den Walkman nicht aufgeladen hatte.

Es war alles sehr ermüdend. Dennoch brauchte er mehr als zwei Stunden, bis er endlich einschlief.

4

Tags darauf stand er um neun Uhr vor der Haustür, um zu vermeiden, dass Ripplinger Claus und Juliet oder, noch schlimmer, Toni wach klingelte. Der Mann klingelte sicherlich sehr energisch. Um Viertel nach neun fragte Albert sich, wieso er nie mit dem Rauchen angefangen hatte, war es doch die beste Möglichkeit, die durch Warten vergeudete Lebenszeit zu füllen. Um halb zehn entschied er sich, wieder ins Bett zu gehen. Offenbar hatte Ripplinger ihn vergessen. Just in diesem Moment erfüllte infernalisches Geknatter die Talstraße, und wenig später brüllte Ripplinger aus dem Fenster eines Kleinstwagens, der ungefähr die Maße seines Fahrers hatte, Alberts Namen.

Albert musste grinsen und zwängte sich auf den Beifahrersitz.

Ripplinger strahlte. »Geil, oder? Beim Volvo Kombi muss die Zylinderkopfdichtung gewechselt werden, aber mein Schrauber hat mir so lange den Fiat Bambino gegeben!

Warst du schon mal in Fuhlsbüttel, Flugzeuge gucken?«

»Was ist das, ein Museum?«

»Nicht dein Ernst! Nee, Mann. Der Flughafen! Komm, ich kenn da die beste Ecke!« Ripplinger wartete Alberts Antwort nicht ab, sondern gab Vollgas. Der Lärm war beeindruckend. Vor allem für ein solches Miniaturgefährt.

»Irgendwas mit dem Auspuff stimmt nicht. Ist aber auch geil.

Irgendwann fahren die Autos ganz ohne Geräusch, das will doch kein Mensch!«

Albert betrachtete Ripplinger, der immer noch übers ganze Gesicht strahlte.

»Das Ding liegt so gut auf der Straße wie 'n Bentley!«, rief Ripplinger, was er dadurch unter Beweis stellte, dass er den Wagen in Kurven grundsätzlich nicht abbremste. »Geil, oder?«

Albert musste zugeben, dass der Autoscooter-Fahrstil ihm durchaus Freude bereitete.

»Liegt denn Barmbek auf dem Weg zum Flughafen?«

»Nee, da fahren wir später hin!«

Den Rest der Fahrt schwiegen sie, weil es im Innenraum des Fiats schlicht zu laut war, um sich zu unterhalten, und weil Ripplinger seine ganze Konzentration für waghalsige Manöver im Innenstadtverkehr aufbringen musste.

Eine halbe Stunde später parkte Ripplinger den Fiat Bambino an einem Zaun, von dem aus sie einen direkten Blick auf das gesamte Rollfeld des Flughafens hatten. Sie pellten sich aus dem Gefährt.

Ripplinger schwieg und beobachtete geistesabwesend ein abhebendes Flugzeug.

»Und ab dafür«, murmelte er.

Albert wurde melancholisch. Wie immer, wenn er abfahrende Züge oder sogar nur Omnibusse betrachtete. Abschiede stimmten ihn traurig, er kannte das Gefühl aus seiner Kindheit. Dabei waren es nie die eigenen Abschiede gewesen, die ihn so mitgenommen hatten, immer nur diejenigen, die er sah oder sich nur vorstellte. In Wehl hatte er sich oft gefragt, ob in den Flugzeugen am Himmel wohl Menschen saßen, die sich vorher für immer von irgendwem hatten verabschieden müssen.

Skrei hatte ihn oft damit aufgezogen, dass er den Flugzeugen wie erstarrt hinterhergeschaut hatte. »Und, hat der Pilot 'nen Schnauz-bart?«

Ripplinger rauchte in einer Tour und sagte kein Wort. Auch wenn Albert ihn kaum kannte, war er sich sicher, dass das selten vorkam.

»Schön«, sagte Albert nach einer Weile, ohne dass er wirklich etwas hatte sagen wollen.

»Bier?«, fragte Ripplinger.

»Jetzt schon?«, fragte Albert.

Ripplinger legte die Handflächen aneinander, hielt sie unter seine Nasenspitze und schaute betont unschuldig.

»Eins geht«, stellte er fest.

Albert imitierte seine Geste, und Ripplinger holte grinsend zwei Dosen aus dem Kofferraum.

»Mehr als ein Sixpack passt nicht rein. Kein Auto für mich!«

Morgens saufen. Eigentlich nicht meine Art, dachte Albert, stellte sich aber vor, wie er und Ripplinger und das skurrile Auto im Nebel auf einem Foto gewirkt hätten. Fast schon ein Platten-cover.

Ripplinger hatte sich zum ersten Mal, seit sie hier waren, nicht sofort mit dem Verlöschen der vorigen Zigarette eine neue ange-zündet. Er schaute wieder auf das Flughafengelände.

»Alle wollen immer weg«, sagte er. »Und dann kommen sie wieder oder auch nicht. Und ich guck ihnen halt dabei zu, wie sie abhauen.«

Albert nickte sehr langsam. Er vermisste Skrei.

Plötzlich straffte Ripplinger sich. »Weiter?«

Sie quetschten sich wieder ins Auto.

»Planetarium?«

Ripplinger startete die Krachmaschine, rief: »Geil, oder? Plane-tarium!«, und gab Gas.

Als sie im Stadtpark angekommen waren und Richtung Planetarium stiefelten, war Ripplingers Nachdenklichkeit verflogen.

»Du spielst jetzt also auch bei *Wulst*?«

Albert war ratlos: »Bei Wulst?«

»Na, mit Claus und Susanne und Gernot!«

»Wieso denn *Wulst*? Das ist ja nun wirklich der allerbeschissenste Name!«

Ripplinger zündete sich umständlich eine Zigarette an.

»So hießen die auch nur für fünf Minuten. Also eine Ewigkeit für die. War meine Idee. Vorher hießen sie kurz *Biermangel*, dann *Bierangel*. Auch meine Idee!«

Albert lachte leise. »Na ja, mal abwarten. Ich hab ja erst eine Probe mitgemacht.«

»Das Konzert im Proberaum war geil! Da habe ich hinterher noch meine Brille verloren. Muss also gut gewesen sein!«

Ripplinger blickte Albert verschwörerisch an und hielt die rechte Hand an seinen Mund wie ein flüsterndes Kind: »Claus hat Toni noch nicht einmal Bescheid gesagt, dass sie spielen! Weil er Angst hatte, dass Toni die Musik scheiße findet.«

Erstaunlich, dachte Albert. Er hatte Claus in dem Zusammenhang für selbstbewusster gehalten.

Vor ihnen ragte das Planetarium in den Hamburger Regen.

»Geil, oder?«, sagte Ripplinger.

Albert blickte in den Schaukasten mit den Ankündigungen. »Nächster Vortrag ist um 12:00 Uhr. Mit Herrn Professor Übelacker. Das kann nur gut sein.«

Er sah auf die Uhr. »Halbe Stunde noch!«

Ripplinger wackelte mit dem Kopf. »Nee, das kostet doch sicher zwölf Mark! Ich wollte jetzt auch noch kurz zu STAR PRICE.«

Albert sah ihn fragend an.

»Ja, komm halt mit! Ist geil da! Direkt um die Ecke!«

Albert überlegte, ob er eine Wahl hatte. Er bedauerte es durchaus, dem Vortrag von Professor Übelacker nicht beiwohnen zu können.

Eine Viertelstunde später stoppte der Bambino nach todesverachtender Fahrt vor einer überdimensionalen Blechhütte. Neben einer halb blinden Glastür versprach ein Werbeschild mit einem grinsenden blauen Hund: STAR PRICE! ALLES WAS DU BRAUCHST!!

Ripplinger konnte seine Freude kaum zügeln. »Das ist einfach das GEILSTE! Muss man kennen!«

So denn, dachte Albert und folgte ihm. Das Innere von STAR PRICE entpuppte sich als heruntergekommene Lagerhalle, ein abgewrackter Palettenparkplatz, in dem es übel roch. Für Ripplinger schien es das Paradies auf Erden zu sein. Mit unverhohlener Begeisterung rannte er zwischen den Paletten herum, zeigte Albert mal einen Buddha aus Terrakotta, mal einen gefrorenen Hasenbraten für DM 1,99 (»VORSICHT! KANN RESTE VON SHROTKUGELN ENTHALTEN«), und fand einfach alles »Geil, oder?!«.

Albert fand das vollkommen unübersichtliche Angebot durchaus beeindruckend, konnte sich aber Ripplingers Freudentaumel nicht so recht anschließen.

Während Ripplinger mit einem Zylinder (DM 3,99) und einem Spazierstock aus Plastik (DM 1,89) vor ihm herspazierte, fiel Albert ein, dass er noch nichts gegessen hatte.

Er begab sich zum Kühlregal, das sich direkt bei den Kassen befand, erschauerte aber beim Anblick verklebter Quarkpackungen, halb aufgeplatzter Joghurtbecher und Zwei-Kilo-Beuteln LYONER HALBFEIN (Mindesthaltbarkeitsdatum: vorgestern).

Hinter ihm erschien Ripplinger, der sich mit einer Piratenaugenklappe und einer Weihnachtsleuchtkette verkleidet hatte. Albert erkannte ihn dennoch.

»Geil, oder?« Er nahm das Joghurtangebot in Augenschein.
»Nee, oder? Zott Kirsch, die ganze Stiege nur vier Mark!«

Albert wandte zweifelnd ein: »Ist doch sicher schon abgelaufen, oder?«

Ripplinger tat beleidigt. »Wieso abgelaufen? Steht doch noch hier!«

Albert verdrehte die Augen.

Ripplinger guckte leutselig.

»Ja, Ent-schul-di-gung! Hier, halt mal!«

Er drückte Albert eine Stiege Joghurt in die Arme und begann allen Ernstes, die nicht mehr intakten Becher gegen halbwegs ansehnliche Exemplare aus der nächsten Stiege auszutauschen. Nach zehn Minuten stand Albert mit vier Stiegen Zott Kirsch an der Kasse, während Ripplinger die Augenklappe zurück an ihren Platz brachte.

»Leuchtkette 1,99! Nehm ich mit. Weihnachten kommt ja wieder«, erklärte er, als er zurück an die Kasse gesprintet war.

Ripplinger zahlte, erklärte dem gelangweilten Kassierer, dass sein Zwanzigmarkschein garantiert echt sei (»Hab ich selbst gedruckt, ich muss das wissen!«), und rannte zum Auto. Er stellte die vier Stiegen Joghurt aufs Autodach und öffnete den Kofferraum so schwungvoll, dass seine Beute fast zu Boden gerutscht wäre, was Albert in letzter Sekunde verhindern konnte.

»Ach Scheißkacke! Hier ist ja gar kein Platz!«

Er blickte Albert an: »Ich hab nicht an die Malerfolie gedacht. War beim Baumarkt im Angebot! Setz dich mal rein!«

Albert setzte sich, und Ripplinger stapelte ihm die Stiegen auf den Schoß.

»Geht, oder?«

»Muss ja«, sagte Albert. Widerspruch wäre sinnlos gewesen, so viel war ihm klar.

Ripplinger zwängte sich auf den Fahrersitz, drehte den Zünd-schlüssel und brüllte: »Ich fahr dich direkt in die Talstraße, ja? Muss in 'ner halben Stunde bei meinem Schrauber sein!«

Meinetwegen, dachte Albert. Nach Barmbek könnte er auch morgen noch fahren.

Oder übermorgen.

»Was singt der da?«

Albert saß bei Claus im Zimmer auf dem Teppich. Die Musik klang wie ein betrunkener Spielmannszug, zu dem ein wild gewor-dener böser Zauberer seine Sprüche durchs Dorf brüllte.

»Keine Ahnung«, sagte Claus, der durch einen seiner zahlrei-chen Schuhkartons mit Singles blätterte, »ist finnisch.« Er reichte Albert das Cover der Platte, auf dem ein geschminkter Mann in einer Tiefkühltruhe lag.

»*Liimanarina*«, las Albert vor, »nie gehört!«

Er saß an die Wand gelehnt unter einem Plakat mit der Auf-schrift »Hrubesch Youth«.

Obwohl seine Platten in langen Reihen an der Wand standen und Claus wie Albert auf einer am Boden liegenden Matratze schlief, war das Zimmer mit einer gewissen Liebe zum Detail eingerichtet. Auf der Fensterbank stand ein Gips-Asterix mit nur einem Arm und bewachte einen verstaubten Kaktus aus Plastik. Die Wände waren mit Postern und Flyern tapeziert. Claus legte die nächste 7" auf. *Brom*. Die Musik gefiel Albert noch immer nicht, aber er sparte sich den Kommentar. Die B-Seite der Split-EP fand er schon we-sentlich besser.

»Wie heißt die Band?«

»*Der Krumir.*«

»Aha! Heißt Toni eigentlich in Wirklichkeit Anton?«, fragte Albert.

71

»Was? Nee, der heißt Ulrich. Ulrich Hoff. Aber alle nennen ihn Toni, sogar seine Mutter. Keine Ahnung, wo das herkommt! Passt aber sehr gut.«

Stimmt, dachte Albert. In Wehl hatten sie sich immer nur mit dem Nachnamen angesprochen. Weißhausen, Bremer, Meurer. Nur sein bester Freund Stefan Skraikowsky wurde irgendwann zu Skrei. In einer Ecke erblickte Albert zwei Schnellhefter und einen Aktenordner. GRUNDSTUDIUM.

Anders als die vielen Schallplatten waren die kümmerlichen Studienmaterialien mit einer dicken Staubschicht bedeckt. Auf dem Buch *Karl Reichl: Englische Sprachwissenschaft 1* stand eine ebenfalls verstaubte Astra-Flasche.

»Studieren. Bringt das eigentlich was?«

Claus hielt inne. »Ich würde sagen: nur im Notfall. Also, diese ganze Umgebung dort ist schon sehr gewöhnungsbedürftig. Und der ganze Aufwand für diesen langweiligen Kram.«

»Wann warst du denn das letzte Mal an der Uni?«

»Ist schon etwas her. Aber ich habe auch gehört, dass man das ruhig etwas langsam angehen sollte. Eigentlich geht es ja eher um das Erlernen von Struktur. Das kann man ja eigentlich auch in einer Band.«

Claus legte die nächste Single auf, und der Rest seiner Erläuterungen wurde von infernalischem Gitarrenlärm übertönt.

»Do the hippo stomp. Hippo«, kontrastierte eine zarte Mädchenstimme den Krach und vertrieb die lästigen Gedanken zum Thema Studium.

»Ist dahinter eigentlich ein Balkon?«, fragte Albert und wies auf die Tür neben der Schlafmatratze.

»Ja schon, ist aber eher ungeil. Vermutlich nicht sehr stabil.«

Albert setzte sich wieder auf den Teppich. Draußen regnete es, und nach einer Weile holte Claus das Heft mit seinen Texten hervor.

Manches gefiel Albert auf Anhieb, anderes wirkte hochgestochen oder als hätte Claus es abgeschrieben.

»Das ist wirklich gut«, sagte Albert. Claus schien sich über das Lob zu freuen. »Am besten finde ich die ganz einfachen Sachen«, fügte Albert hinzu, »ich weiß auch nicht, ob ich alles verstehe. Wie lange schreibst du schon Texte?«

»Erst seit ich die Band habe. Mit Gernot und Susesch kann man irgendwie nicht so richtig über Texte reden. Ich glaube, Juliet findet sie ganz gut, bin mir da aber auch nicht so sicher. Mit Musik klingen sie eh besser, als wenn man sie sich durchliest.«

Der Fehler ist er, entzifferte Albert.

»Wieso nicht *ich* statt *er*, das wirkt doch dann viel dringlicher.«

Claus sah Albert nachdenklich an, nahm einen Kugelschreiber und kritzelte im Text herum. »So?«

»Ja, genau so.«

Albert fiel auf, wie verschieden und doch auch ähnlich Skrei und Claus waren. Die beiden hatten den gleichen wachen Blick. Aber Skrei hatte nie ein Ziel vor Augen gehabt. Claus war anders. Die ganze Band schien seine Idee gewesen zu sein. Albert fand es eine angenehme Vorstellung, nicht mehr Opfer der Umstände zu sein, sondern der Welt, in die man hineingestoßen worden war, etwas entgegenzusetzen.

»Weißt du, worauf ich Bock hätte?«, sagte Claus.

Albert sah ihn fragend an.

»Abzuhauen, mit der ganzen Band, weg aus diesem Dorf und den immer selben Leuten. Chicago oder Boston. Das wär geil.«

Albert, der gerade erst vom Dorf geflohen war, konnte es nicht ganz nachvollziehen.

»Ach egal, erst mal Hamburg, erst mal hier weitermachen.«

* *
*

»Jawohl, ein Festival-Auftritt«, bekräftigte Gernot.

»Wo denn das?«, fragte Claus.

»Das steht noch nicht ganz fest, auf alle Fälle in Hamburg. Ich sage euch Bescheid, sobald ich mehr weiß. Soll ich jetzt zusagen oder nicht?«

»Und wann soll das sein?«, erkundigte sich Susesch.

»Vielleicht sollten wir uns erst mal einen Namen überlegen«, warf Claus ein.

Gernot hob beschwichtigend die Hand.

»Easy, easy«, sagte er, »das Festival ist erst Ende Mai. Wir haben noch sechs Wochen Zeit zum Proben, und den Namen können wir uns auch in Ruhe ausdenken.«

Albert fühlte sich überrumpelt. Das war schließlich erst seine dritte Probe. Von Claus wusste er, dass die bisherigen Live-Erfahrungen der Band sich auf den Auftritt im Proberaum vor ein paar Freunden beschränkten, von dem auch Ripplinger berichtet hatte.

Doch er verschwieg seine Bedenken, wenn er sich auch wunderte, wieso Gernot sie über den Zeitpunkt und den Ort des Konzertes so im Unklaren ließ. Susesch und Claus schienen seinen Hang zur Geheimniskrämerei gewohnt zu sein. Wo er sich sonst herumtrieb und wie er seinen Lebensunterhalt bestritt, war eigentlich niemandem bekannt. Sie wussten nicht einmal, wo Gernot wohnte. Irgendwo in Altona, vielleicht sogar Bahrenfeld, hatte Claus gesagt.

Sehr offensichtlich war nur, dass er den Proberaum als sein Warenlager ansah. Zurzeit stapelten sich etwa zwanzig Kartons mit der Aufschrift »TELEKOM Fernkopierer AF-302« neben seinem Schlagzeug.

Claus ärgerte sich grundsätzlich über »das Gerümpel«, sagte aber meist nichts, da Gernot aus unerfindlichen Gründen der Hauptmieter des Proberaumes war. Er hatte hier schon vor Jahren mit seiner alten Band *Opti Plus* geprobt.

»Also, was ist? Was soll ich denen sagen?«

»Lass uns doch erst mal was spielen«, meinte Susesch.

»Ab dafür«, sagte Claus.

Albert war froh, dass sie ihn nicht nach seiner Meinung gefragt hatten, und drehte seine Gitarre auf. Ihm war nach Lärm.

Zunächst gab er sich Mühe, sehr konzentriert zu wirken. Es wäre ihm unangenehm gewesen, wenn die anderen gemerkt hätten, dass er seine Gitarrenparts längst verinnerlicht hatte.

Gernot drosch wie ein Achtarmiger auf sein Schlagzeug ein.

Die Blicke von Albert und Susesch trafen sich. Der Bassist grinste anerkennend und sah wie immer makellos und lässig aus. Claus hingegen wirkte angestrengt, er wirkte immer angestrengt, wenn er Gitarre spielte und sang. Es war spürbar, wie ernst es ihm war.

Albert nahm in dem Krach eine ihm völlig neue Energie wahr.

Sie spielten alle Lieder, die Albert bereits kannte, zweimal und versuchten sich dann an einem neuen.

Kurz vor zwei blickte Albert demonstrativ auf seine Armbanduhr.

»Ich muss gleich los.«

»Ach, deswegen mussten wir mitten in der Nacht anfangen!«, sagte Susesch. »Elf Uhr, das ist doch keine Zeit!«

»Was ist denn so wichtig?«, wollte Claus wissen.

»Sehtest.«

»Am Samstag?«

»Ja, war nichts anderes mehr frei.«

Albert stellte fest, dass sein Verhältnis zur Wahrheit in Hamburg merklich litt.

Er nahm seine Plastiktüte und winkte in die Runde. Doch sein Versuch, die Tür zu öffnen, scheiterte. Innen hatte sie keine Klinke, und Gernots Schlüssel hakte.

Susesch schüttelte entnervt den Kopf.

»Gernot, seit einem halben Jahr willst du diese elendige Tür reparieren. Irgendwann ist die völlig hinüber und macht richtig Ärger.«

»Ja, ja, bald!«, antwortete Gernot. »Izgin sollte schon längst einen größeren Posten Schlosssysteme bekommen haben.« Er wandte sich mit wedelndem Zeigefinger Claus zu. »Sicherheitsstufe 1, mit Titanveredelung! Kann sich nur noch um Tage handeln. Zu *dem* Preis würdet *ihr* das niemals bekommen.«

Claus nickte resigniert.

»Bis dann!«, verabschiedete sich Albert, nachdem es Susesch schließlich gelungen war, die Tür zu öffnen.

»Na, dann ab zum Hühnermann«, sagte Gernot, während Albert die Tür zuschlug.

Peinlich, dachte Albert. Was hatte sich in ihm dagegen gesträubt, den anderen die Wahrheit zu sagen? Dass er wegen eines Mädchens, das er noch gar nicht richtig kannte, auf eine Comic-Börse wollte? War es die Sorge, nicht cool zu wirken?

Sei's drum, dachte er.

In der Mensa war nicht mehr viel los. Die letzten Sammler geierten um die Stände herum, die gerade abgebaut wurden. Auch Herr Grummel und das Mädchen packten ihre Hefte bereits zusammen.

Albert näherte sich unverbindlich.

»Hi!«, sagte er.

»Zu spät!«, sagte Herr Grummel.

»Wer weiß!«, sagte Albert.

Er schaute die Comichändlerin an. Wieder lächelte sie.

»Hast du Zeit?«, fragte sie.

Albert schaute demonstrativ auf seinen Arm, an dem sich keine Uhr befand.

»Ja, sieht gut aus.«

Sie lächelte immer noch.

»Wenn du uns hilfst, die Kartons ins Auto zu bringen, zeige ich dir was.«

Herr Grummel beobachtete ihn argwöhnisch, als er sich einen der schweren Kartons griff. »Nicht fallen lassen. Das ist hochwertige Ware!«

Sie luden die Kartons auf einen Rollwagen und schoben ihn zum Ausgang.

»Passt bloß auf mit dem Regen«, rief Herr Grummel ihnen hinterher. Draußen beluden sie einen zerbeulten Ford Transit.

»Warte hier, ich bring nur den Schlüssel weg und sage Tschüss.«

In Hamburg sagt man Tschüss, dachte Albert und wartete.

Die letzten Sammler schlichen aus der Mensa. Bleich sehen die aus, kommen wahrscheinlich selten ans Tageslicht, dachte Albert.

Sie kehrte zurück.

»Kennst du Planten un Blomen?«

»Planten und was?«

»Egal, komm mit, Kurzurlaub!«

Albert war verblüfft, dass sie so umschweiflos die Initiative ergriff. Hatte er doch einfach nur auf ein beiläufiges Gespräch gehofft. Wer zu spät kommt, wird manchmal eben auch belohnt, dachte er und folgte ihr.

»Was machst du eigentlich in Hamburg?«

Albert berichtete von seinem Studium und davon, dass es nur eine Verlegenheitslösung war, um der oberbergischen Tristesse zu entfliehen. Nebenbei wunderte er sich über seine Redseligkeit. Er erzählte von seiner Band, von seinem neuen Zimmer auf St. Pauli und davon, dass der Goofy-Comic künstlerisch hervorragend sei. Schließlich fiel ihm ein, dass er ihr durchaus auch mal eine Frage stellen sollte.

»Welche Comics findest du denn eigentlich gut?«

Ungeschickter geht es kaum, dachte er sogleich. Aber ihr schien die Frage nicht allzu blöd vorzukommen.

»Eigentlich interessiere ich mich gar nicht für Comics.«

Interessant, dachte Albert. »Und warum arbeitest du dann bei Herrn Grummel?«

»Bei Herrn wem?«

»Ach so, ja, den habe nur ich so genannt. Ich meine bei diesem unsympathischen alten Heini.«

Sie verschränkte die Arme. »Weil dieser Heini mein Vater ist.«

Wieso tat sich jetzt nicht der Boden auf und verschlang ihn?

»Scheiße. Entschuldige.«

»Schon in Ordnung«, sagte sie. »Der Name passt ja zu ihm. Aber ich helfe ihm halt. Ich weiß eh gerade nicht, was ich machen soll. Studieren muss jetzt echt nicht sein. Und Werner ist schon okay. Er musste sich auch alleine um mich kümmern, als ich klein war. Jetzt helfe ich ihm eben. Aber das ist eine ziemlich lange Geschichte.«

Ziemlich traurige Geschichte, dachte Albert, ihrem Gesichtsausdruck nach zu urteilen.

Sie schwiegen kurz, und Albert betrachtete den Park, durch den sie spazierten. Schön hier, dachte er. Anders als die Vorgärten von Wehl.

Sie gelangten zu einem großen Gebäude mit riesigen Glasfenstern. Innen wucherte es grün.

Sie lächelte wieder und öffnete ihm die Tür. »Hereinspaziert! Dich nervt doch der Hamburger Regen. Hier ist Schluss damit.«

In einem riesigen Raum voller exotischer Pflanzen schlug ihnen feuchte Hitze entgegen.

»Ich bin beeindruckt!«, sagte Albert.

»Die Tropenhäuser sind mein Lieblingsort. Komm, wir gehen zu den Schildkröten.«

An einem kleinen Teich begrüßte sie die Tiere. »Das sind Alfred, Inga, Herbert, Joe, Helga und da hinten Moresby, mein Liebling.«

Albert war gerührt.

»Wie heißt du eigentlich?«, fragte sie.

»Albert. Und du?«

»Diana.«

»Freut mich, Diana.«

»Du kennst mich doch noch gar nicht.«

Sie wusste erstaunlich viel über die Pflanzen in den Gewächshäusern. Besonders sympathisch waren Albert die Kakteen im dritten Raum. Brauchen kaum etwas zum Leben, dachte er.

Als sie wieder im Park standen, sagte Diana: »Ich muss jetzt los, Werner bei der Inventur helfen.«

Es war nicht Alberts Art, ungefragt seine Telefonnummer weiterzugeben. Er war verlegen, überwand sich aber: »Wollen wir uns wiedersehen? Also, ich fänd's echt ...« Und jetzt, da er genau das tun wollte, da wurde ihm klar, dass er die Nummer des Anschlusses in der Talstraße gar nicht kannte.

Diana holte wortlos einen Kugelschreiber aus ihrer Handtasche und krempelte erst seinen linken Jacken- und dann seinen Pulloverärmel hoch. Er bekam eine Gänsehaut, als sie ihn berührte, und hoffte, dass sie es nicht bemerkte.

Sie schrieb ihre Nummer auf seinen Unterarm. »Nicht verlieren! Ich muss hier in die Bahn. Du kannst einfach geradeaus gehen, da fährt der 112er bis zur Reeperbahn.«

Damit war sie weg. Albert ging Richtung Stephansplatz. *112er bis zur Reeperbahn.* Der Regen störte ihn nicht. Er fiel ihm nicht mal auf.

*　*
　*

Claus und Albert waren die Ersten im Proberaum. Wenig später erschien Susesch. Zu braunen Wildlederschuhen trug er eine farblich abgestimmte Tweedhose und einen glänzenden Blouson. Albert hatte sich noch immer nicht darum gekümmert, seine restlichen Klamotten aus Barmbek in die Talstraße zu überführen. Er blickte auf Claus' zerfetzte Jeans. Auch egal, dachte er.

Susesch schaltete den Bassverstärker ein.

»Wisst ihr, was ich gar nicht leiden kann?«

Albert und Claus setzten demonstrativ interessierte Gesichter auf.

»Nun?«, fragte Claus.

»Mittwoche! Von diesem Tag lässt sich ja nicht einmal ein anständiger Plural bilden. Alle schimpfen immer nur auf den Montag. Dabei ist das doch der beste Tag. Übrigens auch mit guten Umsätzen in der Boutique. Ich kann auch nicht verstehen, was man gegen den Sonntag oder Samstag haben kann. Snobismus. Aber am Mittwoch macht gleich morgens alles wieder zu: Ärzte, Behörden, das Büro vom Turnverein …«

»Turnverein?«, warf Claus verwundert ein.

Susesch aber war noch nicht fertig. »Der Donnerstag ist am besten. Beinahe Wochenende …« Es rumpelte an der Tür.

»… und jetzt mit diesem langen Donnerstag …«

Die Tür öffnete sich, und Gernot stolperte mit einem riesigen Karton auf der Schulter herein.

Susesch fuhr fort: »Hi, Gernot. Also, wunderbar ist das! Einkaufen bis zwanzig Uhr!«

»*Schlado!*«, sagte Gernot und stellte den Karton neben das Schlagzeug. »*Scheiß langer Donnerstag.* Oder macht deine Mutter etwa langen Donnerstag in der Boutique?«

»Na ja, natürlich nicht.«

»Siehst du, eine kluge Frau! Bitte geht hier nicht an den Karton ran, das ist echt 'ne Rarität. Ich glaube, ich klebe den lieber zu. Wegen der *Drosophilas*.«

»Drosophilae!«, verbesserte Susesch.

»Ja, ist ja gut«, sagte Gernot, »aber wenn ihr wollt, schenke ich euch je ein Objekt. Die Metal-Leute werden mir das aus den Händen reißen. Izgin wollte die Sachen wegschmeißen! Vollkommen unkultiviert, der Mann! In letzter Sekunde habe ich die Teile gerettet.«

»Was ist denn da drin?«, fragte Claus neugierig.

»Ja, da werdet ihr staunen!«, rief Gernot und zog den Klebestreifen wieder ab, mit dem er den Karton verschlossen hatte.

»Schaut euch das an!«

Er präsentierte einen in transparente Folie verpackten orangenen Plastik-Eierbecher. Das Objekt war auf ein Stück Pappe geklebt, auf dem außerdem ein Eierlöffel im gleichen penetranten Farbton befestigt war. In dem Becher befand sich ein Stück Eierkohle. Gernot reichte Claus das Produkt, der es interessiert untersuchte und umdrehte.

»*Black Sabbath! New Album!*«, las er vor.

»Ja, da guckt ihr«, rief Gernot, »das ist ein superrares Vertreter-Geschenk. Ein Give-away! Also interne Promo, direkt aus dem Musik-Business! Wenn ich die jetzt bei einem *Sabbath*-Konzert vor der Halle verkaufe ...«

»Mit Bauchladen?«, bemerkte Susesch.

»*Black Sabbath*, gibt es die noch?«, fragte Claus zweifelnd.

Gernot war unbeirrbar.

»Das ist ein Selbstläufer! Die Metal-Typen werden mir die Dinger aus den Händen reißen. Die kann man eigentlich bei jedem Metal-Konzert anbieten. Vielleicht warte ich noch zwei bis drei Jahre, bevor ich mit denen an den Markt gehe ...«

Albert betrachtete den *internen Promo-Artikel*. Unter der Folie sammelten sich bereits Bröckchen des Kohlebriketts.

»Mist, dass vor zwei Wochen erst Ostern war«, stellte Gernot fest.

»Na ja, das wird ja sicher auch ohne Osterboom ein Bombengeschäft. Aber wollen wir vielleicht trotzdem noch proben?«, fragte Susesch.

»Ja logen!«

Gernot hastete hinter das Schlagzeug. Während sie an den Verstärkern rumfummelten, öffnete sich die Proberaumtür. »Ach, ihr seid hier?«, vernahm Albert eine weibliche Stimme. Zu der Stimme gehörten ein langer schlanker Körper und ein mürrisches Gesicht. Zwei weitere Frauen folgten.

»Ah, die Drosophilen!«, sagte Gernot.

»Hi, wir müssen nur eben unsere Verstärker holen. Heute beginnen unsere Aufnahmen an der TBF Audioschool.«

»Und trotzdem gut gelaunt wie immer, Ute?«, fragte Claus. »Schau doch mal, wir sind jetzt zu viert! An der zweiten Schlaggitarre nun Albert Bremer aus Wehl Rock City. Albert, das sind Ute, Tilly und Mara. Gemeinsam *Drosophila*, unsere geschätzten Proberaumkolleginnen. Im Gegensatz zu uns mit Studiotermin.«

Albert und *Drosophila* hoben die Hände.

»Hi!«

»Hello!«

»Tach!«

»Hey!«

Ute wirkte weiterhin mürrisch und verstaute das Kabel ihres Verstärkers im Hohlraum hinter dem Lautsprecher. Sie trug Armeejacke, Streifenpullover und Kurzhaarfrisur. Die wesentlich kleinere Mara wirkte freundlicher und unauffälliger als Ute. Sie mühte sich mit ihrem Bass-Combo-Verstärker ab.

»Warte, ich helfe dir«, sagte Susesch.

Schlagzeugerin Tilly wandte sich lächelnd an Gernot.

»Sag mal, könnte ich nicht deine Snare und deine Becken nehmen? Die haben zwar ein gutes Set da, aber Snare und Becken sollen wir mitbringen.«

»Wie bitte?«, wunderte sich Gernot. »Erstens ist es ja wohl ohnehin exquisit großzügig, dass ich dich hier immer über mein Set spielen lasse, und zweitens: Wie sollen wir dann proben?«

Tilly sah um einiges zerrupfter aus als ihre Bandkolleginnen. Ihre Hose war ebenso durchlöchert wie die von Claus. Gleiches galt für ihre Stoffturnschuhe. Dazu trug sie eine knallgrüne Plastikjacke. Im nachlässig blondierten Haar steckte eine übergroße Sonnenbrille. Ungewöhnlich, eine Sonnenbrille bei diesem Wetter, dachte Albert. Tillys Gesicht schien mit einem Dauerlächeln ausgestattet zu sein, einer ihrer Nasenflügel war mit einem Ring geschmückt.

»Okay«, sagte sie, »aber in der Ecke steht doch noch so altes Zeug von dir rum, dann nehm ich halt das. Ist ja vor allem wichtig, da nicht mit leeren Händen aufzulaufen.«

Sie begann in den angestaubten Schlagzeugteilen neben Gernots Kisten herumzuwühlen.

»Kein Problem«, sagte Gernot großmütig, »die Sachen kannst du eh haben. Aber Finger weg von den Kartons.«

Ute schaute Tilly genervt an. »Du könntest dich auch ruhig mal um Equipment kümmern.«

»Jaja«, antwortete Tilly lächelnd. »Könnte ich! Aber vielleicht schaffe ich auch, das noch rauszuzögern, bis wir bekannt sind, dann bekommt man das ja alles umsonst. Stimmt doch, oder?«

»Sagt mal, was kostet da eigentlich so ein Studiotermin im TBF?«, erkundigte sich Claus.

»Nix«, antwortete Ute einsilbig.

Mara ergänzte: »Der Wolfgang macht da ja seine Ausbildung, und unsere Aufnahmen sind seine Abschlussprüfung. Wir dürfen das dann aber auch nur für Demos verwenden. Kommerzielle Auswertung ist nicht erlaubt.«

»Kommerziell ist ja eh Kacke!«, kommentierte Tilly aus der Ecke. Albert musste lächeln. Mara und Susesch schleppten gemeinsam den Verstärker in den Flur.

»Warte, ich trag den noch mit dir zum Bus.«

»Ist 'n Kombi«, sagte Mara.

»Viel Spaß euch«, sagte Claus. »Und viel Erfolg bei den Aufnahmen. Wird bestimmt super!«

Er winkte Ute und Tilly zu.

»Durchaus beeindruckend«, sagte Susesch, als er wieder in den Proberaum kam.

»Ja, finde ich auch. Aber ob das was wird, da im TBF?«, entgegnete Claus.

»Ach so, ich meinte eigentlich den Citroën CX. Der gehört wohl Utes Eltern. Aber klar, die sind echt gut organisiert, die Damen!«, sagte Susesch. Und Albert dachte: Eine Frauenband. Undenkbar in Wehl.

Die Probe lief gut. So gut, dass alle vier die Zeit vergaßen. Bis Susesch gegen seine Armbanduhr tippte. »Scheiße, ich muss los!«

»Liebestermin?«, fragte Claus.

»Na ja, wer weiß … Auf alle Fälle muss ich mich beeilen. Was ist mit euch? Na kommt, ich nehm euch mit Richtung Pauli, muss dann in die Neustadt.«

Gernot verabschiedete sich vor der Proberaumtür mit den Worten »Croque O'Clock«.

Susesch hatte ein sichtlich schlechtes Gewissen, Claus und Albert nicht vor der Haustür, sondern am oberen Ende der Reeperbahn abzusetzen.

»Ist echt nicht mein Stil. Aber heute geht's nicht anders.«

»Kein Ding!«, sagte Claus und winkte.

»Hast du auch so 'n Hunger?«, fragte er Albert.

»In der Tat!«

»Supermarkt hat schon zu.«

Albert war eher erleichtert, dass der schmuddelige Penny in der Talstraße keine Option mehr war.

»Lass uns zur Esso-Tanke gehen«, schlug Claus vor.

Der Verkaufsraum der Tankstelle war nur unwesentlich kleiner als der Supermarkt. Überwältigendes Alkoholangebot, die Auswahl an weiteren Lebensmitteln war hingegen recht übersichtlich.

»Serbischer Bohnentopf?«

»Na gut, was solls. Nehmen wir noch Bier dazu?«

»Am Wochenende ist hier die Hölle los«, sagte Claus. Werktags lungerten nur die professionellen Alkoholisten vor dem Eingang.

»Welche Reeperbahnseite nehmen wir? Elbzugewandte oder elbabgewandte?«, fragte Claus.

»Keine Ahnung.«

»Irgendwie bin ich mehr für die elbabgewandte. Ist ja schließlich unsere Seite. Außerdem kommen wir da am Hamburger Berg vorbei. Lass uns mal eben übern Spielbudenplatz ...«

Sie passierten die ungepflegten Glaspavillons.

»Hier muss man schon etwas aufpassen«, sagte Claus, nachdem sie ein Dealer angequatscht hatte, »die Dealer tun nichts, aber Habakuk wurde hier mal überfallen. Ausgerechnet Habakuk!«

»Wer?«, fragte Albert.

»Habakuk, den lernst du früher oder später noch kennen.«

Nachdem sie die Hein-Hoyer-Straße und den Hamburger Berg passiert hatten, erreichten sie die Talstraße. *Jesus lebt* und *Jesus in St. Pauli* verkündeten die orangefarbenen Leuchttafeln am Backsteingebäude der Heilsarmee. Orange wie die Eierbecher der Satansrocker, dachte Albert. Der Korps zog gerade los. Die singenden

Uniformträger rührten Albert. Die Musik erinnerte ihn an seinen ersten Kinofilm. *Bernhard und Bianca – Die Mäusepolizei. Err eh teh teh uh enn geh – Rettungshilfspolizei.* Ähnlich musizierten nun die Soldaten der Heilsarmee in der Talstraße. In seiner Talstraße. Ein älterer, angetrunkener Transvestit spottete vor der Kneipe Utspann über die Musikanten.

»Elvira, die sind in Ordnung, lass nach!«, rief ihn seine ebenso in die Jahre gekommene und ebenso schwergewichtige Zechgenossin zur Ordnung. Aus Richtung Simon-von-Utrecht-Straße knatterte ein kurioses Dreiradmofa Marke Eigenbau ins christliche Liedgut. Claus hatte Albert schon darüber aufgeklärt, dass Punk-Mario es vor zwei Jahren für seine Übersiedlung aus Schwerin zusammengeschweißt hatte. Er wohnte in einer Mansarde in der Talstraße Nummer 20.

»Der hört aber nur Schrottmusik«, hatte Claus hinzugefügt. Wer so ein Gefährt führt, kann kein schlechter Mensch sein, hatte Albert gedacht. Der Gestank von Zweitaktergemisch überlagerte nun den vor allem auf Höhe der Altglascontainer penetranten Pissegeruch. Vor der Eingangstür des Gay-Sexshops stand der blondierte Verkäufer im Jeanshemd und hatte allen Ernstes einen Zahnstocher im Mundwinkel. Wie friedlich es hier ist, dachte Albert. Eine Taube schaute ihn erwartungsvoll an, während Claus den Schlüssel aus der Jackentasche fummelte. Wollte sie Futter? Den serbischen Bohnentopf in den verschlossenen Dosen konnte sie ja wohl kaum riechen. Warum schlief das Tier eigentlich noch nicht?

Toni war nicht da, und Lianes Zimmertür war zu. Albert und Claus kippten den Inhalt der Dosen in einen verbeulten Topf, wärmten die Mahlzeit auf und öffneten die Astras.

Als Eintopf und Bier leer waren, schaute Claus in den Kühlschrank. Darin befanden sich keine weiteren Biere, nur Gemüse von Liane.

»Die lebt echt gesund«, sagte Claus. »Hast du auch noch Bock auf ein Bier?«

»Ja, warum nicht.«

»Lass uns ins Purple gehen. Da kann man in Ruhe stehn.« In Ruhe stehn, interessanter Ansatz, dachte Albert. »Wo ist das denn?«

»Direkt hier um die Ecke in der Schmuckstraße. Die Schmuckstraße war übrigens früher Hamburgs Chinatown. Aber das haben die Nazis dann plattgemacht. Wie kann man nur so beschissen drauf sein. Übrigens ist heute Hitlers Geburtstag. Übel.«

Die Schmuckstraße war schmal und unbeleuchtet. Parallel zu ihr verlief die Simon-von-Utrecht-Straße. Schlanke Latino-Transvestiten lehnten an den Hauswänden und warteten auf Kundschaft.

»Das mit Chinatown haben mir die Bretts erzählt. Die wissen alles über St. Pauli, die waren auch schon mal in diesen riesigen Bunkergewölben unterm Hans-Albers-Platz.«

Interessant, dachte Albert.

Im Purple war nicht viel los. Sie bestellten sich zwei Bier. Die Besonderheit dieser abgeschabten Hardrock-Kneipe war, dass auf zwei großen, unter der Decke befestigten Fernsehern Videoclips liefen. Die vereinzelten Zecher kümmerten sich nicht um die Musik und die Videos. Nur Claus starrte fast pausenlos auf den Bildschirm.

»Guck mal, *Megadeth*. Warum covern die eigentlich die *Sex Pistols*?«

»Keine Ahnung«, sagte Albert und dachte: Das klingt ziemlich glatt.

»Ganz schön glatt«, sagte Claus.

Albert grinste.

»Hab ich auch gerade gedacht.«

»Ob es wohl ein Video von *Würm* gibt?«, fragte Claus. »Schön wär's.«

Neben den reinen Metal-Clips von *Judas Priest, Iron Maiden, Kreator* oder *Motörhead* lief im Purple auch durchaus andere harte Gitarrenmusik wie die *Ramones*. Und natürlich »Smells Like Teen Spirit«. Während eines Videos der *Runaways* fragte Albert: »Bist du eigentlich schon lange mit Juliet zusammen?«

Claus wendete die Augen vom Bildschirm ab.

»Komisch, ich musste bei dem Clip auch gerade an sie denken. Schon ewig. Fünf Jahre. Wir kennen uns noch aus der Schule.«

»Bei Nele und mir war nach drei Jahren Schluss. Irgendwie lief es nach der Schulzeit nicht mehr so richtig mit uns. Wir blieben dann zwar noch eine Weile zusammen. Aber ich hatte immer mehr den Eindruck, dass sie jemand ganz anderen will. Eigentlich merke ich erst jetzt hier in Hamburg, dass ich auch was ganz anderes will.«

Albert wunderte sich über seine Offenheit. Das Bier half sicher. Genau richtig dosiert, dachte Albert. Dennoch, mit Skrei hatte er nie über Nele gesprochen. Das lag aber bestimmt auch daran, dass Skrei nie eine Freundin hatte. Nele hatte ihren Entschluss verkündet, sich von ihm zu trennen, als sie an einem Wochenende aus Köln zu Besuch kam, wo sie seit vier Monaten lebte. Am nächsten Abend hatte sich Albert in Anwesenheit von Skrei und Weißhausen besoffen. Er hatte sogar geweint und Weißhausen gelöchert, ob sie wohl in Köln einen anderen habe.

»Spielt doch keine Rolle«, hatte Skrei gesagt.

»Fünf Jahre sind echt lang«, sagte Claus. »Ich glaube Juliet und ich, das ist echt so was wie die große Liebe. Aber in letzter Zeit ist es irgendwie schwierig. Sie hat auch schon mal von Zusammenziehen geredet. Aber ich habe da irgendwie echt Schiss vor. Das nervt sie total.«

»Sie ist auf alle Fälle ziemlich cool«, sagte Albert. Claus nickte.

Albert wurde unsicher und hoffte, dass Claus den Satz richtig aufgefasst hatte. Er fand Juliet wirklich cool und ausgesprochen attraktiv. Nele hatte zwar auch gut ausgesehen, aber sie war nicht cool. Nach erster Verliebtheit hatte er irgendwann einfach hingenommen, mit ihr zusammen zu sein. Und er hatte sich nie eingestanden, wie schnell ihn ihre Uncoolness genervt hatte. Obwohl er sich ja eigentlich gar keine coole Freundin wie Juliet wünschte. Diana war keines von beiden. Sie war eigen. Und sie war auf eine ganz spezielle Art attraktiv. Diese Kategorie Frau war ihm bisher noch nicht begegnet.

»Weißt du, was mich auch genervt hat? Dass Nele immer was an der Musik gestört hat, die ich super fand. Und mit ihr auf Konzerte zu gehen war eine Qual.«

»Das ist bei Juliet ganz anders. Da bin ich auch echt froh drüber. Die hört viel Sixties-Zeug. Und *Velvet Underground* und so was.«

»Was ist eigentlich mit *Fields of the Nephilim*?«

Claus wirkte irritiert.

»*Fields of the Nephilim*? Die kenn ich gar nicht so richtig. Die machen doch auf *Sisters of Mercy*, oder? Die *Sisters* sind schon gut. Nicht meine Musik, aber gut. Andrew Eldritch lebt ja auch in Hamburg. Irgendwo hier um die Ecke.«

Albert zögerte, dann entschloss er sich zur Ehrlichkeit.

»Ich war am Samstag nicht beim Sehtest. Ich hab da jemanden kennengelernt. Die arbeitet in Barmbek in einem Comicladen. Und die trug ein *Fields of the Nephilim*-Shirt. Aber immerhin war sie auch bei den *Coral Key Parks*. Und am Samstag war ich mit ihr im Tropenhaus.«

Claus lächelte. »Tropenhaus, geil. Deine Idee?«

»Nee, ihre.«

»Also wer zu den *Key Parks* geht und das Tropenhaus als Treffpunkt vorschlägt, scheint mir erst mal ziemlich gut zu sein.«

»Sie kennt außerdem die Schildkröten dort beim Namen.«

»Dann ist doch alles klar! Prost! Aber warum hast du uns denn nicht gesagt, dass du eine Verabredung hast? Und wie heißt sie überhaupt?«

»Diana. Weiß auch nicht, ich war irgendwie unsicher.«

»Unfug. Aber Diana, das klingt gut.«

»Ja, sie ist auch echt super, aber sie macht immer wieder plötzlich einen Rückzieher. Ich durchschaue sie noch nicht so ganz.«

»Da kannst du aber froh sein. Das wäre ja wohl schlimm, wenn du sie durchschauen würdest. Also ich sage dir, wenn die zum *Key Parks*-Konzert geht und du auch, dann ist das ja wohl schon fast Bestimmung. Juliet wollte da nicht hin. Obwohl die doch eigentlich auch nur *Velvet Underground* mit anderen Mitteln sind.«

Das Purple war mittlerweile beinahe menschenleer.

Claus stand auf.

»Diese Videos sind auf Dauer echt ermüdend. Komm, wir trinken noch 'n Kurzen und hauen ab.« Sie kippten einen Sauren. Claus bezahlte.

5

Am Freitagabend saß Albert mit einer Tüte Kochbananen und einer Flasche Rotwein, für die er immerhin fast fünf Mark gezahlt hatte, in der U-Bahn.

Am Donnerstag hatte er endlich bei Diana angerufen. Immer wieder hatte er den Zettel mit der Nummer, die er von seinem Arm abgeschrieben hatte, in die Hand genommen. Aber immer wieder hatte ihm der Mut gefehlt. Am Vorabend hatte er es endlich versucht, und Diana hatte sogar gleich abgehoben. Damit hatte er nicht gerechnet, und weil er partout nicht auf den Punkt gekommen war, hatte sie die Initiative ergriffen: »Komm doch morgen Abend zu mir. Und bring ein paar Kochbananen mit.«

Albert sortierte umständlich die Kochbananen, damit sie nicht von der Weinflasche zerdrückt wurden. Seine Unruhe nervte ihn, er wollte sich erwachsen fühlen, aber es war nun einmal das erste Mal, dass er in öffentlichen Verkehrsmitteln zu einem Date fuhr. Date, dachte er. Was für ein blödes Filmwort. An der Mundsburg stieg er aus. Nach wenigen Minuten Fußmarsch erreichte er die von Diana angegebene Adresse.

»Uhlenhorst, schau an! Mit Comics lässt sich wohl gut Geld verdienen!«, hatte Claus angemerkt, als Albert ihm von der Verabredung erzählt hatte. Doch das Haus war alles andere als ein Prachtbau. Typische Nachkriegsbacksteinarchitektur, viergeschossig und schlicht. Neben Dahlberg befand sich kein weiterer Name auf dem Klingelschild, wie Albert erleichtert feststellte. Er klingelte. Im Hochparterre empfing Diana ihn in Karohemd, Jeans und barfuß.

Als er die Schuhe ausziehen wollte, winkte sie lachend ab. »Hier doch nicht.«

In der Kochnische stand ein riesiger gusseiserner Topf auf dem Herd. Es roch exotisch.

»Schön, dass du dich gemeldet hast«, sagte sie. »War 'ne furchtbare Woche.«

Bevor Albert nachfragen konnte, nahm sie ihm die Tüte mit den Bananen ab. »Korkenzieher brauchst du ja keinen«, sagte sie mit einem Lächeln, als er ihr die Weinflasche entgegenhielt.

Er betrachtete den Schraubverschluss. Wohl doch kein so edler Tropfen, wie er zunächst geglaubt hatte.

Es schien sie nicht weiter zu stören. So wie sie sein Gestammel am Telefon nicht gestört hatte. Es war das erste Mal gewesen, dass er ein Mädchen von sich aus angerufen hatte. Nele hatte er ja damals jeden Tag in der Schule gesehen.

Nachdem er zwei Weingläser gefüllt hatte, blickte er sich in der Wohnung um.

Pflanzen, Bücher, kein Fernseher, kein Tisch, kein Sofa, nur eine Sitzecke mit riesigen Kissen, die ausgesprochen einladend aussah und nicht wie die pseudoindischen Kinderzimmer seiner oberbergischen Hippie-Klassenkameraden. Diana wohnte tatsächlich alleine. Er hatte Neles Mitbewohnerin in Köln verabscheut, sie war immer zu Hause gewesen und hatte deutlich gemacht, dass er nicht willkommen war.

»Mach was an, wenn du Lust hast«, sagte Diana, nachdem er ihre Schallplattenkiste eine Sekunde zu lang angeschaut hatte. Das Schallplattenbeglotzen ist eine schlechte Angewohnheit, dachte er betreten und begann sofort, die Platten durchzublättern. Townes van Zandt, nicht schlecht, dachte Albert. Er legte »At My Window« auf.

Sie stießen an. Mit Weingläsern, nicht, wie sonst üblich, mit Wassergläsern oder Tassen, deren Henkel abgebrochen waren.

»Kannst du die Kochbananen schneiden?«

Er tat sein Bestes.

»Kochbananen sind ganz normale Bananen, nur eben gekocht!«, hatte Toni im Brustton der Überzeugung gesagt, als Albert mit Claus in der Talstraßenküche gesessen hatte. Glücklicherweise hatte Liane diesen Irrtum korrigieren können und Albert erklärt, wo der nächste Afro-Shop war.

Albert bemühte sich, langsamer zu trinken. Das erste Glas Wein war bereits leer, und er war noch immer nervös.

»Kenianisches Stew ohne Bananenchips ist nix«, sagte sie und lächelte wieder.

»Klar!«, sagte Albert, so wie er am Telefon »Klar!« gesagt hatte, als sie ihn gefragt hatte, ob er Stew möge. Dabei kannte er nur Irish Stew, und das auch nur, weil Obelix in *Asterix bei den Briten* zu Asterix sagt: »Gekocht und dazu noch in Pfefferminzsauce, Asterix! Das arme Schwein!«, was eine Anspielung auf Irish Stew war, wie Skrei ihm mal erzählt hatte.

Sie aßen in der Sitzecke. Sieht nicht sehr appetitlich aus, dachte Albert angesichts des gelblichen Breis auf seinem Teller. Allerdings schmeckte es fantastisch – scharf, intensiv, ein wenig süß und vollkommen ungewohnt. In Kombination mit den Chips und dem Wein war es wirklich hervorragend.

Albert bemerkte, wie die Nervosität von ihm wich, obwohl ihn Dianas selbstbewusste Art immer noch verunsicherte. Aber sie antwortete ernsthaft auf seine Fragen und lachte über seine Witze, es klang echt. Nele hatte nicht einmal ein gekünsteltes Lachen versucht, sie hatte Alberts Witze gehasst. Auf einem der Lautsprecher stand eine kleine Peanuts-Figur. Peppermint Patty. Diana folgte Alberts Blick.

»Die ist natürlich von Werner«, sagte sie.

Treffsicher, der Herr Grummel, dachte Albert. »Ziemlich klug, die Peanuts.«

»Ich habe da nie so reingefunden. Ich bin eh nicht so der Comic-Typ. Paradoxerweise. Sagte ich ja schon.«

»Was hast du denn als Kind gemocht? Die Muppets oder Alf zum Beispiel?«

»Also, nee, wir hatten ja nie einen Fernseher. Das fand ich natürlich damals richtig bekloppt. Inzwischen bin ich ganz froh darüber. Aber klar, Alf kenne ich schon. Eigentlich ja ein unangenehmer Typ.« Sie lächelte. »Allerdings ist der ja auch echt hilflos. Er ist dieser Familie so absolut ausgeliefert. Ich weiß nicht, vermutlich wäre ich auch so anstrengend, wenn ich dauernd eingesperrt wäre.«

Albert überlegte, was sie am ARD- und ZDF-Nachmittagsprogramm der 8oer-Jahre verpasst haben musste. Fernsehen mit Skrei und Weißhausen war für seine geistige Entwicklung prägend gewesen. Claus hatte in der Talstraßenküche mit einem gewissen Pathos behauptet, dass Fernsehen krank mache, worauf Gernot knapp festgestellt hatte: »*Lindenstraße* ist Volksbildung.«

»Dir ist ja dann auch einiges erspart geblieben. *Rappelkiste, Ein Colt für alle Fälle, Manni, der Libero.*«

»Und diese blödsinnige Ballettserie. *Anna.* Darüber haben die anderen Mädchen immer in den Schulpausen geredet. Aber apropos *Ein Colt für alle Fälle*: Howie ist ein guter Typ. In den war ich damals ein bisschen verliebt.«

»In Howie? Ich mochte den auch lieber als Colt, der war ein selbstgefälliger Macho. Und was ist das überhaupt für ein Vorname – Colt? Eigentlich fühlte man sich als Kind schon von diesem

Schund verarscht. Aber ich war trotzdem süchtig und habe jede Folge geschaut.«

Er dachte an Colts Assistentin Jodie, behielt es aber lieber für sich, dass er sie als Dreizehnjähriger ziemlich heiß gefunden hatte.

»Also hast du doch Fernsehen geguckt.«

»Ja, ich war ja nicht bei den Hutterern oder so. Aber eigentlich mochte ich eher Kino und Bücher.«

»Und was hast du gerne gelesen?« Albert hoffte, dass er nicht über Hermann Hesse reden musste.

Sie dachte kurz nach.

»Eigentlich alles, was irgendwo anders auf der Welt spielt. Jack London, B. Traven und so. Scheint familiär bedingt zu sein.«

Immerhin kannte Albert *Das Totenschiff*. Diana erzählte ihm von Travens *Coaba*-Zyklus. Ihre sonst so zurückhaltende Art war einer ansteckenden Begeisterung gewichen. Albert fragte sich, ob ihn Literatur jemals annähernd so begeistert hatte. »Du müsstest Germanistik studieren, nicht ich«, sagte er.

»Also, ich weiß nicht, ich glaube, das ist nichts für mich«, entgegnete sie entschlossen, »ich weiß auch gar nicht, ob das wirklich Literatur ist. Jack London, Traven und so. Das sind ja fast schon Reportagen. Vielleicht mache ich das irgendwann mal, studieren. Aber jetzt ist erst mal was anderes dran.«

Ihre Miene verdüsterte sich ein wenig. Albert traute sich nicht, nachzufragen. Aber er hatte das Gefühl, dass irgendetwas auf Diana lastete.

»Kennst du eigentlich Zahlenwitze?«

»Ob ich *was* kenne?«

»Zahlenwitze. Es gibt unzählige. Alle von meinem Freund Skrei und mir: Treffen sich 'ne Null und 'ne Acht in der Wüste. Sagt die Acht: Ist mir heiß. Sagt die Null: Dann leg doch mal deinen Gürtel ab.«

Diana lächelte zurückhaltend. Jetzt nicht aufgeben. »Treffen sich 'ne Elf und 'ne Eins. Sagt die Eins: Na, ihr beiden?«

Diana kicherte.

»Sagt die Eins zu Pi: Jetzt hör aber mal auf.«

Nun lachte Diana laut auf.

»Was ich mich frage«, sprach Albert in Dianas Lachen hinein, »es gibt doch diesen Film mit Humphrey Bogart. *Der Schatz der Sierra Madre*. Ist das nach Jack London?«

Diana lächelte noch immer.

»Nee, das ist nach einem Buch von B. Traven. Niemand weiß, wer B. Traven war, vermutlich ein deutscher Exilant. Ein Anarchist Namens Ret Marut. Aber Ret Marut war auch nur ein Pseudonym. Manche haben auch angenommen, dass B. Traven Jack London sei, aber das ist wohl Quatsch. Der schreibt dann doch ziemlich anders. Das alles ist wirklich unheimlich rätselhaft. Bei den Dreharbeiten zu *Der Schatz der Sierra Madre* ist er wohl aufgetaucht und hat sich als sein eigener Assistent ausgegeben.«

»Der Film ist super. Sehr bitter, aber super. So ähnlich wie *Lohn der Angst*. Ist das auch von Traven?«

»Nee, das Buch ist von Georges Arnaud.«

Die kennt sich aus, dachte Albert. Nix Hermann Hesse. »Und was liest du gerne?«

Albert dachte nach.

»Na ja, außer Goofy …«

Albert überlegte fieberhaft, ob er außerhalb des Schulunterrichts jemals ein ernst zu nehmendes Buch in die Hand genommen hatte. Ihm kam der deprimierende österreichische Roman in den Sinn, den er in Wehl auf dem Flohmarkt gekauft hatte, *Auf freiem Fuß*. Er fasste für Diana kurz die Handlung zusammen: Ein Junge bricht seine Lehre ab, will Popsänger werden, schafft es nicht und gerät auf die schiefe Bahn.

»Das klingt realistisch«, sagte sie, »hält dich aber hoffentlich nicht davon ab, deine Band weiter zu betreiben. Wie heißt ihr denn jetzt eigentlich?«

Albert musste nachdenken. »*Ret and the Maruts*?«, sinnierte er. Diana legte eine neue Platte auf, mit einer Selbstverständlichkeit, die Albert beeindruckte. Unter Einfluss des Weins versank er in die ihm unbekannte Musik. Sie wirkte so viel tiefer als alles, was er sonst hörte. Ich muss sie fragen, was das ist, dachte er, wollte aber das angenehme Schweigen nicht durchbrechen. Wieder war sie es, die den Anfang machte und erst seine Hand nahm, dann vorsichtig ihren Mund auf seinen legte. Alberts Kopf wurde warm, ihre Lippen fühlten sich weich an.

»Komm, ich zeig dir das andere Zimmer.«

Sie rollten sich aufs Bett. Dann verschwand sie im Bad. Immerhin hatte Albert zuvor seine Schuhe ausgezogen.

Er suchte nach einem Lichtschalter, fand ihn und knipste ihn an. Gleichzeitig entfuhr ihm ein Quieken, er schnellte nach hinten, stieß sich den Kopf an der Wand und ließ sich ins Kissen fallen. Er hatte in das Antlitz des Grauens geschaut.

Zwei weiße Muschelaugen starrten ihn erbost, ja strafend an. Sie lagen unter riesigen, wulstigen Augenbrauen, die sich unter drahtigem, in alle Richtungen sprühendem Haar zornig zusammenzogen. Aus der knolligen Nase des Holzmannes ragte eine Knochennadel.

Diana stand vor dem Bett. »Na, habt ihr euch kennengelernt?«

Albert fühlte sich plötzlich stocknüchtern.

»Wer ist *der* denn?!«

»Furchtbar, oder? Aber das ist nun einmal sein Platz.«

»Und wie heißt er?«

»Seinen Namen hat er mir noch nicht verraten. Obwohl wir uns schon so lange kennen.«

Albert lehnte sich an die Wand, während Diana eine Schachtel Zigaretten aus einem Schuhkarton am Fußende des Bettes holte.

Sie bemerkte seinen fragenden Blick und hielt ihm die Schachtel hin. »Auch?«

»Nein. Ich hab dich nur noch nie rauchen gesehen.«

Sie zündete sich die Zigarette an.

»Höchstens eine pro Woche.«

Gauloises, dachte Albert. Filterzigaretten, dachte er. Er hatte die beflissenen Selbstkurbler immer verachtet, ihre ritualisierten Bewegungen, das Gefriemel und Gefummel mit dem trockenen Gebrösel, das Anlecken des Zigarettenpapiers, möglichst ohne hinzusehen, optional das Einlegen des Schaumstofffilters. Ein Lebensgefühl wie in Werbeanzeigen. Diana hingegen zündete sich einfach eine Zigarette an. Sie blies auch keine verunglückten Rauchkringel in die Luft. Sie rauchte und blickte ihn an.

Sie rauchte und begann zu erzählen. Wie Werner und Erika 1970 Hamburg verlassen hatten, um auf Weltreise zu gehen. Wie 1972 in Port Moresby in Papua-Neuguinea ihre Tochter Diana geboren wurde. Wie die alte Frau, bei der Werner und Erika zu dieser Zeit lebten, der kleinen Diana die Skulptur als schützenden Begleiter mit auf den Weg gegeben hatte. Wie Erika einige Jahre später in Kenia an einer Tropenkrankheit zugrunde gegangen war und wie Werner sich mit seiner Tochter nach Hamburg durchgeschlagen hatte, wo er sie allein großgezogen hatte. Und dass er den Tod seiner Frau nie verwunden hatte und immer tiefer in Depressionen und Einsamkeit versunken war.

»Werner kommt nicht mehr klar«, sagte sie. »Und weil er damals für mich da war, finde ich, dass ich jetzt mal für ihn da sein kann.«

Albert hatte die ganze Zeit geschwiegen und sie angesehen. Er fühlte sich von ihrer Offenheit überfahren, sie imponierte ihm.

Diana drehte den Kopf weg.

»Genug jetzt, Schluss mit der Scheiße. Erst ziehe ich dich in mein Bett, und dann darfst du dir dieses Drama anhören.«

»Unsinn«, sagte Albert und ging zur Toilette. Er betrachtete sich kurz im Badezimmerspiegel. Etwas wird anders, Albert Bremer.

Als er wiederkam, war sie eingeschlafen.

* * *

Albert schloss die Tür zum Proberaum auf. Gernot hatte ihm sogar einen Schlüssel gegeben. Inklusive Schlüsselanhänger, blau, weiß, schwarz. »Deutscher Meister 1982 – HSV«.

Er war von Dianas Wohnung direkt zum Proberaum gefahren. Sie hatte ihn am Morgen mit einer Umarmung verabschiedet. Er hatte noch immer nicht die Telefonnummer der WG gewusst.

Claus diskutierte mit Gernot über Bandnamen, während Susesch an der Wand lehnte und in einer Zeitschrift namens *AVIS* las.

»*Heuckenlock*«, sagte Claus.

»Blödsinn«, Gernot winkte ab. »Immer diese Kunstworte. Was hast du denn gegen *Eimersalat*? Das klingt doch voll geil, sag du doch mal, Albert!«

»*Turul*«, schlug Albert vor.

»Zwei Silben sind gut«, sagte Claus.

»Und was soll das sein?«, fragte Gernot.

»Ein Vogel.«

Claus nickte anerkennend. »Ein Vogel! Lass das mal im Kopf behalten!«

Obwohl Albert in Gedanken bei Diana war, lief die Probe einwandfrei. Ihm war nicht klar, wie es jetzt weitergehen sollte. Wie wäre der Abend verlaufen, wäre er nicht angesichts dieser monströsen Skulptur so lächerlich in Panik geraten? Die Probe war beendet, als Gernot den Proberaum verließ und mit einem Kumpel zurückkam.

»Das ist Dylan.«

Dylan sagte nichts. Er trug wie Gernot drei Rennräder unter den Armen.

»Ist nur für kurz, dafür kommen auch die Faxgeräte raus. Könnt ihr uns eben helfen?«

Im Anschluss brauste Gernot mit dem zwielichtigen Schweiger in dessen Pritschenwagen davon, Albert und Claus stiegen in Suseschs Auto.

In der Talstraße wurden die beiden von einem aufgeregten Toni erwartet.

»Es sieht hier definitiv scheiße aus!«, begrüßte er sie.

»Da hast du vollkommen recht, Toni«, sagte Claus. »Es ist übrigens deine Wohnung.«

»Ja, schon klar. Aber wie wär es, wenn ihr hier mal putzt? Ich habe mit Thove klargemacht, dass die *Cathartics* bei uns pennen. Freikarten und natürlich Freigetränke wie immer!«

Albert horchte auf. »DIE *Cathartics*, also die aus Schweden?«

»Ja, logen!«, antwortete Toni betont unbeeindruckt. »Also, macht hier mal sauber, muss echt sein. Ich hab Hochbett und Matratzen hinten frisch bezogen. Ich würde euch ja helfen, aber ich muss los. Die Band macht jetzt Soundcheck, die kommen nachher mit Thove, um ihr Zeug hier abzustellen. Treffen wir uns um neun im Filter?«

»Is klar«, sagte Claus kurz und kramte in der Kammer neben der Küche nach dem Staubsauger. Während Albert und Claus halbherzig versuchten, die Wohnung zu optimieren, fragte Albert: »Die *Cathartics* pennen hier? Die sind doch richtig bekannt!«

»Ja, ich weiß auch nicht. Thove ist echt gnadenlos. Was der seinen Bands zumutet. In diesem Chaos hier zu pennen. Geschieht diesen eitlen Schweden aber auch recht, dass die in das Schrott-zimmer gepfercht werden!«

Sie mussten lachen. Als sie das Allernötigste sauber gemacht und sich in der Küche zwei Biere geöffnet hatten, klingelte es. Der Tür-öffner war schon seit Ewigkeiten kaputt oder hatte nie funktioniert. Das wusste niemand so genau. Also öffneten Albert und Claus das Fenster zur Straße. Unten stand Thove, mit fettigem Haar und ab-gewetztem Parka, neben ihm drei gründlich ausstaffierte junge Männer mit schwarz gefärbten Haaren und eine nicht weniger sorgfältig gestylte blonde Frau, allesamt in Lederjacken, sowie eine weitere Frau, die etwas älter aussah. Claus warf den Schlüssel run-ter. Kurz darauf stand die Band in der Küche und bewunderte die unzähligen Plakate. Ihr Blick fiel auch auf das AC/DC-Poster. *Live Hamburg Messehalle 8, 10. Dezember 1980.* Toni war sehr stolz auf diese Devotionalie.

Thove hatte sich mit der älteren Frau, die offensichtlich die Roadmanagerin der *Cathartics* war, in den vorgesehenen Schlaf-raum zurückgezogen. Die Diskussion wurde immer lauter und schließlich von der Managerin mit einem nachdrücklichen »Fuck off!« beendet.

Die Band lächelte betreten.

Kurz darauf kam Thove in die Küche. Er zog an seiner Selbst-gedrehten und sah Claus und Albert mit schrägem Blick an. »Also, sagt Toni schöne Grüße, die Band pennt hier doch nicht, ich bring die zum Hotel Knutsen. Die hatten sich was anderes vorgestellt.«

Damit zog er ab, die Managerin schnaubte entnervt, die Band winkte freundlich zum Abschied.

»Wir kommen trotzdem!«, rief Claus Thove hinterher.

»Jetzt schleppt er die in ein schäbiges Hostel.«

Nachdem Claus und Albert sich das nächste Bier aufgemacht hatten, klingelte es erneut.

Beide linsten durch das geschlossene Fenster. Unten stand ein junger Typ, bebrillt, bleich und spindeldürr. Heinz Bading. Albert hatte ihn schon kennenlernen dürfen. Ein Musikjournalist. Eher ein Fan, der immerhin für diverse einflussreiche Magazine schrieb.

»Oh nee, *der*, wahrscheinlich hat Toni vor ihm angegeben, dass die *Cathartics* hier pennen!«

Wieder klingelte es, ein wenig länger als beim ersten Mal.

Claus öffnete das Fenster und lehnte sich gemeinsam mit Albert über die Brüstung.

»Hi, Leute, ich war eben schon im Filter, aber da war niemand. Ich will die *Cathartics* interviewen. Die wohnen doch bei euch, oder?«

»Der ist so penetrant«, sagte Claus leise.

Er brüllte runter: »Jaja, die sind hier!«

»Spinnst du?«, zischte Albert. »Den werden wir doch jetzt nicht wieder los!«

»Wieso, der ist doch eh nur spitz auf die Keyboarderin«, entgegnete Claus.

»Jetzt werft doch mal den Schlüssel runter«, rief Heinz.

»Geht nicht«, antwortete Albert sehr ernsthaft, »wir sind eingeschlossen. Toni dachte, wir wären nicht da.«

Heinz wedelte mit den Armen. »Das ist doch Quatsch, macht mal auf!«

Dann klingelte er Sturm.

»Tatsächlich sehr penetrant«, sagte Albert.

»Wir können nichts machen«, rief Claus, »die haben außerdem gerade ein Interview.«

Heinz: »Echt? Mit wem denn?«

Claus zu Albert: »Wer ist da noch?«

Albert, laut: »Heinz Schenk!«

Heinz wedelte weiter. »Wer ist denn Heinz Schenk? So eine Scheiße! Jetzt macht doch mal auf!«

Albert: »Kennst du Heinz Schenk nicht? Der muss mit dir verwandt sein. Du heißt doch auch Heinz.«

Heinz: »Ihr verarscht mich doch. Was soll denn das?«

Claus: »Nein, die machen hier ein Fernsehinterview für den Blauen Bock. Ist völlig entgrenzt hier. Sind alle nackt. Wi-der-lich!«

Heinz: »Echt?!«

Albert: »Nein, war ein Versehen! Aber wir können dir nicht helfen, wir haben uns die Beine gebrochen.«

Heinz: »Mann, was soll denn der Quatsch?«

Claus: »Tut uns leid, wir müssen hinten das Badezimmer putzen, sonst wird Toni sauer. Mach's gut, Heinz!«

Claus schloss das Fenster, dann gingen er und Albert vor Lachen zu Boden. Als Liane hereinkam, waren sie beinahe erstickt.

»Warum ist es denn hier so sauber?«, fragte sie.

Später traf Juliet ein, und sie gingen zu dritt zum Filter. Juliet mochte die *Cathartics*. Albert vermutete, dass Claus die Band genauso langweilig fand wie er. Das Publikum bestand größtenteils aus Mädchen, und die meisten waren noch jünger als Albert. Nach dem Konzert verschwand Claus umgehend mit Juliet in deren WG. Toni war gar nicht erst aufgetaucht und Thove nicht zu sehen. Heinz Bading bemühte sich, zum Backstage-Bereich zu gelangen. Während des Konzerts hatte er natürlich hinten gestanden.

Albert lehnte sich an den Tresen, wo jemand einen Schnaps in sein Sichtfeld schob. »Hey man!«

Der Schlagzeuger der *Cathartics* saß neben ihm auf einem Barhocker und hob sein Glas. Albert tat es ihm gleich, sie tranken.

»I'm Mikkel. One more?«, fragte der Schwede und hatte bereits den Typen hinterm Tresen herbeigewunken.

»Two more, please! And two of these amazing Astras!«

Albert beschloss, sich erst nach dem Gedeck nach Hause zu begeben.

»I'm Albert.«

»You have a nice Wohnung, Albert«, sagte Mikkel und reichte Albert das Bier. »My grandma was from Germany. Ich kann kaum noch!«

Sie leerten die Schnäpse, und Mikkel bestellte zwei weitere Wodka.

»Sorry for Emmi. She takes her job very serious. Sehr ernst!«, sagte Mikkel und stellte die leere Astra-Flasche auf den Tresen. Guten Zug am Leibe, dachte Albert.

»I don't think that this shit hostel is better than your Rock-'n'-Roll-Wohnung, Albert!«

Albert zuckte mit den Schultern und grinste. Ihm imponierte, dass dieser Mensch mit seiner Band auf Europatournee war.

Mikkel bestellte zwei weitere Schnäpse. Er wirkte angespannt.

»Cheers man. How's life?«

How's life, dachte Albert. Was für eine Frage.

»It's fine«, sagte er, und Mikkel grinste schief. Sie tranken.

»Ey, you have a great drumset!«

Pfanne hatte sich unbemerkt von der Seite genähert. »'69 Ludwig, right?«

Mikkel zeigte wenig Begeisterung, blieb aber sehr freundlich. »It's a '65, I think.«

Pfanne hob den Daumen. »Great sound. The bass drum really sounds like a bass drum. Like the Ginger Baker drum set.«

Mikkel, der zuvor dem Wirt unauffällig zugewinkt hatte, schob Albert einen weiteren Schnaps hin. Gott bewahre, dachte Albert, freute sich aber darauf, betrunken zu werden, und war froh, dass Mikkel kurz von Pfanne in ein Fachgespräch verwickelt wurde. Er fand den Schlagzeuger sehr sympathisch, aber Tresengespräche überforderten ihn in seinem momentanen Zustand noch mehr als sonst.

»You like *Cream*?«, fragte Pfanne, der Albert selbstredend keines Blickes würdigte.

»Some good tunes«, erwiderte Mikkel kurz angebunden.

In der folgenden halben Stunde perfektionierten Mikkel und Albert eine Choreografie, nach der Mikkel ständig neuen Schnaps bestellte, während er sich Pfannes Vorträge über das ideale Equipment anhörte und den Exkursionen des Experten stets höflich lächelnd zustimmte, um dann Albert seinen Anteil am Hartalk herüberzuschieben, woraufhin die beiden sich unauffällig zuprosteten.

Als der Bassist der *Cathartics* hinzustieß, vereinnahmte Pfanne ihn umgehend: »Great bass top you have, it's a ten point seven, right …«

Mikkel nahm die Chance wahr und zerrte Albert hinter sich her.

»Los, Albert! I think we have some Whisky left in the backstage!«

Der Backstageraum des Filter entpuppte sich als ausgesprochen unglamouröse Kabine direkt neben der Bühne. Emmi und der nervös rauchende Thove saßen an einem winzigen Tisch und versuchten, anhand vollgekritzelter Zettel so etwas wie eine Abrechnung vorzunehmen. Albert war dennoch eingeschüchtert. Einen Backstageraum hatte er noch nie von innen gesehen. Mikkel reichte ihm ein Bier.

»Let's go to the merch. I guess Bo took the Whisky to have some fun during his shift!«

Bo holte gerade die letzten T-Shirts von Kleiderhaken, die über irgendwelchen Rohren hingen. Der Filter hatte sich deutlich geleert. Pfanne versuchte noch immer, den nachsichtigen Bassisten von etwas zu überzeugen, das Albert akustisch nicht verstand. Mikkel ließ sich von Bo den Whisky reichen.

»You need a glass, Albert? Du brauchst einen Tasse?«

»Unsinn«, sagte Albert. »I mean Quatsch …«

Mikkel lachte, nahm einen großen Schluck und reichte ihm die Flasche. »Cheers, man! I think we need more beer!«

Albert schaute auf seine linke Hand, in der er die Whiskyflasche hielt. Dann schaute er auf seine rechte Hand, in der er ein halb volles Astra hielt. Wirklich guter Zug, dachte er.

Vor der Bühne redete Heinz Bading gestikulierend auf die Keyboarderin ein, die sich in Geduld übte.

»Those guys«, sagte Mikkel und deutete auf den Musikjournalisten. »Always the same. Thin hair, thin arms!«

»It's ridiculous!«, sagte Albert und wunderte sich, dass er dieses schwierige Wort fehlerfrei herausgebracht hatte. Dann begann er, Heinz Badings Eurythmie zu imitieren. Bo und Mikkel kicherten wie besoffene Grundschüler.

Thove Flock näherte sich mit Emmi. Beide sahen unzufrieden aus. Während Thove an seiner Zigarette zog, als wollte er nicht nur den Rauch, sondern auch Tabak und Papier inhalieren, versuchte Emmi, Mikkel und Bo irgendetwas auf Schwedisch einzurichten. Ihr Tonfall ließ keinen Zweifel daran aufkommen, dass Band und Crew für sie Untergebene waren. Albert hatte den Eindruck, dass Bo und Mikkel zwar schuldbewusst nickten, die Litanei aber keinesfalls ernst nahmen.

»Ja, blöd gelaufen«, sagte Thove zu Albert und zog intensiv an seiner Zigarette, »die sind jetzt im Knutsen. Na ja, sonst haben die Bands ja nie was gegen eure Wohnung.«

Heinz Bading war davongestikuliert, Pfanne erklärte dem Gitarristen sein Effektbrett, und Emmi drängte nun offenbar zum Abmarsch. Mikkel hatte die Whiskyflasche in der linken Tasche seiner Lederjacke und schwankte bedrohlich.

Nach kurzer Diskussion mit Emmi trat Mikkel auf Albert zu. »What's your fave place here? Bestes Kneipe?«

Albert fühlte sich geschmeichelt. Man legte Wert auf seine Meinung als Einheimischer.

»Grasshopper is great.«

Als sie zwei Stunden später aus dem Fandango mehr fielen als gingen, waren sie beide schon nicht mehr in der Lage zu bereuen. Geschweige denn, sich zu orientieren.

»What was the name of the hostel, man?«, fragte Mikkel.

Albert dachte angestrengt nach.

»It was … Kurtsen … or so.«

Mikkel überlegte kurz. »I'll ask those nice ladies!«, rief er dann und machte sich daran, die Reeperbahn zu überqueren.

Nicht auch noch Ärger mit den Huren, dachte Albert. Nur das nicht.

»Ey, jetzt bleib mal hier!«, rief er hilflos und stolperte dem sturzbetrunkenen Schweden hinterher.

Der drehte sich tatsächlich sofort um und zeigte begeistert auf das Leuchtschild einer Diskothek. »Look! Look, man! PALACE! Like in *Palace Brothers*! We need to go there!«

Wie durch Nebelschwaden stellte Albert entsetzt fest, dass Jens Harm, ihr Nachbar und verbriefter Kickboxmeister, auf einem Hocker vor dem Palace saß. Ausgerechnet der Harm. Ausgerechnet heute.

»Look, Mikkel …«

* * *

Albert erwachte mit einem Wolfsrudel im Schädel.

Langsam setzte sich der Rest des vorangegangenen Abends zusammen.

Es war ihm gelungen, Mikkel davon zu überzeugen, dass das Palace seine besten Tage längst hinter sich hätte. Unbemerkt von

Jens Harm hatten sie sich davongemacht und waren schnurstracks in die Talstraße gegangen.

Er hörte, wie die Tür des Gästezimmers sich öffnete und jemand durch den Flur schlich.

»You are a good man, Albrecht!«, hatte Mikkel gesagt, bevor er auf das Hochbett geklettert war. »Take care of your Diana!«

Take care of your Diana, daran konnte Albert sich noch erinnern. Von den Gesprächen im Grasshopper und im Fandango war ihm nur noch wenig präsent. Was hatte er dem Schweden alles erzählt?

Die Wohnungstür wurde geöffnet und sehr vorsichtig wieder geschlossen. Mikkel musste sich auf die Suche nach dem Hostel machen. You are auch a good man, dachte Albert.

Auch am übernächsten Tag noch quälte Albert die Helligkeit, die durch das Bettlaken drang, das als provisorische Gardine vor seinem Zimmerfenster hing. Er war noch immer nicht wiederhergestellt und zog das Kissen über seinen Kopf. Von draußen hörte er Toni in nicht unbeträchtlicher Lautstärke telefonieren. Anscheinend stand er im Flur, während er in gebrochenem Englisch auf jemanden einredete. Als Toni aufgelegt hatte, schlich sich Albert ins Bad. Ob er noch einmal versuchen sollte, bei Diana anzurufen? Gestern hatte er es zehnmal erfolglos probiert. Einen Anrufbeantworter hatte sie auch nicht. Im Badezimmer, das aus unerfindlichen Gründen hellgelb gestrichen war, betrachtete Albert sich in dem antiquierten Spiegelschränkchen. Die Haare standen wirr in alle Richtungen, unter den Augen hatte er dunkle Ringe. Ganz gut eigentlich, dachte er. Seine Barthaare sprossen so kärglich, dass einmal die Woche rasieren reichte. Ich bin bereit. Er war bereit. Aber wofür?

Albert verzichtete auf jegliche Körperpflege, schlich zurück in sein Zimmer und stieg in seine Jeans, die er vor dem Zubettgehen achtlos auf den Boden geworfen hatte. In der Ecke auf dem Fußboden fand er einen alten Pullover in einem eigenwilligen Grünton, verziert mit dem Schriftzug eines amerikanischen Futtermittelherstellers. Die Socken kann ich auch noch mal tragen, dachte Albert. Die Löcher störten ihn nicht. Außerdem hatte er sich im Aladin-Center auf der Reeperbahn ein Multipack Unterhosen gekauft. Irgendwann musste er wirklich mal nach Barmbek und noch ein paar Klamotten holen. Er zog seine Turnschuhe an und stopfte etwas Geld in die Hosentaschen. Als er die Wohnung verlassen wollte, brüllte Toni aus seinem Zimmer: »Albrecht, was soll das denn! Wo kommen denn diese scheiß Ameisen her?«

Toni saß an seinem Schreibtisch und zeigte mit einem Kugelschreiber auf die Wand. »Da, überall diese verdammten Ameisen. Was wollen die? Wir sind doch hier nicht im Regenwald.«

Ameisen sind das nicht, dachte Albert.

Liane betrat Tonis Zimmer. »Oh nee, Scheiße, das kann doch nicht sein, jetzt haben wir auch noch Kakerlaken. Erst die Mäuse, die den ganzen Küchenschrank vollgekackt haben, und jetzt auch noch Kakerlaken. Das ist echt nur, weil ihr nie sauber macht.«

»Ich hab doch letztens erst mit Claus ...«, setzte Albert an, aber Toni fiel ihm ins Wort: »Kakerlaken? So eine Scheiße, die Dinger sind Gesundheitskiller. Ich ruf sofort die Linde an. Sofort!«

Er kramte in einem gewaltigen Aktenordner. Die Linde, so viel hatte Albert schon mitbekommen, war die Vermieterin, eine alte, äußerst geizige Frau, die neben der Bruchbude in der Talstraße diverse weitere Häuser besaß. Und die es vorzog, auf Renovierungen und Erhalt ihres Eigentums komplett zu verzichten.

Toni lehnte sich im Drehstuhl zurück und schnauzte ins Telefon: »Hoff hier aus Ihrem Objekt in der Talstraße, Beletage. Wir brauchen einen Kammerjäger. Ja, es handelt sich um gefährliche *Blattella germanica* … Nein, wir warten nicht. Ich kann auch direkt mit meinem Anwalt … Ja gut, nächste Woche. Sie kommen auch? Meinetwegen. Tschüss!«

Mit Wucht knallte er das Telefon auf die Station.

»Das wird nächste Woche erledigt. Diese Obergeiz-Fregatte.«

»Ich geh mal einkaufen«, verabschiedete sich Albert. Wieso nur kannte Toni den lateinischen Namen der Kakerlake?

Als Albert zurückkam, mühte sich die alte Frau, die über ihnen wohnte, mit ihren Einkäufen ab.

»Warten Sie, das kann ich doch machen!«

Im Schneckentempo folgte sie ihm in den zweiten Stock. »Das is aber nett von dir. Überhaupt, ihr seid ja alle solche prima Jungens und das Mädchen auch. Aber dich kenn ich noch gar nicht!«

»Albert«, sagte Albert.

»Du bist aber kein Hamburger, was? Das höre ich gleich. Ik bün die Gertrud. Gertrud Baszak. Ich wohn hier schon fast fünfzig Jahre. Bin damals mit meinem Mann hier eingezogen. Der is nu auch schon seit über zwanzig Jahren tot. Seebestattung.« Sie schloss ihre Wohnungstür auf und holte ihr Portemonnaie aus der Tasche.

Albert wehrte ab. »Nee, das muss nun wirklich nicht sein. Schönen Tag, Frau Baszak!«

Sie lächelte, und er winkte zum Abschied.

Als er die Wohnung betrat, waren sowohl Toni als auch Liane verschwunden. Auch Claus war noch nicht wieder aufgetaucht. Er holte das Telefon aus Tonis Zimmer und wählte Dianas Nummer, die er mittlerweile auswendig wusste. Wieder nichts. Neben seinem Bett lag das Goofy-Album. *Goofy als Dr. Jekyll.* So ein Schwachsinn, dachte Albert. Er musste an Skrei denken. Was der wohl gerade machte?

Spontan wählte Albert Skreis Nummer. Der war tatsächlich zu Hause.

»Guten Tach, Hamburg hier.«

Skrei klang erfreut. »Tach auch!«

»Was machst du?«, fragte Albert.

»Was wohl? Ich höre mich durch deine Platten. Recht viel Unsinn. Wieso hast du vier Alben von *Soft Cell*? Die hatten doch maximal einen anhörbaren Song. Und über diese *Smiths* müssen wir auch noch mal reden.«

Albert hatte vor seinem Umzug Skrei in einem Anfall von Gleichgültigkeit seine gesamte Plattensammlung überlassen, vier Umzugskartons. Albert hatte eigentlich wenig Lust, über Musik zu reden, aber es tat ihm gut, Skreis Stimme zu hören. Er hätte gern von Diana erzählt und von Claus, von der Band und seiner neuen WG und davon, wie scheiße es an der Uni war und dass er Skrei vermisste. Aber er sagte nichts von alledem.

»Skrei, du hast abgesehen von Punk keine Ahnung von Musik.«

»Albert, du hast abgesehen von Musik keine Ahnung von Punk.«

»Kennst du eigentlich das Goofy-Klassik-Album Band achtzehn?«

»*Goofy als Micky Maus*?«

»Falsch.«

»*Goofy als Walt Disney*?«

»Wieder falsch«, antwortete Albert, »es ist *Goofy als Helmut Kohl*. Erstaunlich für 1977.«

Skrei berichtete von zu Hause. Olaf vom Westwind, ihrer Stammkneipe, würde eine Segelschule auf den Kanaren übernehmen. Eine Institution drohte zu verschwinden, und sie tauschten ihre Lieblingserinnerungen der letzten Jahre aus. Doch all das erschien Albert weit entfernt. Als er ansetzen wollte, von den neuen

Entwicklungen in Hamburg zu berichten, sagte Skrei: »Oha, schon zwei! Ich muss mal rüber zu Weißhausen.«

»Alles klar. Richte ihm Grüße aus. Ach ja: Es ist übrigens *Goofy als Dr. Jekyll*.«

»Tatsächlich? Klingt sehr, sehr gruselig. Nun denn, mein Lieber, mach's gut und tschö!«

Skrei hatte aufgelegt. In Hamburg sagt man Tschüss, dachte Albert und schlug das Goofy-Album auf.

Am nächsten Morgen wurde er in aller Frühe durch ein Flüstern am Ohr geweckt: »Pst, aufwachen! Die Linde ist hier. Mit einem Kammerjäger. Völlig unangemeldet! Zieh dir schnell was an und verhalte dich unauffällig. Wenn die Linde dich irgendetwas fragt, antworte nicht. Ich habe ihr gesagt, dass wir Besuch aus Dänemark haben. Du und Claus. Ihr sprecht beide kein Deutsch. Und mit Liane bin ich für die Linde verheiratet. Klar? Erkläre ich später.«

Was ist das denn für ein Schwachsinn?, dachte Albert, während er langsam zu sich kam. Er stieg in seine Hose und wollte ins Badezimmer, kam aber nicht weit. Im Flur stand eine spindeldürre Oma mit knallrot gefärbten Haaren und in grellbunten Klamotten. Die Linde, dachte Albert. Neben ihr stand ein Mann in roter Latzhose, auf dessen Schirmmütze der Aufdruck »*Kollert Schädlingsbekämpfung*« zu lesen war.

»Bei konsequent vegetarischer Ernährung kann so etwas nicht passieren«, krächzte die Linde Toni an. Dieser nahm den Unfug widerspruchslos hin.

»God Dag«, begrüßte Albert den unerwarteten Besuch.

»Ich werde nun mit der Fallenmontage beginnen«, sagte der Kammerjäger. Albert schlängelte sich an den Umstehenden vorbei ins Bad. Anstrengend, dachte er, obwohl er froh war, dass der Kammerjäger sich schon blicken ließ. Das Ungeziefer ekelte ihn an. Als er wieder aus dem Bad kam, stand auch Claus im Flur herum.

»God Dag, Claas!«

»Hej, Albert! Komme ud as dat gele hus!«

Rasch verließen sie die Wohnung. Beim Bäcker erzählte Albert in aller Ruhe von Diana. Wieso erreichte er sie nicht? Claus hörte ihm aufmerksam zu und gab sich Mühe, ihn zu beruhigen. »Es gibt bestimmt irgendeinen banalen Grund. Die findet dich doch gut. Einfach weiter versuchen. Jetzt zum Beispiel. Es ist so scheiße früh, die ist bestimmt zu Hause.«

Albert saugte den Rest des wässrigen Kakaotrunks durch den dünnen Strohhalm aus dem Tetrapack. »Danke. Ich bin echt froh, hier zu sein. Hier in Hamburg und hier in der Talstraße. Kakerlaken hin oder her. Proben wir heute?«

»Ich kläre das mit Susesch und dem Irren. Lass uns nachher zu Hause treffen.«

Zu Hause, das klingt gut, dachte Albert. Er blickte aus der Bäckerei auf die schmutzige Straße und die heruntergekommenen Häuser am Silbersack, verabschiedete sich von Claus und ging zur Telefonzelle an der Ecke Reeperbahn. Dieses Mal erreichte er Diana.

»Albert! Hast du es schon mal versucht?«

»Ja.«

»Tut mir echt leid, ich war wenig zu Hause, muss ich dir in Ruhe erklären. Wollen wir uns treffen?«

»Ja!«, sagte Albert und befürchtete, dass die Antwort ein wenig zu schnell gekommen war.

Er hätte sie gerne in die Talstraße eingeladen, aber die hygienischen Umstände erforderten einen Ausweichplan. In einem Anfall von Geistesgegenwart sagte er: »Heute um eins vorm Planetarium?«

Sie fragte nicht nach, sie wunderte sich nicht, sie sagte einfach nur Ja.

Zurück in der Wohnung begutachtete er mit Toni und Claus die nun überall verteilten Klebefallen.

»Iih, Scheiße, da ist ja schon eine in der Falle drin!«, schrie Toni aus dem Badezimmer. Sie versammelten sich in der Küche. »Untervermietung ist im Mietvertrag untersagt, ihr habt das echt sehr gut gemacht!«, sagte Toni feierlich, während er einen Joghurt löffelte.

Liane kam in die Küche und wirkte genervt. »Toni, so eine Scheiße, wieso habe ich einen Untermietvertrag, wenn du gar nicht untervermieten darfst? Nächstes Mal bin ich dann wenigstens deine Schwester, nicht deine Frau.«

Sie verzog sich wortlos in ihr Zimmer. Toni war ungewohnt still.

»Ich habe mir das Mietrecht doch nicht ausgedacht. So was Undankbares, ich ermögliche uns hier allen günstiges Quartier!«, wandte er sich empört an Albert und Claus.

»Günstig?«, murmelte Claus.

Albert hatte Claus von seiner Verabredung berichtet und blickte auf seine Armbanduhr. Er hatte noch Zeit. »Ich geh zu Fuß.«

»In den Stadtpark?«, fragte Claus erstaunt. »Weißt du, wie weit das ist?«

»Der Herr Michael Holzach persönlich!«, kommentierte Toni. Wer auch immer das ist, dachte Albert. Er löste den Stadtplan aus dem Telefonbuch, griff sich einen der Regenschirme, die an den quer unter der Flurdecke verlaufenden Gasrohren hingen, und verließ die Wohnung.

Noch im Treppenhaus setzte er sich die Kopfhörer auf und startete den Walkman. Glücklicherweise hatte er sich in Wehl noch *Where You Been* von *Dinosaur JR* auf Kassette überspielt. Die Gitarren kreischten in seinen Ohren.

»Schwaches Album«, hatte Claus über *Where You Been* gesagt.

Albert hatte dazu geschwiegen, aber er hatte sich das erste Mal von Claus in seinem Musikgeschmack gekränkt gefühlt.

Er lief durch die Sternschanze und durch den Schanzenpark. Beim Schlump. Der Straßenname machte ihm gute Laune, er dachte an Herrn Bismarck. In seinem Schirm fing sich der feuchte Wind. Er passierte die Grindelhochhäuser, überquerte einen Seitenarm der Alster und folgte der Maria-Louisen-Straße in Winterhude. Sieht teuer aus, dachte er. Schließlich stand er vor dem riesigen Planetarium. Es war erst halb eins. Er kaufte zwei Karten für die Vorstellung *Der Sternenhimmel im April*, stieg die Treppe hinab und balancierte über die Granitplatten, die das untere vom oberen Wasserbassin vor dem Planetarium trennten. Als er gerade zu einem gewagten Sprung über den Wasserlauf ansetzen wollte, sah er Diana auf einem Fahrrad näher kommen. Sie hatte ihn bereits erblickt und winkte. Abgesehen von einem roten Schal mit Schottenkaro war sie vollkommen schwarz gekleidet und wirkte im Grün des Parks wie ein Fremdkörper. Albert wusste nicht so recht, wie er sie begrüßen sollte. Schließlich entschloss er sich zu einer tiefen Verbeugung, bei der er fast das Gleichgewicht verlor. Im selben Moment schämte er sich seiner Albernheit, zum Glück lachte Diana jedoch. Er registrierte aber auch, dass sie bedrückt wirkte. Jetzt war allerdings nicht der richtige Moment, sie danach zu fragen.

»Wir haben Glück, heute hält die größte astronomische Koryphäe unserer Zeit höchstselbst den Vortrag: Professor Übelacker!«

Sie schloss ihr Fahrrad an. »Irre, ich war noch nie im Planetarium.«

In der Mitte des Saals stand der Sternenprojektor. Sieht aus wie ein Satellit, dachte Albert. Im nächsten Moment erschien ein Mann mit Krawatte, braunem Sakko und einer Haarfläche, die das untere Gesichtsdrittel einnahm.

»Der Bart ist angeklebt«, flüsterte Albert Diana zu, und sie lächelte. Das Licht wurde gedimmt, die künstlichen Himmelskörper begannen zu leuchten. Während der Professor die Gäste im halb vollen Kuppelsaal begrüßte, fuchtelte er bereits mit einem grünen Laserpointer herum, den er zwischen den Sternen herumwandern ließ. Seine Stimme klang sanft und alles, was er erzählte, vollkommen einleuchtend. Als er auf die Sternbilder zu sprechen kam, betonte er, dass das Publikum einer astronomischen Veranstaltung beiwohne. Mit deutlichen Worten agitierte er gegen die Astrologie, welche sich noch immer großer Beliebtheit erfreue, trotz fehlender wissenschaftlicher Grundlage. Seine Stimme blieb trotz des anklagenden Inhalts freundlich. So müssten die Vorträge an der Uni sein, dachte Albert. Er schaute zu Diana, wollte etwas sagen, traute sich aber nicht. Da nahm Diana Alberts Hand und drückte sie zärtlich. Er blickte sie an und dann zur Kuppel. Die Sterne funkelten. Als wären sie echt, dachte Albert.

6

Zwei Tage später weckte ihn Tonis empörte Stimme. »Das gibt es doch gar nicht. Die benehmen sich ja wie am Familientag auf dem Dom, die Viecher!«

Albert schlich in die Küche. Toni hatte schon das Telefon in der Hand. »Ich ruf den Kammerjäger an, die Fallen sind alle schon voll mit diesen Scheißviechern, das kann ja wohl nicht sein.«

Bei der Kakerlakenplage wurde Tonis Aktionsdrang endlich einmal in für seine Mitmenschen nützliche Bahnen gelenkt. Alberts Kopf schmerzte dumpf. Am Vorabend hatten sie geprobt und waren anschließend auf Gernots Drängen ins Kabatek in Eimsbüttel gegangen, aus unerfindlichen Gründen dessen Stammkneipe. Albert hatte mehr getrunken, als er vertrug. Ihm steckte die unbestimmte Situation mit Diana in den Knochen. Sie hatten sich im Stadtpark unter den Rhododendren noch geküsst, und er hatte ihr einen Zettel mit der WG-Telefonnummer in die Hand gedrückt, die er endlich herausgefunden hatte. Und dann war sie plötzlich wieder so seltsam geworden, hatte mit einem Blick auf seine Armbanduhr gerufen: »Scheiße, ich muss weg, es tut mir leid. Ich melde mich!«

Am nächsten Tag hatte sie nicht angerufen. Oder vielleicht doch? Die WG hatte ja keinen Anrufbeantworter.

Albert bekam für einen kurzen Moment ein schlechtes Gewissen, als ihm die Universität einfiel. Und bei seinen Eltern wollte er sich auch schon lange gemeldet haben. Die Sache mit der Wohnung bedurfte dringend einer Klärung. Vielleicht sollte ich nach Barmbek fahren und dort in der Wohnung überlegen, dachte er. Außerdem wollte er beim Comicladen vorbeischauen. Selbst wenn er nur auf Herrn Grummel beziehungsweise Werner treffen würde, könnte der ihm vielleicht Auskunft geben, wo Diana steckte.

Der Comicladen war geschlossen. An einem Donnerstagnachmittag. Merkwürdig, dachte Albert. In die Wohnung wollte er nun nicht mehr. Irgendetwas musste er sich wegen der doppelten Miete einfallen lassen. Immerhin würde er bald seinen Job im Paketzustellungszentrum am Kaltenkircher Platz beginnen. »Die nehmen jeden. Wenn du studierst, sowieso!«, hatte Ripplinger ihm gesagt. Gernot hatte dort auch mal gejobbt. Am Bahnhof Barmbek kaufte er sich eine Halbliterdose Jever. Das Bier schäumte über seinen Finger, als er die Büchse in der U-Bahn öffnete.

*　*
*

Zwei Tage später weckte ihn erneut die Türklingel. Der Schädlingsbekämpfer stand unten auf der Straße. Albert warf ihm vom Fenster aus den Schlüssel zu.

»Tach!«

Der Kammerjäger guckte ihn misstrauisch an. »Wieso Tach, ich dachte, Sie sprechen kein Deutsch?«

Scheiße, dachte Albert, die wahnwitzige Toni-Geschichte. »Ja, mittlerweile schon ein wenig, ist ja auch echt keine schwere Sprache.«

Die Erklärung schien dem Mann zu reichen.

»Bei einem derart massiven Befall müssen wir auch die Nachbarwohnungen kontrollieren. Ich hatte das ja schon mit Herrn Hoff telefonisch besprochen.«

»Oben ist nichts.« Toni hatte bei Jens Harm und Frau Baszak nachgefragt. »Beim Tattoo-Shop auch nicht, und die Nachbarn unter uns sagten, nur ganz vereinzelt sei ihnen etwas untergekommen.«

»Gut, ich werde nun zuerst die Fallen ersetzen und dann noch einmal die Mieter direkt unter Ihnen fragen.«

Albert begab sich in die Küche. Was der Typ wohl mit den festgeklebten Viechern in den Fallen anstellen würde? Seit die Kakerlakenplage derart ausgeufert war, hatten sie sich darauf beschränkt, in der Wohnung nur noch Kaffee, Wasser oder Bier zu trinken. Gegessen wurde nun noch öfter als zuvor gegenüber im türkischen Imbiss. Nur Liane kochte weiterhin, als wäre nichts vorgefallen. Toni und Claus schienen sich ohnehin ebenso eigenwillig zu ernähren wie er selbst. Toni hatte Albert zwar eines Morgens einen Vortrag über die Vorzüge der Trennkost gehalten, es machte ihn allerdings in Alberts Augen ein wenig unglaubwürdig, dass er dabei von einem Snickers-Riegel abgebissen hatte. Albert entdeckte im Kühlschrank eine Dose Fanta, traute sich allerdings nicht, sie zu öffnen, da sie möglicherweise dem Trennkost-Anhänger gehörte.

Der Kammerjäger kam in die Küche. »So, alle Fallen sind erneuert. Ich gehe mal eben zu Ihren Nachbarn runter. Melde mich dann bei Herrn Hoff telefonisch.«

Albert saß noch bei einem Glas Leitungswasser in der Küche, als es kurze Zeit später erneut klingelte. Vor ihm stand wieder der Kammerjäger. »Ich muss nun doch noch einmal bei Ihnen vorstellig werden.«

Der Mann wirkte blass und redete im Flüsterton: »Die Familie kenne ich. Die wohnten mal ein paar Häuser weiter, direkt auf der Reeperbahn. Dort hatte ich den Horroreinsatz meines Lebens. Die ganze Bude war schwarz vor Schaben. Das Gesundheitsamt hatte seinerzeit die Räumung angeordnet. Ich hätte wirklich nicht gedacht, dass diese Leute hier ohne Aufsicht wohnen dürfen.«

Albert wurde unwohl. »Haben Sie jetzt dort auch Fallen aufgestellt?«

»Wie sollte ich, die Frau Bartsch hat mich ja nicht in die Wohnung gelassen! Sie haben kaum Schaben, hat sie gesagt!«

Albert wurde flau im Magen, als er an die Zustände direkt unter ihm dachte. Es waren ja nicht nur die Windeln im Lichtschacht. Seit einiger Zeit stank es noch übler als sonst, wenn man im Badezimmer lüftete. Glücklicherweise war es außer der Küche der einzige Raum mit Fenster in den abscheulichen Schacht. Auch der unangenehme Geruch, der durch die Wohnungstür drang, hatte sich in den letzten Wochen verstärkt.

Jetzt heißt es schnell handeln, dachte Albert. Er wühlte in der Garderobe im hinteren Teil des Flurs herum. Tatsächlich, da lag Tonis zerknittertes Faschingskostüm. »Ich fahre jedes Jahr nach Düsseldorf zum Karneval«, hatte er stolz erzählt. »Ich gehe natürlich immer als Polizist!«

Warum auch immer.

Aber das war die Rettung. Albert setzte sich die Mütze auf und zog sich das derangierte Oberteil über. Eine Hose konnte er nicht finden. Egal. Die alte Bartsch hatte ihn noch nie gesehen. Lediglich dem Kindsvater war er zweimal im Treppenhaus begegnet, einem kleinen, schmierigen Typen, vermutlich jünger als Albert. Die Tochter der Bartsch war höchstens siebzehn.

»Haben Sie etwas gegen ein wenig Improvisation?«

Der Kammerjäger starrte ihn an. »In diesem Fall wirklich nicht.«

Gemeinsam stiegen sie die Treppe herunter. Im ersten Stock klingelte Albert nachdrücklich. Eine mürrische, verwahrlost wirkende Frau öffnete die Tür.

»Polizei, Ordnungsdienst. Hauptstellenleiter Albers mein Name. Abteilung eins. Ich gebe Anordnung, Ungeziefer-Bekämpfung zu gewährleisten. Ansonsten muss ein Ordnungsgeld direkt verhängt werden.«

Die Frau schaute ihn finster an. Ihr Jogginganzug war fleckig, die Haare grau und fettig. Albert empfand Mitleid mit ihr. Nicht weich werden, dachte er.

»Es ist eine Sache von wenigen Minuten. Der Vermieter zahlt den Einsatz.«

Sie antwortete leiernd und seltsam unterwürfig, was Albert sehr unangenehm war: »Ja, ist ja schon gut, kommen Sie rein, ich habe aber nicht aufgeräumt.«

Der Kammerjäger folgte ihr in die Wohnung, Albert ging wieder nach oben. Traurig und erschüttert, aber mit einem gewissen Stolz erfüllt.

Am Abend berichtete Albert Claus und Toni von seinem Coup.

»Immer gut, eine Polizeiuniform im Hause zu haben«, sagte Toni. »Mich juckt es überall, ständig muss ich an diese Viecher denken. Was habt ihr noch vor?«

»Nichts« und »Nichts« antworteten Claus und Albert.

»Lasst uns mal ordentlich was essen gehen, ich lade euch ein, als meine Untermieter.«

Toni legte einen Zettel für Liane auf den Tisch. *Hi, Liane, das Ungeziefer-Problem ist so gut wie gelöst! Hurra!*

Albert konnte Tonis Optimismus zwar nicht teilen, freute sich aber darauf, etwas in den Magen zu bekommen. Bei dem versprochenen »ordentlichen Essen« handelte es sich um eine Pizza am Hans-Albers-Platz.

Die kleine Pizzabude verfügte lediglich über drei winzige Stehtische und einen Barhocker, den Toni wie selbstverständlich für sich in Anspruch nahm. Kaum war die Pizza serviert, brüllten die Gebrüder Brett durch die Schaufensterscheibe: »Ey, ihr Assis, ihr lasst es euch ja gut gehen!«

Sie saßen wie immer auf ihren Mountainbikes und hatten wie immer jeder eine Dose Bier in der Hand.

Neben Diana waren sie die einzigen Fahrradfahrer, die Albert in Hamburg kannte.

»Wir gehen noch auf die Party von Cora, kommt ihr auch?«

»Wer ist Cora?«, fragte Toni leise und brüllte, ohne eine Antwort abzuwarten, durch die Scheibe: »Klaro, kommt doch rein, dann können wir zusammen hin.«

In der Lincolnstraße war die Party in vollem Gange. Es war für Albert nicht ersichtlich, ob es sich bei der heruntergekommenen Räumlichkeit um eine Wohnung oder eine Bar oder etwas anderes handelte. Die Musik war laut, und die Gäste tranken mit Nachdruck. Toni quatschte sich buchstäblich in der Tür bei einer Frau fest, das Lachen der Brüder Brett übertönte die Musik, und Claus stellte ihm brüllend jede Menge Leute vor. Er fühlte sich augenscheinlich sehr wohl. Als er jedoch Juliet mit ihrer Freundin Doro in einer anderen Ecke des Raumes sah, war es um seine Entspannung geschehen. Sie hatte ihn offenbar noch nicht gesehen.

»Was soll denn das, warum sagt die mir nicht, dass die hier ist?«, schrie er Albert ins Ohr.

Hast du ihr doch auch nicht gesagt, dachte Albert.

Er blickte Claus nach, der Richtung Juliet verschwand, als ihm von hinten eine Stimme ins Ohr quakte: »Albrecht, Albrecht aus dem Süden! Du bist also auch wieder hier. Das ist ja wohl nur geil.«

Marco Weber klopfte Albert auf die Schulter, und auch der Regisseur Benno Weichsel trat zu ihnen.

Marco Weber war in Hochform. »Ich sag euch eins: Die kulturelle Elite dieser Stadt befindet sich heute in diesem Raum. Ich meine, die *wirkliche* Elite, nicht die Harrys und Larrys aus dem Lokalfernsehen! Echt jetzt, Leute, alle, die hier sind, sind die wahren Persönlichkeiten unserer Stadt. Das hier ist unsere Underground-Kultur-Avantgarde.«

Benno Weichsel nippte an seinem Bier, während Weber sich weiter in Rage redete. Albert war beeindruckt. Auch wenn Marco ein ausgesprochen halbseidener Typ war, schien er wirklich alle zu kennen. Während Weber zu einem Monolog über seine eigene Kunst ansetzte, kehrte Claus zurück. Ohne Juliet.

»Was ist denn los?«

»Ach, ich weiß auch nicht, ich hab keinen Bock mehr. Ich geh nach Hause.«

Hier machte Marco Weber Claus einen Strich durch die Rechnung, indem er auch ihn in den verbalen Schwitzkasten nahm. »Eure Band ist sicher gut, aber ihr müsst auch mal um die Ecke denken. So wie ich! Neue Perspektiven einnehmen!«

Irgendwann gelang es Claus, Weber zu entwischen. Albert folgte ihm. Weber begnügte sich mit Benno Weichsel als Gesprächsopfer.

Die frische Luft auf der Straße tat gut, auch wenn sie eigentlich nicht frisch war, sondern stank. Ein Stück weiter pisste ein besoffener Geschäftsmann im Anzug an die Glascontainer. Wenigstens weht der Elbwind den Geruch schnell wieder weg, dachte Albert.

»Was ist denn passiert?«, fragte er.

»Ach, Scheiße, Stress mit Juliet. Die ekelt sich irgendwie schon immer vor unserer Wohnung. Seit die Kakerlaken da sind, natürlich erst recht. Gestern hat sie mich wieder gefragt, ob wir zusammenziehen wollen. Ihre Mitbewohnerin zieht aus.«

»Und was hast du gesagt?«

»Nichts, deshalb ist sie jetzt auch so stinksauer.«

Albert fiel nichts ein.

»Ich geh wieder rein«, sagte Claus. Albert folgte ihm.

Drinnen blickte Claus nervös auf die improvisierte Bar. Dort stand Juliet mit einem etwas älteren Typen mit riesigen Koteletten und Pilzkopf. Er trug ein lila Samtjackett und redete auf sie ein. Einer der Brett-Brüder hielt Albert und Claus zwei große Flaschen Astra entgegen.

»Hier! Aber dann bekommen wir Gästeliste für immer, wenn ihr euch noch mal auf die Bühne traut.«

Marco Weber näherte sich wieder, diesmal mit einer Frau. Sie trug eine riesige Brille und hatte langes schwarz gefärbtes Haar. »Hier, Simone! Das ist abgesehen von mir die wirkliche musikalische Zukunft. Grandios.«

Er drängte die Brett-Brüder elegant ein Stück zur Seite. »Claus und Albrecht. Kennst du ihre Band? Das wäre was für euch. Kennt ihr Simone?«

Claus nickte. »Nicht direkt. Aber du bist doch bei Konfident Records, oder?«

Simone musterte Albert und Claus. »Ah, du kennst uns, immerhin.« Sie war komplett schwarz gekleidet. Auf ihrem Jackett erkannte Albert einen *Sparks*-Button.

»Wie heißt denn eure Band?«

»*Mehrwert*«, antwortete Claus.

»Aha, die Jungs haben Abitur. Mehrwert, wie bei Marx.«

»Nein, wie der Supermarkt in den Siebzigern. Wir sind aus Hamburg«, antwortete Claus.

Ich bin doch gar nicht aus Hamburg, dachte Albert.

»Du bist bestimmt der Sänger«, sagte Simone zu Claus.

»Ja. Und Gitarrist.«

»Ah ja, Gitarre und Gesang in Personalunion, Indierock also. Und du bist der Bassist?«

»Nein, ich …«

Marco unterbrach Albert: »Guck mal, Simone, dein Kompagnon lässt sich von den *Donkey Kings*-Losern anquatschen. Wenn du nicht aufpasst, dann sind die bald bei euch unter Vertrag.«

Erschrocken folgte Simone Marco Webers Blick. Ein älterer Typ mit Pfeife stand neben drei der Typen, die als Vorband der *Coral Key Parks* so exzessiv genervt hatten.

»Bis später«, sagte Simone nur und begab sich eilig zum Pfeifenraucher.

»Scheiße, die Trottel haben uns jetzt alles versaut«, knurrte Claus.

Albert beobachtete, wie sich Simone freundlich, aber bestimmt in das Gespräch einmischte.

»Das ist ernsthaft der legendäre Lothar Creutziger von Konfident Records? *So* sieht der aus?«

Albert erinnerte sich, wie das Album von *Réti-Aljechin* bei Skrei und ihm in Dauerrotation gelaufen war. Vermutlich hatte diese Platte sogar einen nicht unwesentlichen Anteil daran, dass Albert sich für Hamburg entschieden hatte. Und jetzt blickte er auf diesen etwas dösigen Typen mit Cordjacke und bunter Kunststoffbrille, der sich bereitwillig von Mitgliedern einer minderbemittelten Band vollquatschen ließ.

»Wieso denn eigentlich *Mehrwert*, ich dachte, wir heißen *Strobel*.«

»*Strobel* ist doch Quatsch!«, sagte Claus, der die ganze Zeit nervös nach Juliet Ausschau hielt. »Ich komme gleich wieder.«

Die Musik nervte mittlerweile.

»Dieser Scheiß-Funk! Der DJ denkt, dass das cool ist! Hajo, der Oberschlaumeier!«, brüllte Marco Weber ihm ins Ohr und zeigte in die Ecke, wo ein Typ mit Kopfhörern sich große Mühe gab, lässig hinter den Plattenspielern zu stehen.

»Das ist bei diesen Szene-Partys immer so, dass keine normale Musik mehr läuft. Immer nur noch Zeug, das man freiwillig niemals hören würde!«

Claus stand mit Juliet in einer Ecke, sie diskutierten und wirkten schlecht gelaunt.

»Die Musik klingt wirklich wie bei unserem Vater im Party-keller! *Les Humphries Singers*!«, brüllte einer der Brett-Brüder.

»Ihr seid solche Ignoranten! Das ist Johnny Guitar Watson«, wies sie eine laute, aber sanfte Stimme zurecht. Albert erkannte Clemens Leydvoll, den freundlichen Skeptiker vom *Brom*-Konzert.

»Mag ja sein, Clemens, aber ich sag dir eins: Ich habe hier auf meinem Walkman die neue *Aerosmith*, und die ist viel geiler. Ich geh mal eben zum DJ. Kommst du mit, Albert?«

Weber schlenderte lächelnd zum DJ-Pult. Albert folgte ihm.

»Ey, Hajo, echt geile Musik. Ich liebe Johnny Guitar Watson!«, rief Marco, dann flüsterte er ihm etwas ins Ohr. DJ Hajo schaute zwar zunächst misstrauisch, drückte dann jedoch Marco seine Kopfhörer in die Hand und sagte: »Okay, bis gleich!«

»Ja, bis gleich, Hajo, mach dir keine Sorgen, ich fahre deine Linie weiter, so gut ich kann. Wird niemand merken.«

Kaum hatte Hajo sich abgewandt, zischte Marco Albert zu: »Freie Bahn! Hilf mir mal, wir müssen schnell hinten an den Ver-stärker ran.« Marco begann an den Kabeln rumzufummeln, wäh-rend Hajo sich zu Lothar und Simone durchkämpfte.

»Was hast du dem denn erzählt?«, fragte Albert.

»Ach, nur, dass Simone und Lothar bei Konfident eine Reihe mit DJ-Mix-LPs planen. So ähnlich wie dieses komische Londoner An-geber-Label. Und dass sie ihn unbedingt dabeihaben wollen. Der glaubt auch wirklich alles.«

Marco war fertig mit seiner Arbeit an der Kabelage, riss den Cross-Fader rüber und startete den Walkman. In atemberaubender Lautstärke erklang »Love in an Elevator«. Die Gebrüder Brett johlten, nach kurzer Zeit war der Raum in Aufruhr, alle tanzten. Sogar die Gesichter von Juliet und Claus hatten sich wieder entspannt. Albert entdeckte den Sänger von *Réti-Aljechin*. So ein hirnrissiger Song, dachte er. Nach dem letzten Akkord brüllte Marco in den Raum: »Leute, ich muss kurz spulen, es geht gleich weiter ...«

In diesem Moment hatte Hajo das DJ-Pult wieder erreicht. Er wirkte erbost.

»Marco, du Vollidiot!«

»Ja, gern geschehen, klappt alles mit dem DJ-Album? Los, Albrecht, jetzt gibt's Rabenpech. Lakritzlikör mit Wodka.«

*   *
*

Gegen Mittag beschloss Albert, das Fenster zu öffnen. Er befand sich in einem zufriedenstellenden Zustand der Vereierung, wie Skrei den diffusen Halbkater treffend genannt hatte. Der Abend in der Lincolnstraße und Marco Webers Aktionen hatten ihm vor allem eine Überlastung des Zwerchfells beschert. Juliet und Claus waren recht früh abgezogen, und Albert hatte mit den Gebrüdern Brett und Marco Weber in der Nähe des Eingangs herumgestanden und sich am Rabenpech schadlos gehalten. Als Marco plötzlich überhastet den Ort des Geschehens verlassen hatte, wollten auch die Bretts weiterziehen, irgendeine Abrissparty in einer ehemaligen Zoohandlung oder etwas ähnlich Abenteuerliches. Albert hatte das Angebot des Meckis abgelehnt, auf dessen Schultern das Brett'sche Fahrradtaxi zu nutzen, und sich aus dem Staub gemacht. Einen schweren Kater hatte er sich so erspart. Albert entschied sich, ein wenig ziellos durchs Viertel zu ziehen, der wohl vernünftigste Zeitvertreib unter freiem Himmel. Er zog seine Jacke an und öffnete die Wohnungstür. Auf der Treppe saß eine weiße Katze und beäugte ihn misstrauisch durch die Stäbe des Geländers.

»Ach!«, sagte Albert.

Die Katze legte den Kopf mit dem schwarzen Gesicht schief.

Eine Siamkatze. Neles Eltern hatten auch so ein Exemplar gehabt, und Neles Mutter hatte gern betont, dass es sich bei Nofretete um eine *Rassekatze* handelte. Rassekatze Nofretete, dachte Albert, was habe ich nicht alles mitmachen müssen!

»Wohnst du bei Frau Baszak?«, fragte Albert, und das Tier schlich die letzten Stufen herunter auf ihn zu. Albert ging in die Hocke und streckte ein Bein aus, um ihr den Weg zu versperren.

»Nicht, dass du hier auf die Straße rennst!«

Die Katze maunzte vorwurfsvoll, Albert streckte vorsichtig die Hand nach ihr aus und hielt ihr die geöffnete Handfläche hin. Vorsichtig schnupperte die Katze daran. Dann rieb sie sich an Alberts Unterarm und begann zu schnurren.

»Aha!«, sagte Albert. »Und jetzt, Herr Maushund?«

Die Katze setzte sich vor ihm auf die Fußmatte und drückte ihren Kopf in seine Handfläche.

Im oberen Stockwerk öffnete sich eine Tür.

Albert und die Katze hoben ihre Köpfe, und ihre Blicke trafen den von Jens Harm. Sein gestählter Oberkörper steckte in einem eng anliegenden Shirt mit der Aufschrift »Ruderverein Wilhelmshaven – Tag der offenen Tür – Juli 1990«. Da er außerdem ein hellgrünes Handtuch um den Kopf gewickelt hatte, sah der Türsteher heute alles andere als Furcht einflößend aus.

»Hi!«, sagte Albert.

»Hallo!«, sagte Jens Harm, und: »Bagheera! Was machst du denn da unten?«

Mit einer entschuldigenden Geste stieg er die Treppe herunter. Bagheera tat, als hätte er ihn noch nie gesehen, und machte Anstalten, an Albert vorbei weiter in Richtung Haustür zu schleichen, ließ sich aber widerstandslos von ihm auf den Arm nehmen. Jens Harm stand nun direkt vor ihnen.

»Unfassbar, der Typ«, sagte er mit unerwartet sanfter Stimme.

»Ist doch ein ganz Netter«, antwortete Albert.

Harm nickte. »Ganz nett isser, aber neugierig wie 'ne Elster. Ich hab nur den Müllbeutel vor die Wohnung gestellt, Telefon klingelt, er zack raus. Wenn der hier auf die Straße rennt, gibt's Flachkatze.«

Bagheera gab sich unbeeindruckt, und Albert übergab ihn seinem Mitbewohner. In Harms Armen streckte der Kater sich.

»Danke dir!«, sagte Jens Harm nüchtern und stieg die Stufen wieder hinauf.

»Klar!«, sagte Albert, verließ das Haus und dachte: *Neugierig wie eine Elster.* Auch interessant.

*   *
*

Am ersten Mai um kurz vor sechs Uhr morgens passierte Albert die Pförtnerloge des Paketzustellungszentrums am Kaltenkircher Platz. Von dem Schichtsystem hatte Ripplinger ihm nichts erzählt. »Frühschicht ist Frühschicht, die kann nicht getauscht werden«, hatte der Vorgesetzte bei der Einweisung vor ein paar Tagen gesagt. Zusammen mit ein paar anderen Neuen waren ihm die verschiedenen Arbeitsfelder gezeigt worden. Rampen, Mucki Eins und Mucki Zwei, Rundlauf und Otto-Rücklauf. Und nun stand er hier an einer der Rampen, gemeinsam mit einem blassen, nervös wirkenden Jurastudenten. Ihre Aufgabe war es, die von einer Rutsche auf eine Schütte gleitenden Pakete in Rollcontainer zu stapeln. Eine Tätigkeit, die sich vermutlich auch im nicht vollkommen wachen Zustand erledigen ließ. Albert war vor Schreck erstarrt, als der Wecker, den er sich von Liane geliehen hatte, um fünf Uhr geklingelt hatte. Toni und Claus waren vermutlich gerade erst ins Bett gegangen. Immerhin gab es eine saftige Feiertagszulage.

Nun kamen die ersten Pakete herunter.

»Es geht los!«, rief der Student aufgeregt. Sie fingen an zu sortieren. Ein Job für Blöde, dachte Albert. Wie wäre das eigentlich, wenn ich das den Rest meines Lebens machen müsste? Ein schrecklicher Gedanke. Eine Stunde lang sortierten sie, fuhren volle Rollwagen weg und holten leere neue. Plötzlich erhöhte sich die Frequenz der Pakete. »Schneller!«, rief der andere.

So ein Stress, dachte Albert. »Was passiert eigentlich mit den vollen Rollwagen?«, fragte er. Sein Kollege antwortete nicht, sondern stapelte in einem Affentempo die Pakete auf die Rollwagen.

»Du musst mitmachen, schneller. Sonst saufen wir hier ab!«, japste er. Seltsam, dachte Albert, wird der nach Akkord bezahlt? Er bemühte sich, ein wenig schneller zu sein. Obwohl sie die ganze Zeit ranklotzten wie die Irren, verging die Zeit quälend langsam. Nach der Hälfte der Acht-Stunden-Schicht klingelte es zur Pause. Albert hatte vergessen, sich etwas zu essen mitzunehmen. Es gab interessanterweise keine Kantine, sondern nur einen Aufenthaltsraum mit drei Automaten. Albert entschied sich für einen Kaffee, eine Bifi-Roll und ein Paket Rice-Crispies.

Während er aß, schaute er sich im Raum um. Der Typ, mit dem er zusammenarbeitete, war nicht hier. Ohnehin erblickte er keine Studenten, sondern nur die Langzeitmalocher. An einem großen Tisch saß eine Gruppe von Frauen, am Nebentisch ein paar Männer. Die Frauen unterhielten sich schlecht gelaunt, die Männer am Nebentisch schauten mit gleicher Stimmung in die Luft. In der anderen Ecke, an einem kleineren Tisch, saßen drei Frauen mit Kopftüchern. Eine der Deutschen redete jetzt lauter. »Für mich ist klar: Nur noch Republikaner bei jeder Wahl. So geht es nicht weiter.«

Demonstrativ starrte sie die Frauen mit den Kopftüchern an. Albert verließ die Kantine und machte sich auf den Weg zur Sortierrampe.

Es war gut, dass er diesen Job an Land gezogen hatte. Die riesigen Hallen beeindruckten ihn, gleichzeitig machten sie ihm Angst. Anders als seine Mitschüler hatte er nie gejobbt, weil er nie Geld für Klamotten benötigt hatte. Nur die Schallplatten waren ins Geld gegangen. So ein Blödsinn, dachte er, ich arbeite hier nur für die verdammte Wohnung in Barmbek. In der Tat wäre er ansonsten problemlos mit den Zuwendungen seiner Eltern ausgekommen. Nachdem er sich auf dem Gelände verlaufen hatte, kam er ein wenig verspätet an der Rampe an. Dort rotierte der Kollege wieder.

»Wo bleibst du denn? Das ist unkollegial«, murrte er, und Albert entschuldigte sich. Wenigstens gab es in der zweiten Schichthälfte ein paar ruhige Phasen.

»Musstest du eigentlich auch diesen komischen Eid unterschreiben?«, fragte Albert.

»Klar, das muss jeder. Früher gab es sogar noch gemeinsame feierliche Vereidigungen. Aber das ist vorbei. Der ganze Laden geht doch vor die Hunde. Ich maloche hier noch zwei Jahre, dann ist Schluss. Dann wird richtig Geld verdient. Hier wirst du verrückt. Aber die Rampen sind der beste Posten, hier ist man wenigstens an der frischen Luft. An den Muckis auch, aber da schiebst du die Schicht alleine. Außerdem ist es an diesen Mucki-Maschinen höllisch laut, wenn sie die Rollcontainer in die Höhe heben, um die Pakete auf das Fließband kippen zu lassen. Und wenn du die Container fertig entladen hast, dann stehen da plötzlich wieder fünfzig neue. Im Rundlauf wirst du sowieso irre. Postleitzahlen sortieren, am Fließband. Immer etwas schneller, als man es ertragen kann.«

Fünf ist Trümpf, dachte Albert. So eine dämliche Kampagne. Ihm kam das Maskottchen zur Umstellung auf die fünfstelligen Postleitzahlen in den Sinn. Rolf, der grinsende Fünf-Fingerling. Stets mit Sonnenbrille und dennoch distanzlos.

»Aber der größte Horror ist der Otto-Rücklauf. Du bist da an Rampen wie hier. Aber alleine und im Keller. Und du siehst den ganzen Tag nichts weiter als diese widerlichen blau-weißen Pakete aus der speckigen Pappe, die zurückgehen an den Otto-Versand. Hunderttausendmal Schrott, den die Leute dann doch nicht haben wollten. Das ist vollkommen sinnlos!«

Da stürzte die nächste Welle von Paketen die Rutsche herunter, der Student war wieder in seinem Element. Albert kam der Gedanke, dass die Pakete das Zustellungszentrum vielleicht nie verließen. Sie kamen an den Muckis an, liefen dann weiter in den Rundlauf, wurden auf die Rutschen der Rampen oder des Otto-Rücklaufs geschickt und von dort wieder zurück zu den Muckis. Das Ganze war schlicht eine gigantische Arbeitsbeschaffungsmaßnahme. Einzig und allein erdacht, um ihm, Albert Bremer, eine Wohnung in Barmbek zu finanzieren, die er nicht bewohnte. Als er später im Umkleideraum die Arbeitsschuhe in den Spind stellte, merkte er, dass er sich kaum noch bücken konnte.

Auf dem Rückweg nach Hause hörte er »Is This Real?« von den *Wipers* auf seinem Walkman.

»Arbeiten ist nicht mein Style«, hatte Skrei stets betont.

Albert saß an die Wand gelehnt und mit lang ausgestreckten Beinen auf seiner Matratze und spulte mithilfe eines Bleistifts lustlos seine Kassetten auf Anfang. So hatten sie es schon immer auf dem Schulhof getan, um Batterien zu sparen.

Skrei war nun seit fast zweieinhalb Jahren Gefangener des *Bau- und Gartencenter Eiteneuer* in Wehl. Terrakottatöpfe in Industrieregale wuchten, Zentnersäcke Blumenerde stapeln, Werkzeuge nachhängen. Wenigstens stand er nie an der Holzzuschneidemaschine. Albert hatte sich immer gefragt, wieso Skrei diesen Posten so hasste.

Sein eigenes Debüt im Bereich der ehrlichen Arbeit hatte ihn unfroh gestimmt. Die Aussicht, aufgrund einer versäumten Weiterentwicklung oder aus schlichter Faulheit noch Jahre in den Hallen am Kaltenkircher Platz verbringen zu müssen, hatte ihn erschaudern lassen.

Sollte er doch seine akademische Karriere mit mehr Elan vorantreiben? Albert musste bei diesem Gedanken erbost lachen.

Als er sämtliche Kassetten korrekt an ihren Anfang gespult hatte, stand er so schnell auf, dass ihm schwindelig wurde. Außerdem schmerzte ihm noch immer der Rücken von seiner gestrigen Schicht. Die Beine taten ihm ebenfalls weh. Eigentlich tat alles weh. Er zuckte mit den Schultern, stieg in seine Turnschuhe, warf sich in die Jacke und verschwand aus der Wohnung. Ein Ziel hatte er sich nicht überlegt, steuerte jedoch die U-Bahn-Station an und stieg in die nächste einfahrende Bahn. Mit in den Nacken gelegtem Kopf betrachtete er den an der Decke angebrachten Fahrplan. Dann eben Barmbek, dachte er.

Er meisterte das Umsteigen am Hauptbahnhof mit Bravour und stand wenig später vor dem Comicladen. Seit dem letzten Treffen hatte er nicht mit Diana telefoniert, er hatte keine Ahnung, ob sie überhaupt im Laden war.

Dennoch betrat er das Fachgeschäft.

Diana hockte hinter dem Tresen und las. Als sie ihn sah, lächelte sie. Sie kann *ernsthaft* lächeln, dachte Albert und merkte, dass auch er beinahe strahlte.

»Ein angenehmer Kunde!«, sagte Diana und rutschte von ihrem Hocker. Sie umarmten sich. Albert fragte sich, ob er sie zu lange festhielt, doch sie machte keine Anstalten, sich von ihm zu lösen. Dann blickten sie sich an.

»Möchtest du einen Tee?«, fragte sie. Albert hätte auch ein Glas Lebertran von ihr angenommen.

»Lang nichts gehört«, sagte sie und goss ihm eine Lucky-Luke-Tasse mit Hagebuttentee ein. »Ich hatte aber auch viel zu tun. Wie geht es dir?«

Albert berichtete von den Kämpfen an der Kakerlakenfront und auch vom Einsatz von Hauptstellenleiter Albers. Diana verschluckte sich beinahe vor Lachen.

»Ist das dein Ernst?«, fragte sie amüsiert. »Das hätte ich dir nicht zugetraut!«

Gut gelaunt zog Diana ein Comicheft aus der Neuheitenkiste: »*Goofy als Galileo Galilei.* Ist gestern reingekommen, möchtest du es haben?«

»Nee, das habe ich schon.«

Im selben Augenblick ärgerte Albert sich, weil er ein Geschenk von ihr ausgeschlagen hatte. Aber Diana lachte nur kurz und steckte das Heft zurück. »Nächste Woche kommen noch zwei Umzugskartons von einem Typen aus Hasselbrook. Da könnte auch was für dich bei sein«, sagte sie. Sie sagte es ganz ohne Ironie, und Albert schwieg.

»Wie läuft es mit der Band? Spielt ihr jetzt auf diesem komischen Festival?«

Albert sah Diana fragend an. »Davon habe ich dir erzählt?«

Diana grinste. »Davon hast du mir erzählt. Also ganz nebenbei. Keine Sorge, du hast nicht rumgetönt!«

Albert berichtete kurz, was er wusste, nämlich im Grunde gar nichts.

»Wie geht es deinem Vater?«, fragte er und war sich unsicher, ob die Frage angemessen war.

»Wie immer«, sagte Diana knapp. Und leise: »Das wird auch nicht mehr besser.« Dann sah sie zur Wanduhr, deren Zeiger aus den Armen des Privatdetektivs Micky Maus bestanden.

»Ich muss jetzt auch zu ihm. Sorry, dass ich dich quasi rauswerfe.«

Sie verließen den Laden, und Diana schloss hinter sich ab.

»Ich ruf dich an, okay?«, überwand sich Albert.

Diana schloss ihr Fahrrad auf. »Ich bin die Tage wahrscheinlich nicht so oft zu Hause, aber du kannst es ja auch mal im Laden versuchen.«

Sie deutete auf einen vergilbten Zettel neben der Eingangstür, auf dem die Öffnungszeiten und eine Telefonnummer standen. Dann stieg sie aufs Rad.

»Mach's gut, Albert! Bis bald!«

»Bis bald!«

Keine Umarmung zum Abschied, dachte Albert und blickte ihr hinterher, fühlte sich aber dennoch sehr leicht. Du könntest verliebt sein, Albert Bremer, dachte er.

*　*
*

Albert, Claus und Susesch waren schon eine gute halbe Stunde im Proberaum, als Gernot hastig hereinkam. Seine Brille war verbogen und der rechte Bügel mit rotem Klebeband notdürftig repariert.

»Jungs, gute Nachrichten, der Auftritt steht! 22. Mai, 17:00 Uhr.«

Claus wirkte wenig begeistert. »Siebzehn Uhr, das ist früh. Und welches Festival ist es denn nun?«

»Na ja, es ist kein Festival im engeren Sinne, eher ein Fest!«

»Okay, Gernot, sag an!«

»Es ist das *Rote Pfingsten* hier um die Ecke in Eimsbüttel!«

Claus guckte Gernot entgeistert an.

»Bist du bescheuert? Bei diesem verschnarchten Rentner-Kommu-Straßenfest?«

Ohne zu zögern, erwiderte Gernot: »Wieso bist du eigentlich so antikommunistisch?«

»Darum geht es doch jetzt gar nicht. *Rotes Pfingsten!* Da treten nur irgendwelche Folklore- und Trommelgruppen auf.«

»Warst du denn schon mal dort? Die modernisieren sich gerade. Ich habe zwar noch nicht das Line-up gesehen, aber die bauen dieses Jahr eine riesige Bühne auf. Eintritt frei! Das wird ein zweites *Wutzrock*, das prophezeie ich dir.«

»Ja, ich war schon mal dort, und zwar mit dir. Musikclown *Tuto*, hast du das verdrängt? Scheußlich! Außerdem ist der 22. Mai viel zu früh. Unser Name steht ja noch nicht mal im *Okapi!* Hättest du uns früher Bescheid gesagt und nicht so ein riesiges Geheimnis daraus gemacht, dann hätte Heinz uns zumindest da reinsetzen können.«

»Ach, diese nichtssagende Stadtzeitschrift! Und überhaupt, was kann ich denn dafür, dass sich hier niemand auf einen Namen einigen kann? Den müssen wir uns jetzt mal überlegen, die drucken morgen die Plakate. Das machen die im ganz großen Stil. Hamburg wird rot sein! *Rotes Pfingsten 1994!*«

Gernot warf theatralisch die Arme in die Luft.

»22. Mai, könnte sein, dass da die Sonne scheint«, sagte Susesch mit einem Lächeln.

Albert merkte, dass Claus tatsächlich genervt war. Ihm selbst war es relativ egal, wo er auftreten würde. Genauer gesagt: Wo er das erste Mal in seinem Leben auftreten würde. Vielleicht gar nicht schlecht, wenn das eher unbeachtet über die Bühne gehen würde.

Aber Claus wurde jetzt lauter. »Ey, Gernot, du erzählst Schwachsinn. Warum sollen wir denn da spielen? Da kommt doch niemand, da sind nur linke Spießer mit Vollbart!«

»Ich sage ja, nur weil vor ein paar Jahren die Mauer gefallen ist, muss man nicht gleich Antikommunist werden. Hast du Angst um dein Erbe, oder was ist los mit dir? Ach ja, und rate mal, wer genau am Platz neben der Bühne wohnt und jedes Jahr dort ist? Na? Genau, Lothar Creutziger. Stichwort: Plattenvertrag!«

Claus wirkte plötzlich nachdenklich und begann an seiner Gitarre rumzufummeln. »Also, was sagt ihr denn? Albert? Susesch?«

»Heißen wir denn jetzt *Mehrwert*, oder was?«, fragte Albert.

Gernot musste lachen. »*Mehrwert* auf dem *Roten Pfingsten*, das werden sich die Genossen wohl ungern gefallen lassen.«

»Wie, die diktieren uns jetzt sogar schon den Namen, diese Spinner?« Claus wurde wieder wütend.

Gernot ignorierte das und sagte: »*Nerz* ist ein guter Name. Was denkt ihr? Der schockt, aber subtil. Eine Silbe, das ist doch geil.«

»Finde ich nicht schlecht!«, sagte Susesch.

»Ach, so ein Scheiß alles!«, entgegnete Claus.

Er hatte die Gitarre weggelegt und hantierte mit Mikro und Gesangsanlage.

Die gereizte Stimmung zwischen Claus und Gernot war der Musik durchaus dienlich. Sie spielten schnell und aggressiv. Mit gekrümmtem Körper drosch Albert auf die Seiten der Gitarre ein. Wie würde es sich wohl anfühlen, live zu spielen? Sollte er Diana einladen?

Zum Ende der Probe hatte sich auch die Verstimmung zwischen Claus und Gernot gelegt. Sie gingen in die Croque-Bude an der Ecke. Ekelhaft, dachte Albert, als die fettige Soße aus dem überbackenen Baguette hervorquoll. »Also noch mal zur Namensfrage«, sagte Gernot in einer Kaupause. »Ich muss das dem Thammy heute noch durchgeben. *Nerz* findet ihr doof?«

Albert und Claus nickten, während sich Susesch, der als Einziger keinen Croque bestellt hatte, seinem Crêpe mit Amaretto widmete.

Gernot fuhr fort: »Ich finde ja ansonsten *Kluft* echt gut. Auf alle Fälle irgendwas mit nur einer Silbe.«

»Also nee, echt nicht«, sagte Claus.

»*Kluft*. Das sind zwei Silben, *Kluf-T*«, sagte Susesch. Albert und Claus mussten lachen.

»Okay, letzter Vorschlag: *Hünensteg!*«

»Nee«, sagte Claus. »Aber was haltet ihr von *Gnarz?*«

Die Runde schwieg.

»G-Nar-Z«, sagte Susesch. »Drei Silben. Ich find's super.«

Tatsächlich konnten sie sich auf den Namen einigen. Claus zeichnete mit Kugelschreiber einen Schriftzug auf eine Serviette. Albert war beeindruckt.

»Vielleicht können die den ja noch benutzen«, sagte Claus.

Gernot steckte die Serviette ein. »Klar, das gebe ich Thammy für den Drucker durch.«

Na ja, Faxgeräte hat er ja genug, dachte Albert.

Gernot war aufgestanden und fuchtelte mit seiner Bierdose herum. »Jungens, das ist ein feierlicher Moment. Wir haben einen Namen. Darauf müssen wir trinken.«

Sie stießen an, und für Albert fühlte es sich tatsächlich feierlich an.

»Das ist nicht das erste Mal«, sagte Claus im nächsten Moment. Aber er lächelte.

»Gnarz für die Ewigkeit«, rief Gernot so laut, dass der Croque-Mann verunsichert hinter seinem Tresen hervorschaute. Das Bier war nicht richtig kalt und hatte einen metallischen Beigeschmack. Gernot kaufte noch eine Runde zum Mitnehmen, bevor sie alle in Suseschs Karmann-Ghia stiegen und Richtung St. Pauli fuhren.

7

Als Albert zwei Tage später morgens noch reichlich verschlafen die Küche betrat, saß dort neben Claus, Juliet und Toni auch ein unrasierter Typ mit Baseballkappe und sehr modernen Turnschuhen. Die Runde nickte ihm zu.

»Moin, Albert. Kennst du Parker? Ein Kumpel deines Vorgängers Zarmutek. Er wohnt hier um die Ecke.«

»Hallo«, sagte Albert. Der Typ sah seltsam aus. Vermutlich auch einer dieser Technoleute. »Trink doch erst mal einen Kaffee. Habe ich vorhin frisch aufgebrüht«, sagte Toni ungewohnt fürsorglich, aber Parker kam gleich zur Sache. Er sprach mit amerikanischem Akzent. »Hey, habe echt schon lange gewartet, dass du wachst auf. Ich muss meine Mattress wieder mitnehmen. Ich war länger drüben.«

Mit *drüben* meint er wohl Amerika, dachte Albert.

»Ich wusste gar nicht, dass Zarmutek die sich ausgeliehen hatte. Er hat mein Mitbewohner irgendein Mist erzählt. Also ich habe extra gewartet, bis du warst wach. Sorry for that!«

So eine Scheiße, dachte Albert, ausgerechnet am Sonntag. Parker war schon in Alberts Zimmer und klemmte sich die Matratze unter den Arm.

»Bettlaken liegt auf Stuhl. Echt sorry, aber ich muss pennen. Jetlag. Bye, Guys!«

Damit war der Matratzenentführer zur Tür raus. Juliet reichte Albert einen Becher mit Kaffee.

»So eine Scheiße!«, entfuhr es Albert.

»Penn doch erst mal im Gästezimmer«, schlug Toni vor.

»Geht nicht«, sagte Claus. »Da wohnt doch diese merkwürdige Freundin von Liane aus Düren mit ihrem Freund. Eine Woche lang!«

»Uff!«, entfuhr es Toni.

»Noch fünf Tage sind die hier. Liane muss hier Touri-Programm für die machen. Jeden Morgen diese vollkommen verfrühte Aufsteherei.«

»Würde mich nicht wundern, wenn die Liane auch noch ins *Phantom der Oper* schleppen«, sagte Juliet.

Albert schaute sie an. Sie sah selbst am frühen Morgen elegant aus. In ihrem Blick lag Verachtung.

Claus sagte: »Gott sei Dank ist Liane nicht so wie diese Landeier.«

»Die beiden sind jedenfalls so langweilig, dass sogar die Kakerlaken abgehauen sind«, sagte Toni, der eine der Klebefallen untersuchte. »Montag kommt übrigens noch mal der Kammerjäger. Aufräumen!«

Das Bett in Barmbek gehört Jürgen und Monika, dachte Albert.

»Scheiße, was mache ich denn jetzt?«, murmelte er. »Heute ist Sonntag. Könnte ich vielleicht eine der Matratzen aus dem Gästezimmer …«

»Wir holen was von meinen Eltern«, sagte Claus, »ich muss da eh wegen ein paar Sachen hin.«

»Meinst du echt?«

»Ja, wir brauchen nur ein Auto.«

Claus versuchte, Ripplinger zu erreichen, aber der war verschollen.

»Gernot kommt immer an irgendwelche Karren ran. Und der schuldet uns definitiv was.«

Tatsächlich standen sie kaum drei Stunden später im Nieselregen in einem Hinterhof in Hamburg-Altona. Gernot, dessen rechter Brillenbügel nun komplett fehlte, reichte Claus die Schlüssel zu einem, wie Albert fand, ziemlich großen Mercedes-Transporter.

»Also, es erklärt sich alles von selbst. Ihr müsst aber etwas aufpassen, die Bremsen sind ziemlich runter. Und die Anschnallgurte fehlen. Vorausschauend fahren! Vorglühen nicht vergessen. Ach ja, Fahrzeugschein habe ich auch nicht. Aber das muss euch ja nicht interessieren.«

»Danke!«, sagte Claus. »Sollen wir dich noch rumfahren?«

»Nee. Ich muss hier eh noch was organisieren. Stellt den Wagen einfach wieder hier auf den Hof und werft den Schlüssel da hinten in den Briefkasten bei Izgin ein! Bis dann!«, rief Gernot und verschwand in einem der Schuppen.

»Kannst du so was überhaupt fahren?«, fragte Albert.

»Mal sehen«, sagte Claus und stellte sich den Sitz ein. Der Wagen setzte sich in Bewegung. Sie mussten einmal quer durch die Stadt. Schanze, Harvestehude, schließlich am Stadtpark entlang.

»Was machen deine Eltern eigentlich?«

»Mein Vater ist Architekt, meine Mutter macht auch viel von seinem Bürokram. Aber eigentlich Hausfrau.«

In der City Nord erzählte Claus ihm Details zu den Gebäuden. »Mein Vater ist totaler Fan von diesem schwarzen Hochhaus. Arne Jacobsen halt. Design und so. Ich bin hier früher immer geskatet. Da drüben, bei der Überführung die Rampe runter. Habe aber nie wirklich was gekonnt.«

Die Straßen waren menschenleer. Sieht aus wie in einem tschechischen Science-Fiction-Film aus den Siebzigern, dachte Albert. Die Umsicht, mit der Claus den Wagen chauffierte, beeindruckte ihn. Ganz das Gegenteil vom Ripplinger. Sie parkten vor einem ziemlich nobel wirkenden Einfamilienhaus.

Claus blieb noch kurz am Steuer sitzen. »Da sind wir. Willkommen im Wohlstand! Ach ja, noch was: Ich habe meinen Eltern gesagt, dass das Bett für mich ist und du mir nur beim Tragen hilfst. Erkläre ich dir später!«

Claus öffnete die Gartentür. Ein Mann mit weißen Haaren und bunter Brille kam ihnen entgegen.

»Hi, Papa, das ist Albert.«

»Schön, dass du mal wieder hier bist. Wie geht es Juliet?«

Claus' Vater legte seinem Sohn die Hand auf die Schulter. Als ob er nicht wusste, wie er ihn sonst begrüßen sollte. Im Anschluss gab er Albert die Hand. »Freut mich. Herbert Dellmann. Kommt doch rein.«

Das Haus war völlig anders eingerichtet als alles, was Albert kannte. Viel Glas, viel Kunststoff und Chrom, keine Polstermöbel. Aus einer in den Wohnbereich integrierten Küchenzeile kam eine blonde Frau auf sie zu.

»Claus, wie schön!« Sie umarmte ihren Sohn.

»Hallo, Mama.«

Wieder wurde Albert vorgestellt.

»Wollt ihr etwas trinken?«

Schon im nächsten Moment hatte sie ein Tablett abgestellt. Wasser mit Zitrone. Ein Gespräch kam nicht wirklich in Gang, und Albert hatte den Eindruck, die Ursache der unterschwelligen Anspannung zu sein.

»Schön hier«, sagte er unsicher.

»Komm, wir gehen nach unten«, sagte Claus.

»Müsst ihr das Bett auseinanderbauen?«, fragte Herr Dellmann.

»Ich glaube nicht, der Wagen von Gernot ist riesig. Mercedes Vario oder so was.«

»Ich finde es klasse, dass du dein Bett nun doch in deine WG mitnimmst. Es ist ja nun wirklich nicht protzig.«

Und an Albert gewandt: »Kennen Sie sich mit Design etwas aus? Das Gugelot 1085 hätte sich auch Mao ausdenken können, die Ulmer waren wirklich ihrer Zeit voraus.« Er lächelte ihn begeistert an.

Albert blickte auf die abstrakten Bilder an den Wänden und die Deckenfluter, die aussahen wie Skulpturen. Er verstand nun auch, was es mit der riesigen Schreibtischlampe und dem Fiberglasregal auf sich hatte, die in Claus' Zimmer zwischen dem üblichen Sperrmüllmobiliar herumstanden.

Der Raum im Keller war offenbar Claus' Jugendzimmer. An einer Wand hingen sogar noch ein paar Poster. Albert schaute sich das Bett an. Sieht eigentlich ganz normal aus, dachte er. Sie trugen alles nacheinander zum Bus: Bett, Lattenrost, Matratze. Albert hätte ja die Matratze ausgereicht, aber er verstand, dass es wohl nicht möglich war, das überflüssige Beiwerk hier stehen zu lassen. Claus öffnete die Heckklappe.

»Oh nee, das war ja klar!«

Der Laderaum war nicht leer, sondern fast vollständig mit gewaltigen Plastikschläuchen gefüllt, die sich wirr umeinanderwanden. Sie zerrten die Schläuche heraus und stopften sie auf die Rückbänke. Herr Dellmann half mit und wirkte durchaus amüsiert. Sie luden das Bett und zwei Kartons ein, die Claus rasch zusammengepackt hatte.

»Bis nächste Woche, ich komme dann mit Juliet vorbei. Grüßt Claudia!«, sagte Claus zum Abschied.

»Nett, deine Eltern«, sagte Albert auf der Rückfahrt.

»Ja, nett schon, aber trotzdem anstrengend. Haben für alles Verständnis, aber irgendwie machen sie dann doch Druck. Früher war mir das Haus immer peinlich.«

»Sieht doch gut aus, wie im Film«, sagte Albert. »Und wer ist denn Claudia?«

»Ach so, meine kleine Schwester. Habe ich dir nicht von ihr erzählt? Sie studiert in München Modedesign.«

Albert begann zu singen: »Kleine Schwestern …«

»… die immer nur lästern«, stimmte Claus ein.

Sie grölten zusammen. Mehr als den Refrain bekamen sie nicht zustande.

»Geil! *Vorgezogene Neuwahlen* vom *Wir schlagen das Imperium*-Tape, 1984, oder?«

»Jawollja!«

»Nee, Claudia ist eigentlich echt nett. Bisschen poppermäßig.«

»Ich möchte gern ein Popper sein, ach wie wär das fein!«, deklamierte Albert nun.

Wieder stimmte Claus ein. Sie brüllten gegen das laute Röhren des Dieselmotors an. Als am Hindenburgdamm das Planetarium in den Blick kam, spürte Albert ein warmes Gefühl im Bauch. Was Diana wohl gerade machte?

⁕ ⁕ ⁕

Als es klingelte, nagte Albert gerade an einem Bleistift. Gedankenverloren begab er sich zum Fenster und öffnete es, um zu nachzuschauen, wer unten stand. Doch es war niemand zu sehen. Offenbar befand sich der Störenfried bereits im Treppenhaus. Hoffentlich nicht der Harm, dachte Albert und öffnete die Wohnungstür. Im Hausflur stand Ilse Linde, die wieder grotesk geschminkt und überaus unpassend gekleidet war. Unter einer giftgrünen taillierten Jacke trug sie ein dunkelblaues Kleid. Die völlig überschminkten Lippen gaben ihrem Aussehen etwas Gruseliges. Neben ihr stand ein Mann, der wohl um die vierzig war und schlicht aussah wie ein Penner im

Anzug. Er roch auch entsprechend. Albert sah das eigenartige Duo fragend an.

Die Dame versuchte ein Lächeln, das Albert nur erahnte. Er war sich nicht sicher, ob sie ihn erkannte, weswegen er vorsichtshalber schwieg.

Der Mann sah ihn aus zusammengekniffenen Augen an.

»Sie sind doch Herr Hoff?«

Albert schüttelte den Kopf. »Herr Hoff ist geschäftlich unterwegs, ich bin hier lediglich zu Gast.«

»Ah ja, geschäftlich. Siehst du, Mutti, ich sagte doch, dass wir hier eher abends jemanden antreffen!«, nuschelte der verlotterte Mann. Albert vermutete, dass der Typ dauerhaft betrunken war. Und wieso wollte dieses ominöse Mutter-Sohn-Gespann in ihre Wohnung? War er verpflichtet, die Hausbesitzerin ohne Ankündigung einzulassen?

»Warum sprechen Sie denn plötzlich Deutsch, ich denke, Sie sind Däne?«, fragte sie. Den Blödsinn hatte sie also nicht vergessen.

»Dänisch? Ach nein, das war Galm, mein Zwillingsbruder, der spricht kein Deutsch. Ich bin Gorm. Wir sind lediglich auf der Durchreise.«

Die Linde sah Albert fragend an, als wartete sie nur darauf, dass er sie hereinbat. Albert blickte zwischen ihnen hin und her und wartete auf eine Erklärung.

»Wie kann ich Ihnen denn helfen?«, fragte er schließlich, als keine kam.

»Wir kommen wegen der Schaben! Wir müssen das Ganze doch jetzt persönlich in Augenschein nehmen! Nachdem wir so viel für den Kammerjäger ausgegeben haben!«

»Sind Sie vom Gesundheitsamt?«, fragte Albert den nun leicht schwankenden Sohn in einem Anflug von Boshaftigkeit.

Die Frau schüttelte mit aufgerissenen Augen den Kopf und hob abwehrend die Hände. »Um Himmels willen, nein, mein Sohn ist doch in meiner Firma beschäftigt! Hat Herr Hoff die Behörde verständigt?«

»Das ist nun wirklich nicht nötig!«, nuschelte der Sohn mit Nachdruck. »Können wir uns die aktuelle Situation denn mal ansehen?«

Albert war noch immer unsicher, ob er sie einlassen sollte. Er bedauerte, dass Toni nicht da war.

Das Duo bewegte sich langsam auf die Türschwelle zu. Albert verstand, dass er sie ohne Weiteres nicht loswerden würde.

»Ja, also, wenn Sie sich mal umsehen wollen …?«

Hoffentlich würde Toni nicht gleich ausrasten, wenn er davon erführe. Albert war sich sicher, dass es sich bei Linde und Sohn um Verbrecher handelte. Aber möglicherweise sahen Immobilienbesitzer auf St. Pauli tatsächlich so aus. Er trat zur Seite. Parfümdunst und Fuselgeruch folgten ihnen auf dem Fuße. Hoffentlich würde sich der Besuch nicht allzu lange hinziehen.

Albert erinnerte sich an den Hausmeister von Neles Wohnblock, der jede Möglichkeit wahrgenommen hatte, um in den Wohnungen herumzuschnüffeln. Vielleicht hatte er sich ja gelangweilt.

Frau Linde starrte die Küchentür an, als wäre sie beim letzten Mal noch nicht da gewesen.

»Eine grüne Küchentür? Hast du so was schon gesehen?«

Der Sohn hatte so was noch nicht gesehen.

»Eine Küchentür streicht man doch nicht grün!«, sagte sie empört zu Albert.

Der machte ein gleichgültiges Gesicht und ließ die Wohnungstür offen stehen, um den beiden unauffällig zu signalisieren, dass sie jederzeit gehen konnten. Sie bewegten sich etwas ziellos durch den Flur, immerhin schienen sie nicht davon auszugehen, dass sie ohne Weiteres sämtliche Zimmer betreten durften.

Albert blieb ihnen auf den Fersen. Es hätte ihn nicht gewundert,

wenn die beiden etwas geklaut hätten. Außerdem hatte der Sohne-
mann etwas zu lange und zu sehnsüchtig die Rumflasche beäugt,
die in der Küche stand.

Frau Linde deutete auf das Regal mit Exponaten aus den Sieb-
zigerjahren.

»So ein Durcheinander und Gerümpel! Kein Wunder, dass sich
da Schaben breitmachen!«, erklärte sie ihrem Sohn.

Die alte Leier, dachte Albert und ärgerte sich über die Unverfrorenheit und über die schnaufende Zustimmung von Linde junior,
der linkisch in Lianes Zimmer linste.

Mutter Linde fuhr derweil mit dem Finger über das oberste
Regalbrett.

Es wäre sehr in meinem Sinne, wenn sie jetzt gehen, dachte Albert und zog Lianes Zimmertür unauffällig zu.

»Ich glaube, ich kann Ihnen hier gerade nicht wirklich weiter-
helfen«, sagte er so diplomatisch wie möglich. »Vielleicht melden
Sie sich einfach telefonisch bei Herrn Hoff? Soweit ich weiß,
kommt er morgen Mittag zurück. Dann können Sie alles direkt mit
ihm besprechen.«

Hoffentlich kommt er nicht jetzt gleich zurück, dachte Albert.

»Ja, was meinst du denn, Götz?«

Götz nuschelte irgendetwas, aus dem Albert Unentschiedenheit
heraushörte.

»Nun, richten Sie Herrn Hoff doch bitte aus, dass wir eventuell
nächste Woche noch einmal auf Hausbesuch kommen, ja?«

Albert nickte freundlich. »Natürlich, das werde ich tun.«

Seine Antwort schien die alte Linde zufriedenzustellen. Sie
zupfte ihren Sohn am Ärmel und wandte sich zur Wohnungstür.

»Ich komm ja, Mutter!«, nuschelte Götz und ging vor.

In der Tür drehte sich Frau Linde noch einmal um und deutete
kopfschüttelnd auf die Küchentür.

»Eine grüne Küchentür, das gibt es doch nicht!«

Dann verschwand sie im Treppenhaus. Albert drückte möglichst schnell die Tür hinter ihnen zu, er hoffte, auf diese Weise auch die Geruchswolken zu verjagen.

Am Freitagnachmittag hatte Albert eine weitere Schicht mit Paketen hinter sich gebracht. Seine Knochen schmerzten. Das Entladen des nie versiegenden Rollwagenstroms war wirklich ein besonders explizites Bildnis der Sinnlosigkeit, dachte Albert. Das einzig Gute war der Name der Maschine, die ihm bei der Arbeit behilflich war: *Mucki*. Ein guter Bandname, leider eher für eine Metal-Band.

Die Wohnungstür war abgeschlossen. Gut, Ruhe, dachte Albert erleichtert. Beim Blick in die Küche erschrak er. Marco Weber saß am Tisch und blickte ins Leere. Neben ihm lehnte ein großer Rucksack mitsamt aufgeschnallter Isomatte am Kühlschrank. Auf dem Tisch standen ein leeres Glas und eine Flasche Rotwein. Weber schien Albert gar nicht zu registrieren, als der in die Küche kam.

»Tach, was machst du denn hier?«

»Ach, ich suche mein Zelt, ich hatte es Toni geliehen, aber ich kann es nicht finden.«

»Zelt? Aha, aber wie kommst du denn hier rein? Es war abgeschlossen. Oder ist noch jemand hier?«

»Ich bin auf dem Weg ins Niendorfer Gehege. Scheiße mit dem Regen, aber ich kenn echt 'ne gute Stelle. Doch ohne Zelt ist es etwas ungemütlich.«

»Wieso denn Zelten? Was ist denn los?«

»Ach, es gab wirklich sehr unerfreuliche Entwicklungen mit meiner Wohnung. So eine gute und vernünftige Wohnung. Traurig ist das. Hast du vielleicht ein Zelt, Albert? Nur für ein paar Tage. Es wird sich bald alles aufklären.«

Marco schien nüchtern, er wirkte nicht einmal verzweifelt, aber auch nicht wirklich anwesend.

»Zelt, nee, aber was ist denn passiert?«

»Ich will dich echt nicht nerven. Du hast doch von dieser Wohnung in Barmbek erzählt. Hast du da nicht vielleicht ein Zelt oder zumindest eine Plane und etwas Bindfaden?«

»Lass doch mal stecken mit diesem Zeltblödsinn! Nee, hab ich alles nicht.«

Marco wirkte plötzlich wieder ein wenig normaler.

»Aber sag mal, wo du eben die Wohnung in Barmbek erwähntest: Du hattest doch erzählt, dass sie leer steht. Ich hätte da eine Idee.«

Albert dachte angestrengt nach – wann hatte er Marco von der Wohnung erzählt? Er erinnerte sich an den Lakritz-Schnaps und diese Party in der Lincolnstraße. Gut möglich, dass er auch die Wohnung in Barmbek erwähnt hatte.

»Es wäre für uns beide ein Vorteil. Du hast keine leere Wohnung mehr, und ich mag Barmbek ohnehin. Dort kann ich ganz in Ruhe leben.«

Marco Weber war nun wieder ganz der Alte.

»Albrecht, du brauchst dir keine Sorgen zu machen. Das Thema Untermietzahlungen nehme ich seit jeher sehr ernst. Insbesondere, wenn die Einnahmen an einen Freund gehen. Ich kann *jetzt* in deinem Beisein bei der Haspa einen Dauerauftrag einrichten! Na ja, am besten gehen wir erst mal in die Wohnung. Echt gute Idee von dir, das mit dem Wohnungstausch!«

Wohnungstausch? Idee von mir? Albert war todmüde und wollte sich nur hinlegen. Andererseits war es vielleicht wirklich eine gute Lösung, wenn Marco in die Wohnung einziehen und ihm die sinnlosen doppelten Mietzahlungen ersparen würde. Außerdem könnte er so auch das Gespräch mit seinen Eltern ein wenig hinauszögern, und Jürgen und Monika wären sicherlich weniger beleidigt, wenn er gleich einen Nachmieter präsentieren könnte.

»Willst du wirklich nach Barmbek ziehen? Die Wohnung kostet 400 Mark.«

»Ja, Barmbek. Für mich als Berne-Boy ist Barmbek ein zentral gelegener Stadtteil. 400 Mark ist gar kein Problem, ich habe einen sehr guten Job in Aussicht. Erkläre ich dir alles unterwegs. Wollen wir gleich los?«

Der Schwung seines zukünftigen Untermieters machte Albert skeptisch.

»Es ist noch etwas kompliziert mit dem Mietvertrag, da muss ich noch was mit dem Vermieter klären …«

»Das ist nun wirklich kein Problem. Ich werde dort ganz unauffällig wohnen. Mach dir keine Sorgen, Klingelschild brauche ich nicht. Ich bin der optimale Mieter. Ruhig, zuverlässig, selten zu Hause, Nichtraucher, keinerlei Haustiere. Du kannst dich wirklich auf mich verlassen.«

Nichtraucher. Albert ahnte, dass er Marcos Worten nur bedingt Vertrauen schenken sollte.

Weber drängelte weiter. »Lass uns doch mal hinfahren. Dann kann ich entscheiden, ob die Wohnung meinen Ansprüchen genügt.«

»Na gut«, sagte Albert, »schau dir die Wohnung erst mal an. Dann können wir ja besprechen, ob und wann.«

Auf dem Weg zur S-Bahn und auf dem Gleis blickte sich Marco immer wieder nervös um. In der Bahn wirkte er entspannter, wich jedoch Alberts Fragen zu seinen Unterkunftsproblemen aus. In der Wohnung zappelte er vor Begeisterung. »Genau mein Fall! Ich wollte schon immer in Barmbek leben. Toll, du bist ein wahrer Freund. Soll ich uns noch was kochen?«

Albert fühlte sich von dem rasanten Geschäftsabschluss überrumpelt.

»Nee, ich muss dann mal los. Stört es dich, wenn mein Kram hier noch ein paar Tage rumsteht?«

Marco inspizierte strahlend sämtliche Zimmer.

»Nein, gar nicht. Oh super, Shampoo Grüner Apfel, darf ich das benutzen?«, rief er aus dem Badezimmer. Albert schaute aus dem Fenster. Auf einem Balkon gegenüber stand ein Opa rauchend im Regen.

»Brauchst du noch meine Bankverbindung, Marco?«

»Nee, nicht nötig, ähh, doch!« Marco war vom Badezimmer in die Küche gehastet und untersuchte den Inhalt der Einbauschränke. »Ja, sicher, Mann! Schreib sie mir doch bitte auf. Ich mache das gleich mit dem Dauerauftrag. Ich zahle rückwirkend ab Anfang Mai.«

Albert beschlich plötzlich das Gefühl, in Marco Webers Wohnung ein ungebetener Gast zu sein. Er schrieb seine Kontonummer auf einen Zettel und legte diesen auf den Esstisch.

Marco verstaute ein Glas mit Schraubverschluss in einer der Küchenschubladen und wirkte wieder abwesend.

»Wie ist die Telefonnummer hier?«, fragte er. »Dann kann ich dich immer anrufen, wenn du Geld brauchst.«

Albert starrte ihn entgeistert an. Was war denn das für ein Quatsch?

»Die müsste auf dem Apparat stehen.«

Marco reagierte nicht. Albert gab auf.

»Tschüss, Marco, wir sehen uns!«

»Jaja, tschö, Albrecht!«

Tschö? Ein wenig ratlos zog Albert die Tür hinter sich zu. Mal sehen, ob Diana im Comicladen ist, dachte er.

Der Bus stotterte und spotzte, als Gernot ihn am Tag des Festivals vor Guitar Village parkte. Albert und Claus standen auf dem Bürgersteig und warteten mit Plastiktüten in den Händen. Sie hatten noch zwei Gitarrenkabel besorgt, um auf eventuelle technische Probleme vorbereitet zu sein. Außerdem besaß Albert zum ersten Mal in seinem Leben eigene Plektren. Alex, seines Zeichens freundlicher Metal-Typ und Inhaber des kleinen Musikalienhandels in der Talstraße, hatte sehr breit gegrinst, als Albert »Drei Plektrümer« bestellt hatte, weil er nur wusste, dass es garantiert nicht »Plektrums« hieß.

Gernot fuchtelte hinter der Scheibe herum und trat schließlich die Tür von innen auf. Fluchend stieg er aus.

»Für die besten Konzerte nur die besten Wagen, was?«, sagte Claus mit einem Unterton, der Albert aufhorchen ließ. Wie Claus zum *Roten Pfingsten* stand, hatte er in den letzten Tagen zwar nicht mehr an die große Glocke gehängt, aber man merkte es ihm an.

Gernot, der den losen Bügel seiner Brille offenbar mittels einer Heißklebepistole wieder befestigt hatte, wirkte gereizt.

»Izgin ist echt ein Penner! Ich glaub, der ist irgendwo gegengedonnert! Fährt auch wirklich immer wie der letzte Henker …«

Er fummelte an der Aufhängung der Tür herum.

»Das bringt es doch nicht!«, sagte Claus. »Lass mal los jetzt!«

Sie quetschten sich in die Bank, und Gernot ließ den Motor an. Widerwillig setzte sich das Gefährt in Bewegung, und Albert deutete mit dem Daumen nach hinten.

»Ist die Karre denn leer?«

Gernot winkte ab. »Ja, klar!«

Sie bogen aus der Talstraße auf die Reeperbahn ab.

»Also fast.«

Claus strich sich durch die Haare, wie immer, wenn er angespannt war.

Albert musste dennoch grinsen. Wahrscheinlich, weil er selbst durchaus aufgeregt war. So fühlt sich also Lampenfieber an, dachte er. In jeder anderen Situation hätte ihn die eigenartige Stimmung, die von seinen Bandkollegen ausging, verunsichert oder gar selbst in schlechte Laune versetzt, aber in diesem Augenblick fühlte er sich eher albern. Auch gut, dachte er und schwieg mit.

Als sie am Proberaum eintrafen, war Gernot schon deutlich entspannter und trat die Tür mit dem Kommentar »Sesam, öffne dich!« auf. Albert musste laut lachen, Claus nicht. Susesch stand vor der Tür des Bunkers, winkte ihnen zu und rauchte ein Zigarillo.

»Moin, die Herren!«

Gernot schüttelte den Kopf. »Bist du nicht bei Trost? Also moin, ja, aber was ist DAS denn?«

Er deutete auf Suseschs Rauchware.

»Was hast du denn jetzt daran auszusetzen? Dannemann MOODS!«

Gernot schloss die Tür zum Bunker auf. »Ja, mag sein. Aber das Ding nimmst du nicht mit rein! Das stinkt doch noch wochenlang!«

Albert grinste Claus an, der offensichtlich vom Gezänk der Rhythmusgruppe eher genervt war.

Susesch verzog keine Miene und schnipste den Zigarillostummel weit von sich.

»Herr Radbruch möge verzeihen!«, sprach er salbungsvoll.

»Ernsthaft, Susesch, gegen Zigarren habe ich ja nichts, hat kein Mensch was dagegen! Aber Zigarillos, das geht nicht. Geht einfach nicht!«

Gernot rasselte zur Bestätigung mit dem Schlüsselbund.

»Was müssen wir denn überhaupt alles mitbringen?«, fragte Claus, als sie im Proberaum standen.

Gernot kratzte sich am Hinterkopf. »Joa, also ich glaub, der Thammy hat gesagt, Bassbox ist da, und Gitarrenverstärker besser mitbringen, und ich nehm ja eh immer mein komplettes Schlagzeug …«

»Wird wie 'n Umzug!«, sagte Susesch frohgemut und tippte Albert an. »Du bist ja jetzt in Form dank Mucki Eins und Zwei!«

»Abwarten!«, erwiderte Albert.

Das Beladen des Lieferwagens, in dem sich tatsächlich außer einem schäbigen Fensterrahmen keinerlei Gerümpel von Gernot oder Izgin befand, ging dennoch schnell vonstatten. Gernot versuchte, Susesch von den Vorteilen des Pfeiferauchens zu überzeugen, Albert hörte amüsiert zu, und Claus schwieg. Außerdem hatte er sich, wie Albert mit Befremden beobachtet hatte, eine Dose Bier geöffnet, an der er jedes Mal, wenn sie etwas aus dem Proberaum holten, verstohlen nippte. Albert selbst hatte sich vorgenommen, heute möglichst spät mit dem Trinken anzufangen. Er wollte nicht vor lauter Nervosität besoffen sein und den Auftritt verderben.

»Gut gepackt!«, rief Gernot, als alles verladen war, und knallte die Heckklappe zu.

Susesch tänzelte ein wenig auf der Stelle und fragte in die Runde, wen er denn mitnehmen dürfe.

»Ich fahr bei dir mit«, sagte Claus knapp, und die beiden verschwanden in Richtung Karmann-Ghia.

»Noch kurz eine rauchen, dann los?«, fragte Gernot.

»Ich rauch doch nicht«, erwiderte Albert.

»Ach ja, stimmt«, meinte Gernot und zündete sich eine an. »Das ist schon seltsam.«

Wenig später rumpelten sie Richtung Straßenfest, das nur ein paar Minuten entfernt bereits im Gange war. Albert fragte sich, wieso Claus und Susesch allen Ernstes mit dem Auto gefahren waren.

Gernot hielt beim abgesperrten Bereich hinter der Bühne. Dort stand ein Typ mit blauen Haaren und grellgelber Signalweste. Unter

Mühen kurbelte Gernot das Fenster runter. »Vollkommen verzogen, die Scheißtür!«

Der Signalwestenmann näherte sich. »Tagchen, Gernot! Ihr seid ja pünktlich wie die Maurer! Warte, ich mach die Absperrung beiseite, euer Platz ist da neben dem Volvo. Parkschein hab ich hier!«

Er wedelte mit einem laminierten Blatt und reichte es Gernot, der sich an die Stirn tippte. »Danke, Thammy! Sind die anderen schon da?«

»Nix gesehen!«, rief Thammy und wies Gernot professionell auf den vorgesehenen Platz ein, was nicht nötig gewesen wäre, wie Albert dachte.

Thammy blickte in seinen Notizblock. »Also, ihr habt echt noch Zeit bis zum Aufbau, gerade sind *Temple of the Beast* dran ... Im Backstage-Zelt gibt's Getränke, Essen ab sechs, warte, ich hab hier eure Bänder ...«

Sie ließen sich von Thammy einen Plastik-Chip mit einem Wollfaden ums Handgelenk binden. »Damit kommt ihr hier immer ins Zelt!«, versprach Thammy und rannte dann zu einem alten Kombi, der sich der Einfahrt näherte.

»Na denn!«, sagte Gernot. »Läuft doch alles super hier!«

Albert nickte. Von der Bühne erscholl Hardrock, der ihn sehr ans Siedenberger Rock-Festival erinnerte.

Sie nahmen im Backstage-Zelt auf angenagten Bierzeltgarnituren Platz. Gernot grüßte irgendwelche Leute.

»Wo bleiben die denn?", fragte Gernot. „So vorsichtig fährt der Karimi doch nun wirklich nicht. Auch ein Bier?«

Albert blieb eisern. »Guck mal, ob die Sprite haben.«

Gernot hob die Augenbrauen. »Sieh an! Na gut.«

In diesem Moment betraten Claus und Susesch das Zelt.

Susesch kam grinsend auf sie zu, während Claus direkt den Kühlschrank mit dem Bier ansteuerte.

»Habt ihr euch verfahren?«, fragte Gernot.

»Nee, kein Parkplatz! Sind zurück zum Bunker gefahren und zu Fuß hergekommen!«

»Das kommt vom Zigarillo-Rauchen!«, kommentierte Gernot und machte sich nun endlich daran, Getränke zu holen. »Ist noch Zeit, lass doch mal draußen gucken!«, sagte er dann. Claus folgte den dreien mit gewissem Abstand und zwei Flaschen Bier.

Sie betraten das Festivalgelände. Bierwagen, Grillstation, Falafelstand. *Temple of the Beast* mühten sich mit Soundproblemen herum.

»WONN TU WONN TU YÄH!«, rief der Sänger. »WONN WONN TUU … Winni, ich hör hier echt nix auf'm Monitor, WONN TU WONN!!«

Gernot latschte zu einem Stand, über dem ein Schild mit der Aufschrift »Falken Eimsbüttel« angebracht war, und klatschte mit einem langhaarigen Typen ab.

»Was hältst du eigentlich vom Pfeiferauchen, Albert?«, fragte Susesch. Er war offenbar bester Dinge.

Bevor Albert eine angemessene Antwort einfiel, hörten sie Claus einige Meter entfernt fluchen.

»Was ist das denn für eine Scheiße?«

Er stand vor einem Plakat, auf dem Albert aus der Entfernung nur ROTES PFINGSTEN entziffern konnte, und blickte die anderen zornig an.

»Wir stehn hier ja gar nicht drauf! *Winterhude Dixie Stompers, Did-Ye-Ri-Doo, Temple of the Beast, Rundstück Warm,* Dieter Botzenhardt und …« Er machte eine Pause, dann spuckte er verächtlich aus: »MUSIKCLOWN TUTO!«

Susesch und Albert näherten sich dem Plakat und ihrem aufgebrachten Sänger. In diesem Augenblick kam Thammy des Weges und fragte freundlich: »Na, Jungs, alles in Ordnung bei euch?«

Claus schaute ihn grimmig an. »So weit ja, außer dass ihr uns auf dem Plakat vergessen habt ... Hat Gernot dir denn nicht ...«

»Wieso vergessen?«, rief Thammy gut gelaunt, »da steht's doch, überm Botzenhardt: *Rundstück Warm*! Ich muss mal eben zur Telefonzelle, der Botzenhardt hat sich nämlich noch nicht blicken lassen.«

Er deutete mit beiden Zeigefingern auf Claus. »Ihr wisst ja – wenn was ist, einfach Bescheid sagen!«

Fort war er. Claus entglitten die Gesichtszüge. Gernot gesellte sich zu ihnen, und Claus zeigte auf das Plakat. Der Schriftzug *Rundstück Warm* war sehr schlicht gehalten, darunter stand »Indie / Alternative aus Hamburg«.

Claus fuhr sich durch die Haare. Dann sah er Gernot fragend an und tippte auf den Schriftzug.

»Das ist nicht wahr, oder?«

Gernot nahm unbeeindruckt einen Schluck Bier. »Ach so, ja! Witzig, oder? Ich dachte, das passt ganz gut hierhin. Auch wegen Lokalkolorit und so!«

Claus brüllte ihn an, als wäre er schwerhörig: »Lokal – was bitte? Spinnst du eigentlich völlig?«

Dann stapfte er Richtung Backstage-Eingang.

Gernot verdrehte die Augen und folgte ihm.

Albert rieb sich mit dem Handrücken das Kinn.

»Was ist denn das, Rundstück Warm?«

Susesch zuckte mit den Schultern. »So 'n Hamburger Kuchen, glaube ich.«

Sie gingen ebenfalls Richtung Backstage.

Temple of the Beast begannen zum vierten Mal mit »Ride The Belly«. Dieses Mal hatte der Bassist Einwände zu vermelden: »Winni, ich hab hier nur Gitarre auf'm Monitor ...!«

Albert hoffte, dass es bei ihnen mit dem Soundcheck etwas zügiger vorangehen würde. Falls sie einen Soundcheck machen würden. Albert hatte noch nie in seinem Leben einen Soundcheck gemacht.

Claus und Gernot standen in der Nähe des Kühlschranks, und Claus, der nun ein Glas Rotwein in der Hand hatte, hielt Gernot allem Anschein nach eine Standpauke.

Als Susesch und Albert in Hörweite waren, beendete Claus seine Litanei mit den Worten: »… jedenfalls finde ich das vollkommen lächerlich, wenn der Creutziger heute kommt, ist das megapeinlich. Und wenn wir direkt nach dem Scheiß-Musikclown spielen, dann spielen wir gar nicht, das kannste mir glauben!«

Gernot nahm unbeeindruckt einen Schluck aus der Bierflasche. »Mann, jetzt mach doch nicht so eine Folklore hier! Wir ziehen das durch, wir nehmen die zweihundert Mark, und dann ist gut!«

Claus leerte sein Weinglas. »Ja, dann ist echt gut! Dann ist gut mit deinen komischen Ansagen wegen Konzerten, dann kümmer ich mich halt drum!«

Susesch tippte Gernot an. »Haste mal den Schlüssel vom Wagen? Wir laden schon mal aus.«

Wortlos drückte Gernot dem Bassisten den Schlüssel in die Hand und nickte kurz und dankbar. Dann versuchte er wieder, beruhigend auf Claus einzuwirken. Angenehme Stimme, dachte Albert und folgte Susesch zum Bus.

Eine halbe Stunde später hatten sie das gesamte Equipment aufgebaut. Währenddessen hatte Susesch Albert darüber aufgeklärt, dass Claus und Gernot sich zwar *verständigen*, aber nicht *grundsätzlich einig werden* konnten. »Sie haben einfach vollkommen verschiedene Ansätze«, hatte Susesch gut gelaunt gesagt, »eigentlich ein fast schon nationalstaatlicher Konflikt.«

Albert war sich nicht im Klaren, ob der Bassist es ernst meinte. Dann hatte Susesch gegrinst, und sie hatten beide gelacht.

»Na ja, vielleicht werden sie sich ja heute einig!«, hatte Albert gesagt.

In diesem Augenblick näherte sich Thammy mit Claus und Gernot im Schlepptau. Wie Albert feststellte, hatte Claus leichte Schlagseite, wirkte aber nicht mehr so verärgert wie vor einer Stunde. Thammy war begeistert. »Super, Jungs! Also, der Soundcheck von *Temple of the Beast* lief klippi, die fangen gleich an! Danach *Did-Ye-Ri-Doo*, und dann seid eigentlich ihr schon dran! Den Winni vom Ton habt ihr ja schon kennengelernt, oder?«

»Nö!«, antwortete Susesch.

»Oh!«, sagte Thammy.

Dann verzog er sich.

»Das dauert noch, und die Sachen stehen ja«, sagte Claus. »Ich geh noch mal kurz raus.«

»Und ich guck mal nach diesem Willi«, sagte Susesch.

»Winni!«, korrigierte Gernot. »Albert, kommst du auch mit?«

Sie mischten sich wieder unters Publikum, das bis auf ein paar verirrt wirkende Punks sehr normal aussah, wie Albert feststellte. Ein Mittelaltermarkt-Publikum, dachte er.

»Heute großer Auftritt?«

Benno Weichsel stellte sich zu Gernot und Albert. Er trug eine Kamera um den Hals und sah aus wie der Lokalreporter vom *Wehler Anzeiger*. Wieso erinnerte ihn eigentlich so vieles hier an die heimatliche Provinz?

»Der Herr Weichsel«, sagte Gernot und gab Benno mit einer übertriebenen Verbeugung die Hand.

»Hattest du mit den anderen schon wegen des Videos gesprochen?«, fragte Benno.

In diesem Moment polterten *Temple of the Beast* los.

Benno wandte sich zur Bühne. »Können wir ja gleich noch drüber sprechen, okay?«

Gernot bemerkte Alberts fragenden Blick. »Benno macht manchmal Fotos fürs *Okapi*. Passt ja auch zu ihm.«

Albert nickte.

»Und was meinte er mit dem Video?«

»Ja, das habe ich vergessen zu erzählen! Benno würde gerne ein Musikvideo drehen. Mit uns! Da müssen wir später mal mit allen zusammen reden.«

Albert war sehr beeindruckt. Dass man selbst ein Musikvideo drehen konnte, wäre ihm nie in den Sinn gekommen.

Vor der Bühne war viel Platz. Zwei ältere Typen mit Fransenlederjacken rockten ausdrucksstark mit und waren schon sehr betrunken. Wie der Wehler Rockadel, dachte Albert und musste unvermittelt lachen, weil ihm die Wehler Äquivalente zu den beiden Fransenlederjackentypen einfielen: Buppes und Achim, wobei Achim dafür bekannt war, hungrigen Gästen auf dem Dorffest mit der ganzen Hand Pommes frites aus der Schale zu rauben, wenn er stattlich getankt hatte. Und das hatte er eigentlich immer.

Susesch trat wieder zu ihnen.

»Dieser Winni ist ziemlich locker. Er meinte nur, die Hardrocker haben ein solches Theater gemacht, dass ab jetzt sowieso alles easy ist.«

»Alles easy!«, rief Gernot und machte das Victory-Zeichen. »Nur schade, dass man sich vor den Hardrockern nicht verstecken kann.«

Der Sänger von *Temple of the Beast* sang leidenschaftlich die beiden Rocktypen an: »We are here to rock ya tonight!«

»Solide Textkunst!«, kommentierte Gernot.

»Ach, ist doch gar nicht so übel!«, hielt Susesch dagegen. Er wippte mit dem Fuß.

Albert dachte an die Rockgruppe *Feedback* aus Gummersbach. »*Feedback* ist faktisch der unoriginellste Name, den eine Band sich geben kann«, hatte Skrei anerkennend gesagt.

Claus näherte sich.

»Ey, der Creutziger ist ja tatsächlich hier! Das ist doch wirklich megapeinlich mit dem Kack-Namen!«

Ohne eine Antwort abzuwarten, verschwand er im Bereich hinter der Bühne.

»Gott, nu!«, sagte Gernot unbeeindruckt. »Albert, kennst du eigentlich die Eimsbüttler Grillstation?«

»Den Hähnchenmann? Aber da waren wir doch neul…«

Gernot richtete sich auf. »Nein, nein, Albert! Das ist die Eimsbüttler Grillstube! Die Eimsbüttler Grillstation ist gemeinhin nicht in unserem Einzugsgebiet, aber heute müssen wir da hin! Die beste Currywurst der Stadt!«

Albert war von Gernots Vehemenz überrascht.

»Ja, aber wir bekommen doch hier was zu essen …«

Er hatte noch ungefähr eine Mark zwanzig in der Jackentasche. Gernot hatte jedoch entschieden.

»Der Besuch ist verpflichtend! Ich lade dich ein! Und zwar jetzt! Los!«

Albert fühlte, dass Widerstand zwecklos wäre. So energisch hatte er Gernot noch nicht erlebt.

Susesch grinste, offenbar kannte er Ausbrüche dieser Art. »Ich bleib hier. Guten!«

Albert folgte Gernot, der zielstrebig das Festgelände verließ. Am Bierstand lehnte Lothar Creutziger in einem hellbeigen Trenchcoat und unterhielt sich mit einem Typen, der aussah wie Karl Marx.

Als sie nach einer halben Stunde zurückkkamen, rief der Sänger von *Temple of the Beast* gerade ein letztes »ROCK ON!« ins Publikum, das sich mittlerweile ungefähr verdreifacht hatte.

»Auf jeden Fall«, sagte Gernot gut gelaunt.

Ein Mann mit einer roten Perücke und einem grünen Zylinder

betrat die Bühne. Er trug eine Plastikgießkanne und ein altes Blechsieb in den Händen und sah sich suchend auf der Bühne um.

»Ja, wo ist denn mein Klafünf?!«

Dann setzte er die Gießkanne an den Mund und trompetete hinein. Tuto, dachte Albert.

»Komm, lass nach hinten gehen. Das hält man echt nicht aus«, sagte Gernot.

Albert starrte mit fasziniertem Ekel auf die Bühne. Clowns hatten ihm schon als Kind die Laune verdorben, Zauberer waren ihm immer lieber gewesen. Tuto hatte inzwischen das Sieb über den Zylinder gestülpt und hämmerte darauf herum. Albert folgte Gernot.

Während *Did-Ye-Ri-Doo* spielten und Albert ebenfalls ans Siedenberger Rockfestival erinnerten, brachte er mit Susesch und Gernot das Equipment hinter die Bühne. Während er die Gitarren auspackte, überlegte er, ob er es am Morgen noch einmal bei Diana hätte versuchen sollen. Sie war die ganze Woche wieder nicht ans Telefon gegangen. Bedauerlich, andererseits war er ganz froh, dass ihre Anwesenheit ihn nicht *noch* nervöser machen würde. Außerdem hielt er es für unangebracht, jemanden auf sein eigenes Konzert einzuladen. Eigentlich auch Blödsinn, dachte er. Claus gesellte sich während der Umbaupause wieder zu ihnen. Musikclown Tuto wirbelte einen Gartenschlauch herum, wobei er Claus beinahe getroffen hätte. Albert betrachtete ihn besorgt, doch Claus hatte sich offenbar zur stoischen Ruhe entschlossen. Nach einigen skandalösen Späßen kündigte Tuto die folgende Band an, mit den Worten: »Mhm, lecker! Jetzt gibt es eine Hamburger Spezialität: *Rundstück Warm!* Guten Appetit, meine Damen und Herren!«

»Das nun nicht«, sagte Claus knapp ins Mikrofon. Es sollte seine einzige Ansage bleiben. Albert wagte vor Nervosität kaum, vom Boden aufzuschauen. Zunächst verlief alles nach Plan, doch dann schlichen sich an manchen Stellen Fehler ein, die ausgerechnet von Claus kamen. Er spielte bei Pausen weiter, verwechselte Textzeilen und baute schließlich an einer markanten Stelle einen völlig falschen Part ein. Obwohl die Dissonanz unüberhörbar war, spielte er unbeirrt weiter. Albert hörte zu spielen auf, während Susesch und Gernot nach kurzem Blickkontakt in einen Funk-Rhythmus wechselten, der sich immerhin so anhörte, als gehörte er dorthin. Zudem schafften sie es, zusammen mit Claus auf dem letzten Akkord und der letzten Silbe zu enden: »… und der Fehler bin *ich!*«, brüllte Claus.

Vorletztes Lied, doch Claus verließ wortlos die Bühne. Susesch schaute Gernot an, der schaute Albert an. Dann legte Susesch den Bass beiseite und begann, seine Kabel einzurollen. Der Applaus war recht freundlich, wie Albert feststellte. Er traute sich zum ersten Mal, ins Publikum zu blicken. Lothar Creutziger stand in der ersten Reihe und klatschte anerkennend. Ob er die ganze Zeit da gestanden hatte?

Sie räumten die Bühne. Susesch klopfte Albert anerkennend auf die Schulter. »Gute Feuertaufe, sagt man da wohl!«

Albert war ein wenig verlegen, fand aber auch, dass er sich einigermaßen geschlagen hatte. »Danke. Aber was war denn mit Claus? Und wo ist der jetzt?«

»Lass ihn«, meinte Susesch, »der muss sich jetzt erstmal abkühlen.«

Albert holte sich sein erstes Bier für den Tag, dann begannen sie, ihren Kram hinter der Bühne zusammenzupacken.

»Wer fährt eigentlich die Sachen zurück in den Proberaum?«, fragte Gernot und nahm einen Schluck Bier.

»Wird sich zeigen!«, sagte Susesch. Sie gingen zurück aufs Gelände. Benno Weichsel stand mit Lothar Creutziger in der Nähe der Bühne, während Claus am Bierstand auf Pfanne einredete, der offenbar gar nicht zu Wort kam. Albert hatte das Bedürfnis, mit Claus über den Auftritt zu sprechen.

»Aber verstehst du meinen Punkt?«, sagte Claus, dessen Zunge bereits schwer war, mit Nachdruck. »Pfanne, echt: *Rundstück Warm*, das klingt doch wie *Torfrock*! Und wir waren to-tal schlecht!«

Pfannes Gesicht sagte: *Du* warst total schlecht, Claus. Doch er sagte: »Das war doch ganz solide. Und Gernot ist wirklich ein Spitzentrommler …«

»Pfanne, echt!«, rief Claus. »So etwas Pein-li-ches …«

Albert entschied sich, Claus nicht anzusprechen.

Gernot, der bei Creutziger und Benno stand, winkte ihn heran. Creutziger zog an seiner Pfeife. Die grüne Plastikbrille verkleinerte seine Augen, er sah aus wie ein listiges Tier. Albert fragte sich, wie viele Brillenmodelle der Plattenboss wohl hatte.

»Hi, ich bin Albert …«

»Der Lothar! Schönes Ding, schönes Ding. Und das mit dem Video ist auch interessant! Da müssen wir mal 'nen Bierchen trinken gehen, können wir quatschen!«

'nen Bierchen, dachte Albert. Er sagt wirklich *'nen* Bierchen. *Der Bierchen*, oder was. In diesem Moment sah er Diana, mit der er überhaupt nicht gerechnet hatte, und fühlte sich vollkommen überfordert: das Adrenalin nach dem Konzert, Claus' offensichtliche Unzufriedenheit, er selbst in trauter Runde mit dem legendären Pfeifenraucher Lothar Creutziger und in Sichtweite Diana, die mit Susesch sprach.

Und zwar so, wie sich Leute unterhielten, die sich schon etwas länger kannten.

Unvermittelt und gnadenlos begannen die *Winterhude Dixie Stompers* mit »When the Saints Go Marchin' In«. Albert blickte auf die Bühne, wo Musikclown Tuto gerade neben dem Posaunisten stand und diesen mit großen Augen und Gesten imitierte. Köstlich, dachte Albert und hielt wieder nach Diana Ausschau, die sich gerade mit Susesch entfernte.

»Mit dem Budget schauen wir dann«, sagte Lothar, »unser Benno ist ja ein Sparfuchs!«

Der nickte. »Im Grunde braucht man ja nur eine Idee, die trägt. Ich hab da schon dies und das!«

»Wir können ja gleich mal gucken, ob wir alle zusammenbekommen, oder?«, sagte Gernot und zupfte Albert am Ärmel. »Komm, wir holen uns noch ein Bier. Oder ist dir jetzt nach Dixie?«

Albert zögerte, dann entschloss er sich, darauf zu hoffen, dass Diana später auch noch da wäre.

»Wieso wolltest du denn so schnell weg?«, fragte Albert.

»Dreh dich unauffällig um«, antwortete Gernot.

Albert drehte sich unauffällig um und sah, wie der Musikjournalist Heinz Bading auf Lothar und Benno einwedelte.

»Deswegen. Komm, wir gehen kurz ins Kaiser-Eck, kleine Erfrischung einfahren!«

Albert verstand. »Ja, aber echt nur eine!«

Sie betraten die Kneipe, die aussah wie in den Fernsehserien, die sich Alberts Großeltern immer angeschaut hatten. Das Publikum sah aus wie die Bekannten von Alberts Großeltern. Gernot bestellte zwei Bier und zwei Korn. Sie nahmen am Tresen Platz.

Gernot wirkte sehr entspannt. »Das war doch super heute. Susesch ist zufrieden, und wenn der zufrieden ist, war es super.«

Albert und Gernot tranken schweigend. Es war kein unangenehmes Schweigen. Mit Gernot wirkt Schweigen immer einvernehmlich, dachte Albert und hoffte, dass Diana nicht schon wieder abgehauen war.

Sie tranken noch zwei weitere Biere, doch Albert stellte beruhigt fest, dass er nicht besoffen wurde. Die Euphorie, dachte er. Als sie zurück zum Fest gingen, spielten die *Winterhude Dixie Stompers* eine eiernde Version von »The Entertainer«.

»Immer für 'ne Überraschung gut«, kommentierte Gernot knapp. Albert blickte sich um. Von Diana oder Susesch war nichts zu sehen, dafür erblickte er Claus, der sich an Juliets Arm festhielt und etwas offenbar sehr Wichtiges erzählte. Sie nickte und strich ihm hin und wieder übers Haar.

Der »Entertainer« war das letzte Stück der *Stompers* gewesen, sie räumten die Bühne, während Tuto mit einem Klappstuhl kämpfte. Unter den abenteuerlichsten Verrenkungen und unter Rufen wie »Ah, ahauera!« und »Och nääääa!« gelang es ihm schließlich, das Möbelstück fachgerecht aufzustellen.

»Bühne frei für Dieter – äh – Botzenhardt!«, rief er. Dabei hielt er sich die Nase zu.

»Konsequent ist er ja«, stellte Gernot fest.

Ein etwa fünfzigjähriger Mann mit Kapitänsjacke und Akustikgitarre nahm auf dem Klappstuhl Platz. Nicht wenige Zuschauer applaudierten.

»Moin zusammen! Ich weiß ja nicht, wie euch das geht – aber mir geht das Kapital ziemlich auf'n Senkel!«

Wie Albert anerkennend feststellte, hieß das folgende Lied tatsächlich »Das Kapital geht mir auf'n Senkel«.

Musikalisch präsentierte Dieter Botzenhardt eine bizarre Mischung aus kommunistischem Kampflied und Shanty.

»Na, ihr roten Socken?!«

Albert verspürte eine harte Hand auf seiner Schulter. Mecki Brett. Seine Augen blitzten gefährlich. Iro Brett nahm derweil Gernot in den Schwitzkasten.

Albert befürchtete einen frontalen Dosenbierangriff, doch die Zwillinge schienen in friedlicher Stimmung zu sein. Der Iro entließ Gernot sogar kampflos aus dem Schwitzkasten.

Der Mecki deutete auf die Bühne. »Richtig gut, der Mann! Und wann spielt ihr?«

»Vor zwei Stunden«, sagte Albert.

Der Mecki lachte etwas zu laut. »Na, dann halt beim nächsten Mal.«

Dieter Botzenhardt erklärte in diesem Moment, dass auch Henning Voscherau seiner Meinung sei: Hamburg müsse rot werden. Es gab Szenenapplaus und Gejohle, wobei sich die Gebrüder Brett und Gernot sehr lautstark hervortaten. Albert amüsierte sich hervorragend und war froh, dass die Zwangsdruckbetankung unterblieb. Immer wieder sah er sich um, in der Hoffnung, Diana zu finden.

Nachdem Dieter Botzenhardt die Bühne verlassen hatte (und Tuto zum ersten Mal nicht auftauchte), machte Albert sich auf die Suche. Er fand sie sofort. Diana stand mit Susesch ein wenig abseits. Sie sahen ihn und winkten lächelnd. Er atmete tief durch und begab sich zu den beiden.

Diana nahm ihm die Entscheidung ab, ob er sie umarmen sollte oder nicht, und nahm ihn sichtlich erfreut in die Arme. »Na, du?!«

Das »du« klang *wirklich* erfreut, dachte Albert.

»Ich guck mal, was Claus so macht!«, sagte Susesch und verschwand.

»Du kennst Susi?«, fragte Albert.

»Schon ewig, von der Schule«, sagte Diana. »Wenn ich gewusst hätte, dass ihr einen schwulen Perser in der Band habt, wäre das Geheimnis schon früher aufgeflogen! Außerdem wäre ich dann auch früher gekommen.«

»Das erzähle ich halt nicht jedem!«, sagte Albert. »Wie geht es dir denn gerade?«

Diana wackelte mit dem Kopf. Ein wenig müde sieht sie aus, dachte Albert.

»Es tut sich nicht viel. Ich bin ziemlich oft bei Werner. Und du?«

Albert fand, dass er auch nicht viel zu berichten hatte.

Dieter Botzenhardt kam auf sie zu. Er strahlte. Albert drehte sich um, um zu sehen, wen der Liedermacher begrüßen wollte, doch der fiel Diana um den Hals.

»Dianchen! Wie wunderbar, dass du gekommen bist.«

Diana schien sehr froh zu sein, ihn zu sehen. »Natürlich, Dieter!«

»Wie geht es Werner? Ihr wolltet doch schon längst mal vorbeikommen!«

»Ich weiß, Dieter. Das ist gerade alles nicht so einfach …«

Sie blickte Albert entschuldigend an. Albert verstand und nickte.

»Bis gleich!«, sagte sie.

Immerhin, dachte er und machte sich auf die Suche nach seinen Bandkollegen.

Er fand Susesch bei Claus und Juliet. Claus schielte und wirkte endlich entspannt.

Albert begrüßte Juliet, indem er knapp winkte. Er hatte keine Ahnung, wie man Juliet angemessen begrüßte.

»Hi, Albert«, sagte sie freundlich, »ich glaube, ich muss euren Sänger mal mitnehmen.«

Claus schaute Albert glasig an: »Ja. Nach Hause. Muss morgen auch was für die Uni tun.«

»Natürlich«, sagte Albert.

»Ich guck mal, wo ich ein Taxi kriege«, sagte Juliet, »wir sehen uns dann die Tage in der Talstraße!«

Albert und Susesch sahen den beiden hinterher. Juliet zog Claus sehr geduldig Richtung Straße.

»Für die Uni«, sagte Albert.

»Das wäre wohl das erste Mal dieses Jahr«, sagte Susesch.

»Und du kennst Diana?«, fragte Albert.

»Na, wenn ich das gewusst hätte!«, sagte Susesch.

»Was dann?«, fragte Albert.

»Nichts weiter. Ich weiß ja nicht, was da bei euch los ist. Sie erzählt mir nicht wirklich viel.«

Mir auch nicht, dachte Albert.

Susesch legte den Zeigefinger auf seinen Schnurrbart. »Bei uns auf der Schule hieß sie immer Geister-Diana. Weil sie irgendwie immer weg war, auch wenn sie da war, wenn du verstehst. Ich glaub, sie hat es nie leicht gehabt.«

Albert nickte. Diana trat gleichzeitig zu ihnen. »Geht ihr noch irgendwohin?«

»Kann passieren!«, antwortete Susesch.

»Spät wird's bei mir nicht«, sagte Diana.

Sie ist wirklich müde, dachte Albert.

Gernot kam auf sie zu. »Wir sollten gleich mal den Kram in den Bus räumen!«

Albert sah Diana an. »Das dauert nicht so lang. Ich bin in zwanzig Minuten wieder hier, ja?«

Diana lächelte. »Ich geh noch mal zu Dieter.«

Susesch wirkte abwesend, als er sagte: »Ich komm gleich.«

Albert begann, mit Gernot das Equipment zu verpacken und in den Bus zu laden. Susesch blieb verschwunden. Albert sah nervös auf seine Armbanduhr.

»Susi Karimi hat wohl Besseres im Sinn. Hab ich mir doch gleich gedacht, als der schöne Patrick aufgetaucht ist«, meinte Gernot nach einer halben Stunde. In dieser Sekunde stellte Albert erschrocken fest, dass Dieter Botzenhardt am Bus vorbeistiefelte. Ohne Diana.

»Das ist alles vollkommen idiotisch!«, klagte Gernot. »Susi wollte den Bus mit nach Hause nehmen, damit der Kram sicher steht und wir den ganzen Mist nicht mehr hochschleppen müssen!

Claus Dellmann ist voll wie ein Affe, und ich kann nun wirklich höchstens noch bis zum Bunker fahren!«

Er blickte Albert an. »Ich befürchte, das bleibt heute an uns hängen.«

Albert ahnte, dass es sinnlos wäre, jetzt noch nach Diana zu suchen.

8

Zwei Tage später saß Albert mit Claus und Juliet in der Talstraßenküche. Die Reste vom Frühstück und ein paar Bierdosen vom
gestrigen Abend standen auf dem Tisch. Juliet las Tschechow, während Claus Albert erklärte, dass man erst ein Label brauche, bevor
man ein Video drehen könne. Nachdem Claus am Vortag noch die
Band auflösen und sich wieder ernsthaft seinem Amerikanistik-
Studium widmen wollte, waren nun mit seinem Kater auch seine
Selbstzweifel verschwunden.

»Der Weichsel ist zwar ein guter Typ, aber das Video können
wir ja später immer noch drehen«, sagte er. »Typisch Gernot. Ak-
tionismus und Chaos. Wir sollten uns erst mal mit Lothar Creutziger treffen, bevor wir Zeit und Geld verpulvern.«

Albert sagte nichts, sondern hörte weiter zu. Er hatte nicht wirklich eine Meinung. Label, Video, das klang alles spannend.

Claus fuhr fort: »Wir haben ja noch nicht mal Aufnahmen, wie
sollen wir da ein Video …«

»Das wird sich finden!«, wurde er von einer Stimme aus dem
Flur unterbrochen. Toni betrat im Bademantel die Küche. Albert
schaute auf seine Armbanduhr. 15:25 Uhr.

»Aha, unser ehrenamtlicher Ratgeber«, begrüßte Claus den Mitbewohner. Juliet schaute kurz von ihrem Buch hoch, zündete sich
eine Zigarette an und las weiter.

»Ich nehme mir auch eine, Madame«, sagte Toni und griff in Juliets Zigarettenschachtel.

»Eigentlich rauche ich ja nicht mehr, aber vor dem Frühstück mache ich für euch mal eine Ausnahme. Also, das mit dem Clip ist genau die richtige Idee. Ich weiß, ihr wollt mich nicht als Manager, dann berate ich euch eben kostenlos. Ist im Mietpreis enthalten.«

Er lachte laut über seine Großzügigkeit und steckte sich die Zigarette an. »Ah! Menthol, nicht ungesund! Ich sage euch, macht erst mal ein Storyboard für den Clip. Dann entscheidet ihr, welcher eurer Songs am besten passt. Wenn ihr den Clip dann platziert habt, kommen die Plattenfirmen ganz von selbst an. Und zwar nicht nur Lothar, sondern auch die anderen. Ich weiß, ihr seid Punks, aber ihr müsst businessmäßig drauf sein. Leute, denkt mal nach: MTV und Viva. Das ist das Radio der Zukunft! Und die Schallplatte ist bald Geschichte. Übrigens gemeinsam mit der Videokassette. Dann kommt die Multimedia-CD, die Video-CD, die Super-CD. Da werden massenweise Clips drauf sein. Alben ohne Video-Clips wird es gar nicht mehr geben. Zumindest nicht im *real business*. Mini-Disc, Zip-Drive, Modem und Parallelschnittstellen!«

Toni überschlug sich fast. Ihm fehlt ein Rednerpult, dachte Albert. Warum war er eigentlich über das Video-Unterfangen so gut im Bilde? War die Wohnung so hellhörig? Und wie oft hatte er eigentlich *Clip* gesagt?

Toni hantierte mit dem Wasserkocher herum. »Außerdem: Warum habt ihr mir nicht Bescheid gesagt, dass ihr bei diesem Stadtteilfest spielt? Und was soll dieser blöde Name *Rundstück Warm*? Die Funpunk-Zeiten sind vorbei. Ist doch weder euer Sound noch euer Niveau. Manchmal kapiere ich euch echt nicht.«

Albert hatte schlicht vergessen, Toni über den Auftritt zu informieren, aber er vermutete, dass Claus ganz bewusst darauf verzichtet hatte.

Dieser sagte: »Also, ich weiß nicht, ob Videos nicht sowieso zu kommerziell für die Musik sind, die wir machen ...«

»So ein Schwachsinn«, unterbrach ihn Juliet, ohne von ihrem Buch aufzuschauen. »Videos sind echt cool, wenn die Band auch cool ist. Du glotzt doch die ganze Zeit MTV, wenn wir bei mir sind.«

Aha, dachte Albert. Claus hatte ihm erzählt, er besitze aus Prinzip keinen Fernseher.

»Sehr gut«, sagte Toni, »dann hast du ja die nötige Expertise. Der Weichsel ist genau der Richtige für euch. Nehmt doch den Song einfach mit Gernots Achtspur-Gerät auf. Die Fernsehfritzen sind eh alle taub. Die wollen nur Bilder. Junge Menschen, Gitarren, Rock, Aufstand. Damit machen die ihre Kohle. Zwei Indie-Spinner, ein schwuler Perser, ein verrückter Schlagzeuger – ist doch geil! Ruft den Weichsel an! Macht den Clip!«

Toni hatte seinen Vortrag beendet und drückte die Zigarette auf dem Rand einer Bierdose aus. Dann goss er sich einen Tee auf. *Magenfein* im Beutel.

Claus schaute nachdenklich in die Runde.

»Lasst uns doch mal hören, was Benno für eine Idee hat!«, sagte Albert. Die Sache war beschlossen.

* * *

Am Mittwoch erwachte Albert Bremer an einem weiteren erwartungsgemäß verregneten Morgen in der Hansestadt seiner Wahl. Wieso bin ich eigentlich nicht nach Bremen gezogen, das hätte doch besser gepasst, dachte er.

»Der Besitz eines Automobils ist für dich uninteressant. Gänzlich uninteressant!«, unterbrach Skrei seine geografischen Überlegungen in ernsthaftem Tonfall. Dabei verschwand er beinahe zur Gänze in dem olivgrünen Ohrensessel, der am Fußende der Matratze stand. Lediglich Skreis bis auf den Boden reichende Tabakspfeife war noch zu sehen. Seltsam, dachte Albert, Skrei hat doch noch nie geraucht? Schon gar nicht Pfeife. Und vor allem nicht so eine lachhafte Lehrer-Lämpel-Gerätschaft. Abgesehen davon hatte Skrei selbstverständlich vollkommen recht. Gleichzeitig wachte Albert endgültig aus dem Traum auf, das ominöse Möbelstück war samt seinem besten Freund und dessen beknackter Pfeife verschwunden.

Albert suchte nach seiner Armbanduhr, doch diese lag unerreichbar auf dem Schreibtisch.

Er rollte sich aus dem Gugelot, um nicht wieder einzunicken. Nachdem er einige Minuten dem Regen zugehört hatte, erhob er sich und begab sich in die Küche. Die Wohnung war leer, Liane war sicher schon längst bei der Arbeit und Toni auf großer Tournee in Sachen *Rock*.

Auch die Tür zu Claus' Zimmer stand offen. Er hatte also nach dem Rendezvous (so hatte er sich ausgedrückt) mit seiner Liebsten (auch das hatte er gesagt) bei Juliet übernachtet. Albert griff nach der Kaffeedose, aus der nur das Klappern des Plastiklöffels zu hören war. Voll leer, dachte er. Im Kühlschrank fiel sein Blick auf Tonis Joghurtbecher (Kirsche), doch er unterließ es lieber, sich daran zu bedienen. Bestimmt hatte Toni die Becher vor seiner Abreise gezählt, und wer konnte wissen, wozu dieser Mann fähig war.

Ohne Kaffee ist ein Morgen ein Irrtum, dachte Albert und ärgerte sich darüber, dass er gestern von den letzten Münzen keine neue Packung Kaffee gekauft hatte. Nun war er bis auf 43 Pfennig vollkommen pleite. Gestern zumindest hatte der Bankautomat nicht mal mehr einen Zehner ausspucken wollen. Marco wollte doch schon längst die Miete überwiesen haben. Warum wunderte er sich eigentlich?

Albert blickte unentschlossen durchs Küchenfenster in den

Lichtschacht. Eine ausgesprochen widerliche Wand, dachte er. Und ob das Fenster jemals geputzt worden war?

Er blickte erneut in den Kühlschrank. In der Tür standen einige Dosen Bier. Keine Option, entschied Albert und überlegte kurz, bei wem er sich kurzerhand auf einen Kaffee einladen konnte. Allerdings hätte er sich dann auch noch einen Vorwand für den Besuch ausdenken müssen, wozu er sich nicht in der Lage sah.

Einer spontanen Eingebung folgend kleidete Albert sich an, stopfte die Armbanduhr in die Manteltasche, klaubte einige Plastiktüten zusammen und verließ das Haus. Unterwegs rechnete er im Kopf durch, dass die unzähligen Bierflaschen im Proberaum samt der Mineralwasserkiste einen Pfandwert von etwa zwölf Mark ergeben würden. Nicht unbedingt die eleganteste Methode der Liquiditätserlangung, egal. Die anderen würden sich bestimmt freuen, das platzraubende und übel riechende Altglas los zu sein. Zudem konnte er sich sicher sein, dass mittwochs niemand im Proberaum war – die *Drosophilas* probten grundsätzlich montags und donnerstags sowie samstags ab zehn Uhr, was Gernot und Claus bisweilen zu gehässigen Kommentaren über den Arbeitseifer der »drei fleißigen Fliegen« anstachelte.

Trotz des Regens fühlte Albert sich einigermaßen beschwingt. Er zog die Haupttür des Bunkers auf. Wie immer war nicht abgesperrt worden, da halfen auch die mit rotem Filzstift geschriebenen Warn- und Bittschilder der im Erdgeschoss probenden Bluesband nichts. Am Ende des Ganges diskutierten zwei Typen. Albert versuchte, möglichst unauffällig zur Treppe zu gelangen, als ihm ein Schock in die Glieder fuhr: Der Typ, der lauthals auf einen bärtigen Bluesrocker einredete, war Arnd oder Ulf oder Arno aus dem Germanistikseminar. Was hatte jemand aus der Universität in seinem neuen Leben zu suchen? Und wieso ausgerechnet der Soldat? Lautlos schlich Albert die Betontreppen hinauf bis in den zweiten

Stock, wo er unter Mühen das Schloss aufmurkste. Er ließ die Tür hinter sich zu- und sich selbst aufs Sofa fallen. So verharrte er einige Minuten. Dann fiel sein Blick auf die Kartonstapel neben dem Schlagzeug. Gernots Neuware. Erstaunlich, wie dieser Mensch immer sein Schlagzeug zumauert, dachte er. Und dass Gernot es im Leben ja eigentlich auch nicht anders hielt.

Albert betrachtete den niedrigeren von Gernots Türmen. Der oberste Karton war aufgerissen, und Albert konnte problemlos eines der Bücher herausziehen. *Wenn die Handwerker kommen!* von Papan. Er musste lachen. Das Buch hatte bei Skreis Eltern im Regal gestanden. Skrei und er hatten sich stundenlang über die hölzernen Cartoons amüsieren können. Ein Etikett auf dem zweiten Kartonstapel verkündete *//Schweppes GmbH, Hamburg / McTwo / Bierhaltiges Erfrischungsgetränk / MHD 09–1991.* Unfassbar, dachte Albert und begann, die Pfandflaschen einzusammeln. Plötzlich vernahm er Geklimper an der Tür.

»Welcher Idiot hat denn hier nicht abgeschlossen?«

Im selben Moment betrat Ute von *Drosophila* den Raum.

Sie sah ihn vorwurfsvoll an. Wobei sie immer vorwurfsvoll aussah.

»Ich hatte doch mit Gernot telefoniert, der meinte, ihr probt heute auf keinen Fall?«

Von einer Begrüßung keine Spur. Obwohl es dazu keinen Grund gab, fühlte Albert sich ertappt.

»Ah, hi! Nein, wir proben gar nicht. Ich wollte nur ein bisschen aufräumen …«

Hinter Ute kamen Tilly und Mara herein, gefolgt von einem Zopfträger, der ungefähr ein Dutzend Taschen um den Leib baumeln hatte.

Tilly machte das Victory-Zeichen, grinste freundlich und sagte: »Hi!«

Mara hatte die Hände in den Hosentaschen und murmelte: »Hallo, Albert.«

Der Taschenmann sah sich strahlend um, hielt die Handflächen auf Kopfhöhe in verschiedenen Abständen in den Raum und rief: »Geniale Location! Wie 1979! Hat sicherlich auch so lange niemand sauber gemacht hier, was, haha! Nice, nice, nice!«

Dann reihte er sein Gepäck neben dem Pfandflaschenlager bei der Tür auf.

»Nice. Really nice! Ich geh noch mal zum Auto und hol den Schirm, meine Damen!«

Albert hatte er keines Blickes gewürdigt.

Ute legte ihren Armeerucksack ab. »Gut, die anderen kommen also nicht, ja?«

»Nee, die sind sonst wo ...«, sagte Albert, der sich wunderte, dass man ihm den Unfug mit *Aufräumen* ohne Weiteres abgenommen hatte. Vielleicht hatte ja auch niemand zugehört.

Tilly schlurfte hinter ihr Schlagzeug, setzte sich auf den Hocker und sagte mit unüberhörbarer Ironie: »Wir haben nämlich ein *shooting* ...«

»Ja, für Pressefotos«, ergänzte Ute, und Albert meinte aus ihrem Tonfall herauszuhören, dass sie Tilly für den Mangel an Ernst abstrafte. Pressefotos, dachte er. An etwas derart Professionelles hatte er noch nie gedacht.

»Lutz macht wirklich Eins-a-Bilder«, erklärte Ute.

In diesem Moment erschien der Fotokünstler wieder mit einer über die Schulter geschwungenen Tasche im Proberaum.

»So, und hier unser Schirmchen!«, rief er begeistert. »Wir müssen heute ein bisschen improvisieren, weil Dave krank geworden ist. Das ist sonst mein Assi! Falls du Zeit hast, kannst du mir helfen, den Schirm zu halten. Das wäre echt toppi.«

»Ja, eigentlich kein Problem ...«, stammelte Albert.

Während Maja wortlos auf einem Stuhl in der Ecke saß, Ute mit Lutz Visionen und Details des kommenden *shootings* besprach und Lutz seine Kameratechnik über den ganzen Boden verteilte, hatten Albert und Tilly sich unauffällig auf dem Sofa getroffen. Tilly reichte Albert eine Flasche McTwo. Albert sah, dass einer von Gernots zahlreichen Kartons aufgerissen worden war.

»Diese Plörre? Meinst du echt?«, flüsterte er Tilly zu.

»Klaro«, sagte sie. Sie prosteten sich zu und betrachteten grinsend das Szenario, während sie den Limonade-Bier-Mix leerten. Tilly reichte ihm außerdem eine Tupperdose mit Keksen. Großartig, dachte Albert. Er war nun ohne lästige Flaschenrückgabe an Speis und Trank gelangt. Die Kekse schmeckten sehr süß, hatten aber zugleich einen bitteren Beigeschmack. Tilly nahm ihm die Tupperdose aus der Hand. »Nicht so viel«, sagte sie leise, nahm sich noch einen Keks und verstaute die Dose wieder in ihrer eigenwilligen Tasche. Merkwürdig, dieser Geiz passt gar nicht zu ihr, dachte Albert. Ute warf ihnen einen missmutigen Blick zu.

Lutz war in seinem Element. Er schwadronierte pausenlos über Lichtverhältnisse und Originalschauplätze, über die neuesten Linsen und die ältesten Fotografenweisheiten, über schwierige Kunden und leicht verdientes Geld, und Ute hatte zu allem etwas zu sagen. Nach geraumer Zeit »stand die Chose«, wie Lutz sich ausdrückte. Eigentlich hatte er gar nichts gemacht, außer ein Stativ mit einer wenig beeindruckenden Lampe aufzustellen. Mit zufriedenem Gesicht betrachtete der Fotograf sein Werk.

»Gut, meine Damen! Dann mal ran in die Instrumente!«

In die Instrumente, dachte Albert. Das Aufstehen hatte sich für diesen Tag wirklich gelohnt.

Tilly begab sich wieder an ihr Schlagzeug und nahm die Sticks zur Hand, Maja hatte sich ihren Bass schon vor längerer Zeit umgehängt und unverstärkt ein wenig herumgedaddelt. Ute ging ernst ans Mikrofon, nahm ernst ihre Gitarre zur Hand und schaute Lutz erwartungsvoll und ernst an.

Lutz starrte mit der konzentrierten Miene des großen Künstlers in den Sucher.

»Action, hahaha! Up we go!«

Tilly winkte in die Runde. »Ja, Augenblick mal – wie soll das denn jetzt gehen? Die Verstärker sind doch noch gar nicht an!«

Lutz hob abwehrend die Hände. »Nein, nein, nein! *Ohne Sound!* Bei dem Krach kann ich nicht worken. Das hatte ich doch mit Ute abgesprochen!«

»Das stimmt so nicht. Du hast nur gesagt, dass du uns auf jeden Fall im Proberaum knipsen möchtest!«, warf Ute ein.

»Ja, in natürlicher Umgebung, hahaha!« Lutz wiederholte den gelungenen Witz leise für sich selbst. »Ihr könnt doch so *tun*, als ob ihr spielt! Wie bei einem Playback-Auftritt!«

Tilly verdrehte entnervt die Augen. »Also, so oft hatten wir noch keinen Playback-Auftritt.«

Lutz starrte wieder in die Kamera. »Na, aber das ist doch no prob! Kommt, meine Damen, wir versuchen es einfach mal!«

Meine Damen, dachte Albert. Meine Herren, ist Lutz ein Horst. Er grinste Tilly verstohlen an, die sich ebenso wie er heimlich eine zweite Flasche McTwo geöffnet hatte. Sie grinste zurück und prostete ihm zu. Sie war das, was Skrei immer eine *Die-hat-was-Frau* genannt hatte.

Die nun folgende Versuchsreihe zum Thema »Ich versuche, eine äußerst energetische Band zu fotografieren, die nur so tut, als würde sie spielen« stellte vor allem Tilly auf eine harte Geduldsprobe und Lutz in ein ziemlich schlechtes Licht.

Immer wieder plärrte er gut gelaunt »Action, meine Damen!« oder »Ab dafür, meine Damen!« oder »Meine Damen, es geht wieder los!«.

Es folgten zwei sehr langwierige Stunden, die Albert vollkommen unbeachtet auf dem Sofa dazu nutzte, sich mit Gernots McTwo-Ramschposten zu beschäftigen. Als Schirmhalter wurde er glücklicherweise nicht benötigt. Diesen Job hatte ein Stativ übernommen.

Er fühlte sich recht blümerant. Konnte ja wohl nicht sein von fünf winzigen Fläschlein mit weniger als einer Umdrehung. Er erinnerte sich, wie er sich damals gemeinsam mit Skrei auf Amrum, Klassenfahrt sechste Klasse, heimlich mit dem Schweppes-Pseudo-Radler versorgt hatte und wie sie sich damals eingebildet hatten, betrunken zu sein. Aber das hatte sich anders angefühlt als jetzt. Wer weiß, welche chemischen Reaktionen in den Flaschen nach Ablauf des Mindesthaltbarkeitsdatums erfolgt waren? Er schaute zu Tilly, sie wirkte jedoch unverändert.

Ein Geistesblitz von Lutz unterbrach seine Betrachtungen. »Mädels, so wird das nix.«

Ute zuckte bei »Mädels« sichtlich zusammen, sagte aber nichts. Selbst die stoische Maja wirkte inzwischen vollkommen entnervt vom Meisterfotografen.

Der versuchte, sich mit Kostproben seiner Kreativität zu retten. »Wir brauchen etwas, was zu euch passt! Was passt denn zu euch, meine Damen? Vielleicht ein Holzkreuz? Das ist ja so düstere Mucke, da könntet ihr euch ja druntersetzen! Oder ein alter Soldatenhelm … aber wo bekommt man denn jetzt einen Soldatenhelm her? Na, was passt denn sonst zu euch …?«

»Fleischfressende Pflanze …«, sagte Albert lauter, als er wollte. Er hatte eigentlich gar nichts sagen wollen, aber Lutz' Assoziationen bei *Drosophila* waren unerträglich hanebüchen. Zum Glück ignorierte Lutz ihn. Aber leider hatte Maja ihn sehr wohl gehört und sagte nun zum zweiten Mal an diesem Tag etwas: »Fleischfressende Pflanze finde ich super!«

Weil Ute keine Einwände hatte, Tilly die Idee ebenfalls super fand und weil Albert Tilly beeindrucken wollte, sagte Albert auch noch: »Kann ich sogar besorgen.«

Gleichzeitig bereute er seine Einmischung ins Geschehen. Er *wusste*, dass er Toni hätte fragen *müssen*, bevor er Dido entführte.

Andererseits passte es hervorragend, dass Toni sich wieder einmal auf einer seiner ominösen geschäftlichen Berlin-Reisen befand und Dido Alberts Obhut anvertraut hatte.

Ein kleiner Tapetenwechsel wird Dido guttun, dachte Albert.

Keine zwei Minuten später saß er neben Lutz im Auto, einem verbeulten Saab. Interessant, dachte Albert. Ein Saab war ausschließlich ein Auto für Erdkundelehrer.

In Alberts Kopf drehte sich alles. Inzwischen spürte er sehr deutlich, dass er außer McTwo und ein paar Keksen noch nichts zu sich genommen hatte.

»Bist echt 'n flinker Bursche, Albrecht! Fleischfressende Pflanze – *Drosophila* – passt wie Arsch aufs Fässchen, haha! Dass ich da nicht selbst draufgekommen bin! Suchst du zufällig 'nen Job? Bei mir in der Agentur wird grad wer für Telefon, Fax und Briefkopf gesucht, hahaha! Könnte dir mal den Rainer vorstellen, is 'n tofter *Cheffe!*«

»Ja, wieso nicht!«, sagte Albert unverbindlich. Hoffentlich würde Toni nichts merken.

* * *

Albert erwachte in farbenfroher Siebzigerjahre-Bettwäsche. Er war vollkommen nackt. Und er lag in irgendwelchen Armen. Er drehte seinen Kopf herum. Tilly lächelte selbst im Schlaf noch. Albert hingegen war nicht nach Lächeln zumute. Sein ganzer Körper fühlte sich taub an. Er hatte das Gefühl, dass sein Geist neben diesem Körper schwebte und ihn beobachtete. Vorwurfsvoll? Vor allem hatte er keinerlei Ahnung, warum er nackt bei Tilly im Bett lag. Er konnte sich noch bruchstückhaft an die Fotosession mit Dido und *Drosophila* erinnern. Er erinnerte sich daran, dass er im Laufe des Abends alles ungemein witzig gefunden hatte. Aber was war da gelaufen? Er fühlte sich seltsam, wie in Watte gepackt. Sein Mund war trocken wie noch nie. Kein klassischer Brand, er war ganz und gar nicht verkatert. Und dennoch war er vollkommen breit. Ihm fielen die Kekse ein. Er erinnerte sich an seine spärlichen Hasch-Erfahrungen. Mit Skrei hatte er sich immer über die Kiffer und ihren blöden Musikgeschmack lustig gemacht, und wenn er mal an einem Joint gezogen hatte, hatte er nie etwas gemerkt. Wenn man von den Gebrüdern Brett absah, kiffte in seinem neuen Umfeld kaum jemand. Claus hatte einen regelrechten Hass aufs Kiffen. »Das geht aufs Gehirn«, hatte er gesagt. Albert blickte sich im Zimmer um. Alles war bunt in diesem gnadenlosen Durcheinander. Überall im Raum waren Klamotten verteilt. Wenn er doch wenigstens wüsste, wo er sich befand. Er stand auf und blickte aus dem Fenster. Karoviertel vielleicht? Aus dem Augenwinkel sah er den Fernsehturm. Wo zur Hölle waren seine Sachen? Obwohl er sich seiner Nacktheit schämte, schlich er in den Flur. Es sah nach einer Frauen-WG aus. Drei Türen, von denen die zur Küche offen stand. Die Dielen knarrten, als er vorsichtig ein Bein vor das andere setzte. Auf gut Glück öffnete er eine der beiden verschlossenen Türen. Es war nicht das Badezimmer. Vor einem Computerbildschirm saß Ute und starrte ihn entgeistert an. »Spinnst du?«

»Pardon …«

Hastig schloss er die Tür und testete die andere Möglichkeit. Das Badezimmer! Seine Klamotten lagen in der Dusche. Er zog sich an und ging wieder zu Tilly, die nun ebenfalls wach war und bester

Laune. Albert hingegen war eingefallen, dass er ja eigentlich verliebt war. So eine Scheiße, dachte er.

»Äh, sag mal, was lief denn zwischen uns? Ich weiß echt nichts mehr.«

»Ey, mach dir keine Sorgen, das waren einfach zu viele Kekse gestern. Du hast mir alles erzählt von Diana und so. Schon schade. Aber mit mir gibt es keinen Stress.«

Die ist einfach cool, dachte Albert. Er legte sich zu Tilly.

Noch immer hatte er das Gefühl, neben sich zu stehen. Sie baute einen Joint und hatte seltsame Musik angemacht. Sie lungerten noch einige Zeit im Bett herum. Irgendwann sagte sie: »Ich muss gleich zur Arbeit.« Sie reichte ihm ein Polaroidfoto. »Hier, wolltest du unbedingt haben. Lutz war echt ziemlich genervt. Aber das mit der Pflanze fand er ja auch gut.«

Albert betrachtete das Bild. Es zeigte ihn selbst mit furchterregend weit aufgerissenen Augen. Er trug Dido mitsamt Topf als Hut.

»Shit, wo ist die Dido eigentlich?«

»Wer ist Dido? Ich denke, sie heißt Diana?«, fragte Tilly.

»Die Pflanze, Dido ist die Pflanze«, sagte Albert mehr zu sich selbst als zu Tilly. Er schämte sich. Sollte er Diana erzählen, was passiert war, oder war es völlig unerheblich? Andererseits wusste er auch ziemlich wenig über Diana. Tilly war überraschend schnell in ihre Klamotten gestiegen und zündete sich den Joint noch mal an. »Kommst du mit runter?«

Im Flur trafen sie auf Ute, die ihn diesmal freundlich ansah.

»Echt coole Idee mit der fleischfressenden Pflanze!«, sagte sie anerkennend. Tilly und Albert stiegen die abgetretenen Holzstufen herunter.

Auf der Straße blickte Tilly ihm grinsend in die Augen. »Du bist ja wirklich noch vollkommen breit! Komm, ich bringe dich noch zum Supermarkt. Ich kauf dir 'ne große Flasche Cola, das hilft.«

Es war fast fünfzehn Uhr, bei Tilly hatten sie nur homöopathische Mengen eines japanischen Reisgebäcks gegessen. Es hatte unfassbar intensiv geschmeckt. Tilly legte ihm von unten den Arm um den Rücken. »Scheiße, ey, tut mir echt leid!«

Sie lachte ein kieksiges Kifferlachen. Albert fand es sympathisch. Sie umschifften die vielen Leute, die ihnen entgegenkamen, und Albert verspürte so etwas wie Geborgenheit. Wir kommen gar nicht voran, dachte er, wie auf einem Laufband in die falsche Richtung. Eine Fahrradfahrerin kam ihnen entgegen. Als sie ihnen auswich, blickte Albert ihr direkt ins Gesicht. Scheiße, dachte er. Plötzlich war er nüchtern. Er befreite sich aus Tillys Umarmung und wollte der Radfahrerin etwas hinterherrufen, aber Diana war schon zu weit entfernt.

✻ ✻
✻

Albert hatte den ganzen Tag mit Starren verbracht. Im Bett gelegen, an die Wand gestarrt oder mit beiden Händen auf der Fensterbank abgestützt nach draußen gestarrt.

St. Pauli war eigenartig still an diesem Tag, es wirkte regelrecht ermüdet. Er schloss sich diesem Zustand gerne an. Von der unglücklichen Begegnung mit Diana hatte er noch niemandem erzählt. Es kam ihm profan vor. Immer mehr verlor er sich in einer öden Melancholie und stellte alles infrage. Er hatte das Gefühl, dass die Dinge zu schnell fortschritten und er nicht mehr hinterherkam. Die Provinz hatte ihm wenigstens sein eigenes Tempo zugestanden.

Kurz überlegte er, ob er Skrei anrufen sollte, entschied dann aber, dass ein Telefongespräch ihn überfordern würde. Anschweigen konnte er sich schließlich am besten selbst.

Am frühen Nachmittag verließ er die Wohnung, bis zur Spätschicht am Kaltenkircher Platz hatte er noch zwei Stunden. Seinen

Walkman ließ er zu Hause liegen, er wollte keinen Krach auf den Ohren haben.

Mehrmals war er kurz davor gewesen, Diana anzurufen, hatte dann aber plötzlich nicht mehr den Mut gehabt, ihr alles zu erklären. Auch bei Tilly hatte er sich nicht gemeldet. Von Marco Weber hatte er noch keinen Pfennig bekommen, aber das war ihm gleichgültig.

Albert setzte einer Taube nach, die auf dem Bürgersteig herumpickte. Die Taube klagte.

Welche Angst trieb ihn eigentlich um? Es war eindeutig die Angst vor den eigenen Entscheidungen. Dass der Albert des nächsten Morgens oder sogar der nächsten Stunde plötzlich vollkommen anderer Meinung wäre und gänzlich anders entscheiden würde.

Idiotisch, dachte er, schlicht idiotisch, und ärgerte sich doch, den Walkman nicht eingepackt zu haben.

Beim Pförtner des Paketzentrums tippte er sich kurz an die Stirn, dann begab er sich direkt zu Rampe III. Auf einem leeren Rollwagen saß ein Typ um die vierzig, der einen braunen Overall trug. Ausgerechnet, dachte Albert.

Er hielt ihm die Hand entgegen. »Albert, guten Abend!«

Der Overallträger sprang auf und schüttelte ihm kräftig die Hand. »Ich bin der Gerri von der Spätschicht! Mit *e* und Doppel-*r*!«

Albert musste grinsen. Unter Gerris wirren Locken blickte ihn ein ausgesprochen freundliches Gesicht an.

»Geht gleich los«, sagte Gerri. »Kannst du mal kurz den Ordner aus dem Erste-Hilfe-Schrank holen?«

Albert öffnete den Wandschrank. Neben einem Verbandskasten stand ein Aktenordner mit der Rückenaufschrift SICHERHEITS-VERORDNUNG HALLE III.

Schon wieder so ein pflichtversessener Paragrafenreiter, dachte Albert und streckte den Arm nach dem Ordner aus.

»Vorsichtig rausziehen!«, wies Gerri ihn an.

Beinahe wäre Albert der Ordner aus der Hand gerutscht, er war verdächtig schwer. In einer Klarsichthülle steckte eine Flasche Oldesloer Doppelkorn.

Gerri nickte anerkennend. Aus der Brusttasche seines Overalls holte er zwei Schnapsgläser und reichte sie Albert.

»Pass auf, wir zwei Experten veredeln uns heute die Schicht! Immer, wenn ein Paket an jemanden geht, dessen Name auf -mann endet, wird ein Schnäpperken gefegt! Alles klar?«

»Alles klar!«, sagte Albert.

Gerri war sehr zufrieden. »Mach schon mal zwei fertig!«

Das Band lief an.

»Das mit den neuen Postleitzahlen hätten die sich auch sparen können. Gehen ja eh kaum Sendungen nach drüben!«, sagte Gerri, der vollkommen ruhig und hoch konzentriert wirkte. Offenbar hatte er das gesamte Förderband im Blick, denn er griff sich grundsätzlich mehrere Pakete mit ähnlicher Postleitzahl und ersparte sich somit einiges an Gerenne. Sehr effizient, dachte Albert.

»Sandmann!«, rief Gerri. »Los! Du zuerst!«

Albert sprintete zum Erste-Hilfe-Schrank und leerte seinen Schnaps, Gerri tat es ihm gleich.

»Sofort nachfüllen!«, rief er. »Hier muss man schnell sein!«

Albert lachte laut auf. »Begemann!«, rief er. »Jetzt du zuerst!«

Gerri führte das Schnapsmanöver durch, Albert tat es ihm gleich.

»Sauerteig!«, rief Gerri.

»Bitte was?«, fragte Albert.

»Ach, nichts. Ich leide an sanftem Tourette. Da sagt man zwanghaft harmlose Wörter.«

Albert schaute ihn eine Sekunde zu lang ungläubig an.

»Keine Sorge, war gelogen. Oha, das geht ja rund heute: Fleckmann, 20253 Hamburg!«

Glücklicherweise blieb die Mann-Taktung nicht so mörderisch wie in den ersten fünf Minuten. Dennoch hatte Albert in der ersten kurzen Pause nach zwei Stunden bereits leicht einen sitzen. Gerri hingegen lallte zwar schon ein wenig, bewegte sich aber völlig koordiniert.

»Wenn jemand namens Mayer, also mit Ypsilon, jemanden namens Maier, also mit a-i, heiratet, dürften die dann wohl den Doppelnamen Mayer-Maier annehmen? Ich meine, wer weiß denn so etwas? Oder wer legt das fest?«

Interessante Frage, dachte Albert. Er wusste es nicht.

Nach dem nächsten Korn (Wallmann, 22767 Hamburg) fühlte Albert sich regelrecht beschwingt. Es ist gefährlich, wenn einem die Arbeit Spaß macht, dachte er. Dann läuft man Gefahr, sich daran zu gewöhnen.

Gerri behielt sein Sortiertempo aufrecht. Seit zehn Jahren stand er hier an der Rampe, hatte er erzählt.

»Mülltrennung, was hältst du eigentlich von Mülltrennung? Meines Erachtens ist das Unsinn. Ich finde, man sollte Müllvermeidung dadurch ankurbeln, indem man die Leute zur Müllaufbewahrung verpflichtet. Zu Hause! Dann werden die ihr Verhalten schon ändern!«

»Carlemann, 2000 Hamburg 50«, antwortete Albert.

»Alte Postleitzahl, bringt Glück! Das schreit eigentlich nach einem Doppelten!«

Albert fand, dass sie ein gutes Team bildeten.

In der Essenspause mieden sie die Kantine und blieben an der Rampe.

Gerri öffnete eine Tupperdose.

»Schwertfisch mit Getöse!«, kommentierte er den Inhalt und lachte. Dabei wandte er sich ab, weil er den Mund voll hatte. Eine sehr höfliche Geste, dachte Albert. Ein eigenartiger Mann.

Nachdem das Band wieder angelaufen war, verschwammen die Postleitzahlen bereits vor Alberts Augen.

»Dellmann, Claus«, las er vor. Das gibt's doch nicht!, dachte Albert. Das ist die Schallplattenlieferung, die Claus seit geraumer Zeit erwartet. Er lehnte das quadratische Päckchen unauffällig an die Wand. Persönliche Zustellung garantiert! Gerri spurtete zum Korn. »Wusstest du, dass Wasser ein Gedächtnis hat? Schnaps hat ein negatives Gedächtnis. Deswegen vergisst man auch alles, wenn man zu viel Schnaps trinkt. Dann kommt es zu einer Diffusion des Gedächtnisses in den Schnaps …«

Obwohl sie zum Ende der Schicht den Korn ausgetrunken hatten (was laut Gerri »ein ziemlich guter Schnitt« war), verlief der Arbeitseinsatz ohne weitere Zwischenfälle. Heute gefiel Albert der Stumpfsinn der Tätigkeit.

Nachdem Gerri sich mit den Worten »Lief doch! Bis zum nächsten Mal!« eilends verabschiedet hatte, zog Albert sich in ein Treppenhaus zurück und ließ sich auf die Stufen sinken. Er nickte umgehend ein.

Nach etwa einer Stunde wachte er mit schmerzendem Rücken auf. Sein Mund war pappig, Kopfschmerzen hatte er noch keine. Als er aufstand, fühlten sich seine Knochen morsch an.

Leicht wankend begab er sich zum Ausgang. Der Pförtner blickte ihn misstrauisch an, Albert versuchte, Blickkontakt zu vermeiden. Der Pförtner jedoch erhob sich. »Augenblick mal, junger Mann! Wo kommen Sie denn um diese Uhrzeit her?«

Eine berechtigte Frage. Der Pförtner trat aus seinem Häuschen. »Mein lieber Schwan, waren Sie in der Schnapsfabrik?«

Albert überlegte, welchen Eindruck es auf den Pförtner machen würde, wenn er nun Hals über Kopf flüchtete. Wahrscheinlich keinen allzu positiven.

»Ja, keine Ahnung …«, brachte er hervor.

»Keine Ahnung? Und was ist das in Ihrem Beutel?«

Der Pförtner wartete die Antwort nicht ab, sondern fischte das Paket für Claus aus Alberts Tasche.

Wenig später verließ Albert als Arbeitsloser das Paketzentrum. Seine Beteuerungen, dass es sich bei Claus Dellmann um seinen Mitbewohner handelte, waren auf keinerlei Verständnis gestoßen. In seinem Arbeitsvertrag hatte er die Barmbeker Adresse angegeben. Übellaunig stiefelte er nach Hause und verschwand in seinem Bett.

✳ ✳
✳

»Albrecht, aufstehen!«, schallte es aggressiv in Alberts Ohr. Unverkennbar Toni. Alberts Kopf schmerzte. Es war doch noch mitten in der Nacht! Er zog sich die Decke über das Gesicht. »Aufstehen, pronto!« Warum klopfte dieser Mensch eigentlich nie an?

»Toni, bist du wieder aus Berlin zurück, mitten in der Nacht?«

»Papperlapapp, es ist elf Uhr. Wo ist Dido?«

Albert erschrak. Scheiße, das Fettkraut. Er hatte es völlig vergessen. Jetzt hieß es Zeit gewinnen.

»Woher soll ich das wissen? Hier werden doch auch Matratzen einfach abgeholt. Keine Ahnung.«

»Bremer, ich meine das ernst! Weder Claus noch Liane wissen etwas. Du hast mir versprochen, dich um sie zu kümmern. Da ist man *einmal* in Berlin, und dann werden hier Leute entführt! Kacke noch mal!«

Leute entführt? So ein Blödsinn!, dachte Albert. Aber vermutlich war es keine gute Idee gewesen, Dido im Proberaum zu vergessen. Toni trug ein *Hard Rock Café Paris*-T-Shirt und eine Prinz-Heinrich-Mütze. Den Typen kann man wirklich nicht ernst nehmen, dachte Albert.

»Ey, Toni, gib mir bitte mal zehn Minuten, wir treffen uns gleich in der Küche, okay?«

»Du hast fünf!«, sagte Toni streng und verließ Alberts Zimmer. Albert blieb erst mal liegen. Nach einem Moment stieg er aus seinem Gugelot und zog Hose und Pullover an. Vorsichtig öffnete er die Zimmertür. Es war niemand zu sehen. Er schlüpfte in seine ausgelatschten Turnschuhe, die im Flur herumstanden, griff sich seine Jacke und verließ die Wohnung. Am Geldautomaten an der Reeperbahn tippte Albert 40 Mark in das Bedienfeld ein. Jetzt bloß nicht zu viel wagen. Der Geldautomat spuckte zwei Zwanzigmarkscheine aus. Die monatliche Überweisung seiner Eltern war also eingetroffen.

Im Proberaum erblickte er sofort Dido. Sie war in keinem optimalen Zustand. Eins ihrer Blätter war abgeknickt, ein anderes am Rand braun verfärbt. In der Blumenerde steckten ein paar ausgedrückte Zigarettenkippen. Albert hatte ein schlechtes Gewissen. Na ja, wird schon irgendwie gehen, dachte er. Was fand Toni nur an diesem kümmerlichen Gewächs? Er nahm den Topf vorsichtig in beide Hände, verließ den Proberaum und begab sich Richtung U-Bahn. Ich sehe vermutlich echt bescheuert aus, dachte er und ließ den Topf fast fallen, als er von hinten einen kräftigen Klaps auf die Schulter bekam. »Albrecht, was machst du denn hier?« Marco Weber grinste ihn breit an. Ausgerechnet der, dachte Albert, sagte aber nichts. »Ich wollte gerade zur Bank, um den Dauerauftrag für dich einzurichten! Die Haspa-Filiale in Barmbek wird renoviert. Daher bin ich extra nach Eimsbüttel gefahren. Toll, dass ich dich treffe, dann weißt du Bescheid. Weißt du was, ich lade dich zum Essen ein. Du siehst ja vollkommen zerfasert aus. Komm, lass uns zu Karstadt rübergehen. Richtig gute, frische Küche. Auch wir Selbstlosen müssen mal fünfe gerade sein lassen. Dort oben im Restaurant ist alles nur vom Feinsten. Was hast du denn da für ein

Gewächs? Ist ja echt potthässlich. Willst du eine Oma bestechen? Komm mit, wir lassen es uns nun endlich mal gut gehen.« Marco redete ununterbrochen. Er redete auf den Rolltreppen, und er redete oben im Karstadt-Restaurant. Schon vor Ankunft in der fünften Etage hatte Marco es geschafft, sich zwanzig Mark von Albert zu leihen.

»Oh, guck mal, da ist ein toller Tisch frei. Setz du dich mal hin. Ich hole uns jetzt ein exklusives Gericht.« Marco redete sogar weiter, als er am anderen Ende des Restaurants stand. »Willst du auch Götterspeise, Albi? Ja sicher, oder? Ich hole uns zweimal grün!«, schrie er quer durch das Selbstbedienungsrestaurant. *Albi*, dachte Albert. Na ja, wenigstens nicht Albrecht.

Marco kam mit zwei Tabletts wieder, die er erstaunlicherweise gleichzeitig tragen konnte. »Hmm, schau mal, Kohlrouladen. Das gibt es selbst hier nicht alle Tage!« Er schob Albert ein Bier entgegen. »So, jetzt trinken wir mal endlich einen zusammen. Für all das, was du für mich getan hast und ich für dich. Auf unsere Freundschaft!«

Nach sehr langer Zeit und dem dritten oder vierten Bier schaffte es Albert, sich aus Marcos Redeschwall zu befreien, klemmte sich Dido unter den Arm und schwankte die Rolltreppe hinab. »Dauerauftrag kommt, Ehrenwort«, rief Marco ihm noch hinterher.

In der Talstraße war niemand mehr in der Küche. Albert stellte Dido auf den Tisch. Im nächsten Moment kam Claus herein. »Scheiße, Albert, Toni ist stinksauer. Warum hast du denn ausgerechnet Dido weggeschleppt?« Die beiden begutachteten die lädierte Pflanze.

»Sie hatte ein Shooting«, antwortete Albert. Ehe er Näheres erläutern konnte, hörten sie Gerumpel an der Tür. So schloss nur Toni auf. Ach je, dachte Albert und floh an den Kühlschrank. Wenigstens war noch ein Bier drin. Er öffnete es und nahm einen großen

Schluck, dann betrat Toni den Raum. Die Prinz-Heinrich-Mütze trug er nicht mehr. Dafür eine Brille.

»Seit wann trägst du denn eine Brille?«, wunderte sich Albert.

»Damit ich dich besser sehen kann!«, fuhr Toni ihn in ziemlicher Lautstärke an. »Du solltest auch eine tragen, denn dann könntest du lesen, was für ein Bier du da trinkst.«

Albert schaute auf das Etikett. *Berliner Kindl Pilsener*, deshalb schmeckte das so scheußlich.

»Das ist mein Bier! Ich habe es mühsam von Berlin hierher transportiert. Und jetzt zum Thema: Fünf Minuten hatte ich gesagt, und dann schleichst du dich davon und kommst vier Stunden nicht wieder. Und außerdem trinkst du mein Bier, du Schmarotzer.«

»Ey, Toni, jetzt mach mal halblang ...«, versuchte Claus, ihn zu beschwichtigen. Doch in diesem Moment hatte Toni Dido erblickt. Für einen Augenblick verstummte er und schaute ratlos auf den Topf. Dann lief sein Kopf rot an. »Ey, ich glaub es ja wohl nicht. Was hast du ihr angetan? Bist du eigentlich völlig pervers?«, schrie er Albert an. »Du kommst hierher, erschleichst dir unser Vertrauen, und dann quälst du völlig unschuldige Pflanzen.«

»Toni ...«, versuchte Claus, ihn wieder zu beruhigen. »Es ist doch nur eine Blume.«

Das war anscheinend nicht die richtige Taktik.

»Blume?!«, schrie Toni. »Bist du jetzt auch unter die Arschlöcher gegangen? Das ist ein Lebewesen! *Pinguicula vulgaris*. Aber bestimmt nicht so vulgär wie dieses Kuckucksei hier. Die Juni-Miete hat er auch noch nicht gezahlt!«

Albert brauchte einen Moment, um zu kapieren, dass Toni über ihn sprach. Doch da brüllte ihn dieser auch schon an: »Verpiss dich! Raus aus meiner Wohnung! Ich kann dich hier nicht mehr gebrauchen. Judas! Ich muss jetzt versuchen, Dido zu heilen. Hau ab! Sofort! Du hast zwei Minuten!«

Toni schubste Albert aus der Küche. Ist der Typ denn völlig irre?, dachte Albert und packte in seinem Zimmer ein paar Sachen zusammen. Die Plastiktüte riss. Warum hatte er eigentlich keinen Rucksack oder eine Ledertasche oder irgend so etwas wie seine Kommilitonen? Er nahm ein Bettlaken und stopfte dort die Sachen hinein. Claus steckte den Kopf zur Tür herein.

»Ey, Albert, Toni spinnt. Mit Dido ist der echt total eigen. Das scheint so eine Sache zu sein wie dieser Apfelbaum im Paradies.«

Paradies?, dachte Albert.

»Lass gut sein, Claus, ich hau ab.«

Verfolgt von einem »Verzieh dich, du Lebewesenquäler!« stapfte Albert die ausgetretenen Treppenstufen hinunter. Scheiße, wenigstens das Bier hätte ich mitnehmen können, dachte er.

9

Die Talstraße präsentierte sich unter Nieselregen. Wie originell, dachte Albert und warf das Bettlakenbündel wie einen Kartoffelsack über die linke Schulter.

In der Hosentasche erfühlte er einige Münzen und einen Schein. Immerhin sitze ich nicht auf dem Trockenen, dachte er und drückte die Tür zum Imbiss auf.

Der Mann hinterm Tresen hatte über die Jahre eine distanzierte Freundlichkeit perfektioniert. Oder freundliche Distanz? Albert war das gerade sehr recht. Er nahm zwei Dosen Jever aus dem Kühlschrank. Wie spät es wohl war? Seine Armbanduhr lag noch auf der Fensterbank.

»Drei sechzig«, sagte der Mann und schaute dabei durchs Fenster in den Nieselregen. Albert legte einen Fünfmarkschein auf den Tresen, ließ das Wechselgeld in die Hosentasche rutschen und verstaute die Bierdosen umständlich in der Manteltasche. Mein Besitz behindert mich, dachte er grimmig, nickte dem Verkäufer zu und verließ den kleinen Laden.

Neben dem Imbiss befand sich eine Zufahrt zum Hinterhof. Albert versteckte sich hinter der Ecke, klemmte seine Habseligkeiten zwischen Hüfte und Hauswand und öffnete die erste Dose. Kein Vergleich zu Tonis Berliner Plörre, dachte er. Wie konnte eine Stadt, in der solch ein Pils gebraut wurde, eigentlich Hauptstadt werden? Andererseits – hatte Bonn in der Hinsicht irgendetwas zu bieten gehabt? Langsam klarte sein vernebelter Geist auf. Den Kater hatte Tonis vehementer Eingriff in seinen Tiefschlaf offensichtlich überlistet.

Brand, dachte Albert, kippte sich den verbliebenen Doseninhalt in den Hals und öffnete die zweite.

Er linste um die Ecke. Ob Toni heute noch einen seiner wichtigen Termine hatte? Aber was sollte er mit Claus besprechen, wenn Toni weg wäre? Toni war der Hauptmieter. Da spielte Basisdemokratie keine Rolle. Außerdem hatte Albert keine Ahnung, wie lange der Groll des Herrn Hoff gemeinhin anhielt.

Im Kiosk am anderen Ende (oder, wie Claus stets betonte: am Anfang) der Talstraße kostete die Halbliterdose Jever nur eine Mark dreißig. Albert zertrat die leeren Dosen und sammelte sie auf. Um sie bestimmungsgemäß in einem Mülleimer zu entsorgen, musste er die Reeperbahn betreten. Beim Kiosk gegenüber kostete die Dose nur eine Mark zwanzig. Wenn ich schon so weit gekommen bin, kann ich auch kurz rübergehen, dachte er. Der Rauswurf erschien ihm in diesem Augenblick so unwirklich, dass er ihm vollkommen egal war.

Fünf Minuten später stand Albert mit drei neuen Dosen Bier wieder auf seinem Posten. Er war vollkommen übermüdet und fror.

Diana anrufen und stinkend wie ein Penner bei ihr auftauchen? Vollkommen undenkbar, vor allem nach der peinlichen Situation mit Tilly.

Marco Weber anrufen und mit dem Titan der Unseriosität eine temporäre Zweier-WG aufmachen? Auch das war keine Option.

Von links schob sich sehr langsam Frau Baszak mit ihrem quietschenden Hackenporsche in Alberts Blickfeld. Er wich ein wenig zurück. Die Vorstellung, dass sie ihn hier um diese Uhrzeit biertrinkend entdecken könnte, war ihm unangenehm. Wie spät war es eigentlich? Frau Baszak schloss die Haustür auf. Offenbar waren ihre Einkäufe sehr schwer, und Albert konnte es nicht mit ansehen, wie sie sich abmühte. Er leerte seine Dose in einem Zug (sie halb voll auf den Boden zu stellen, erschien ihm zu riskant) und eilte über die Straße.

»Hallo, Frau Baszak!«

Sie blickte ihn freundlich an. Wenigstens ein freundlicher Blick am Tage, dachte er.

»Moin, min Jung! Na, steh ich dir im Weg?«

»Nee, nee. Soll ich Ihnen mal den Kram hochbringen?«

»Ach, das wär ganz reizend! Bei so'm Wetter hab ich's immer im Rücken.«

Albert klemmte sich das Gefährt von Frau Baszak unter den rechten Arm. In der Linken hielt er seine improvisierte Reisetasche, und er registrierte leichte Gleichgewichtsstörungen. Dennoch gelang ihm die Packeselei ohne Beschädigung von Mensch und Ware. Hoffentlich kommt Toni nicht ausgerechnet jetzt raus, dachte er, als er an der Wohnungstür vorbeischlich. Er hatte Glück.

Vor der Wohnung von Frau Baszak wartete er zwei Minuten, bis auch die alte Dame oben angekommen war. Er lehnte mit der Stirn an der Tür, die sich angenehm warm anfühlte. Erst jetzt bemerkte er, wie zerschunden er sich von der Paketplackerei, der Saufschicht und dem Schlafmangel fühlte.

Frau Baszak öffnete die Tür, und Albert rollte den Wagen in den Flur. Es herrschten tropische Temperaturen, er wurde augenblicklich schläfrig.

Sie blickte ihn verschmitzt an. »Liebe Güte. Hast gestern wohl einen genommen, was? Na, dann mal ab in die Falle!«

Albert rieb sich wie ein kleines Kind mit beiden Händen die Augen. »Ich glaub, das wird nicht so einfach. Der Herr Hoff ist grad nicht so gut auf mich zu sprechen …«

Frau Baszak stemmte die Fäuste in die Hüften und wirkte keinesfalls klapprig. »Na, ihr jungen Leute habt ja noch Probleme. Zieh dir man die Botten aus! Im Kersten sein' Zimmer ist doch die Chaiselongue, da ruhst dich man aus!«

Botten, Chaiselongue. Albert fühlte sich sehr wohl, entledigte sich seiner Schuhe und folgte Frau Baszak in das Zimmer, das genau über seinem lag. Es sah aus, als wartete es seit zwei Jahrzehnten auf die Rückkehr seines Bewohners, und war sehr gut geheizt. Albert fielen schon im Stehen die Augen zu.

Frau Baszak warf die Überdecke zur Seite: »So, und nu schläft er sich man ordentlich aus!«

Dann zog sie die Tür hinter sich zu. Albert sah ihr gerührt hinterher und fiel auf das Schlafmöbel.

Die Fettkraut-Katastrophe. Ein sagenhaft dummer Film von und mit Albert Bremer.

Alles in der Wohnung war bequem. Die gedämpften Geräusche, der Teppichboden, die Chaiselongue, die Heizungswärme. Albert fiel in einen tiefgrauen Schlaf, er lag wie eine Betonplatte und wachte nur selten auf – und dann auch nur, um festzustellen, dass er jegliches Zeitgefühl verloren hatte, und um augenblicklich wieder einzuschlafen.

Als er am nächsten Tag von der Toilette zurückgeschlichen war und sich wieder unter der etwas zu dicken Daunendecke vergraben hatte, klopfte es an der Tür seines Quartiers.

»Ja?«, krächzte er.

Nichts tat sich. Albert räusperte sich und wiederholte: »Ja? Herein!«

Frau Baszak steckte den Kopf herein und blickte Albert mit einer gewissen Süffisanz an.

»Willst du nicht man frühstücken?«

Albert richtete sich halb auf.

»Wie spät ist es denn?«

Frau Baszak machte einen Schritt in das Zimmer.

»Halb fünf. Und zwar nachmittags!«

Albert fragte lieber nicht danach, welcher Tag war. Sein Magen knurrte hörbar.

»Na, dann komm man in die Küche«, wies Frau Baszak ihn an.

Albert überlegte, ob er sich in Unterhose durch die Wohnung der alten Dame bewegen konnte, entschied sich dann aber für seine Jeans. Im Flur roch es nach Hühnersuppe. Links neben der Küchentür, dort, wo sich im Flur seiner ehemaligen Wohngemeinschaft ein Porträt des Zukunftsministers Heinz Riesenhuber befand, hing in einem schmucklosen Goldrahmen ein Schwarz-Weiß-Foto, das eine jüngere Version von Frau Baszak zwischen zwei Männern zeigte. Links ein junger mit Entenschwanz in schwarzer Lederjacke, rechts ein älterer mit breitem Grinsen.

»Ausflug nach Kellinghusen«, sagte Frau Baszak. »Links ist der Kersten, der ist da wohl so alt wie du jetzt. Und rechts der Erwin. Da war die kleine Familie Baszak noch ganz beisammen …«

Albert sah, dass sich die Augen seiner Gastgeberin mit Tränen füllten.

»Der Kersten ist jetzt schon über zwanzig Jahre fort. Drei Jahre nach seinem Vater …«

Sie straffte sich und zog Albert am Oberarm an den Küchentisch. Auf dem Gasherd, der genauso aussah wie der im Stockwerk darunter, stand ein riesiger Topf mit einem rot-blauen Muster. Frau Skraikowski hatte in einem solchen Trumm immer ihre Silvesterbowle angerührt.

»Hühnersuppe. Kalt aufgesetzt natürlich. Ich weiß ja nicht, was ihr getrieben habt, aber damit kommst du wieder zu Kräften!«

Albert ließ sich gerne zu einem zweiten und dritten Teller überreden.

Dann fühlte er, wie er wieder schläfrig wurde. Wo wohl der Weltrekord im Dauerschlafen lag? Frau Baszak lächelte und schob ihm eine kleine Porzellanschüssel mit bunten Würfeln hin.

»Hamburger Speck. Du kommst doch aus Süddeutschland, das höre ich ja! Kennst du Hamburger Speck?«

Normalerweise hätte Albert sich dafür geschämt, dass jemand sich so umsichtig um ihn kümmerte. Aber die Art, wie Frau Baszak mit spitzem S *Speck* aussprach und die seltsam surreale Atmosphäre in dieser Wohnung, dieser gut geheizten Zeitkapsel, riefen in ihm ein Gefühl tiefer Ruhe hervor. Er nahm einen der zuckrigen Quader und zerdrückte ihn zwischen Zunge und Gaumen.

»Leg dich man wieder hin. Hast ja alle Zeit der Welt!«, sagte Frau Baszak freundlich.

Dankbar verzog Albert sich in Kerstens Zimmer. Alle Zeit der Welt, dachte er. Herr Bismarck stand in dem Zimmer, das genau unter jenem lag, in dem er sich nun befand. Der staubige Stoffschlumpf hatte tatsächlich alle Zeit der Welt. Aber er nutzte sie nicht. Oder vielleicht doch? Albert schlief ein.

Tags darauf fühlte er sich zumindest nicht mehr so, als hätte ihn ein Traktor überrollt. Er zog die schweren Vorhänge auf und sah sich im Zimmer um. Auf dem kleinen Schreibtisch rechts an der Wand stand auf einem Häkeldeckchen ein ovaler Bilderrahmen mit einem Foto, das die drei Baszaks zeigte und offenbar bei demselben Ausflug aufgenommen worden war wie das Bild, das im Flur hing. Alle drei lachten. Neben einem halb leeren Bücherregal lehnte ein Gitarrenkoffer.

Erstaunlich, dachte Albert.

In der Küche stand Frau Baszak im Morgenmantel am Herd.

»Guten Morgen, Albert! Kaffee?«

»Gerne«, sagte Albert. »Ist das eigentlich ein Gitarrenkoffer in meinem, äh, in Kerstens Zimmer?«

Frau Baszaks Blick erhellte sich.

»Sicher, das – das ist die Guitah-re vom Kersten. Spielst du auch? Der Kersten hatte ja seine Kapelle. Der kam nie zur Ruhe. Erst Fernfahrer, dann im Petrolhafen. Aber die Musikband hat er immer gehabt! Ich hab's nie übers Herz gebracht, sie wegzugeben. Nur den Lautsprecher, den hat der Werni von seiner Kapelle mal abgeholt. Der ruft sogar heute noch manchmal an …«

Albert setzte sich mit dem Rücken zum Küchenfenster, und sie goss ihm eine Tasse Kaffee ein.

Zucker und Milch standen in kleinen Porzellangefäßen in der Mitte des Tisches.

»Ach, er trinkt schwarz – wie der Kersten! Schau dir die Guitarre ruhig an. Ich freu mich, wenn sie mal wieder einer spielt!«

Guitarre, dachte Albert. Wie *Jatz*.

Was Toni wohl gerade machte? Ob er ihn bereits vergessen hatte?

Frau Baszak nahm zwei Löffel Zucker und rührte um. Keine Milch, dachte Albert.

»Der Kersten hat seinen Rock 'n' Roll geliebt. Für den Erwin und mich war das ja nur Getöse. Aber das waren alles anständige Jungs. Brauchst nicht zu glauben, dass wir da Vorbehalte hatten!«

Albert schüttelte den Kopf. »Das glaub ich bestimmt nicht, Frau Baszak!«

»Den Freiheitsdrang hatte der Junge vom Erwin. Der Erwin ist ja lang zur See gefahren. Fast wie im Film!«

Sie zeigte auf eine kleine Holzfigur, die mit gleichgültigem Gesicht auf dem Küchentisch stand.

»Den Kerl hat mir der Erwin mal mitgebracht, damit er auf mich aufpasst, wenn er unterwegs ist. Weiß gar nicht mehr, wo der herkommt.«

Albert dachte an den Wüterich mit den Muschelaugen, der ihn

bei Diana so erschreckt hatte. Sein Blick fiel auf das alte Wählscheibentelefon im Flur. Ob er sie anrufen sollte?

Nichts da, dachte er.

»Am Morgen ess ich gar nichts«, sagte Frau Baszak entschuldigend, »wenn du Hunger hast – ich geh gleich einholen. Aber erst muss ich noch ein bisschen lesen.«

»Ich brauch nichts!«, betonte Albert. Nachdem Frau Baszak ins Wohnzimmer gegangen war, begab er sich in Kerstens Zimmer, schloss die Tür hinter sich und öffnete den Gitarrenkoffer.

Das Instrument, das Kersten offenbar sehr gut gepflegt hatte, sah aus wie die Gitarren auf den Sixties-Singles aus der Sammlung von Skreis Vater. Wieder überfiel ihn dieses Zeitkapselgefühl.

Albert betrachtete die Kopfplatte der halbakustischen Gitarre: *Arnold Hoyer – Herr im Frack*. Er nickte ehrfürchtig, als er das Instrument in die Hand nahm. Den sorgfältig eingerollten, etwas mürben Gurt nahm er ebenfalls aus dem Koffer, das altertümliche Kabel ließ er liegen. Unter der Gitarre fand er ein Stück Papier. Er faltete es auseinander. Der vergilbte Werbezettel zeigte vier freundlich lächelnde junge Herren unter der Überschrift DIE TALLYMEN. Und darunter, ein wenig kleiner: TWIST / ROCK 'N' ROLL von der WATERKANT.

Der Typ links sah ein wenig aus wie Claus, und Kersten hatte denselben traurigen Glanz in den Augen wie auf den anderen Fotos, die Albert von ihm gesehen hatte. Wie jemand, der zu viel von dem hört, was um ihn herum geschieht, dachte Albert.

Er befestigte den Gurt an der Gitarre, hängte sie sich um und spielte einen C-Dur-Akkord. Sie war weniger verstimmt als erwartet. Nachdem er sie notdürftig nach Gehör gestimmt hatte, versuchte er, die Akkorde von »Freak Scene« zusammenzubekommen, die er angeblich sturztrunken in der WG gespielt hatte.

Dann ging er mit der umgehängten Gitarre ins Wohnzimmer,

wo Frau Baszak mit Lesebrille auf dem Sofa saß. Wieder überkam ihn ein Anflug schlechten Gewissens, weil er so nassforsch mit Kerstens Gitarre durch die Wohnung lief, aber sie schien sich ehrlich darüber zu freuen.

Auf dem Plattenspieler drehte sich eine Single. Freddy Quinn sang: »Du musst alles vergessen, was du einst besessen, Amigo ...«

Die Worte »Ayayay, ayayay, ayayay, das ist längst vorbei ...« begleitete Albert mit einigen zaghaften Tönen.

»Ein richtiger Musikant!«, rief Frau Baszak.

Albert tänzelte ein wenig im Türrahmen und umdudelte Freddys Gejodel.

Als Nächstes legte Frau Baszak »Trumpf ist die Seele vom Spiel« auf. »Zum Weiterreizen fehlen leider mir die Asse ...«, stellte Freddy munter fest, und während Albert auch hier ein paar Akkorde mitspielte, dachte er daran, dass Skrei und Weißhausen im Oberbergischen noch immer jeden Dienstag ihre Skatrunde abhielten. Er musste sich wirklich mal wieder zu Hause melden.

Frau Baszak trommelte mit den Fingern auf der Lehne des Sofas.

»Bei dir ist die Guitarre wirklich in guten Händen!«, stellte sie fest.

Albert verbeugte sich, Frau Baszak spendete Applaus und zog eine Schublade im Wohnzimmertisch auf.

»Schau mal, hier sind noch zwei Schlagplättchen für die Guitarre. Damit kann man doch schneller spielen, nich?«

Albert nahm lächelnd die Plektren an. Sie waren aus Perlmutt und sahen brandneu aus.

»Nun muss ich aber man einholen gehen«, sagte Frau Baszak.

Albert protestierte. »Bei dem Wetter lass ich Sie doch nicht raus!«

»Na gut, mein Jung – weil du es bist, lass ich dich gehn.«

Mit einem Bleistift schrieb sie ihm eine kleine Liste auf einen

Zettel. Die spitze Schrift erinnerte Albert an die Postkarten, die er früher von seinen Großeltern bekommen hatte, wenn diese eine Dampferfahrt an der Mosel gemacht hatten.

»Der Geldbeutel liegt auf dem Telefonschränkchen.«

Albert war sich nicht sicher, ob die alte Dame vielleicht ein wenig zu vertrauensvoll war oder ob sie einfach Menschenkenntnis besaß. Er selbst hätte einem so verwahrlost wirkenden Jüngling jedenfalls nicht sein Portemonnaie anvertraut. Auch wenn in seinem natürlich gar nichts zum Stehlen gewesen wäre.

Albert ließ sich den Wohnungsschlüssel geben, den Hackenporsche ließ er stehen.

Nachdem er vorsichtig die Tür hinter sich zugezogen hatte, linste er über das Treppengeländer. Da sich im zweiten Stock nichts rührte, schlich er die Treppen hinunter und blieb vor der Tür zu seiner alten Wohnung stehen. Er rang mit sich, ob er nicht doch klingeln sollte. Auf der rechteckigen Klingeltaste waren die Reste eines Etiketts zu sehen, der mit Kugelschreiber darauf gekritzelte Name war nicht mehr zu erkennen. *Hoff* war es jedenfalls nicht. Albert lauschte; Musik war nicht zu hören. Offenbar war niemand zu Hause. Er blickte betrübt auf die Fußmatte mit dem blauen Nashorn und begab sich auf leisen Sohlen zur Haustür.

Auch auf der Straße und im Supermarkt hatte er Glück, er begegnete weder Toni noch Claus. Was die beiden wohl Liane von seinem schmählichen Rauswurf erzählt hatten?

Warum benahm sich Claus eigentlich wie Tonis Untergebener? Seine halbherzige Intervention war alles andere als mutig gewesen. Eilends kehrte Albert mit dem Einkauf in sein Asyl zurück.

Nachdem sie einen Teller Hühnersuppe gegessen hatten, verschwand Frau Baszak, um ihren Mittagsschlaf zu halten.

Albert fühlte sich nicht mehr müde. Er sah sich im Wohnzimmer um. Neben einem hölzernen Elefanten, der wegen der nachlässig aufgemalten Augen vollkommen besoffen aussah, stand ein Buddelschiff. Albert erinnerte sich, wie Skrei ihm hatte weismachen wollen, dass die Flaschen nach der Fertigstellung des Modells um das Schiff geblasen würden.

Im Bücherregal stand gut ein halber Meter Jahrgänge *Hansa – International Maritime Journal*. Das letzte Heft war von 1972. Eine Zeitkapsel, dachte Albert wieder.

Neben dem Plattenspieler lehnte ein Aktenordner. Frau Baszak hatte tatsächlich sämtliche ihrer Freddy-Singles in Klarsichthüllen gesteckt. Albert blätterte sich durch die Sammlung: »Einmal in Tampico«, »Ich bin bald wieder hier«, »Wenn die Sehnsucht nicht wär …«

»Wenn die Sehnsucht nicht wär, ja, was wär denn dann? Dann wär a Ruh«, sagte Albert leise zu sich selbst.

Albert ging zurück in das Zimmer und nahm die Gitarre zur Hand. Er versuchte, sich an die Akkorde von »Du musst alles vergessen« zu erinnern. Eigentlich ein guter Text, dachte Albert und bemühte sich, das Lied einigermaßen originalgetreu nachzuspielen, wobei eine vollkommen andere Melodie herauskam, die ihm gut gefiel.

Du darfst nichts vergessen, sang er dazu.

Du darfst alles vergessen.

Vielleicht war das gar nicht so schlecht?

Du darfst alles vergessen
Und wirst trotzdem schlauer sein
Als zuvor.

Albert blickte auf den Schreibtisch. Kein Stift, kein Papier. Kersten hatte wohl keine Notizen gemacht.

Er schrammelte noch ein wenig ziellos herum, dann ging er wieder ins Wohnzimmer und nahm den Aktenordner mit den Singles zur Hand. Es waren tatsächlich ausschließlich Platten von Freddy Quinn, die alle so neu aussahen wie die Gitarre und die Schlagplättchen.

Vorsichtig entnahm Albert eine Single und legte sie auf.

»Morgen beginnt die Welt / Träum nicht von wilden Tieren!«, riet Herr Quinn.

Albert war beeindruckt, von der Klarheit der Produktion wie von der Direktheit der Sprache.

»Hinter mir, endlos weit, liegt eine Zeit / da glaubte ich, frei zu sein …«

Zur See fahren, um die Welt reisen, Papua-Neuguinea, nach Hamburg ziehen, in Wehl bleiben, frei sein. Petrolhafen, *Tallymen*, Gernot, Susesch, Claus. Weißhausen, Skrei. Mit einer gewissen Sentimentalität betrachtete Albert den sich drehenden Plattenteller.

Die Single »Don Diri Don« ließ er aus und entschied sich für »Die Barke Einsamkeit«.

»Doch der Himmel hat kalte Sterne / und das Messer schneidet das Rohr / und wird stumpfer …«

Wahnsinn, dachte Albert.

»Na, gefällt dir der alte Freddy?« Frau Baszak stand im Türrahmen.

»Allerdings, allerdings«, antwortete Albert. »Sag mal, hast du vielleicht einen Stift und einen Zettel?«

Frau Baszak nickte und ging zum Wohnzimmertisch. Wieder öffnete sie die Schublade.

»Hier ist ein Block, und hier ist ein Kugelschreiber!«

Sie drückte Albert beides in die Hand. Der Block hatte Seiten mit Millimeterpapier.

»Der ist noch aus der Lotsenausbildung vom Erwin«, erklärte sie.

Auf dem Kugelschreiber stand *Café Muck*. Albert bedankte sich.

»Muss er 'nen Brief schreiben?«

»So ähnlich!«, rief Albert und verzog sich wieder zum Herrn im Frack. Den Rest des Tages schrammelte er auf der Gitarre herum, möglichst leise, und sang dazu im Flüsterton. Immer wieder machte er sich Notizen, die auf dem Millimeterpapier wie Moos wucherten. Ein Durcheinander von halben und ganzen Sätzen, Zitate von Freddy Quinn neben Wortverdrehungen, daneben Akkordfolgen und Melodiebögen, die Albert mit einem schlichten Zahlensystem zu notieren versuchte. Hoffentlich kann ich dieses Chaos selbst wieder entziffern, dachte er. Aber zu sorgfältigeren Notizen blieb ihm keine Zeit. Er warf einfach zu Papier, was ihm gerade im Kopf herumdonnerte.

Gegen Abend legte er die Gitarre zurück in den Koffer und ging ins Wohnzimmer. Frau Baszak hörte »Unter fremden Sternen (fährt ein weißes Schiff nach Hongkong)« und löste ein Kreuzworträtsel.

Sie sah ihn freundlich an. »Na, hat er sein' Brief direkt vertont?«

»Oh, war ich zu laut?«, fragte Albert erschrocken.

Sie winkte ab. »Ach wo, ich hör ja nicht mehr wie früher. Aber das Geklopfe mit dem Fuß, das bekomm ich noch mit!«

Albert sah, dass ein Fotoalbum aufgeschlagen auf dem Wohnzimmertisch lag.

»Ich schau mir manchmal gern die Bilder von früher an«, erklärte sie, »kannst gern auch mal schauen. Setz dich man hin!«

Albert nahm neben ihr Platz.

»Hier ist der Erwin mit ein paar von seinen Matrosen! Das

waren Bagaluten, sag ich dir. Aber wie der Kersten älter wurde, hat der Erwin gesagt: Gertrud, ist besser, wenn ich sesshaft werde. Da hat er dann die Lotsenausbildung gemacht und nur noch auf'n Fluss gearbeitet. Und hier ist der Kersten bei der Einschulung! Da warn die beiden Männer stolz wie Oskar. Sieht man ja auch. Die Mütze hatte der Erwin dem Lütten aus Weißnichwo mitgebracht.«

Albert erkannte manche Orte auf St. Pauli wieder. Erwin und Kersten strahlten deutlich eine Energie aus, die wirkte, als könnte sie jeden Moment kippen. Immer auf Zinne, dachte er. Dennoch waren die beiden Albert sehr sympathisch. Er hätte sie gerne kennengelernt.

Frau Baszak blätterte eine Seite um.

»Und hier ist das Café Muck. Einmal von draußen und einmal von drinnen! Da war ich lange Jahre Servierdame, und rate mal, wer da gern mal reingeschaut hat?«

Albert tat, als müsste er angestrengt nachdenken, und machte große Augen. »Doch nicht etwa der Herr Quinn?«

Frau Baszak lachte auf, nickte und schlug mit großer Geste die nächste Seite auf. Freddy Quinn blickte einnehmend von einer Autogrammkarte.

»Für die gute Trudi – morgen beginnt die Welt!« hatte Freddy schwungvoll über seine Signatur geschrieben.

Frau Baszak zeigte auf ein Foto auf der gegenüberliegenden Seite.

»Und das ist der Kersten ganz kurz vor dem Unfall ...«

Sie legte eine Hand auf den Mund wie jemand, der einen wichtigen Termin vergessen hatte. Albert hätte die alte Dame gerne in den Arm genommen, traute sich aber nicht.

Frau Baszak klappte knallend das Fotoalbum zu.

»Nun reicht es aber mal mit der ollen Zeit. Komm, wir machen uns ein Butterbrot.«

In Alberts Kopf sang Freddy: »Komm, wir machen uns ein Butterbrot / denk nicht an das, was war …«

Dazu spielte das Orchester Werner Scharfenberger.

Den nächsten Vormittag verbrachte Albert damit, seine Notizen in eine sinnvolle Abfolge zu bringen und seine Handschrift zu verfluchen. Gegen zwei Uhr stellte er fest, dass es ihm in einer sagenhaften Anstrengung gelungen war, acht Lieder zu verfassen. Oder zumindest Embryonalversionen von etwas, das man zu Liedern machen könnte. Er starrte die acht Blätter auf dem Fußboden an. Das durfte nicht verloren gehen. Er brauchte dringend Sicherheitskopien!

Mit seinen Notizen in der Hand ging er ins Wohnzimmer, wo Freddy »Verliebt ins Risiko« sang.

»Ich muss mal kurz raus, Frau Baszak! Brauchst du noch was vom Supermarkt oder von der Drogerie?«

Sie bemerkte offenbar seine Unruhe und winkte ab. Albert warf sich die Jacke über und verschwand im Treppenhaus.

Er stand noch keine zwei Sekunden etwas unschlüssig auf der Straße, als Hardys tiefe Stimme ihm von der Seite ins Ohr dröhnte: »Na sieh an, der Neue! Ich dachte schon, dich hätten sie abgeholt!«

Hardy rieb sich wie stets die baumdicken Unterarme und kam langsam näher. Offensichtlich war ihm nach einer Plauderei. »Oder hamse nur deine Sprache abgeholt? Du bis' doch sonst nicht so 'n Schweigekater!«

Einerseits fühlte Albert sich geschmeichelt, dass der viereckige Halbweltler ihn als Gesprächspartner ausgesucht hatte. Andererseits war er in Sorge, dass Claus oder Toni nach Hause kommen könnten. Der Peinlichkeit einer solchen Begegnung fühlte er sich nicht gewachsen.

»Nee, alles in Ordnung, Hardy! Ich war nur 'ne Weile krank …«

Hardy nickte anerkennend. »Ah, kleine Sommergrippe, was?

Meine Perle lag auch fünf Tage flach. Da gibt's dann Hardys Hühnerbrühe. Und du weißt ja, was das Wichtigste ist, oder?«

Albert ahnte, dass er sich nicht ohne Weiteres aus dem Staub würde machen können.

»Ein Bund Suppengrün?«

Hardy lachte bellend und winkte ab.

»Ohne Suppengrün ist eine Suppe ja sowieso keine Suppe, Mann!« Der Tätowierer schnipste mit den Fingern. »Kalt aufsetzen. Du musst den Vogel in kaltem Wasser aufsetzen. Das ist das Geheimnis.«

Er blickte Albert triumphierend an. Der sah sich unruhig um, was Hardy bemerkte. »Wird er gesucht, oder was? Gibt nix, was man nicht klären könnte!« Wieder das heisere Lachen. »Ihr jungen Leute seid alle ganz schön nervös. Aber das machen die Zeiten. Ihr habt ja für nix mehr Ruhe. Liegt am Fernsehen. Und das wird alles immer schlimmer!«

Albert fügte sich in sein Schicksal. Er wollte Hardy auf keinen Fall verärgern.

»Ja, da hast du grundsätzlich wahrscheinlich recht ...«

»Grundsätzlich wahrscheinlich? Aber auf jeden Fall, ich sach dir das! Das ganze Gequassel, und das rund um die Uhr, und dann noch diese Trottelmusik ununterbrochen!«

Er zeigte mit dem Daumen hinter sich. »Der Alex vom Gitarrenladen, hast du dem seine Kapelle mal gehört? *Hand-made!* Da merkst du noch die Arbeit, die da drinne steckt!«

Albert war für eine Zehntelsekunde versucht, Hardy seine Texte in die Hand zu drücken. Hier, Hardy, *das* ist Handarbeit!

Glücklicherweise behielt die Vernunft die Oberhand, und er brummte nur knapp: »Ist ja auch ein Spitzentyp, der Alex!«

Hardy war sehr einverstanden. »Allerdings, Junge! Allerdings. Rauchst du eigentlich?«

Albert zuckte zusammen. Ob er sich das erlauben konnte, eine Zigarette von Tattoo-Hardy abzulehnen? Oder bedeutete das gebrochene Finger?

Hardy fummelte eine Reval aus der Packung. Da Albert seine Hand nicht ausstreckte, ließ Hardy die Schachtel wieder in der Hemdtasche verschwinden und zündete sich kommentarlos eine an. Glück gehabt, dachte Albert und trippelte mit den Füßen.

Hardy hob die linke Augenbraue hoch. »Zittriges Hemd heute, hm? Aber dagegen kann Hardy ja was machen.«

Er verschwand für drei Sekunden in seinem Laden und kehrte mit zwei Flaschen Astra zurück, die er, während er sie in der linken Pranke hielt, mit einem Feuerzeug öffnete. Beeindruckend, dachte Albert, und: Am Bier komme ich nicht so leicht vorbei wie an der Zigarette.

Hardy reichte ihm mit wohlwollendem Nicken eine Knolle.

»Prost, Junge! Albrecht war das, nech?«

»Albert!«, sagte Albert und trank einen Schluck. Nach der Entgiftungskur bei Frau Baszak musste er sich an den Geschmack erst mal wieder gewöhnen.

Hardy trank und rauchte und kniff ein Auge zu. »Albert gefällt mir auch. Wie läuft's denn bei euch da oben, ist verdächtig ruhig in letzter Zeit. Plant wohl was!«

Albert wackelte mit dem Kopf. »Das kann ich grad auch nicht sagen, Hardy …«

Hardy schnippte die Zigarette in eine Pfütze und sagte: »Dann fragen wir doch den Langen! Ey, Hoff! Was plant ihr denn da oben?«

Tatsächlich stand plötzlich Toni vor der Haustür. Sein Blick verriet weniger Feindseligkeit, als Albert erwartet hätte.

»Pläne, Pläne, Hardy! Die Zeit der Pläne ist vorbei, jetzt zählen Taten!«

Dabei plusterte er sich dramatisch auf, Hardys lautes Lachen ging in einen gefährlich klingenden Husten über. Während er sich beruhigte, begegnete Albert Tonis fragendem Blick und versuchte, ihm zuvorzukommen. »Toni, ich komm hier grad ganz zufällig vorbei …«

Toni hob die linke Hand. »Easy, Bremer. Ich wollte eh noch mal mit dir reden. Wolltest du direkt weiter? Kannst ja kurz mit hochkommen, oder?«

Hardy legte eine seiner Tatzen auf Alberts Schulter. »Dann macht ihr ma' eure Pläne. Ich hab jetzt 'nen Kunden. Kommt doch auf 'n Pils vorbei, dann guck ich mir eure Pläne mal an!«

Er hob den Daumen und begab sich in sein Studio.

Albert wedelte ungeschickt mit der Zettelwirtschaft. »Ich wollte hinten zum Copyshop …«

Toni runzelte die Stirn. »Ist doch jetzt nicht so eilig, oder? Was is'n das überhaupt? Zeig mal!«

Bevor Albert etwas sagen konnte, hatte Toni ihm drei der Zettel aus den Händen gedreht.

»Was ist denn das für eine Klaue, Alter? Hast du Parkinson? *Ich finde nie ein Ende …* Schreibst du jetzt auch Texte?«

Albert spürte, wie er rot wurde.

»*Diese Zeichen sind nicht meine Zeichen …* Ein Lyriker, der Herr Bremer! Wirklich nicht übel. Jetzt komm mal mit hoch, Mann!«

Resigniert folgte Albert Toni ins Treppenhaus.

»Wie geht es denn Dido?«, fragte er leise.

»Alles bestens, ist 'ne Kämpfernatur!«, sagte Toni, der immer noch die drei Zettel in den Händen hielt. »Was heißt das? *Ich habe mich verschoben und stehe nicht mal neben mir …* Kryptisch, kryptisch!«

Kämpfernatur, dachte Albert. Und deswegen hast du so einen Aufstand gemacht?

Oben schaute Albert sich in seinem Zimmer um. Es erschien ihm merkwürdig fremd.

Die Sonne schien durch die ungeputzten Fensterscheiben. Vielleicht sollte ich mir ein paar Buddelschiffe zulegen, dachte er, verwarf diese Idee aber sogleich wieder. »Ich bin gleich wieder da«, rief er in die Küche hinein. »Ist gut, ist gut, Albrecht«, murmelte Toni zurück. Er war noch immer in Alberts Notizen vertieft. »Echt geiles Zeug, geiles Zeug!«, rief er, bevor Albert die Tür schloss.

* * *

»Na, habt ihr euch wieder vertragen? Dann bin ich wohl wieder allein. Ist auch besser so, wenn ihr Jungen unter euch seid.« Albert hörte sich mit Frau Baszak noch einmal ein paar Songs von Freddy an. »Morgen beginnt die Welt«, »Wieder auf der Reise« und »Ein Mann kehrt heim«. Dann packte er seine Sachen zusammen. »Frau Baszak, danke! Klingle bitte, wenn ich was hochtragen soll oder wenn sonst irgendwas ist. Ich komm dann bald wieder vorbei.«

Er stand mit seinem wahrscheinlich bizarr aussehenden Bettlaken-Bündel vor ihr und wollte gerade zur Tür hinausgehen, als sie ihn am Arm festhielt. »Hast du nicht was vergessen, min Jong?« Albert schaute sie fragend an. »Deine Guitarre!«

Er wehrte ab, aber Gertrud Baszak war nicht davon abzubringen. Sie ballte die Faust, als er ihr Geld anbot. »So 'n Quatsch! Und sowieso: Wat soll die hier vergammeln? Das letzte Hemd hat keine Taschen. Und tschüss, min Jong!«

Als er die WG wieder betrat, saß Toni nicht mehr alleine am Küchentisch, sondern war von Claus, Juliet, Gernot und Susesch umringt. »Ah, da kommt ja unser Beat-Poet!«, wurde er von Toni begrüßt. »Passenderweise mit Gitarrenkoffer!«

»Da bist du ja!«, rief Claus, der sehr erleichtert wirkte. »Wo warst du denn? Susi hat sogar bei Diana angerufen!«

Susi nickte. »Ja, aber die sagte nur, ich soll mich doch mal im Karoviertel umschauen.«

Albert erschrak. »Scheiße, wirkte sie sauer?«

»Nö, eigentlich nicht«, antwortete Susesch grinsend. »Ich glaube, du solltest dich mal bei ihr melden.«

Allerdings, dachte Albert.

»Aber wo warst du denn? In Barmbek? Wir wollten doch eigentlich vorgestern proben!«, sagte Claus, und Albert verstand erst jetzt, dass Claus sich wohl wirklich um ihn gesorgt hatte.

»Ach, ich brauchte einfach mal 'ne Auszeit. Aber nicht in der Barmbeker Wohnung, da wohnt jetzt Marco Weber, habe ich euch das eigentlich erzählt?«

Toni lachte entsetzt auf. »Albrecht, bist du vollkommen geistesgestört, diesen Bekloppten in deine Wohnung zu lassen? Um Gottes willen!«

Albert wurde ein wenig mulmig. Er war durchaus selbst schon auf die Idee gekommen, dass Marco Webers Einzug in die Barmbeker Wohnung nicht die beste Idee gewesen war. Immerhin hatte die Weber-Neuigkeit von der Frage abgelenkt, wo Albert die letzten Tage verbracht hatte.

»Ich zeig euch mal die Gitarre«, wechselte er das Thema und öffnete den Koffer. Alle bestaunten den *Herrn im Frack*. »Dachbodenfund? Oder aus einem neu entdeckten Geheimraum in Harrys Hafenbasar?«, fragte Gernot, der ganz aufgeregt wirkte. »Albert, das Ding ist eine verdammte Rarität! Ich gratuliere! Was hast du gelöhnt?«

»Nix«, sagte Albert, »ich …«

»Schluss mit der Kleinkrämerei! Vorspielen!«, unterbrach Toni herrisch und drückte Albert die Notizzettel in die Hand.

»Du solltest dich lieber mal bei Albert entschuldigen, Toni!«, merkte Claus an.

»Ach das. Ja, hab ich vielleicht ein bisschen überreagiert. Ist ja nicht schlimm! Los, spiel mal vor, Albrecht!«

Albert nahm die Gitarre zur Hand. Er hatte noch nie vor anderen gesungen, sowohl im Musikunterricht als auch beim üblichen Mitgrölen auf Konzerten hatte er eigentlich immer nur den Mund bewegt. Der leise Klang der Halbakustischen übertönte Alberts Stimme nicht. Obwohl das Stück in seinen Augen noch nicht fertig war, sagte Juliet nur anerkennend: »Wow!«

Alle klatschten. Albert entschied sich, ihnen noch zwei weitere Lieder vorzuspielen, die er nicht nur für Fragmente hielt. Als er fertig war, ergriff wieder zuerst Juliet das Wort: »Also, ich würde sagen, dass ihr noch heute in den Proberaum gehen solltet. Das ist ja wohl richtig, richtig toll.«

Toni pflichtete ihr bei. Albert schaute zu Claus und versuchte, in seinem Gesicht zu lesen. Doch der sagte nur: »Die Songs sind echt super. Mal sehen, wie die mit der Band klingen. Vielleicht eher was für ein Singer-Songwriter-Projekt …«

»Quatsch, nix Bardengeklampfe!«, unterbrach Susesch. »Das wird laut und richtig geil!«

Sie fuhren tatsächlich noch in den Proberaum. Einen Moment lang fühlte sich Albert unsicher und fehl am Platz, als er vor den anderen stand und die Akkorde von »Lotse ohne Funktion« beim Spielen mitsprach. Claus machte sich Notizen, Susesch schien das nicht nötig zu haben. Hoffentlich klingt das gemeinsam mit den anderen nach was, dachte Albert.

»Los geht's! Spiel doch erst mal die Strophe in Endlosschleife, dann überlegen wir uns was«, sagte Gernot. Albert griff in die Saiten. Gernot fand ziemlich schnell eine Schlagzeugfigur. Sie klang viel nervöser als der Beat, den Albert sich für das Lied im Kopf zurechtgelegt hatte. Nicht nur anders, sondern viel besser, dachte er nach einem kurzen Moment der Irritation. Susesch spielte dazu einen ausgedünnten, markanten Bass. Claus hatte zunächst Probleme, die richtigen Akkorde zu treffen. Sie machten einige Durchläufe. Nach jedem wurde es besser. Susesch grinste. »Das ist schon ziemlich gut. Claus, warum nicht mit Verzerrer und Single Notes? Eher in hoher Lage. Das wäre doch super. Dann könntest du auch bei mir in die Lücken reinspielen.« Nach ein paar Versuchen waren die beiden beieinander. Die Band machte sich dann an den Refrain, und schließlich kombinierten sie beides. Albert sang den Text dazu. Ein völlig unbekanntes Gefühl überwältigte ihn. Das ist es also, dachte er und versuchte, sich gegenüber Claus nicht anmerken zu lassen, wie wohl, wie befreit er sich plötzlich fühlte. Frei von Zweifel und Unsicherheit. Es war fast wie dieser kurze Moment, wenn man anfängt zu trinken, bevor man besoffen wird. Es war wie verknallt zu sein. Er dachte an Diana und legte noch etwas mehr Energie in seine Stimme. Auf Gernot und Susesch war der Funke längst übergesprungen. Claus schaute noch etwas angestrengt, kam aber mittlerweile gut mit. Im Nu hatten sie zwei weitere schnelle Stücke eingeübt. »Stumpfes Messer« und »Keine Chance«. Auch die alten Songs, die sie danach noch spielten, machten Albert Spaß. Weil es einfach Spaß machte, laut Musik zu machen, und weil es Spaß machte, diesen Krach mit Claus, Susesch und Gernot zu machen. Aber es war etwas anderes als mit seinen eigenen Songs. Es war etwas anderes, als die eigenen Texte zu singen. Er spürte, dass Susesch und Gernot die neuen Sachen, seine Sachen, viel besser fanden. Was Claus dachte, wusste Albert hingegen nicht so genau. Nach dem Block mit den alten Songs spielten sie dann ein weiteres Mal die drei neuen. Es war schließlich Gernot, der in der ihm eigenen Taktlosigkeit sagte:

»Das Zeug von Albert ist viel geiler als alles, was wir bisher gemacht haben.«

Susesch sagte nichts, Claus wirkte abwesend.

Gernot brach das Schweigen. »Egal, übermorgen machen wir weiter. Ich hab voll Bock! Nächstes Mal nehmen wir uns dieses geniale Liebeslied vor. Unsere erste Ballade.«

Zurück in der Talstraße, wirkte Claus lockerer.

Da der Kammerjäger das Haus bei seinem letzten Besuch vor einigen Tagen für *vorübergehend schabenfrei* erklärt hatte, traute sich nun auch die WG-Herrenmehrheit wieder, die Küche zu benutzen. Claus hatte vorgeschlagen, das Abendmahl selbst zuzubereiten.

»Napoli halb und halb, eine Hälfte passierte Tomaten und eine Hälfte Rotwein«, erläuterte er und kippte die Mischung schwungvoll über die Nudeln.

»Oh, ist ein bisschen flüssig geworden!«

Albert wusste Rat: »Ordentlich Parmesan drüber, das bindet ab.«

Sie leerten die Plastiktüte mit dem Reibekäse vollständig in ihre Teller.

»Schmeckt echt scheiße, aber wenigstens haben wir Spaghetti genommen«, lobte Albert.

»Ja, alles andere ist völlig indiskutabel!«

Claus deklinierte sich in Rage: »Farfalle, Penne, Linguine, fuck off!«

Als Liane die Küche betrat, um sich ein Brot zu schmieren, deutete Claus großzügig auf den Pott mit der roten Pampe. »Liane, ein brandneues Rezept! Willst du was abhaben?«

Sie setzte ein angewidertes Gesicht auf. »Ihr spinnt wohl! Nein danke.«

Nachdem Liane wieder in ihrem Zimmer verschwunden war,

nahm Albert seinen Mut zusammen. »Jetzt mal ehrlich, Claus, nervt es dich eigentlich, dass ich jetzt auch singe?«

»Ach was«, sagte Claus, »machen wir es halt wie Lennon und McCartney.«

Albert nickte. »Einleuchtend, Gernot ist Ringo Starr. Aber dann müsste Susesch ja Paul McCartney sein, als Bassist. Und dann bin ich George Harrison, und du bist Stuart Sutcliffe?«, rätselte Albert.

»Scheiß auf die Beatles«, entgegnete Claus, »völlig überbewertet. Genau wie« – er wurde wieder mit jedem Wort lauter – »Farfalle, Penne, Linguine, Liverpool, fuck off!«

Nachdem sie bei einigen Gläsern Rotwein darüber philosophiert hatten, was wohl aus den *Tallymen* geworden wäre, wenn John Lennon bei ihnen eingestiegen wäre, ging Claus zu Bett und Albert an seine Gitarre. Tatsächlich verspürte er plötzlich etwas wie Disziplin – in ihm war der Ehrgeiz erwacht, seine Lieder auszuarbeiten. Erstaunlich, dachte er.

10

Am nächsten Morgen fühlte sich Albert vollkommen ausgeschlafen und war sehr zufrieden mit der Entscheidung am Vorabend, die Rumflasche nicht angerührt zu haben. Eigentlich bedauerlich, dass Alkohol ein Nervengift ist, dachte er. Es war wirklich ein Versäumnis der Wissenschaft, dass es noch immer kein Heilmittel gegen den Kater gab. Oder Alkohol, der erst gar keinen Kater verursachte.

Im Liegen linste er durch einen Spalt seiner Bettlakengardine nach draußen, es regnete. Dann fiel sein Blick auf die Wollmausfamilien, die sich neben dem Gugelot eingefunden hatten. An der Wandleiste lagen jede Menge Kekskrümel. Albert hatte in seinem Zimmer noch nie Kekse gegessen. Hatte er in Hamburg *überhaupt* schon Kekse gegessen? Die Gebäckrückstände mussten noch aus Zarmuteks Zeiten stammen.

Seine Nachlässigkeit in Sachen Haushaltsführung ging ihm mit einem Mal auf die Nerven. Er betrachtete Herrn Bismarck, der wiederum ungerührt auf die gegenüberliegende Wand starrte.

»Sie sind recht staubig, Sie Hochstapler!«, flüsterte Albert und beschloss, an diesem Zustand etwas zu ändern. Da er wusste, dass Liane bereits längst das Haus verlassen haben musste, tappte er nur mit der Unterhose bekleidet in die Küche. Seltsam, dass ich ihr gegenüber so verklemmt bin, dachte er, schließlich rennt Toni andauernd halb nackt durch die Wohnung.

In der Küche suchte er nach einem Putzlappen. Zunächst fand er nur dunkelgraue bis schwarze Stoffobjekte, entdeckte dann aber unter der Spüle einen unbenutzten Staubwedel. Wahrscheinlich noch von den Vormietern, dachte Albert. Er riss die Plastikfolie auf und begab sich zurück in sein Zimmer.

»Herr Bismarck, darf ich Ihnen zu Leibe rücken?«

Herr Bismarck äußerte sich nicht, was Albert als Zustimmung wertete und woraufhin er die staubige Figur von der Mütze bis zu den Fußspitzen einer Generalreinigung unterzog. Dann stellte er den Schlumpf so hin, dass er von nun an aus dem Fenster schauen konnte.

Albert klopfte ihm auf die Schulter. »Ich weiß, es gibt nicht viel zu sehen, Herr Bismarck! Aber so haben Sie zumindest die Witterungsverhältnisse im Blick!«

Albert stieg in seine Hose und zog sich ein hellgrünes Shirt mit dem Aufdruck *JUGEND FREIZEIT GÜTERSLOH 1985* über, das er aus dem Schrank im Gästezimmer gezogen hatte. Der blaue Pullover, den er danach überstreifte, löste sich unter den Armen bereits auf. Vielleicht sollte ich mich doch mal aktiver um meine Kleidungsstücke kümmern, dachte er

Er schlich aus der Wohnung. Dietmar Bombien, der Vater des bedauernswerten Kindes, saß im ersten Stock vor der Bartsch-Wohnung auf der Treppe. Und zwar so verkrümmt, dass sein Kopf beinahe zwischen seinen Knöcheln hing. Vor seinen Füßen standen drei leere Bierdosen. Albert dachte an das Kind, das jetzt in der heruntergekommenen Wohnung lag.

Er begab sich zur Sparkassenfiliale an der Reeperbahn. Wie still die sogenannte Partymeile tagsüber war, erstaunte ihn immer wieder – eigentlich wirkte sie wie eine vierspurige Dorfstraße.

Als er vor dem Kontoauszugsdrucker stand, fummelte er seine Bankkarte aus der Hosentasche. Ein Portemonnaie wäre auch nicht das Schlechteste, dachte er. Der Automat war verdächtig schnell fertig, und Albert betrachtete den Auszug: Sein erstes (und letztes) Gehalt von der Deutschen Post war noch nicht eingetroffen. Der Kontostand betrug vierhundertzweiundsechzig Mark. Von einer Mietzahlung eines gewissen Marco Weber war nichts zu sehen. Albert überlegte. Toni bekam noch vierhundert Mark Miete für diesen Monat, also beschloss Albert, nur vierhundertzwanzig Mark abzuheben und weiterhin sparsam zu leben. Die Situation mit der Barmbeker Wohnung war ihm zu heikel.

Ratternd schob der Geldautomat die Scheine in seine Hand, und er knüllte sie in seine Hosentasche. Sein Vater hätte angesichts dieser Nachlässigkeit die Hände über dem Kopf zusammengeschlagen. Albert verließ die Bank und beschloss, einen kurzen Spaziergang an der Elbe zu machen. Ich bin das Klischee des Neu-Hamburgers, die Landratte mit Hang zum Fluss, dachte er und summte »Seemann, deine Heimat ist das Meer«. Vielleicht sollte er später mal bei Frau Baszak klingeln.

Er fühlte nach den Scheinen in seiner Tasche. Ob er sich einen der grauenhaften Plastikgeldbeutel mit goldenen Plastikperlen kaufen sollte, die für vier Mark in den Ramschläden angeboten wurden?

Das enge Verhältnis seines Vaters zu Geld war ihm ein Rätsel. Albert dachte an die Diskussionen, die seine Eltern – in seinem Beisein! – über die Höhe des Unterhalts geführt hatten.

»Als ich studiert habe, habe ich jedes Wochenende ein Lebensmittelpaket von meinen Eltern mitgenommen. Und zwei Tage in der Woche war Schichtdienst in der Fliesenfabrik!«

Albert hatte seiner Mutter angesehen, dass sie es gerne anders gehandhabt hätte, und er selbst wollte auf keinen Fall mit seinem Herrn Vater über unterschiedliche Auffassungen bezüglich finanzieller Fragen diskutieren.

Immerhin hatte Albert als nahezu erste Amtshandlung nach dem

Umzug ein Konto bei der Hamburger Sparkasse eröffnet. Erstaunlich, dass er in diesem Fall keinerlei Zeit verschwendet hatte. Ich bin eben doch jung und dynamisch, dachte er.

Gedankenverloren stolperte er die Davidstraße entlang und erschrak plötzlich. »Sieh an, der Leonard Cohen aus der Talstraße!«, tönte es ihm entgegen.

Vor dem Friseursalon stand Toni und grinste breit.

Albert war perplex. »Was machst *du* denn um diese Uhrzeit hier?!«

Toni deutete auf seinen neuen Haarschnitt. »Friseurbesuche grundsätzlich zu einstelliger Uhrzeit! Kaum Wartezeit, ist auch besser für die Haare! Außerdem: Das sagt ja der Richtige! Wo geht's hin? Lust auf'n Kaffee? Komm, Toni lädt ein!«

Ohne eine Antwort abzuwarten, setzte Toni sich in Bewegung. Albert folgte seinem Vermieter, der bester Laune war. »Und, läuft doch bei euch, oder? Habt ihr endlich mit dem Weichsel gesprochen? Ich sach dir, der ist der richtige Mann für 'nen Videoclip. Steht noch am Anfang, aber da kommt noch was. Ist gut, wenn ihr dann in seinem Portfolio seid!«

Portfolio, dachte Albert, aha. Toni lotste ihn in einen Eckladen, der aussah wie ein Café auf einem Campingplatz.

»Was willst du? Schwarz oder mit Milch? Oder Expresso? Die haben hier auch aufgeschäumte Milch!«

Er deutete vielsagend auf eine Düse, die aus der überdimensionalen Kaffeemaschine ragte.

»Für mich einmal Kaffee mit aufgeschäumter Milch!«, wies Toni den nervös wirkenden Verkäufer an.

»Für mich einfach 'nen schwarzen«, sagte Albert knapp und überlegte, wann Toni ihm den letzten Vortrag über die grundlegend fatalen Auswirkungen von Kaffee auf den menschlichen Organismus gehalten hatte.

Sie lehnten sich an einen der schmuddeligen Stehtische, und der hagere Kaffee-Koch im weißen Kittel stellte ihnen ein großes Glas und eine klobige Tasse hin.

»Kaffee im Glas, original italienisch!«, stellte Toni triumphierend fest.

Albert nahm einen kleinen Schluck des pechschwarzen Suds. Bitter wäre eine Untertreibung, dachte er, wollte aber Toni gegenüber nicht unhöflich wirken.

Der fuhr fort: »Ich kenn ja genug Leute beim Musikfernsehen, also so 'n paar. Das muss halt gut werden, das Video. Ein Hingucker! Am besten komme ich mal mit, wenn ihr euch mit dem Weichsel trefft. Ich hab ja auch manchmal ganz brauchbare Ideen.«

Toni lachte etwas lauter als angemessen.

»Aber wenn wir ein Musikvideo machen, müssen wir das Lied doch erst mal aufnehmen …«, wandte Albert ein.

»Klar. Aber das geht ja auch hinterher. Erst mal das *shooting* fertig, und dann könnt ihr ja schnell ins Studio, ein Lied einspielen, und dann schneidet der Weichsel das entsprechend zusammen. Das geht alles, das läuft schon!«

Das läuft ein bisschen schnell, dachte Albert, schwieg aber.

»Ich kenn ja auch ein paar Produzenten, da bekommen wir 'nen guten Deal in einem Top-Tonstudio!«

Wieso denn *wir*, dachte Albert.

»Aber mal was anderes«, sagte Toni und klopfte mit dem Zeigefinger auf den Tisch, »hast du schon dein Geld vom Weber bekommen?«

Albert hob die Schultern. »Bis jetzt noch nix, vielleicht ist er einfach noch nicht dazu gekommen …?«

Toni verschränkte die Hände hinter dem Kopf: »Gefährlich, Albert, gefährlich! Das ist der größte Hallodri von ganz Sankt Pauli! Ein Hans Guckindieluft! Ein Wunder, dass der noch alle

Finger an seinen Händen hat! Der hat überall Schulden! Unseriös!«

Interessant, dass Toni das Wort *unseriös* als negative Bewertung für andere verwendet, dachte Albert.

Toni prustete. »Weißt du eigentlich, wie der Weber hier aufgetaucht ist? Pass auf … Der stand eines Abends mit seiner Gitarre vorm Mops und hat Lieder von Klaus Lage und Heinz Rudolf Kunze gespielt. Verstehst du das, Albert Bremer? Von Heinz-Rudolf-Kun-ze! Alle so: Was ist denn *das* für ein Typ? Aber ich glaub, der wird noch mal berühmt. Der schreibt ja auch selbst Lieder, kennst du die? ›Im Ochsengang nach Wangerooge‹ und so einen Quatsch, aber eigentlich ganz lustig.« Toni kippte zwei Tütchen Zucker in sein Kaffeeglas. »Der hängt auch mit den unmöglichsten Leuten rum, so Spinner aus dem Rotlichtmilieu und hastenichgesehn.«

Albert wurde ein wenig unbehaglich. Die Idee, Marco Weber als Untermieter für die Wohnung von Jürgen und Monika einzusetzen, war offenbar wirklich nicht brillant gewesen. Zweifel dieser Art waren ihm ja schon gekommen, als er den Luftikus in Barmbek zurückgelassen hatte, aber bis jetzt hatte die Verdrängung tadellos funktioniert. Er holte vier Scheine aus seiner Hosentasche. »Ach, übrigens, Toni – ich hab hier ja endlich die Miete für diesen Monat.«

Toni rührte noch immer in seinem Kaffee. Für eine Sekunde schaute er Albert ratlos an. »Was? Ach so, ja. Angenehm! Danke, Bremer! Immer gern gesehen!«

Er faltete die Geldscheine der Länge nach in schmale Streifen und schob sie in seine Gesäßtasche.

Auch kein Portemonnaie, dachte Albert.

»Übrigens, Toni«, setzte er an, »die Sache mit Dido tut mir echt leid, das habe ich ja noch gar nicht richtig gesagt …«

Toni winkte gönnerhaft ab. »Halb so wild, halb so wild. Die braune Stelle ist fast schon wieder weg. War ja auch keine Absicht von dir, nehm ich mal an …«

Toni setzte ein betont misstrauisches Gesicht auf, dann mussten sie beide lachen. Albert hatte das bittere Gebräu besiegt und schob die Tasse in die Tischmitte.

»Toni, weißt du vielleicht von einem Job? Ich glaub, im Paketzentrum kann ich mich nicht mehr blicken lassen.«

Toni warf lachend den Kopf in den Nacken. »Ja, geniale Geschichte, Bremer! Hat Claus mir erzählt, musst du aufschreiben! Ja, also in der Ruhrstraße …«

Er brach abrupt ab und rührte weiter in seinem Glas, dann fuhr er fort: »… also, nein, ich weiß gerade nichts, aber ich hör mich mal um. Ist doch klar.«

Dann schien ihn ein Geistesblitz zu durchzucken. Er kniff die Augen zusammen: »Frag doch mal euren Perser, ob seine Mutter noch wen in der Boutique braucht!«

Er sagte *Butike.*

Albert deutete auf seine Kleidung. »In dem Aufzug?!«

Toni kratzte sich am Kinn und tat sehr nachdenklich. »Ja, haste natürlich recht. Na, da wird sich schon was finden für dich.«

Er nahm den ersten Schluck von seinem Milchkaffee. »Scheiße, der ist ja kalt!«

»Aber original italienisch!«, sagte Albert.

Toni ignorierte den Kommentar, warf ein paar Münzen auf den Tresen und verabschiedete sich mit dem Victory-Zeichen vom Verkäufer.

Mit den Worten »Ich muss los, zur, äh, ich hab jetzt 'nen Termin. Wir sehn uns!« verschwand Toni Richtung S-Bahn.

Albert hatte keine Lust mehr auf einen Elbspaziergang und begab sich wieder nach Hause. Die Wohnung war verlassen, und er suchte nach dem Telefon. Es lag am Fußende von Tonis Futon. Albert schlich wie ein hospitalistisches Tier im Käfig von einer Wand des Flurs zur anderen und zurück. Sein Herz klopfte laut bei der Vorstellung, Diana anzurufen, er legte sich eine Begrüßung zurecht, versuchte, einen ersten Satz zu formulieren, der sie nicht überrumpelte, aber auch nicht zu kleinlaut klang. Dann gab er auf, stellte das Telefon pflichtbewusst auf die Ladestation und setzte sich mit der Gitarre aufs Gugelot. Stift und Zettel lagen seit Neuestem immer griffbereit am Kopfende. Er spielte ein paar Akkorde und machte einige Notizen, zerknüllte die Zettel aber sofort kopfschüttelnd. Diana belagerte seine Gedanken. Er verzog das Gesicht, schrammelte auf der Gitarre herum und sang mit Kermit-Stimme: »Hätt ich dich doch nicht auf dem Fahrrad gesehen ...«

Albert legte den Herrn im Frack vorsichtig in den Koffer, klappte diesen zu und stellte ihn in die Ecke. Dann zog er das Bettlaken vor dem Fenster zur Seite. Das Grau hat sich nicht verändert, dachte er, und: So eine elende Scheiße. Dreimal wählte er im Wechsel die Nummer von Dianas Wohnung und die des Comicladens. Beim letzten Mal ließ er es so lange klingeln, bis das Besetztzeichen ertönte. Nachdem er etwa zehn Minuten unschlüssig am Küchentisch gesessen hatte, holte er den Staubsauger aus dem Gästezimmer und befreite sein Zimmer von Wollmäusen, Kekskrümeln und weiterem Unrat. In einem Anflug von Putzwahn begann er, auch den Flur zu saugen. Als Lianes Zimmertür sich öffnete, erschrak Albert beinahe zu Tode. In Lianes Blick lag Anerkennung. »Was machst du denn da?«

»Was machst du denn *hier*?!«, fragte Albert zurück und schaltete den Staubsauger aus.

»Ich hab doch am Dienstag Prüfung. Ich muss lernen.«

Albert erinnerte sich daran, dass sie diesen Umstand in einem Nebensatz erwähnt hatte, und stellte fest, dass sie seine ins Nichts führenden Kompositionsversuche gehört haben musste, ebenso wie sein blödsinniges Kermit-Geplärr.

»Tut mir leid, ich wollte dich nicht stören …«

Liane aber lächelte ihn an. »Keine Sorge, ich muss mal an die frische Luft. Kannst gern weitermachen. Bis später!«

Albert saugte tatsächlich noch die Küche und das Gästezimmer. Da Liane ihr Zimmer offen gelassen hatte, manövrierte Albert den Staubsauger auch in ihr Zimmer. Er hatte es noch nie zuvor betreten. Die Wände waren in Wischtechnik gestrichen (dottergelb), die Regale offenbar selbst konstruiert, das aber ausgesprochen fachgerecht. Albert trat den Staubsauger aus und blickte sich um. Ein gerahmter Edward mit den Scherenhänden grinste ihn an. Er musterte das perfekt in die Ecke über dem Schreibtisch eingelassene CD-Regal. *Fischer-Z*, *Violent Femmes*, *Pogues*, *Police*, Sinéad O'Connor. Nichts, was in den musikalischen Kanon der WG gepasst hätte, doch Lianes Musikgeschmack stand wohl nicht zur Debatte. Wahrscheinlich war es sogar Claus und Toni klar, dass man ihr mit solchen Distinktionsdiskussionen nicht kommen konnte. Sie behielt stets eine gewisse Autorität. Nachdem er den Staubsauger in der Kammer verstaut hatte, klemmte er sich den Gitarrenkoffer unter den Arm. Bevor die anderen im Proberaum auftauchten, wollte er noch einige Ideen in angemessener Lautstärke ausprobieren.

Die Tür zum Proberaum klemmte noch mehr als üblich. Oder es lag etwas dahinter und blockierte. Mit aller Kraft bekam Albert sie schlussendlich aufgedrückt und stellte fest, dass einer von Gernots Kartonstapeln umgekippt war. Die Rennräder waren verschwunden, aber ein Wald von Pappkartons mit dem Aufdruck LOBI-PACK VERSANDROLLEN / 50 PCS wucherte den ganzen Raum zu. Dieses Ausmaß war selbst für Gernot Radbruch bemerkenswert. Albert musste grinsen, auch weil er sich vorstellte, wie Claus beim Anblick dieses Warenlagers die Gesichtszüge entgleisen würden. Susesch hingegen nahm die Großhändlerambitionen des Schlagzeugers mit der ihm eigenen Gemütsruhe hin.

»Wenn wir dem irgendwas dazustellen, merkt er das doch gar nicht, sondern bringt es auch noch an den Mann«, hatte er neulich zu Albert gesagt, und sie hatten kurz mit dem Gedanken gespielt, zum Spaß eine auf der Straße stehende, verrostete Sackkarre mit vollkommen zerfetzten Reifen in den Proberaum zu schleppen.

Albert ließ den Verstärker vorglühen und öffnete seine Dose LIFT. Seit der Kur bei Frau Baszak hatte er außer der nicht abzulehnenden Knolle von Hardy kein Bier mehr angerührt. Auch seltsam, dachte er, stöpselte die Gitarre ein und setzte sich aufs Sofa. Sein Notizblock lag neben ihm, und er bemühte sich, seine Hieroglyphen (»Zeigefinger siebter Bund«) so zu gestalten, dass er sie später würde entziffern können. Eine Weile übte er seine neuen Gitarrenlinien, dann holte er sich am Kiosk eine Vanillemilch, die grauenhaft schmeckte. Als er zurück in den Proberaum kam, fuhrwerkte Gernot hinter seinem Schlagzeug herum. Er hatte eine Trittleiter mitgebracht und stapelte die Kartons bis unter die Decke.

»Ah, der Impresario! Ich schaff mal ein bisschen Platz, gestern haben wir die Ware hier nur schnell reingeschmissen!«

Die Ware, dachte Albert. Immerhin endlich ein Hinweis von Gernot selbst, dass er den ganzen Mist tatsächlich immer auf irgendeine Art und Weise verkaufte. Dann half er ihm, den Kartonwald in ordentliche Stapel zu verwandeln.

»Das sind Versandrollen bis DIN A3«, erklärte Gernot, »davon dürfen wir einen Karton behalten. Dann können wir demnächst Poster an Veranstalter schicken!«

Albert nickte zustimmend.

Kurz nachdem der Proberaum zumindest wieder Platz für eine vierköpfige Band samt Instrumenten bot, trafen Claus und Susesch ein. Während geraucht und verkabelt wurde, berichtete Gernot von einem Telefonat, das er am Vorabend mit Benno Weichsel geführt hatte: »Unser Wim Wenders will definitiv ein Video drehen. Er hat auch schon irgendwelche *boards* mit diversen Ideen für den *clip*.«

Die Fachvokabeln betonte er, indem er mit vier Fingern Anführungszeichen in die Luft malte.

Susesch hatte sich aus einem geöffneten Karton eine Paketrolle gefischt und die beiden Plastikdeckel von den Enden gezogen. Nun sprach er durch die Pappe wie durch ein Megafon: »So denn, meine Herren, dann sollten wir uns rasant überlegen, welchen Titel wir cineastisch unterlegen wollen!«

Gernot nahm auf seinem Schlagzeugschemel Platz.

»Na, ich würde doch sagen, das, was wir bei der letzten Probe ganz am Ende gespielt haben. Wie war das noch? ›Keine Chance‹. Das ist doch super!«

»Ja, das nehmen wir!«, stimmte Susesch zu.

Albert beobachtete Claus unauffällig. Der nestelte an seinem Kabel und tat unbeteiligt.

Susesch röhrte ihn direkt durchs Papprollenmegafon an: »Claus Dellmann, sind Sie einverstanden?«

Claus zuckte mit den Schultern. »Eigentlich wollten wir doch ›Der Fehler bin ich‹ nehmen …«

Gernot winkte ab. »Ja, das können wir doch als zweites Video machen. Aber da sollten wir eh noch mal dran arbeiten. Dann lass uns doch jetzt mal die neuen Kracher spielen!«

Es war wohl beschlossene Sache, und obwohl Gernot das Wort »Kracher« wieder mit der Anführungszeichengeste untermalt hatte, beschlich Albert der Eindruck, dass die Lennon-McCartney-Geschichte doch kompliziert werden könnte.

»Wenn wir ein Video machen, brauchen wir doch auch so einen riesigen Lappen, den man sich in den Hintergrund hängt!«, sagte

Gernot, nachdem sie die neuen Lieder gespielt hatten. »Wisst ihr? Wo der Bandname draufsteht! Wie bei den Metal-Bands hinten an der Bühne!«

»Dafür bräuchten wir zunächst mal einen Namen«, gab Claus zu bedenken.

»Da werden wir uns schon einig«, meinte Albert.

Nach der Probe schlug Gernot vor, Rhododendron Records einen Besuch abzustatten. Obwohl er keinerlei Budget für Vinyl hatte, willigte Albert sofort ein. Ein Plattenladenbesuch war auch ohne erklärte Kaufabsicht stets willkommen, und auch Claus stimmte zu, blieb aber die ganze Fahrt über wortkarg.

Als sie den in gemütlichem Chaos versinkenden Laden betraten, lief dort laute und äußerst ungemütliche Musik mit schrillen Gitarren und übellaunigem Gesang.

»Leydvoll am Tresen, das hört man schon von draußen!«, rief Gernot und klopfte auf den Ladentisch.

Der Vinylfachmann lehnte sich in seinem Drehstuhl zurück und betrachtete die drei Kunden freundlich.

»Ah, die Herren Musikanten. Direkt von der Klangprobe?«

»Selbstverständlich«, antwortete Gernot.

»Der Weichsel war gestern hier. Ich höre, ihr steigt direkt ins Musikfernsehen ein?«, fragte Clemens.

Gernot blätterte in den Neuerscheinungen. »Abwarten, abwarten! Aber da wir ja jetzt die Hitmaschine an Bord haben ...«

Albert, der an der Single-Kiste stand, blickte mit Unbehagen erst zu Gernot, der breit grinste, und dann zu Claus, der tat, als hätte er nichts gehört. Glücklicherweise deutete Gernot im selben Moment auf einen der Lautsprecher und fragte: »Was ist denn das wieder für ein leydvoller Lärm? Klingt ja fantastisch!«

Gernot und Clemens verloren sich in Fachsimpeleien, und Claus verabschiedete sich sehr knapp: »Ich geh mal zu Juliet. Bis übermorgen, zwei Uhr wieder am Bunker!«

Er winkte in die Runde und verschwand. Unschlüssig sah Albert ihm hinterher und fragte sich, ob es nicht doch noch etwas zu klären gab.

Zwanzig Minuten später hatte Gernot einen ansehnlichen Stapel Schallplatten auf dem Tresen aufgetürmt. Albert hatte sich für eine Single entschieden und hielt sie Clemens Leydvoll entgegen. Der runzelte die Stirn: »*Soundgarden*? Ist das dein Ernst? Und ausgerechnet die Single! Auf dem Album sind ja wenigstens noch ein paar hörbare Lieder. Obwohl – eigentlich nicht.« Leydvoll hob die Hände. »Ich meine, du kannst dir ja kaufen, was du möchtest! Aber ich möchte mir nicht nachsagen lassen, dass ich nicht zumindest versucht hätte, dich vor Unglück zu bewahren!«

Albert schüttelte grinsend den Kopf. »Du hast ja recht. Ich hab nur gerade nicht viel Geld. Aber wer verlässt schon einen Plattenladen ohne eine Platte?«

Leydvoll deutete auf Gernots Plattenberg. »Euer Schlagwerker hat dich deiner Verpflichtung enthoben!«

Erleichtert stellte Albert die Single zurück. Das Geld würde wirklich knapp werden, wenn Marco Webers Miete nicht bald kam.

»Ich kann dich noch eben nach Hause fahren, ich muss eh was auf St. Pauli abholen!«, bot Gernot an, als sie gegangen waren.

»Dreitausend Lineale?«, fragte Albert.

»Fast«, sagte Gernot, »aber nur fast!«

Auf dem Weg zur Talstraße blätterte Albert Gernots Neuerwerbungen durch. Er hatte von keiner einzigen Band jemals etwas gehört.

»Viel Jazzcore und so«, erklärte Gernot. »Übrigens, ich hab richtig Bock aufs Video! Eigentlich halte ich das ja für Käse, aber mit dem neuen Lied wird das sicher todschick.«

Albert nickte. Am Penny an der Ecke zur Talstraße stieg er aus Gernots Blechhaufen. Um sich etwas von seinem gesparten Geld zu gönnen, kaufte er einen Liter Milch und eine Packung Kakaopulver. Es war das erste Mal, dass er bei Penny eine andere Flüssigkeit als Bier erwarb.

Als er die Küche betrat, saß Toni am Tisch und machte sich Notizen.

»Hallo, Toni!«

Toni blickte auf die Milchtüte. »Dir ist schon klar, dass Milch Gicht verursacht? Außerdem sammeln sich da wahnsinnig viele Umweltgifte drin!«

Albert dachte an die aufgeschäumte Milch im original italienischen Kaffee und sagte lieber nichts. Er goss sich ein Glas Milch ein und rührte zwei Teelöffel Kakaopulver hinein.

Toni hob seine Bierdose. »Seit Neuestem Temperenzler, was? Prost! Auf die Dauerrotation bei Emm-Te-Vau!«

Er stieß mit Albert an, dem die allgemeine Begeisterung längst unangenehm war.

Liane erschien und lehnte sich in den Rahmen der Küchentür. »Hallo, ihr zwei. Sagt mal, wer von euch Pennern hat eigentlich meine Waage aus dem Badezimmer geklaut?«

Albert war ratlos.

Toni betrachtete die Bierdose. »Die was? Ach, die Waage! Um Himmels willen, ja! Liane, ich bin untröstlich. Ich bin doch auf dem Weg zum Idealgewicht ...« Er sprang auf und hastete in sein Zimmer.

Liane sah ihm amüsiert hinterher. »Ein völliger Spinner. Einfach nur ein Spinner.«

Toni hielt ihr die Waage hin wie einen Verlobungsring. »Verzeih mir, Liane, verzeih!«, sprach er in überzogener Dramatik.

Liane blickte ihn kopfschüttelnd an. »Lass sie doch in Zukunft einfach im Bad stehen, okay?«

Dann verzog sie sich wieder in ihr Zimmer.

Toni wedelte mit der Hand, als hätte er sich verbrannt.

»Oha, heikel, heikel! Hab ich glatt vergessen heute Morgen!« Er beugte sich zu Albert und flüsterte: »Man darf Frauen nie etwas klauen! Man darf sie auch nicht unterschätzen! Dann ist man dran! Das endet ü-bel!« Er setzte sich wieder an den Tisch. »Bremer, was guckst du denn so? Wann trefft ihr euch mal mit Benno?«

»Keine Ahnung, darüber haben wir gar nicht geredet. Die anderen hätten gern dieses ›Keine Chance‹-Lied fürs Video. Und Gernot meint, wir müssten was mit dem Bandnamen hinter uns aufhängen …«

Toni verschränkte die Arme und lehnte sich professionell zurück. »Ah, klar! Ja, ein *backwork* wäre dann natürlich nicht schlecht. Also, wenn ihr eine *performance* im Video haben wollt.«

Albert rührte mit dem Löffel in den letzten Kakaopulverresten im Glas. »Wie ist denn das, wenn man sich bei einem Video verspielt? Muss man dann alles von vorne anfangen?«

Toni nahm einen Schluck Bier und lachte. »Bei einer *performance* braucht ihr vorher tatsächlich eine Aufnahme. Damit ihr wisst, wo ihr grad seid. Und dann tut ihr natürlich nur so, als würdet ihr spielen. Aber da reicht ja eine ganz billige Proberaumaufnahme, das ist ja nur für euch, zur Orientierung!«

»Ich verstehe«, sagte Albert.

»Klar verstehst du«, sagte Toni. »Ich muss jetzt mal telefonieren! Sag Bescheid, wenn ihr den Weichsel trefft, du weißt ja …«

»Sicher, Toni!«, sagte Albert.

»Und übrigens, der Vater von Heinz Bading hat eine Textilfirma. Da könnte man ja mal wegen dem *backwork* fragen! Wirklich komisch, dass der Heinz keinen anständigen Beruf hat …«

Toni verschwand in seinem Zimmer, und Albert beschloss, noch eine Runde zu drehen.

Es war bereits dunkel und kaum etwas los, nur vereinzelte Zechprofis eilten in ihre Stammkneipen. Albert überquerte die Reeperbahn und schlenderte durch die Silbersackstraße. Einsame Spaziergänge haben bei aller Lächerlichkeit etwas Erhabenes, dachte er.

Vor einer Telefonzelle blieb er stehen. Drei Groschen hatte er in seiner Hosentasche, er warf sie in den Münzschlitz und wählte Dianas Nummer, obwohl er sicher war, dass sie auch jetzt nicht abheben würde. Er behielt recht und nahm die Münzen aus dem Geldrückgabeschacht. Den Anruf im Comicladen sparte er sich. Er beschloss, nach Hause zu gehen.

Vor einem der Ramschläden blieb er stehen und betrachtete die in einem klapprigen Ständer aufgereihten Ansichtskarten. Neben so originellen Motiven wie einer pechschwarzen Karte mit dem Aufdruck REEPERBAHN BY NIGHT gab es auch allerlei unspektakuläre Fotografien von Hamburg. Albert entschied sich für eine Ansicht des Fischmarkts. Er betrat den Laden und wartete, bis die blecherne Türklingel den Inhaber an den Tresen gelockt hatte. Dieser betrachtete die abgegriffene und ausgebleichte Karte und gab lediglich ein knappes, aber freundliches »Nimm so mit!« von sich.

Zu Hause legte Albert sich sofort ins Bett, adressierte die Karte an Skrei und schrieb seine neue Adresse und Telefonnummer darauf, dazu die Worte: »Es tut sich einiges. Sie sollten sich bald einmal auf den Weg in den Norden machen.«

Nichts weiter – wo hätte er auch anfangen sollen?

Gegen Mittag stand Albert vor dem Badezimmerspiegel und schnippelte mit einer Papierschere in seiner Frisur herum. Dass ihm in letzter Zeit ständig Strähnen in die Augen gefallen waren, war ihm sagenhaft auf die Nerven gefallen, und so hatte er kurzerhand beschlossen, alles zu entfernen, was er für entfernenswert hielt.

»Sieht top aus!«, sagte der aus seinem Zimmer tretende Toni. Er trug eine pinke Baseball-Kappe. Wo nahm dieser Mann eigentlich ständig seine neuen Kopfbedeckungen her?

»Jedenfalls besser als früher!«, sagte Albert und dachte an die furchterregende Matte, die er bis zu seinem siebzehnten Geburtstag getragen hatte.

»Wieso, was hattest du denn früher für eine Frisur?«

»Minipli!«, antwortete Albert.

»Penner!«, lachte Toni. »Wo ist Claus eigentlich die ganze Zeit? Oder ist der ausgezogen?«

Albert verdrehte seine Augen und seinen Hals, um festzustellen, ob die Haare in seinem Nacken einigermaßen symmetrisch wirkten. »Ich nehme an, bei Juliet.«

»Ach so, ja. Junge Liebe und so weiter. Ich bin auch mal weg. Bis heute Abend dann!«

»Mach's gut, Toni!«

Kaum hatte Toni die Wohnung verlassen, als das Telefon klingelte. Albert fand es unter Plastiktüten auf dem Küchentisch.

»Hier ist Albert, hallo?«

»Ja, Benno hier, Benno Weichsel! Ich dachte, wir treffen uns mal wegen Video und so …«

»Hallo, Benno! Claus ist aber nicht da, und Gernot …«

»Ja, aber Gernot meinte, dass du jetzt die Lieder singst! Wir treffen uns um eins in der Eimsbüttler Grillstation. Komm doch auch vorbei, dann schnacken wir mal! Außerdem, du weißt ja, was Gernot immer sagt: beste Imbiss-Speisung!«

Albert überlegte kurz. Eigentlich sollte er mal wieder zur Uni gehen. Aber das könnte er ja morgen auch noch tun. »Ja, wieso nicht. Dann bis später!«

»Jo, bis später!«

Albert schaute auf die Armbanduhr. Halb elf, er hatte also noch ausreichend Zeit, zur Post zu gehen und danach zu Fuß Gernots

Lieblingspommesluke aufzusuchen. Was hatte Benno noch gesagt? Grillstation oder Grillstube?

Da er die Telefonnummer von Juliets Wohngemeinschaft nicht hatte, legte er Claus einen Zettel auf den Küchentisch. Seltsam, dass Claus offenbar gar nicht für das Treffen eingeplant war.

Albert verließ ohne Walkman das Haus. In letzter Zeit störten ihn die Knöpfe im Ohr, wenn er unterwegs war.

In der Postfiliale Hein-Hoyer-Straße besorgte er eine Briefmarke für Skreis Postkarte, die er mit zusammengeklaubten Kupferlingen bezahlte, was den Postbeamten offenbar nicht störte. Albert klebte die Marke auf und warf die Karte ein, dann machte er sich auf den Weg nach Eimsbüttel.

Um fünf vor eins befand er sich vor der Grillstation, die eindeutig das richtige Ziel war: Am Geldspielautomaten stand Gernot Radbruch, rauchte, trank Bier und forderte sein Glück heraus. Der Mann hatte wirklich vielfältige Interessen. Albert drückte die Tür auf und stellte sich wortlos neben den Trommler, der konzentriert die bunten Tasten drückte, ihn aber sofort bemerkte. »Serie, Albert, fast 'ne Serie! Ach, Dreckmüll!«

Gernot deutete einen Faustschlag auf den Automaten an und wandte sich Albert zu. »Sei gegrüßt! Pünktlich wie ein Dachdecker.«

»Wie ein Maurer!«, verbesserte Albert.

»Dachdecker sollten auch pünktlich sein!«, sagte Gernot und nahm einen Schluck Bier. »Auch, wenn sie die letzten am Haus sind. Oder gerade deswegen. Auch 'n Pils?«

Albert brauchte nicht zu überlegen. »Nee, heute nicht. Danke.«

Gernot legte den Kopf schief. »Du hast schon auf der letzten Probe nur Fanta getrunken! Bist du jetzt *straight edge*, oder was? Zeig mal deine Hand!«

Albert verschränkte die Hände auf dem Rücken. »Nee, ich bin jetzt Mormone!«

»Ach, na dann ist ja gut. Und der Hut?«

»Kommt noch.«

Benno Weichsel betrat die Szenerie mit einem Schnellhefter unterm Arm. Sie begrüßten sich, dann schlug Gernot vor: »Laß ma' an den Fenstertisch setzen!« Er rief zum Tresen: »Drei Currywurst mit Pommes rot-weiß und zwei Pils, Lotti! Was der Asket hier trinkt, weiß ich nicht!«

»Ich nehm 'nen Kakao!«, rief Albert.

Lotti zeigte mit dem Daumen nach oben, ohne von ihrem Kreuzworträtsel aufzublicken. Dann legte sie den Kugelschreiber beiseite und warf eine Schaufel Pommes in die Fritteuse.

»Super, dass das geklappt hat!«, sagte Benno. »Aber was ist denn mit Susesch und Claus?«

»Susi macht mit Mutter Karimi Bluseninventur in der Boutique, aber er meinte, er verlässt sich ganz auf uns. Und Claus geht ja grundsätzlich nicht mehr ans Telefon«, erklärte Gernot.

Benno legte den Schnellhefter auf die fettige Tischplatte. »Ich hab schon mal ein paar Skizzen gemacht. Ich finde, wir brauchen auf jeden Fall *performance*, aber auch *acting*. Richtig cool wäre ja wohl, wenn wir Polizisten hätten, die euch daran hindern, dass ihr spielt. Aber ihr spielt natürlich weiter!«

Benno machte eine kurze Pause. Albert und Gernot nickten.

»Gut«, fuhr Benno fort, »was haltet ihr vom Alten Elbtunnel als *location*?«

Lotti brachte zwei Biere. »Kakao kannste dir ja aus'm Kühlschrank nehmen, junger Mann!«, sagte sie nicht unfreundlich zu Albert.

»Danke, Lotti!«, sagte Gernot. »Alter Elbtunnel – da brauchste aber auf jeden Fall ne Drehgenehmigung vom Bezirksamt! Keine Ahnung, wie lange das dauert!«

Benno legte eine Hand um sein Kinn. »Oh, wirklich? Das ist mir gerade zu riskant, ich hab da noch 'ne kleine Rechnung offen beim Finanzamt ... Offiziell bin ich ja seit dem letzten Film privatinsolvent. Wenn die beim Amt mitbekommen, dass ich wieder als Regisseur arbeite, gibt das nur Ärger!«

Gernot goss sich einen tiefen Schluck in den Hals. »Meinst du, die geben das weiter? Nee, ey! Das sind doch alles Schwachmaten!«

Albert fragte sich, wie lange der Schlagwerker schon in der Grillstation stand und wie viele Biere er am Spielautomaten geleert hatte. Radbruchs Zunge wies in jedem Falle ein gewisses Übergewicht auf.

»Kann sein, kann nicht sein«, stellte Benno fest, »aber darauf kann ich es nicht ankommen lassen.«

Gernot sah zur Tür hinaus und dann wieder zu Benno. »Ohne Drehgenehmigung kannste Stadtgebiet vergessen, würd ich sagen!«

»Dann halt auf'm Acker!«, schlug Albert vor, obwohl er sich eigentlich hatte raushalten wollen.

Benno nickte anerkennend. »Ja, auf'm Acker! Oder im Wald. Ihr spielt im Wald, und dann kommen die Förster und wollen euch vertreiben! Das ist doch super: Ruhestörung im deutschen Wald! Die nehmen euch ein Instrument nach dem anderen weg, alle nehmen Reißaus, und ganz am Ende bist nur noch du da und singst in die Kamera, Albert – da haben wir es doch!«

Er nahm einen Kugelschreiber aus seiner Hemdtasche und skizzierte etwas auf einem Blatt, das entfernt an eine Band mit Instrumenten erinnerte, die von Bäumen eingerahmt war. »Echt super. So einfach und so gut!«

Lotti brachte drei Teller bester Imbiss-Speisung. Gernot klatschte vor Freude in die Hände und wiederholte: »So einfach und so gut! Na dann, Mahlzeit, die Herren!«

*　*
*

Albert hängte das Bettlaken, das er einzig für Herrn Bismarck abgenommen hatte, wieder vor das Fenster. Er selbst kam Tage oder sogar Wochen ohne einen Blick aus dem Fenster zurecht. Draußen veränderte sich ja nichts, abgesehen davon, dass es mal mehr und mal weniger regnete. Siebzehn Uhr. Wo Claus wohl steckte? Albert hatte den Eindruck, dass Claus ihn mied, seitdem er nicht mehr der unangefochtene Mittelpunkt der Band war, und wunderte sich über diese gekränkte Eitelkeit.

»Lennon und McCartney hatten sicher auch schwierige Phasen!«, sagte Albert resigniert zu Herrn Bismarck, ließ sich auf die Matratze fallen und betrachtete seine Notizen. Mit dem Kugelschreiber rahmte er die krakeligen Überschriften ein, zu mehr sah er sich nicht in der Lage.

Es klingelte. Albert schlurfte zu dem Fenster, das zur Straße lag, und öffnete es. Juliet stand auf dem Bürgersteig und winkte freundlich. Ich wusste gar nicht, dass die auch ein anderes Gesicht machen kann, dachte Albert.

»Hey, ist Claus da?«

»Ich dachte, der ist bei dir!«

»Ist er nicht. Kann ich kurz hochkommen? Meine Mappe ist noch bei Claus im Zimmer!«

Albert fummelte den Schlüsselbund von seiner Hose und ließ ihn in Juliets Hände fallen.

»Ich hab Claus seit vorgestern nicht gesehen …«, sagte er fast entschuldigend, als Juliet zur Tür hereinkam.

»Vorgestern war er ja noch bei mir«, erwiderte sie, »vielleicht war er noch bei seinen Eltern und ist schon bei mir in der WG. Ich hol nur eben die Mappe!«

Albert drehte an einem Nagel, der locker aus der Wand ragte und an dem offenbar mal ein Bild gehangen hatte. Man sah noch die Umrisse des Rahmens auf der Tapete.

»Hat er irgendwas gesagt?«

Juliet legte die Mappe auf den Küchentisch und blätterte sie beiläufig durch. »Eigentlich sagt er gerade nicht viel.«

Albert zog den Nagel aus der Wand und drückte ihn wieder hinein. »Stimmt.«

Juliet wandte sich zu ihm um. »Claus weiß wohl im Moment nicht, was er will.«

Sie holte eine Zigarettenschachtel aus der Handtasche, drehte sie einmal zwischen den Fingern und steckte sie wieder weg: »Ich weiß es leider auch nicht.«

Albert versuchte, seine Verlegenheit zu verbergen. So lange hatte er noch nie mit Juliet gesprochen.

Gleichzeitig sagten beide: »Na gut …«, und mussten grinsen.

»Sag ihm, er soll mich anrufen, wenn er hier auftaucht, ja?«, bat Juliet.

»Sag ihm, er soll morgen zur Probe kommen, wenn er bei dir auftaucht, ja?«, bat Albert.

»Selbstverständlich!«, antwortete sie mit einem Lächeln. »Ich bin gespannt auf euer Video!«

Ich auch, dachte Albert, nachdem Juliet die Tür hinter sich zugezogen hatte.

Ein weiteres Mal wählte er erwartungslos Dianas Nummer und dann die des Comicladens. Niemand nahm ab.

Albert wählte die Vorwahl von Wehl, unterbrach die Verbindung jedoch wieder. Auf ein Telefonat mit seinen Eltern musste er sich vorbereiten, am besten mit ausgeklügelten Notizen. Hoffentlich hatten seine Eltern nicht in der Barmbeker Wohnung angerufen und Marco Weber am Apparat gehabt. Erheitert stellte Albert sich vor, wie Weber ihn am Hörer imitierte und seinen Eltern versicherte, dass alles in bester Ordnung sei, das Studium große Freude und Erkenntnis bringe, die Wohnung von Jürgen und Monika ein Traum sei, er regelmäßig Vitamine zu sich nehme und noch ausreichend saubere Unterwäsche habe.

Wieder klingelte es an der Tür, diesmal mit Nachdruck. Wieder steckte Albert den Kopf zum Fenster hinaus.

»Adalbert, alte Hundehütte! Komm runter! Ich brauch dich!« Gernot hielt eine Dose Bier wie einen Köder in die Höhe. Sein ohnehin wirres Haar wirkte noch zerzauster. Albert war heilfroh, dass der halbseidene Spinner offenbar eine Mission hatte, warf sich in die Jacke und fegte die Treppe hinunter. Was will der denn? Na ja, allemal besser, als sich in Gedanken zu verbeißen, dachte er.

Gernot schwankte bedrohlich, als Albert die Haustür öffnete. »Lange nicht gesehen!«, rief er euphorisch und zog einen imaginären Hut.

Albert deutete eine Verbeugung an. »Wie kann ich helfen?«

»Pass auf, wir müssen in den Filter! Flock hat immer noch mein Achtspurgerät. Wei-el ...«, Gernot unterstrich das Wort mit zwei Zeigefingern, »... dann können wir näm-lich ...«, dieselbe Geste, »... morgen direkt das Lied fürs Video aufnehmen.«

»Meinetwegen«, sagte Albert, »aber ist denn jetzt jemand im Filter?«

Gernot setzte sich mit grotesken Riesenschritten in Bewegung. »Klar is Flock da, heute spielen dort die Heinzelhubers oder so, da hat er mich neulich mit vollgederbt! Pass auf, ich stell den zur Rede, und du stellst dich einfach so hinter mich, als, äh, na, als Bestätigung halt oder so! Damit er uns das Gerät auch umgehend aushändigt!«

Albert folgte dem Schlagzeuger. »Das kann ja heiter werden ...«

Gernot warf beide Arme in die Luft, wobei er schwungvoll einen Teil seines Biers auf dem Bürgersteig verteilte. »Hoppla! Ja, heiter wird's! Heiter soll es sein!«

»Apropos heiter«, sagte Albert, »weißt du eigentlich, was mit Claus los ist?«

»Also heiter ist der gerade nicht«, sagte Gernot.

»Ja, aber echt jetzt mal, der ist in letzter Zeit so abwesend, und in der Talstraße taucht er auch kaum noch auf. Was ist denn mit dem?«

»Das gilt es zu erkunden!«, brüllte Gernot und warf seine Bierdose gegen die Eingangstür der Heilsarmee auf der gegenüberliegenden Straßenseite.

Falscher Zeitpunkt, dachte Albert.

Wenig später standen sie vor dem Filter, und Gernot donnerte vehement mit der Faust gegen die mit Plakaten und Aufklebern übersäte Holztür. Nichts rührte sich. Gernot donnerte ein weiteres Mal. Dann zog Albert kurzerhand die Tür auf.

»Genial!«, kommentierte Gernot diesen Schachzug. »Schlicht genial! Los, jetzt schnappen wir uns den Flock!«

Er verschwand im Halbdunkel des Clubs. Albert brauchte einige Sekunden länger, um sich an die Lichtverhältnisse zu gewöhnen, dann begab auch er sich in den Backstage-Raum. Dort saß Thove Flock und rauchte hastig. Vor ihm stand ein Glas Whisky auf dem winzigen Tisch. Gernot rasselte umgehend gegen ein Eisenregal voller Kartons und Kleinkram.

Thove sah die beiden ratlos an. »Ah, hallo … kann ich euch irgendwie helfen?«

Gernot bohrte mit dem Finger ein Loch in die Luft vor Thoves Augen. »Sicherlich, sicherlich! Reemt meinte, er hat dir das Achtspurgerät zur Aufbewahrung gegeben … *mein* Achtspurgerät, um genau zu sein! Das holen wir jetzt ab.«

Thove zog nervös an seiner Zigarette. »Also, das hat er mir eigentlich geschenkt, meinte er …«

Gernot tippte seine Fingerspitzen aneinander. »So, meinte er das, der Reemt! Nun, leider habe ich ihm das Ding nur geliehen! Wo ist es?«

Albert hielt sich schweigend im Hintergrund. Die Situation war grotesk: Gernot war offenkundig stark angeheitert, Thove schien größten Respekt vor ihm zu haben. Seine Augen flackerten ängstlich. Er deutete hinter sich. »Das Ding ist im Lager, das Netzteil liegt auch im Karton …«

Triumphierend drehte Gernot sich zu Albert um. »Siehste, sach ich doch! Pass du auf den Typen auf, ich hol die Maschine!«

Mit diesen Worten verschwand Gernot im Lager, klemmte sich den Karton mit dem Aufnahmegerät unter den Arm und klopfte Thove Flock im Vorbeigehen auf die Schulter. »Lief doch sauber! Mach's gut, Thove!«

Thove rauchte angestrengt und schwieg. Albert unterdrückte ein Lachen.

Vor der Tür betrachtete Gernot zufrieden seine Beute. Albert kicherte und schüttelte den Kopf. »Was war denn das bitte schön? Warum hat der solche Angst vor dir?«

Gernot grinste zufrieden. »Keine Ahnung! Man muss dem nur mal zeigen, wo der Hammer hängt. Claus hat schon recht, der Flock is'n Vollassi.«

Er drückte Albert den Karton in die Hände. »Hier, halt mal!«

Überrumpelt nahm Albert das Gerät entgegen. »Was soll ich denn jetzt damit?«

Gernot zog eine Zigarettenschachtel aus der Hosentasche und äugte hinein. »Leer! Wie kann denn das sein? Ja, nimm mal mit, das Ding, kannste dann ja morgen mitbringen zur Probe.«

»TASCAM PORTASTUDIO!«, dröhnte es plötzlich von der Seite. Albert wandte sich um, im selben Moment landete die Pranke von Iro Brett in seinem Nacken: »Jetzt endlich Plattenproduktion? Wird ja auch Zeit!«

Ohrenbetäubendes Gelächter und Mecki Brett folgten, Gernot wurde eine Dose Bier übergeben und Albert eine weitere unter die Nase gehalten. Er schüttelte dankend den Kopf.

»Weil du keine Hand frei hast oder weil du keinen Durst hast?«

»Nee, der muss fürs Video frisch aussehen!«, erklärte Gernot sachlich. »Weichsel-Winkelmann macht doch jetz'n Clip!«

Die Zwillinge nickten anerkennend. »Wird ja auch Zeit, wird das ja auch!«

Albert beobachtete, wie sich im Gehirn des Schlagzeugers ein Gedanke formte: Gernot blickte zu Iro Brett, dann zu Mecki Brett und wieder zurück. Dabei kniff er die Augen zusammen. Schließlich nahm er einen Schluck Bier, dann verschränkte er die Arme vor der Brust. »Sacht mal, ihr zwei beiden! Ihr habt ja vielfältige Talente ...«

Die Gebrüder Brett nickten zustimmend.

»Ihr könnt doch sicher auch Polizist und Förster! Wir brauchen noch Darsteller fürs Video ...«

Die Gebrüder Brett sahen sich an und brummten einvernehmlich.

»Todschick! Wir drehen im Sachsenwald, der Weichsel ruft euch dann an und klärt alles!«

Erstaunlich, wie unbürokratisch Gernot Radbruch sich um die Besetzung des Videos kümmert, dachte Albert.

»Klar ey, wir sind wie Fritz und Elmar Wepper! Nur gleich alt!«, dröhnte Mecki Brett.

»Aber nur fast! Ich bin vier Minuten jünger!«, betonte Iro Brett. »Sieht man ja wohl!« Erderschütterndes Gelächter folgte.

Gernot nickte Albert zufrieden zu. Sein Grinsen hing so schief wie seine Brille.

»Läuft ja wohl hier! Und ich weiß nicht, was ihr jetzt macht, aber ich geh noch auf'n Feierabendbier ins Kabatek!«

Bei den Zwillingen setzte umgehend unverhohlene Begeisterung ein. »Vertragsunterzeichnung begießen! Ab dafür!«

Gernot boxte Albert auf den linken Oberarm. »Wir sehn uns dann morgen! Und danke noch mal!«

Zielgerichtet setzte sich das Trio in Bewegung. Albert hielt noch immer das Aufnahmegerät in den Armen, schaute den dreien beeindruckt hinterher und dachte: Danke wofür eigentlich?

Dann ging er nach Hause.

Schon an der Haustür rutschte ihm der schwere Karton beinahe zu Boden, als er versuchte, das TASCAM PORTASTUDIO zwischen seiner Hüfte und der Hauswand einzuklemmen, während er den Schlüssel aus der Hosentasche fummelte. Zu allem Überfluss hakte oben das Schloss der Wohnungstür. Albert betätigte mit der Stirn die Klingel. Nichts tat sich. Nachdem Albert eine Weile erfolglos im Schloss herumgestochert hatte, riss Toni unvermittelt von innen die Tür auf. »Bremer! Klingel doch einfach, wenn du hier beladen wie so 'n Kuli ankommst!«

»Die Klingel hier oben ist irgendwie neuerdings kaputt ...«

Toni legte die Stirn in Zornesfalten. »Was? Ernsthaft?«

Er drückte hartnäckig auf den Klingelknopf. »Empörend! Das ist ein Mietminderungsgrund! Ich ruf die blöde Kuh morgen direkt an! Was schleppst du da eigentlich an?«

Albert drängelte sich an Toni vorbei in den Flur, um endlich das Aufnahmegerät loszuwerden. Nachdem er es auf den Boden gestellt hatte, lehnte er sich an die Wand.

»Tascam von Gernot, wir wollen doch morgen das Lied aufnehmen, wegen dem Video ...«

»Ah, wegen *des Videos*! Cool. Wann trefft ihr denn den Weichsel?«

Albert gestand, dass das *meeting* bereits ohne Toni stattgefunden hatte.

Der reagierte erstaunlich gelassen. »Ja, egal, ich komm dann mit zum Dreh. Wann ist denn der Termin?«

»Steht noch nicht fest«, sagte Albert.

»Righty, sag dann Bescheid. Aber nicht vergessen!«, fügte Toni nachdrücklich hinzu. Albert versprach es, und Toni verschwand zufrieden in seinem Zimmer, um zu telefonieren.

Albert zog sich in sein Zimmer zurück, öffnete den Gitarrenkoffer und lehnte den Herrn im Frack an die Wand.

Er hatte keine Lust, Gitarre zu spielen, und hoffte, dass sie zurückkäme, wenn er das Instrument unverpackt sah. Es funktionierte nicht. Stattdessen blätterte er in einer GEO-Ausgabe von 1978, die er im Gästezimmer gefunden hatte. Ein Artikel über die Malediven weckte sein Interesse. Inseln entsprechen meinem Charakter, dachte er. Wo genau lagen eigentlich die Malediven? Und wo war eigentlich sein Globus? An den Globus hatte er seit Monaten nicht gedacht. Entweder stand er bei Skrei im Keller oder in Neles trübsinniger WG in Köln. Stand dort und wurde bei den trübsinnigen WG-Partys befingert, wenn im Laufe des Abends langsam die Themen ausgingen. »Wo warst du denn schon überall?« – »Bis nach Marokko bin ich bei Interrail gekommen.« (Ja, sie sagten immer »bei Interrail«.) »Ich würd supergern mal nach Nepal.« – »Ey, ich hab 'ne Super-Idee: Wir drehen das Ding, Augen zu, und dann zeigen wir auf 'ne Stelle, und wenn wir uns das nächste Mal wieder sehen, müssen wir alles über das Land wissen!« – »Ja, ey, kultig (*Kifferlache*)!« Albert rollte mit den Augen. In manchen Momenten fand er seine Arroganz selbst beschämend, aber er hing nun einmal an seinen Vorurteilen.

Er stand auf, nahm die Gitarre und spielte ein h-Moll. Bester Akkord, dachte er und stellte den Herrn im Frack wieder in die Ecke. Vielleicht sollte er in absehbarer Zeit doch mal wieder in die Universität fahren. Vielleicht könnte er sich ja in einem anderen

Studiengang einschreiben, bei dem man auch mal auf die Malediven kam. Ob es das Fach Ornithologie an der Hamburger Universität gab? Damit hätte ich immerhin genauso wenig Chancen auf einen anständigen Job wie als Germanist, dachte er zuversichtlich. Toni lachte schallend im Nebenzimmer. Manager schien ein interessanter Beruf zu sein.

»Womit verdienen Sie eigentlich Ihren Lebensunterhalt, Herr Bismarck?«

Herr Bismarck schwieg.

Wie auch immer, dachte Albert, als es klingelte. »Wie im Puff von Doktor Schimmelpfennig!«, hatte Herr Skraikowski immer gesagt, wenn sie sich vor Saufausflügen am Freitagnachmittag bei Skrei getroffen hatten und es fortlaufend (also etwa zwei- bis dreimal) an der Tür geklingelt hatte. Skrei hatte diesen etwas schiefen Vergleich stets als untrügliches Anzeichen für den fortschreitenden Wahnsinn seines Vaters ins Feld geführt.

Albert lauschte. Toni öffnete die Tür. Hoffentlich nicht Gernot, der auf dem Rückweg vom Kabatek mit einem neuerlichen Geistesblitz bei ihm aufschlug, womöglich noch mit den Gebrüdern Brett im Schlepptau.

Drei Sekunden später klopfte es an seiner Tür. Ohne eine Antwort abzuwarten, schob Toni seinen Kopf in Alberts Zimmer. »Staatsgast Ripplinger im Anmarsch! Kommste auch in die Küche?«

Ein ereignisreicher Tag verlangt einen ereignisreichen Abschluss, dachte Albert und legte die Illustrierte zur Seite.

Er erreichte die Küche im selben Moment wie Ripplinger, der mit einem Plastiksaxofon bewaffnet eintrat und etwas trötete, das entfernt an »Hänsel und Gretel« erinnerte.

Der Gast setzte das Instrument ab und strahlte Toni und Albert mit unübersehbarer Begeisterung an. »Geil, oder?!«

»Krasser Hammer!«, bestätigte Toni.

Ripplinger ließ sich auf den kaputtesten Stuhl in der Küche fallen.

Er wählt immer diesen Sperrmüllhaufen, stellte Albert fest, während Ripplinger seinen Rucksack auf den Tisch donnerte und den Reißverschluss aufzerrte. »Achtung, Bescherung!«

Mit beiden Händen und glänzenden Augen schaufelte Ripplinger Schnapsfläschchen auf den Küchentisch.

»Küstennebel, Kleiner Feigling, Hau-Ruck, Kümmerling …«

Er baute eine hochprozentige Landschaft vor sich auf.

»Busengrapscher, Schlüpferstürmer, Boonekamp …«

Toni hatte bereits Platz genommen und rieb sich die Hände. Albert lehnte noch unentschlossen im Küchentürrahmen.

Nach einer Minute war Ripplinger fertig und betrachtete zufrieden sein Werk, das aus etwa drei Dutzend fein säuberlich aufgereihten Schnapsfläschchen bestand. »Sechser im Lotto bei STAR PRICE! Hab alles gekauft, was noch da war! Wenn das nicht reicht …« – er ließ den Arm über den Tisch schweben wie ein König, der vom Burgfried auf sein Reich blickt – »… im Auto sind noch so zweihundert Flaschen! Womit starten wir? Erst mal Küstennebel, wegen hier im Norden und so …«

Er stellte Toni einen Anislikör hin wie eine Schachfigur und sah dann Albert fragend an. »Trinkst du heute im Stehen? Ist vielleicht ungesund!«

Toni schraubte bereits seine Vorspeise auf. »Der ist zwar nicht krank, aber der bleibt nüchtern! Also, glaub ich. Auf Albert Bremer, den großen Verzichtsethiker!«

Toni und Ripplinger stießen schwungvoll an.

Dann drehte Toni sich mit fragendem Blick zu Albert. »Also, stimmt doch, oder? Kein Schnaps für dich, dachte ich?«

Albert setzte sich zu den beiden. Ripplinger schob einen Kleinen Feigling in Tonis Richtung.

»Stimmt«, sagte Albert, »und ich will morgen auch nicht verkatert sein, wegen den Aufnahmen ...«

Toni leerte den Feigling. »Wegen *der* Aufnahmen, ja, das ist sicher schlau!«

Ripplinger lehnte sich zurück und nickte anerkennend. »Aufnahmen, aha! Geil! Dann werdet ihr jetzt Rockstars. Geil ey, ich kenn Rockstars! Darauf einen Sechsämtertropfen!«

»*Nach Gottlieb Vetter zu Wunsiedel*!«, las Toni vom Etikett ab. Dann verschwanden zwei Sechsämtertropfen.

Toni schlug weltmännisch die Beine übereinander. »Rockstars ist zum jetzigen Zeitpunkt vielleicht noch übertrieben. Aber da tut sich wirklich einiges bei denen, muss ich sagen. Haben auch endlich eingesehen, dass sie 'nen Videoclip brauchen.« Er sah Albert nachdenklich an. »Auch wenn sie nicht sagen wollen, *was* für ein Video das sein soll! Na komm, Bremer, uns kannste das Geheimnis doch verraten!«

Albert ließ den Kopf in den Nacken fallen. »Alter, du hast doch noch gar nicht *gefragt*! Also, Benno möchte im Sachsenwald drehen ...«

»Geil!«, warf Rippliger ein.

»... und zwar sollen wir da spielen, und dann kommt der Förster und will das unterbinden ...«

»Geil! Geil!!«

»... und dann kommt noch 'n Polizist, und na ja, dann gucken wir mal, die sollen uns dann halt die Instrumente wegnehmen ...«

Ripplinger verschluckte sich beinahe vor Aufregung. »Geil! Das ist so ME-GA-GEIL ...«

Toni nickte wissend. »Guter *plot*, das kommt an. Sachsenwald, *top location*. Lokal, da stehen die Leute drauf.«

Ripplinger und Toni verleibten sich je einen Kleinen Feigling ein.

»Grauenerregende Plörre! Körperverletzung!«, kommentierte Toni mit verzerrtem Gesicht.

Dann wandte er sich an Albert. »Wer sind denn eure *actors*? Ich kenn ja auch so 'n paar Leute vom Film ...«

Albert wiegte den Kopf. »Also, Gernot hat heut die Gebrüder Brett engagiert als Förster und Bulle ...«

Toni schlug sich wiehernd auf die Oberschenkel. »Genial! Axel und Harald Brett als Staatsmacht! Das ist meta-filmisch einfach der beste Kunstgriff. Gib mal 'nen Underberg, Ripplinger!«

»Musste klopfen!«, warnte Ripplinger, und die beiden klopften pflichtbewusst die Flaschen auf den Tisch, bevor sie den Kräuterschnaps leerten.

Albert fragte sich, was Claus zu all den vollendeten Tatsachen sagen würde, vor die man ihn am nächsten Tag stellen würde. Falls Claus überhaupt zur Probe kam.

»Geil!«, wiederholte Ripplinger und zündete sich eine Zigarette an, »einfach geil!«

»Eigentlich rauchen wir hier ja nicht mehr!«, stellte Toni fest. Bevor Albert widersprechen oder nachfragen konnte, fügte Toni jedoch großmütig hinzu: »Aber heute gibt's ja was zu feiern! Haste mal 'ne Zichte, Ripplinger?«

Zufrieden wippte Toni mit den Beinen und rauchte.

»Das wird gut, da kriegen wir echt was Geiles hin!«

Albert fragte sich, wie lange es wohl dauern würde, bis Toni die Video-Idee als seine eigene deklarieren würde.

»Welchen Kostümverleih nimmt der Weichsel eigentlich immer?«, fragte Toni.

Albert zuckte mit den Schultern. »Keine Ahnung ... braucht man denn so was?«

»Sicher, Bremer! Polizeiuniform hab ich hier, aber das ist ja Stadtpolizei. Wenn ihr im Sachsenwald dreht, braucht ihr ja a)«

– Toni tippte mit dem rechten Zeigefinger auf den linken Daumen – »eine Polizeiuniform Schleswig-Holsteins und b)« – er tippte mit dem rechten Zeigefinger auf den linken Zeigefinger – »'ne Uniform der Landstreife. Muss doch authentisch sein.«

Albert hatte sich bis dato noch nie Gedanken über die verschiedenen Uniformen deutscher Polizisten gemacht, fand die Einwände von Toni aber grundsätzlich einleuchtend.

»Schlüpferstürmer, Toni«, meldete sich Ripplinger wieder zu Wort, schob seinem Gegenüber einen Schnaps mit verwerflich aussehendem Etikett hin und fuhr fort: »Außerdem, ey, der Bruder von meinem Schrauber ist doch Forstassistent in Rosengarten! Der kann euch für den Filmdreh sicher eine Uniform leihen! Ich kümmer mich da drum!«

Toni zeigte auf Albert, dann auf Ripplinger, dann wieder auf Albert. »Siehste, Bremer: Beziehungen! Das A und O im Business. Kennste Toni, kennste alle! Läuft doch wie geschmiert.« Er stützte sich mit beiden Armen auf den Tisch. »Das wird 'ne Spitzencrew! Die Brett-Brüder sind krass, unser Zeugwart hier ist krass, und die Band ist ja eh die neue Geilität!«

Über *Geilität* mussten Toni und Ripplinger herzlich lachen.

Albert erschien am Proberaum mit zwanzigminütiger Verspätung und ging davon aus, dass Claus in zehn und Gernot in fünfzehn Minuten auftauchen würde. In diesem Fall hatte er sich jedoch getäuscht. Das gesamte Equipment war bereits aufgebaut, und Claus und Gernot beschäftigten sich mit zwei Mikrofonständern, die sie an zwei gegenüberliegenden Wänden aufgestellt hatten. Nachdem Claus mit ernster Miene die Mikrofone in den Raum ausgerichtet hatte, brachte Gernot die Stative mithilfe eines Zollstocks auf dieselbe Höhe.

Susesch saß auf dem Sofa, beobachtete die beiden Experten und hob die rechte Faust, als Albert mit dem schweren Karton den Proberaum betrat. »Der Genosse mit dem Aufnahmewerkzeug! Sei willkommen!«

Gernot und Claus machten ebenfalls die Rotfrontfaust und grinsten. Claus wirkte entspannt.

Gernot deutete auf drei umgedrehte und übereinandergestapelte Astra-Kisten. »Hier, der Studiotisch!«

Albert stellte den Karton neben Susesch aufs Sofa, öffnete ihn und holte das Aufnahmegerät heraus. Susesch zog professionell die Styropor-Halterungen von beiden Seiten, dann stellte Albert den Tascam auf den Astra-Kistentisch.

»Benutzt hat der Flock das Ding zumindest nicht«, konstatierte Gernot, »immerhin!«

Albert betrachtete das Gerät. Drehknöpfe über Drehknöpfen, dachte er, daneben Drehknöpfe. Zu kompliziert für mein kleines Gehirn. Gernot schien zu wissen, was er tat, er schloss das Ding an die Steckdose an, stöpselte ein Kabel mit Mikrofon ein und sprach hinein: »Wann, tu, wann tu! Winni, ich hab mich nich auf'm Monitor!«

Claus spielte die ersten Akkorde von »Keine Chance« an. Er schien sich damit abgefunden zu haben, dass keines seiner Lieder für das Video ausgewählt worden war. Albert musterte ihn unauffällig. Im Grunde konnte er sich ohnehin nicht vorstellen, dass Claus so etwas wie einen Führungsanspruch in der Band gehabt hatte, zumal ihm selbst so etwas vollkommen fremd war. Andererseits bemerkte Albert jedoch, dass Susesch und Gernot ihn nun deutlicher in den Mittelpunkt stellten. Abwarten, dachte er. Susesch stimmte in aller Ruhe seinen Bass; er war der Einzige in der Band, der ein Stimmgerät besaß.

Gernot plärrte ins Gesangsmikrofon: »Winnniiiii, mehr Bass auf den Mo-ni-toooor-Boxen!«

Albert öffnete Utes Gitarrenkoffer. »Ist doch egal, dass wir den Herrn im Frack nicht hier haben, oder? Ich konnte ja nicht beides mitschleppen ...«

Gernot winkte ab. »Easy, Bremer! Das wird schon ...«

Easy, Bremer. Tonis Worte, dachte Albert, haben die sich abgesprochen? Er stöpselte die Gitarre in den Verstärker.

Gernot saß schon am Schlagzeug. »Die Maschine läuft! Lasst mal sofort durchspielen! First take, best take!«

Gernot holzte los wie der Trommelschlumpf. Sehr motiviert, dachte Albert. Sie spielten das Lied beinahe fehlerfrei, aber ausgerechnet Albert vergaß Teile vom Refrain und verpasste zweimal seinen Einsatz.

Gernot war dennoch begeistert. »Sofort anhören!«

Er sprang an seine Studio-Regie, spulte die Kassette zurück und ließ sie abspielen. Infernalischer Krach war zu vernehmen.

»Nicht schlecht, klingt wie deine ganzen Jazzcore-Platten!«, gab Susi zu Protokoll.

Gernot klopfte mit den Fingern auf den Bierkistenturm. »Das ist ja völlig übersteuert! So eine Hühnerpisse!«

Susesch hockte sich neben ihn. »Erstens, Herr George Martin, ist die Regel *Alles im roten Bereich* nicht grundsätzlich richtig.«

Er drehte an einigen Knöpfen und erhob sich wieder.

»Außerdem«, er deutete auf die Mikrofonständer, »sollten die Raummikrofone in die richtige Richtung zeigen.«

Susesch veränderte die Ausrichtung beider Mikrofone.

»Das haben wir bei *Funk 'n' Solo* auch immer so gemacht, wenn wir unsere Übungsdemos aufgenommen haben.«

»Übungsdemos?«, fragte Claus entgeistert.

»Wie hieß die Band?!« Auch Gernot schien fassungslos.

»*Funk 'n' Solo* – Funk and Party aus Rissen!«, sagte Susesch stolz.

Gernot sprang auf und schüttelte Albert an den Schultern. »*Funk 'n' Solo!* Albert! Du spielst mit dem Bassisten von FUNK 'N' SOLO in einer Band, ist dir das klar?!«

Albert nickte. »Jetzt ist es mir klar.«

Gernot schlug die Hände zusammen. »*Funk 'n' Solo!* Das ist wirklich der schlimmste Bandname, den ich je gehört habe ...«

Claus verschränkte die Arme vor der Brust. »Schlimmer als *Arschgeiger* ...«

Gernot unterbrach ihn innerhalb von Sekundenbruchteilen: »Schlimmer! Aber Herr Karimi scheint ja enorme Studioerfahrung aus Rissen mitgebracht zu haben!«

Susesch hob die Hände. »Versuchen können wir es ja mal.«

Sie spielten das Lied dreimal hintereinander, um eine anständige Version zu haben, wie Gernot es nannte. Er ließ es sich auch nicht nehmen, seinen Bandkollegen alle drei Versionen dreimal vorzuspielen. Nach jeder Version sagte er: »Todschick!«

Albert merkte, wie Gernots Euphorie ihn ansteckte. Auch Susesch war bester Dinge. Was in Claus vorging, konnte Albert hingegen nicht sagen. Er wirkte nicht im Geringsten beleidigt, hielt sich aber auffällig im Hintergrund. Hoffentlich konnte er mit Claus in den nächsten Tagen abends in der Küche ein klärendes Gespräch führen, unter vier Augen. Bis dahin würde er sich sicher einige Male den Kopf über den besten Einleitungssatz zerbrechen.

Gernot hatte das Lied ein viertes Mal dreimal laufen lassen. »Wir nehmen Version zwei oder drei«, stellte er nun fest. »Wann können wir das runtermischen, Susi? Vielleicht kannste mir ja dabei helfen. Beim *Wasserleichen*-Tape habe ich das ja mit Dimitri gemacht ...«

Claus blickte ihn überrascht an. »Dimitri? Der Bassist von *Zackenbarsch*? Ist der nicht verschollen?«

»Ja, eben«, sagte Gernot und zündete sich eine Zigarette an, »hat angeblich eine Bank überfallen. Aber deswegen kann ich den ja nicht fragen.«

Claus nickte anerkennend. »Bank überfallen, cool! Oder ist da jemandem was passiert?«

Gernot schüttelte den Kopf. »Nee, ist wohl sauber gelaufen! Die Beute ist auch nicht aufgetaucht. Also, sagt man. Was weiß ich!«

Susesch hob zwei von Gernots Plakatrollen wie Hanteln in die Höhe. »Ich kann dir gern helfen, Gernot. Bis wann muss das denn fertig sein?«

»Mach die Dinger nicht kaputt! Weichsel hat noch nichts gesagt. Der muss noch seine Kamera checken und diesen komischen Assistenten fragen ... Wie heißt denn der gleich ...«

»Lutz!«, antwortete Albert.

Susesch verschluckte sich fast vor Lachen. »Dieser grauenhafte Fotograf? Woher kennst du *den* denn? Der hat uns mal beim Rissener Stadtfest zu Tode genervt!«

Albert winkte ab. »Ach, das ist 'ne langweilige Geschichte.«

»Ja, also, keine Ahnung«, sagte Gernot, »lass uns das die Tage mal runtermischen, und dann warten wir ab, was der Weichsel sagt. Die Gebrüder Brett haben ja eh immer Zeit, und ihr ja wohl auch!«

Er blickte in die Runde, und alle nickten. Auch Claus, den Gernot offenbar bereits über sämtliche Details zum Video unterrichtet hatte.

»Wir können den ganzen Kram erst mal stehen lassen, ich muss jetzt los«, verkündete Gernot, »wir haben ja eigentlich alles geschafft, was wir geplant hatten.«

Was *wir* geplant hatten, dachte Albert.

Claus verstaute seine Gitarre im Koffer. »Ja, alles klar! Ich hau auch mal ab. Wir telefonieren uns dann einfach zusammen, wenn der Weichsel sich gemeldet hat, okay?«

»Telefonlawine läuft!«, rief Gernot, und die beiden verschwanden umstandslos.

»Heute haben die beiden sich ja besonders schnell verzogen«, stellte Susesch fest.

Albert stand unschlüssig neben seinem Verstärker. »In der Tat.«

Susesch hatte seine Autoschlüssel schon in der Hand. »Alles klar bei dir? Na komm, na los. Ich nehm dich mit. Talstraße?«

»Ja, gerne!«, antwortete Albert. Jetzt alleine nach Hause latschen zu müssen, war keine besonders erfreuliche Vorstellung. Er hatte das Gefühl, dass die Ereignisse in einem Tempo abliefen, das nicht seines war, und in gewisser Weise ohne ihn. Die Selbstverständlichkeit, mit der Gernot vorging, irritierte ihn, ebenso Claus' Passivität.

»Brauchst du noch was vom Kiosk?«

Susesch hat eine ausgesprochen beruhigende Wirkung, dachte Albert. Für sein Auto galt dasselbe. Der Karmann war zwanzig Jahre alt, wie Susesch ihm ohne jede Prahlerei erzählt hatte, mit der Freude eines Mannes, dem ein schönes Auto ein angenehmes Gefühl bereitete. Was Albert auffiel, war, dass Susesch den Oldtimer als Auto wahrnahm, nicht als Museumsstück. Das Gefährt war äußerst gepflegt, aber in Suseschs Fußraum lagen unzählige Zigarillostummel.

Susesch drehte den Zündschlüssel. »Geht alles 'ne Nummer zu schnell für dich, oder?«

Albert streckte sich im Beifahrersitz, als wäre er soeben aufgewacht. »Ja, möglich.«

»Na ja, immerhin hast du die ganzen Songs geschrieben.« Auch wieder wahr, dachte Albert.

Susesch fuhr fort: »Wenn Radbruch loslegt, ist er eben nicht zu stoppen. Seltsam nur, dass Claus so träge ist, eigentlich ist er immer der, dem alles zu langsam geht.«

Albert betrachtete Susesch, der sich einen Zigarillo zwischen die Lippen gesteckt hatte, ohne ihn anzuzünden.

»Aber ich glaube, das ist schon ganz richtig so«, meinte Susesch. »Wir machen jetzt das Video mit dem Star-Regisseur Weichsel, und dann gucken wir mal weiter. Das wird sicher einfach witzig.«

Albert nickte. »Ja, hoffentlich. Und hoffentlich macht Toni nicht so viel Trara danach, der kennt doch Leute beim Fernsehen …«

Susesch lachte leise. »Toni kennt immer alle. Alle, die zum Thema passen, über das du gerade redest! Wahrscheinlich hat er dir schon genau angekündigt, wann das Video in welcher Sendung bei MTV läuft! Hat er schon mit Ray Cokes telefoniert?«

Albert spielte mit dem Verschluss vom Handschuhfach.

»Hast du in letzter Zeit mal was von Diana gehört?«, fragte er unvermittelt und bereute diesen Vorstoß umgehend.

Doch Susesch reagierte in seiner gewohnten Gelassenheit. »Diana ist gerade mal wieder abgetaucht. Das war ja schon immer ihre Stärke.« Er sagte es ohne jede Wertung, sondern stellte es einfach nur fest.

Da Albert schwieg, fuhr Susesch fort: »Ich weiß ja nicht, was du weißt, und ich weiß auch nicht, was bei euch läuft. Und was ich dir jetzt erzähle, soll auf keinen Fall eine Warnung sein. Ich sag's mal so: Diana hat immer für Irritationen gesorgt, wenn ihr Leute zu nahe gekommen sind.«

Albert nickte sehr langsam. »Kann sein, dass ich da richtig Scheiße gebaut habe.« Dann fasste er kurz die Vorkommnisse zusammen, die dem Dido-Drama vorausgegangen waren.

Susesch parkte den Wagen in der Talstraße.

»Das ist ja wirklich glattgelaufen«, sagte er bedauernd, »aber da kannst du jetzt nur abwarten. Ob du sie mal erreichst oder ob sie sich mal meldet, wer weiß das schon. Aber zerbrich dir nicht die ganze Zeit den Kopf.«

Er kurbelte das Fenster herunter und zündete endlich den Zigarillo an.

11

Am Dienstag klingelte um elf Uhr abends das Telefon auf dem Küchentisch. Albert war alleine in der Wohnung und nahm mit einem letzten Rest Hoffnung, dass es Diana sein könnte, das Telefon in die Hand.

»Ja?« Er hatte sich so tonlos gemeldet, dass ihn wahrscheinlich nicht einmal seine Mutter erkannt hätte.

»Hier ist Albert«, schob er pflichtschuldig hinterher.

Schweigen, dann ein Knacken, dann ein Pfiff: »Und hier Radbruch! Regieassistent der Traumfabrik Benno Weichsel!«

Albert freute sich sehr über diese Unterbrechung des grauen Abends.

»Gernot, was gibt es?«

»Pass auf, hast du Zettel und Stift parat?«

Selbstverständlich hatte Albert weder Zettel noch Stift parat, und selbstverständlich wartete Gernot die Antwort ohnehin nicht ab.

»Also: Weichsel holt dich morgen um halb neun in der Talstraße ab! Claus fährt bei mir mit, wir haben heute schon die Instrumente in meinen Bus geladen.«

Albert ließ sich in der stockdunklen Küche auf Ripplingers Lieblingsstuhl fallen. »Morgen schon? Das geht ja rasant …«

Gernot hustete in den Hörer. »Ja, Mann, jetzt läuft das! Ich hab dich ja gestern nicht erreicht …«

Der Schrottstuhl war erstaunlich bequem, stellte Albert fest und überlegte, ob er am Vorabend das Haus überhaupt verlassen hatte. Hatte er nicht.

Gernot sog hörbar die Luft ein. »Verfluchte Hühnerpisse!«

Es klirrte im Hintergrund.

»Was machst du denn da?«, fragte Albert amüsiert.

»Eier mit Senfsoße! Warte mal eben, ich leg dich neben den Herd!«

Albert lehnte sich kopfschüttelnd im Sperrmüll zurück. Es rauschte in der Leitung, er hörte Flüche, Blech klapperte.

Dann Stille.

Wenige Sekunden später nahm Gernot den Hörer und das Telefonat wieder auf. »Der untere Teil vom Schneebesen ist abgefallen! So ein Scheißding! Hat mir der Ripplinger mal mitgebracht! Die Senfsoße ist bei-na-he verbrannt.«

»Bei-na-he«, wiederholte Albert.

»Also, was meinte ich gerade? Pass auf: Weichsel holt dich morgen um halb acht in der Talstraße ab ...«

»Ich dachte halb neun.«

»Ja, halb neun, sag ich doch! Susi kommt später und bringt diesen Kamerafritzen mit, also Bennos Assi, und Claus und ich sind dann schon in Aumühle mit meinem Bus und suchen uns 'nen Platz. So!«

»So!«, wiederholte Albert.

»So machen wir das!«, sagte Gernot.

Albert rieb sich mit Daumen und Zeigefinger über die Stirn. Dieses Mal war *er* es also gewesen, an dem sämtliche Planungen vorbeigegangen waren.

»Ha!«, platzte Gernot in seine Gedanken. »Ich hab hier ja noch 'nen zweiten Schneebesen! Also bis morgen und easy, Bremer!«

Es knackte in der Leitung. Easy, bis morgen, dachte Albert,

guten Appetit, Gernot Radbruch, ich danke Ihnen für die Information. Er wedelte mit dem Funktelefon, als müsste er ein Streichholz löschen, nur viel langsamer, und starrte auf das Küchenfenster, das nur ein noch schwärzeres Quadrat in der Schwärze der Küche war.

Was für ein Irrsinn, dachte er.

Einige Minuten saß er regungslos auf dem Stuhl, dann erhob er sich, weil ihm klar wurde, dass er Toni oder Liane zu Tode erschrecken würde, wenn sie jetzt nach Hause kämen.

Er ging in sein Zimmer, schloss die Tür hinter sich so leise, als könnte er jemanden stören, und setzte sich mit angezogenen Beinen auf seine Matratze. Es war, als beobachtete er das ganze Geschehen von einem Boot aus, die Wirklichkeit spielte sich am Ufer wie auf einer Bühne ab. Albert legte seinen Kopf in die Hände. Dann ließ er sich zur Seite fallen und blieb mit angezogenen Beinen liegen. In dieser Stellung schlief er ein.

Er schrak auf, als es an der Wohnungstür klingelte. Albert blickte auf das Display eines alten Radioweckers. 11:15, aber es war noch immer vollkommen dunkel. An einen Radiowecker konnte er sich nicht erinnern. Schlaftrunken wankte er zur Tür und öffnete. Kersten Baszak hielt ihm ein Porzellankännchen hin und lächelte ihn verschlafen an. »Mutter möchte einen Pharisäer trinken. Haben Sie nicht noch ein wenig Schlagsahne? Oder darf ich du sagen? Schließlich kennst du ja den Herrn im Frack persönlich!«

Angst stieg in Albert auf, als er feststellte, dass seine Augen noch geschlossen waren, er aber in aller Deutlichkeit auf dem Porzellankännchen den Schriftzug »RIPPLINGER. IHR EXPERTE!« lesen konnte. Kersten hielt es ihm direkt unter die Nase. »Mutter hat keine Schlagsahne mehr im Haus. Mutter möchte einen Pharisäer. Du hast doch den Herrn im Frack schon kennengelernt. Zip-A-Dee-Doo-Dah!«

Albert nickte und schob die Tür vor Kersten zu. Im selben Moment wachte er auf. Es dämmerte, er tastete nach der Armbanduhr. Dabei stellte er fest, dass er am Vorabend weder seine Uhr noch die Jeans ausgezogen hatte.

Halb sechs, dachte er, drehte sich auf den Bauch und presste sich das Kopfkissen in den Nacken. Langsam kam er zu sich. Das Unbehagen, das der Traum verursacht hatte, ließ nach. Zum Glück habe ich keine Ahnung von Traumdeutung, dachte er.

Er knipste das Licht an. Herr Bismarck stand unbeeindruckt an seinem Platz. Albert ging in die Küche und setzte Wasser für eine Tasse Tee auf. Wann wollte Benno Weichsel ihn einsammeln? Halb acht? Nein.

Halb neun, hatte Gernot gesagt. Also hatte er noch gute zwei Stunden, um sich auf den Drehtag vorzubereiten. Nur dass er nicht ansatzweise wusste, wie er das tun sollte. Seit der letzten Probe hatte er kein Wort mehr mit Claus gewechselt. Hatte der sich dauerhaft im Hotel Knutsen eingemietet?

Albert suchte in den Schubladen vergeblich nach einem Teebeutel und ärgerte sich, die Energie für den Wasserkocher verschwendet zu haben. Woher nur sein Hang zum Energiesparzwang kam? Er erinnerte sich daran, wie sein Vater eines Tages die Familie mit neuartigen Glühbirnen konfrontiert hatte, die anzuschalten die meiste Energie verbrauchte. *Also lieber länger anlassen! Nicht ständig an- und ausschalten*, hatte sein Vater ihnen eingetrichtert. Weil man nun ständig darauf achten musste, in welchem Raum welcher Glühbirnentyp eingedreht war, handelte es sich dabei eigentlich nur um ein Instrument zur Verumständlichung des Alltags. Ob er selbst auch den Hang hatte, sich selbst alles unnötig zu verkomplizieren?

Albert öffnete den Kühlschrank und stellte beruhigt fest, dass er keinerlei Alkoholvorräte enthielt. In dieser seltsamen Kombination aus innerer Leere und Lampenfieber hätte er jetzt sogar eins der furchtbaren Party-Schnapsfläschchen von Ripplinger geleert. Albert kam sich schäbig vor, weil Gernot und Susesch so engagiert waren, Benno Weichsel offensichtlich große Ambitionen hatte und er dem heutigen Tag mit solcher Abneigung entgegensah.

Er legte sich wieder in seinem Zimmer auf die Matratze, Arme unter den Bauch. Er drehte sich auf den Rücken, Arme im Nacken verschränkt. Er drehte sich auf die Seite und zog in Embryonalhaltung die Beine an. Dann rollte er sich wieder auf den Bauch. Es half alles nichts, und er stand wieder auf.

Hatten sie überhaupt besprochen, welche Kleidung sie für den Dreh tragen sollten? Gernot hatte nichts dergleichen erwähnt. Albert ging ins Bad und betrachtete im Spiegel seine Frisur. Faktisch keine Frisur, dachte er. Sei's drum.

Er fragte sich, was Skrei wohl zu dieser Geschichte sagen würde. Wieso hatte er ihn eigentlich so lange nicht angerufen? Er war sich immer so sicher gewesen, dass er mit besonderer Sorgfalt auf seine Freundschaften achtete. Die Gewissheiten verschwimmen, dachte er, und dass er diese Zeile besser aufschreiben sollte, was er dann doch nicht tat.

In der Küche fuhr er mit dem Finger über einen der Papierstapel, die sich auf der Fensterbank auftürmten. Zeitschriften, lose Blätter, vereinzelte Kochbücher, wie besorgte Tanten sie ihren Neffen und Nichten schenkten, die zum ersten Mal von zu Hause auszogen. »Das famose Kochbuch aus der Dose« oder »Kocht mal wieder kein Schwein? – Das ultimative WG-Kochbuch!«, ärgerlicher Schund, der vollkommen zu Recht von niemandem zurate gezogen wurde. Albert starrte durch das Küchenfenster auf die gegenüberliegende Wand. Einfach nur mal seine Ruhe haben, dachte er, das kann doch nicht zu viel verlangt sein.

Die Klingel riss ihn aus seinem Dämmerzustand. Er sah sich in der Küche um, als wäre er tatsächlich gerade erst aufgewacht. Dann eilte er zum Fenster, öffnete es und blickte auf die Straße. Benno Weichsel hob die Hand zum Gruß. »Kommst du runter?«

»Klar!«, rief Albert, zog das Fenster zu, klemmte sich den Herrn im Frack unter den Arm und machte sich auf den Weg zum größten Abenteuer in der Geschichte seiner Band.

Benno saß bereits am Steuer eines Kombi. Als Albert einstieg, hob er entschuldigend die Hand.

»So sorry, dass ich zu spät bin, aber mein Assi hatte den Termin verpeilt und ist einfach nicht gekommen!«

Albert blickte auf die Armbanduhr. Es war zwanzig vor neun. Er hätte sicherlich auch noch eine oder zwei weitere Stunden in der Küche sitzen und aus dem Fenster starren können.

»Kein Problem – sonst alles klar?«, fragte er.

Benno lenkte den Wagen auf die Reeperbahn, ohne weiter auf den Verkehr zu achten. Albert erinnerte sich daran, dass Gernot mal über den Herrn Regisseur gesagt hatte: »Der fährt grundsätzlich wie 'n Guri!«, und dass er sich über dieses Wort sehr gefreut hatte: *Guri*.

»Alles klar!«, sagte Benno zuversichtlich. »Das läuft doch heute. Alle wissen Bescheid, das Wetter spielt mit – alles easy!«

Easy, Bremer, dachte Albert. Benno wirkte abwesend. Offenbar spielte er im Kopf sämtliche Kameraeinstellungen durch, machte sich Gedanken über die Beleuchtung oder hatte sonst irgendwelche Regisseur-Sorgen. Albert war es ganz recht, dass er auf Small Talk verzichten durfte. Er mochte Benno, aber im Grunde hatten sie sich nichts zu erzählen.

Benno drückte eine Kassette ins Autoradio. »Dicke Kinder, coole Bullen / Starren dich an mit stumpfem Blick / Punks und Popper an der Ecke / Warten auf den ersten Schritt!«

Canalterror, dachte Albert. Benno hatte offensichtlich einen belastbaren Deutschpunkgeschmack.

»Betonstadt – Betonstadt Bonn!«

Alberts Laune stieg schlagartig. Er musste Skrei anrufen, damit der ihm umgehend seine Schallplatten und den Plattenspieler vorbeibrachte. Die Unverfrorenheit dieser Forderung würde Skrei ihm zwar für den Rest seines Lebens vorhalten, aber Albert wusste auch, dass sein Freund in der nächsten freien Minute die Plattensammlung und Stereoanlage in seinen Kadett packen und sich auf den Weg von Wehl nach Hamburg machen würde.

Eine gute Stunde später erreichten sie den Bahnhof Aumühle. Die Provinzialität des Außenbezirkes erinnerte Albert frappierend an etwas, das er zurückgelassen zu haben glaubte.

Benno blickte sich verwundert um: »Ach, sind wir doch die Ersten!«

Albert sah ihn ungläubig an. Sollte das ein Scherz sein? Wusste Benno nicht, dass eine Band – und vor allem diese Band – niemals pünktlich sein würde? Benno allerdings schien vor allem beruhigt, dass er trotz seiner Verspätung von immerhin zehn entscheidenden Minuten keine Strafpredigt zu erwarten hatte. Benno wirkte immer auf eine eigenartige Art verspannt.

Albert ging zur Fußgängerbrücke, die über die Gleise führte, und stützte sich mit beiden Armen darauf. Er mochte Bahngleise, die Gleichförmigkeit der Schienenstränge und der Planken beruhigte ihn. Eine Bahn fuhr ein und hielt. Kaum jemand stieg aus, hier war Endstation. Dann öffnete sich am letzten Wagen die Tür, und die Gebrüder Brett sprangen aus dem Abteil. Der Iro hatte eine Palette Dosenbier geschultert, der Mecki entdeckte ihn auf der Brücke, winkte und brüllte etwas Unverständliches.

Albert winkte den beiden Laiendarstellern zu. Wenig später standen beide vor ihm. Der Iro knallte die Bierpalette vor Albert auf den Boden und öffnete eine Dose. Der Mecki trank bereits.

»Schauspielerproviant!«, kommentierte der Iro. »Man weiß ja nicht, wie die Verpflegung bei Weichsel Pictures ist!«

Mit einem Blick auf Benno, der neben seinem Wagen auf dem Parkplatz stand und in seinen Notizen herumblätterte, fügte der Mecki hinzu: »Ich glaub, das wissen wir ganz genau! Da is doch Schmalhans Küchenmeister!«

Gelächter erschütterte Aumühle.

Wenig später und nach wiederholten Bemühungen der Gebrüder Brett, Albert zu einem nahrhaften Bierfrühstück zu überreden, hielt Gernots Beulenbus auf dem Parkplatz.

Claus sprang direkt heraus, während Gernot sich fluchend bemühte, die Fahrertür aufzudrücken. Schließlich gab er auf und stieg ebenfalls über die Beifahrerseite aus.

Albert und die Bretts begaben sich zum Parkplatz. Claus nickte kurz in die Runde, und Gernot reckte die rechte Faust in die Luft. »Good morning, dream team!«, brüllte er so übertrieben laut, dass Albert lachen musste.

Zwei Minuten später erschien auch Susesch, der es sich selbstverständlich nicht hatte nehmen lassen, im eigenen Wagen vorzufahren. Er stieg gar nicht erst aus, sondern kurbelte lediglich vor den anderen das Fenster herunter. »Nun meine Herren? Gibt es etwas Neues?«

Dabei linste er gespielt arrogant über die Gläser seiner Sonnenbrille hinweg.

Benno tippte nervös mit dem Zeigefinger auf das Verdeck des Oldtimers. »Wer fährt denn vor? Wir müssen ja einen Platz finden, bei dem die Lichtverhältnisse so einigermaßen sind …«

So einigermaßen, dachte Albert.

»Kennt sich denn irgendwer hier ein bisschen aus?«, fragte Claus.

»Feindesland!«, dröhnte der Iro und öffnete die nächste Dose Bier.

»Müssen wir nicht eh auf den Ripplinger warten?«, warf Gernot ein.

Benno schlug sich mit der flachen Hand vor die Stirn. »Ach ja, der kommt ja mit den Uniformen. Wieso ist der denn noch nicht da?«

Susesch, Claus, Gernot und Albert hoben im gleichen Moment ihre Köpfe und starrten Benno entgeistert an, doch der hatte auch diese Frage vollkommen ernst gemeint.

»Wenn er kommt, dann kommt er noch«, stellte Gernot fest.

Interessanterweise gab Benno sich mit dieser Aussage zufrieden und nickte nachdenklich. Dann öffnete er den Kofferraum des Kombi und betrachtete seine Ausrüstung.

»Hoffentlich hat er nicht seine Kamera vergessen!«, sagte der Mecki im Brett'schen Flüsterton, also in normaler Lautstärke.

Der Iro lachte laut und zerknüllte seine leere Bierdose. Jemand hupte. Ripplinger rollte auf den Parkplatz, sein Strahlen war selbst durch die verdreckte Frontscheibe seines Wagens erkennbar. Er hielt direkt hinter Suseschs Sportwagen und sprang aus seinem Auto.

»Geil! Kaiserwetter! Ist schon was passiert?«

Gernot schüttelte dramatisch den Kopf. »Wir müssen sofort los! Der Regieplan kommt doch ganz durcheinander!«

Die Gebrüder Brett lachten donnernd, und der Iro hielt Ripplinger eine Dose Bier hin. »Hier, das Crew-Frühstück. Außerdem Mittach und Abendessen!«

Ripplinger nahm mit unverhohlener Begeisterung das Willkommensgetränk an und grinste in die Runde.

Susesch steckte seinen Kopf aus dem Fenster und verrenkte ihn in Ripplingers Richtung. »Hier, du kennst dich doch überall aus! Wo wäre denn der perfekte Ort für den Dreh?«

Ripplinger nickte geschmeichelt. »Am besten, wir fahren einfach am Bismarck-Museum vorbei, da finden wir sicher was!«

»Fahren Sie vor!«, rief Gernot.

Albert riss Benno aus seiner Notizenlektüre. »Geht los jetzt, Ripplinger hat den Plan!«

Alle stiegen in die Autos.

»Ey, und wir? Sollen wir jetzt zu Fuß hinterherlatschen, oder wie?«, krähte der Mecki.

Nachdem die Gebrüder Brett in einem für Außenstehende nicht nachvollziehbaren Vorgang den Biervorrat unter sich aufgeteilt hatten – sie hatten offenbar für eine mehrstündige Autofahrt vorgesorgt –, stieg der Mecki zu Susesch und der Iro zu Ripplinger ins Auto.

Ripplinger nahm seine Aufgabe als Truppenspitze sehr ernst. Er fuhr derart langsam, dass Benno neben Albert spürbar nervös wurde. Nach einer Viertelstunde hielt der Verband auf einer kleinen Lichtung.

Ripplinger stand bereits in der Mitte und breitete die Arme aus wie ein Guru. »Geil, oder? Hier passt doch alles!«

Benno formte ein Rechteck mit seinen Fingern und nickte zustimmend. »Ja, das ist okay ... das ist gut hier ...«

Er durchmaß mit Meterschritten den Platz. »Nehmen wir. Ihr könnt euch ja hier aufbauen ... also mit dem Rücken zu dem großen Baum da hinten!«

Gernot klatschte in die Hände. »Wird erledigt!«

Sie entluden den Bus, während Benno sich mit seiner Kameraausrüstung abmühte. Ripplinger konnte sich nicht entscheiden, wem er helfen sollte, und stand die meiste Zeit im Weg herum. Die Gebrüder Brett stärkten sich weiterhin mit ihrem Biervorrat.

Gernot ärgerte sich über den unebenen Waldboden, auf dem sein Schlagzeug keinen vernünftigen Halt fand. Claus und Susesch diskutierten darüber, ob sie ihre Instrumente tatsächlich verkabeln sollten.

»Das merkt doch eh keiner!«, sagte Claus.

Benno schwieg und mühte sich weiterhin ab.

Susesch stolzierte mit umgehängtem Bass zu den Gebrüdern Brett. »Wollt ihr euch nicht mal umziehen?«

Die Charakterdarsteller waren sofort Feuer und Flamme. »Ja, richtig! Ja, genau! Ripplinger! Was ist jetzt mit den Uniformen?!«

Ripplinger hastete zu seinem Wagen und wühlte auf der Rückbank herum. »Kommt sofort, kommt sofort!«

Die Bretts rissen ihm das Kleiderbündel aus den Armen.

»Wer ist denn jetzt wer? Ich will Förster sein!«, rief der Mecki.

Der Iro stemmte die Arme in die Hüften. »Also muss *ich* den Bullen machen? Was willst du mir damit sagen?«

Der Mecki warf ihm seine Bierdose gegen die Brust.

»Haut die Bullen platt wie Stullen!«, brüllte er.

Dann lachten sie so laut wie zwei Presslufthämmer und zogen sich ohne Umschweife aus.

»Hier, grün ist Bulle! Das bist du!«

Der Iro zwängte sich in die Uniform, die ihm ungefähr anderthalb Nummern zu klein war. Sein Bruder hingegen sah in der völlig überdimensionierten Försterjacke aus wie ein Clown. Erstaunlich, dass es überhaupt Kleidung auf der Erde gibt, die einem Bruder Brett zu groß ist, dachte Albert.

Die Zwillinge betrachteten sich und brachen erneut in schallendes Gelächter aus.

»Geil, oder?«, sagte Ripplinger verunsichert.

»Mutter wäre stolz auf euch«, lobte Susesch. Meinte er seine eigene oder Mutter Brett?

Claus sagte nichts, musste aber breit grinsen.

»Todschick«, konstatierte Gernot, »aber das ist keine Polizeiuniform, das ist Bundesgrenzschutz!«

»Siehste!«, rief der Iro triumphierend zum Mecki. »Sofort aufgestiegen! BGS ist doch über Polizei, oder?«

»Der BGS ist eine Sonderpolizei ...«, begann Gernot, aber Susesch unterbrach geistesgegenwärtig seine Ausführungen: »Weichsel, guck mal! Wir haben aufgebaut, die Schauspieler sind eingekleidet, wie sieht's bei dir aus?«

Benno wirkte fahrig.

»Ich find die Akkus für die Kamera nicht. Die habe ich aber auf jeden Fall gestern eingepackt!«

Claus rollte mit den Augen.

»In dieses Auto?«, fragte Susesch.

»Natürlich!«, antwortete Benno gereizt.

»Warte mal«, sagte Gernot, öffnete die Beifahrertür und griff unter den Sitz. »Voilà!«

Benno fiel deutlich sichtbar ein Stein vom Herzen.

»Die hast du doch gerade da versteckt für deinen großen Auftritt!«, brüllte der Iro.

»Ruhe auf den billigen Plätzen!«, versetzte Gernot. »Gib mir lieber endlich auch mal ein Bier!«

Albert betrachtete die Reaktion von Claus und Susesch. Diese schienen sich keine Sorgen um Gernots Alkoholisierungsgrad zu machen.

»Kann losgehen«, rief Benno. »Ich check mal die Stellung und das Licht! Geht alle auf eure Positionen!«

Sie gingen auf ihre Positionen.

Benno wirkte zufrieden. »So sieht das spitze aus! Wir machen als Erstes den Band-Shot!«

»Wie ist denn das mit der Musik?«, fragte Susesch.

Benno schlug sich wieder vor die Stirn. »Ach ja, die Musik! Ich Trottel ... Ihr habt doch eine Kassette mit, oder?«

»Nein«, sagte Claus.

»Ich auch nicht«, sagte Albert.

»Ich hab meine zu Hause«, sagte Susesch.

Gernot verdrehte die Augen. »Dann muss ich mal in der Karre gucken.« Er stiefelte zu seinem Bus und wühlte geräuschvoll im Handschuhfach. Wenig später hielt er den anderen triumphierend eine unbeschriftete Kassette entgegen.

»Ich hab ein neues Sound-System, das ist echt geil!«, rief Ripplinger, sprintete mit der Kassette zu seinem Auto und lenkte es möglichst nah an die Band.

»Steht im Bild, steht im Bild!«, rief Benno hektisch.

Ripplinger setzte ein Stück zurück. Dann öffnete er sämtliche Türen und den Kofferraum des Wagens.

Strahlend legte er die Kassette ein. Hektische Gitarren und ein nervöses Schlagzeug erklangen.

»Oh nein, das ist *Victims Family*«, sagte Gernot. »Da muss ich noch mal im Bus nachgucken!« Wieder durchpflügte er das Handschuhfach und dieses Mal auch den Fußraum.

Ripplinger demonstrierte derweil anhand der Jazzcore-Kassette, wie leistungsstark sein Sound-System war. Albert dachte an die Wildtiere, die sie im Umkreis eines Kilometers in Angst und Schrecken versetzten.

Susesch spielte nebenher äußerst komplizierte Bassläufe zur Musik.

Schließlich kehrte Gernot mit einer weiteren Kassette zurück. »Hier, das muss sie aber sein! Da ist das Lied dreimal hintereinander drauf. Das heißt, danach musst du zurückspulen!«

Diese Erklärung war eigentlich eine Frechheit, aber Ripplinger nahm sie dankend an. »Ja, klar!«

»Bonifaz!«, rief Gernot und setzte sich wieder an sein Schlagzeug. »Aber wie soll ich das jetzt eigentlich machen, ich kann doch nicht als Einziger voll laut spielen?«

»Du sollst ja auch nur so *tun*, als ob du spielst«, erklärte Susesch.

»Wie, *so tun*?«

»Ganz einfach: Du stoppst kurz vorher ab! Wie bei Bud Spencer und Terence Hill!«

»Das ist doch Blödsinn!«, sagte Gernot.

»Blödsinn ist, wenn du laut spielst! Das schafft ja selbst Ripplingers Sound-System nicht, dich zu übertönen! Und wir müssen uns nun mal daran orientieren!«

Probeweise schlug Gernot auf den Zentimeter Luft direkt über seinem Schlagzeug ein. Er nickte, wenn auch nicht ganz überzeugt. »Na, wird schon klappen. Vielleicht!«

»Gut!«, lobte Susesch. Dann wandte er sich Ripplinger zu. »Gentleman, start your engine!«

Hoch konzentriert startete Ripplinger die Kassette. Während Gernot, auch ohne richtig zu spielen, so angestrengt wirkte wie immer und Susesch umgehend in ansehnliches Posing verfiel, wussten Claus und Albert zunächst überhaupt nichts mit sich anzufangen. Ratlos imitierten sie eine Probesituation. *Vielleicht hätte ich mir doch vorher ein paar Gedanken machen sollen*, dachte Albert.

Als sein Gesangspart kam, winkte er mit beiden Händen. »Stopp, stopp! Mach mal aus, Ripplinger!«

Ripplinger tat wie ihm geheißen, und Albert wandte sich an Benno: »Wie ist denn das, ich hab ja gar kein Mikrofon ...«

Benno sah ihn ratlos an. »Wozu ein Mikrofon?«

»Ja, ich dachte, das soll doch realistisch aussehen ...«

Benno drückte nervös seine Fingerspitzen aneinander. »Ich glaub, das würde mir im Motiv stehen.« Er sah Claus unsicher an. »Oder muss das jetzt sein?«

Claus zuckte mit den Schultern.

»Lassen wir weg!«, entschied Susesch.

Benno atmete erleichtert auf und war offensichtlich heilfroh, dass nicht er die Entscheidung hatte treffen müssen. »Also, wir machen jetzt direkt einen Shot. Ich will das Bild komplett haben. Dann kommen die Bretts dazu.«

Die Zwillinge jubelten und schwenkten ihre Bierdosen.

»Also noch mal, bitte!«

»Hab zurückgespult!«, rief Ripplinger stolz und spielte die Kassette erneut ab.

Albert bemühte sich, möglichst so auszusehen wie auf einer Bühne. Benno starrte angestrengt in seine Kamera. Nach zwei Durchläufen hob er beide Hände. »Ripplinger, mach mal stopp, bitte!« Er blickte zu Claus und Albert. »Leute, da ist mir zu wenig Bewegung in der Performance!«

Claus zupfte an den hohen Saiten seiner Gitarre herum.

»Sollen wir jetzt hier rumspringen oder was?«

»Ja, meinetwegen auch rumspringen! Hauptsache, nicht dastehen wie zwei Aschenbecher!«, sagte Benno in ungewohnt entschiedenem Tonfall.

»Okay, noch mal!«

Albert versuchte, ein wenig mehr Bewegung in seine Performance zu bringen. Er kam sich vollkommen lächerlich vor.

Benno hingegen war zufrieden. »Ja, so – das kommt cool!«
Claus schwieg.

»Noch zwei, drei Takes! Dann Einsatz Brettermänner!«
Anerkennendes Bierdosenöffnen aus dem Off.

Nach fünf weiteren Takes entschied Benno, dass man »mit dem Material nun auf der sicheren Seite« sei.

Ripplinger verjagte empört den Mecki, der ihm ungeniert auf die Motorhaube pissen wollte.

Gernot hatte wegen der starken körperlichen Belastung durch das Als-ob-Spielen starken Durst und nahm sich bereits die dritte Dose Bier aus dem Arsenal der Bretts.

Benno wies die Darsteller der Staatsgewalt an: »Also, so zur

Hälfte rennt ihr dann dahin. Oder früher! Dann fuchtelt ihr da so rum, dass man Respekt vor euch bekommt, und dann nehmt ihr denen die Instrumente weg. Klar, oder? Das kann eigentlich jeder.«

»Kann jeder!«, pflichtete ihm der Iro bei und warf seine leere Bierdose nach Susesch, der dem Geschoss geschickt auswich.

Bereits beim ersten Versuch legten sich die Gebrüder Brett gemeinsam unter lautem Gelächter ins Moos und standen erst nach längerem Zureden durch Benno wieder auf. Albert begann die Situation nun doch zu gefallen. Claus schien sich mit seinem Schicksal abgefunden zu haben, Gernot trank unbeeindruckt sein Dosenbier, und Susesch betrachtete die Szenerie mit der ihm eigenen Weltoffenheit. Bennos Kiefer wirkte hingegen etwas verkrampft.

Als beim dritten Auftritt von Forstamt und Polizei der Iro sehr vehement nach dem Herrn im Frack griff, wich Albert unwillkürlich einen Meter zurück.

Benno griff ein. »Nicht weggehen! Ihr sollt die beiden einfach machen lassen! Eher so ratlos …«

»Das ist eine ziemlich kostbare Gitarre«, erklärte Albert.

Der Iro hob beschwichtigend die Hand. »Ich bitte um Nachsicht!«, lallte er. »Deiner Ukulele wird schon nichts geschehen!«

In den nächsten Stunden schlug sich der Regisseur Benno Weichsel mit Veränderungen im Licht, einer zusehends ermattenden Band und zwei sich langsam dem Delirium tremens nähernden Volksschauspielern herum und befand am frühen Nachmittag, dass »wahrscheinlich ausreichend Material« vorhanden sei.

Die Gebrüder Brett vollzogen lauthals grölend einen Freudentanz.

Abgekämpft mühte der Filmemacher sich mit dem Zusammenpacken seiner Ausrüstung ab. Ripplinger stieg aus seinem Wagen und ging sofort zu Boden. Unbemerkt von allen Anwesenden hatte er sechs oder sieben Dosen Bier geleert, die nun auf dem Beifahrersitz lagen. Erstaunlich, dachte Albert und packte den heil gebliebenen Herrn im Frack in seinen Koffer.

Gernot spielte Fangen mit den Gebrüdern Brett, während Susesch und Claus die Instrumente in den Bus luden. Claus schweigend und Susesch mit dem typischen, leicht amüsierten Ausdruck im Gesicht.

»Ich muss jetzt das Material sichern«, erklärte Benno.

»Ich fahr den Kram und den Radbruch zurück«, entschied Claus.

»Gut, aber ich komm mit«, sagte Albert.

»Nee, musst du nicht, ich stell den Bus eh nur auf dem Hof ab und geh dann zu Juliet. Den Kram können wir ja morgen oder so in den Proberaum bringen.«

»Okay!«

»Talstraße?«, fragte Susesch, zu Albert gewandt.

»Klar!«, antwortete Albert.

Ripplinger hatte sich den noch immer Uniformierten und dem Schlagzeuger angeschlossen. Sie tanzten Ringelreihen. Todesmutig schritt Susesch ein. »Wer von euch muss denn jetzt noch mit in die Stadt?«

Der Iro tätschelte Susesch den Kopf. »Also, *wir* gehen noch in die Bismarck-Schenke! Da wird nach allen Regeln der Kunst gezapft!«

Gernot war unentschlossen. »Heute is' Happy Hour im Kabatek! Oder bleib ich einfach hier …?«

Ripplinger wuselte sich im Wuselhaar herum und gähnte: »Ich glaub, ich penn im Auto …«

Da der Biervorrat zu Ende gegangen war, setzten sich die Bretts ungelenk in Bewegung. Gernot kramte einen Schlüssel aus seiner Hosentasche. »Hier, die Hoftür von Izgin. Nicht verlieren! Und Vorsicht mit dem Bus, der ist neuwertig.« Dann folgte er schwankenden Schrittes den Bretts.

»Gut, ich hau mal ab«, sagte Claus. »Hauptsache, du fährst heute nicht mehr, Ripplinger!«

»Neeeeeee, ey, auf keinen Fall!«

Claus versuchte, die Fahrertür von Gernots Bus zu öffnen, und scheiterte. »Dieser Mann umgibt sich ausschließlich mit Schrott. Es ist un-fass-bar!« Er kletterte über die Beifahrerseite ans Lenkrad und kurbelte das Fenster runter. »Wir telefonieren dann, ja? Macht's gut!«

Susesch tippte sich an die Stirn. Albert sagte: »Alles klar!«, und ärgerte sich, dass er seinen Mitbewohner nicht gefragt hatte, ob er gedachte, irgendwann wieder in der gemeinsamen Wohnung aufzutauchen.

Dann fuhr Claus davon.

Susesch und Albert verabschiedeten sich von Benno, der noch immer seine Technik verstaute. Als Susesch seinen Karmann von der Lichtung lenkte, sah Albert im Rückspiegel, wie Ripplinger sich ans Steuer setzte und sein Auto anließ.

✻ ✻
✻

Albert lag auf dem Gugelot. Wieder war er allein in der Wohnung. Liane reiste mit irgendwem durch Irland. Albert dachte an die Mischung aus Unverständnis und Mitleid, die sich auf Tonis Gesicht abgezeichnet hatte, als Liane von ihren Reiseplänen berichtet hatte. Er musste lachen.

Wo steckte Toni eigentlich? In Berlin? Dido stand nicht in seinem Zimmer. Claus war über Nacht mal wieder nicht in der Talstraße gewesen. Albert hätte gerne mit ihm über den Videodreh gesprochen. Er hatte keinerlei Vorstellung von dem, was Benno Weichsel im Wald zurechtgefilmt hatte.

Das Telefon klingelte. Albert fand es neben dem Salatsieb im Regal. »Ja?«

»Tag, Kozlowski, 1000 Töpfe. Spricht dort Hoff?«

»Nein, der ist nicht da.«

»Ah, ja. Richten Sie ihm aus, dass wir dringend seinen Rückruf erwarten!«

Aufgelegt. 1000 Töpfe? So ein Quark, dachte Albert, nahm sich aber vor, Toni einen Zettel auf den Schreibtisch zu legen. Da er das Telefon bereits in der Hand hatte, rief er kurzerhand bei Diana an. Nichts. Er wählte die Nummer des Comicladens. Nichts. Er versuchte es bei Skrei. Nichts. Dann rang er sich dazu durch, seine Eltern anzurufen. Auch nichts, bis auf den unangenehmen Anrufbeantworter: »Familie Bremer ist derzeit nicht erreichbar. Wir bitten Sie, deutlich Ihren Namen, Ihre Telefonnummer und den Grund Ihres Anrufs zu hinterlassen. Wir rufen unverzüglich zurück.«

Albert verzichtete darauf, etwas aufs Band zu stammeln. Eigentlich waren seine Eltern doch immer zu Hause. Zumindest seine Mutter. Was war nur los? War ein Atomkrieg ausgebrochen? Er schaute aus dem Fenster. Ein gealterter Transvestit im schmuddeligen Kleid latschte durch den Sommerregen, der Mann im Imbiss gegenüber formte in unnachahmlicher Ruhe Teigschiffchen. Immerhin, dachte Albert. Die Menschheit existiert noch. Zumindest drei ihrer Vertreter. Gibt es überhaupt noch Atomwaffen, oder haben sie die alle abgerüstet? Ich bin wirklich schlecht informiert. Vieles ist ja ohnehin nicht herauszufinden. Wer weiß schon, was mit all dem Plutonium aus den Sprengköpfen passiert ist. Geheime Zutat für das superscharfe Pulver vom Pide-Mann? Welche Farbe hat eigentlich

Plutonium? Und was ist eigentlich mit Claus? Warum ist der nie hier?

Albert schlich in sein Zimmer und suchte nach dem Zettel mit der Nummer von Juliets WG. Erstaunlich, dass sie ihm die aufgeschrieben hatte. Er wählte, erreichte auch dort niemanden und spähte in den Kühlschrank. Bis auf einen verschrumpelten Apfel schmuddelige Leere. Äpfel gehörten nicht in den Kühlschrank. Da war er sich sicher. Er schaute auf die Uhr. Zehn vor elf. Dienstags um zwölf war doch immer die Vorlesung mit dem verlotterten Professor mit Vollbart. Wie hieß der gleich? Stuck oder Struck oder Strock. Kurz entschlossen stieg Albert in eine Hose und packte seine Plastiktüte.

Auf dem Campus überkamen ihn umgehend deutliche Zweifel. Gähnende Leere, dachte Albert, eigenartig. Er überlegte, ob er den korpulenten Pförtner fragen sollte, was hier vor sich ging. Beziehungsweise eben nicht.

Jemand tippte ihm auf die Schulter.

»Albert, dich hätte ich ja hier am allerwenigsten erwartet. In der vorlesungsfreien Zeit!«

Albert drehte sich um und blickte in ein freundliches Gesicht unter einem akkuraten Haarschnitt. Landolf oder Adolf, der Zeitsoldat.

»Ach so, Ferien ...«

Rolf oder Wolf klopfte auf seinen Pilotenkoffer. »Ich bin gerade auf dem Weg zur Bibliothek. Vorlesungsfreie Zeit heißt ja nicht Ferien! Kommst du denn nächstes Semester wieder zu den Vorlesungen?«

»Ja, mal sehen, ich muss mal schauen, ob es bei mir passt ...«

»Würde mich freuen. Ich muss weiter. Wiedersehen, Albert!« Ralf oder Tjalf zog von dannen.

»Ja, mach's gut ...« Albert schaute ihm hinterher und begutachtete den merkwürdig federnden Gang. Ein wenig wie ein Vogel Strauß, dachte Albert. Oder ein Emu. Er versuchte vergebens, ihn sich in Uniform und im Marschschritt vorzustellen. Und er fühlte sich fürchterlich einsam. Vielleicht mal um die Alster spazieren, dachte Albert. Da war er noch nie gewesen.

»Kann man nicht machen, wegen der ganzen Jogger«, hatte Claus ihm seinerzeit erklärt. »Schnöselalarm, unerträglich!«, hatte Toni beigepflichtet. Dann eben Schnösel gucken, dachte Albert.

Wider Erwarten gefiel es ihm an der Alster gut. Die weißen Häuser, die Bäume und die im seichten Wasser dümpelnden Segelschiffe und Schwäne beruhigten ihn. Die prognostizierten Schnösel und Jogger bewegten sich vollkommen selbstverständlich unter dem wolkenverhangenen Himmel und störten Albert nicht. Er folgte dem breiten Sandweg am Ufer.

Binnenalster, Außenalster, östliche Alsterseite, westliche Alsterseite. Was war denn jetzt eigentlich wo?

Albert fühlte sich fehl am Platz und erblickte neben einer gigantischen Trauerweide eine Telefonzelle. Mit Münzschlitz! Albert klopfte auf seine Jackentaschen und registrierte Geklimper. In der Zelle roch es nach kaltem Rauch. Er steckte die Münzen in den Apparat und wählte Dianas Nummer. Wieder nichts. Er wählte die Nummer seiner Eltern. Aus schlechtem Gewissen oder wegen eines Anflugs von Heimweh?

Es läutete zweimal.

»Bremer?«, hörte er seine Mutter sagen, eigentlich sang sie es mehr, als dass sie es sagte. Die oberbergische Tonlage weckte in ihm eine Vertrautheit, die er nicht erwartet hatte. Du bekommst den Jungen aus dem Dorf raus …

»Hallo, ich bin's!«

»Albert, na endlich! Wir haben schon so oft angerufen. Bei dir geht ja neuerdings immer nur dieser Untermieter ans Telefon, dieser

Marco von Weber. Er hat uns erzählt, dass du aufgrund deiner herausragenden Fähigkeiten momentan in einem Begabtenquartier untergekommen bist, mit anderen besonders talentierten jungen Menschen. Das ist ja doll, erzähl doch mal!«

Weber, du Vollidiot, dachte Albert. Er sah die Chancen auf ein vernünftiges Gespräch mit seiner Mutter schwinden. »Äh, ja nicht so ganz oder – ja, doch. Also, Begabtenquartier stimmt schon, das muss ich mal in Ruhe erklären. Aber wie geht's euch denn?«

»Bei uns ist was los, das kann ich dir sagen. Der Papa ist in der Garage und wechselt gerade die Bremsbeläge vom Audi, obwohl ich ihm doch dreimal gesagt habe, fahr in die Werkstatt. Aber nein, er muss ja unbedingt sparen! Ist auch alles so teuer geworden, seit die Ehemaligen aus der DDR uns die ganzen Fahrzeuge und Ersatzteile wegkaufen. Aber sag mal, hast du denn den Jürgen gefragt, bevor du diesen Untermieter in die Wohnung gelassen hast? Der war wirklich sehr nett, der junge Mann, und dann sogar von Adel, wusste ich ja gar nicht, dass es so etwas in Hamburg gibt, *von Weber*. Aber merkwürdig, dass der dann nicht in seinem eigenen Anwesen wohnt, sondern in der Wohnung von Jürgen, also in deiner Wohnung, meine ich. Oder? Ich weiß ja nicht. Du rufst den Jürgen am besten gleich mal an.«

»Mama, das ist ja nur für kurze Zeit, die Unterkunft …«

»Ja, und außerdem dachten wir doch, dass du in den Semesterferien nach Hause kommst. Wir wissen ja schon gar nicht mehr, wie du aussiehst.«

»Nun ja, es handelt sich hier doch nur um die vorlesungsfreie Zeit, nicht um Ferien!«

Albert dankte dem Soldaten für dieses formidable Argument, schämte sich aber wegen seiner Unverfrorenheit.

»Und meine Stipendiatenunterkunft ist auf ebendiese Zeit beschränkt.«

Stipendiatenunterkunft klang gut. Was für ein Unfug.

»Also, ich weiß ja nicht, ruf doch den Jürgen am besten jetzt gleich an, der sollte schon wissen, wer sich in seiner Wohnung aufhält.«

»Ja, ist ja gut, mach ich. Aber der Marco Weber ... also der Herr von Weber, der ist ein ganz netter und zurückhaltender Kommilitone, der sitzt sowieso die ganze Zeit über seinen Büchern.«

»Nun, wenn du meinst. Isst du denn ordentlich? Hoffentlich nicht immer nur Ravioli. Wenn du zu uns kommst, dann mache ich dir erst mal schön Sauerbraten. Nicht immer dieses italienische Zeug. Hier ist übrigens ein herrliches Wetter. Die Hortensien, die ich gepflanzt habe, sind riesig geworden.«

Das Thema Wohnung war für seine Mutter erledigt. Bisweilen war ihre Sprunghaftigkeit wirklich hilfreich.

»Du, Mama, ich muss jetzt Schluss machen, ich steh in der Telefonzelle.«

»Ja, wieso das denn? Habt ihr denn in eurer Begabtenvilla kein Telefon?«

»Nein, leider nicht, uns soll nichts vom Lernen abhalten. Wir leben wie die Mönche.«

Nach einer längeren Verabschiedungsarie legte Albert endlich auf. Er wunderte sich, dass sie diesen Blödsinn so einfach hingenommen hatte. Und er ärgerte sich über Marco Weber, der anscheinend völlig ungeniert sein Telefon benutzte und sich solche Räuberpistolen ausdachte. *Von Weber*! Eine Unterredung mit dem Lügenbaron von Barmbek war unumgänglich. Bei dem Gedanken an Barmbek kam ihm der Comicladen in den Sinn. Ein paar Münzen waren noch übrig. Warum nicht, dachte er und wählte die Nummer, die er ebenso wie Dianas längst auswendig kannte. Es klingelte dreimal.

»Hallo?«

Dianas Stimme klang tief und warm und irgendwie traurig.

»Ich bin's. Albert.«

»Ja, ich weiß«, erwiderte Diana, »ich freu mich so, dass du anrufst. Wollen wir uns sehen?«

Das unvermittelte Angebot überraschte Albert. Er lehnte sich an die Scheibe und fuhr mit dem Zeigefinger über den Rücken des eingehängten Telefonbuchs.

»Gerne. Wann denn?«

»Hast du jetzt Zeit? Komm doch in den Laden. Ich freu mich.«

Nachdem er den Hörer zurück auf die Gabel gehängt hatte, blieb er eine Weile in der Telefonzelle stehen und versuchte, an nichts zu denken. Es gelang ihm ein paar Sekunden und fühlte sich sehr gesund an.

Die Tür des Comicladens war abgeschlossen, doch es brannte Licht. Das schwächliche gelbe Licht von Energiesparlampen stimmte Albert melancholisch. Kompaktleuchtstofflampe, neun Watt ersetzen sechzig Watt, und je länger die Birne lebt, desto kürzer haben wir noch zu leben, dachte Albert.

Er legte die Hände neben das Gesicht und blickte durch das Glas der Tür. Der Laden machte keinen guten Eindruck. Die Kasse fehlte. Überall standen Kisten im Raum.

Er klopfte, Diana näherte sich aus dem Hinterraum und drehte den Schlüssel. Sie sah mitgenommen aus.

Albert betrat mit einem etwas hilflosen Lächeln den Laden. »Na, wie geht's?«

Eine dämlichere Begrüßung war kaum möglich, dachte er. Diana betrachtete das Chaos, in dem sie standen. »Ach, voll scheiße eigentlich.«

Für einige Sekunden schwiegen sie, dann wollte Albert ansetzen, sich für die Haschisch-Eskapaden zu rechtfertigen.

Diana kam ihm zuvor. »Werner ist letzte Woche gestorben.«

Albert wusste nicht, was er sagen sollte. Er vergrub die Hände in den Hosentaschen. »Wollen wir ein bisschen rausgehen? Es nieselt zwar …«

»Nein, ich muss hierbleiben.«

Sie verschloss den Deckel eines Umzugskartons.

»Ich bin nicht so gut im Erzählen. Wie mein Vater. Es war schon lange klar, dass er bald stirbt. Leberkrebs. Scheiße, verdammte Scheiße.« Diana kämpfte mit sich, aber sie weinte nicht. »Der Laden, das war alles für ihn. Seine Welt, sein Rückzugsort. Und Rückzug war sein Dauerzustand.«

Sie stapelte ein Dutzend Garfield-Bände übereinander.

»Er hat jeden einzelnen Comic hier gelesen. Wirklich jeden. Deshalb war er zu den Kunden auch oft so unfreundlich. Er hat es gehasst, wenn die Hefte diesen Ort verließen. Dabei war Werner mal ganz anders. Ich kann mich nur kaum daran erinnern, wie das Leben früher war. In diesem Bus und in der Sonne, irgendwo am anderen Ende der Welt.« Sie sah Albert an. »Mein Vater hat es wirklich überall geschafft, einen Job an Land zu ziehen. Etwas Geld ranzuholen, damit diese Reise weiterging. Werner und Erika waren so sorglos und glücklich.«

Albert stellte fest, dass die Vornamen seiner Eltern für ihn nicht existent waren. Sie nannten sich sogar Mama und Papa, wenn sie übereinander sprachen.

»Ich glaube, er hat direkt mit der Sauferei angefangen, nachdem Erika gestorben war. Er hat es immer vor mir verheimlicht. Und wir haben nie darüber gesprochen. Was hätte ich denn auch sagen sollen? Ich war froh, dass er wenigstens diesen Ort hier hatte, seine komische Welt. Obwohl es furchtbar war, wie er sich hier vor der Wirklichkeit verkrochen hat. Ich weiß nicht, vielleicht war auch dieser ganze Hippie-Lifestyle der Grund allen Übels. Weißt du, woran Erika gestorben ist? An einer kaputten Leber, Bilharziose. Und jetzt Werner und dieser verfluchte Leberkrebs. Als hätte er das extra gemacht, dieser Idiot.«

Sie sah wütend aus. Wut ist gut, dachte Albert. Er hatte mit dem Tod bisher kaum etwas zu tun gehabt. Abgesehen von seinem Uropa, aber der war über neunzig gewesen, als er starb. Diana hatte nun doch Tränen in den Augen. Zufällig fiel Alberts Blick auf eine Kiste, die neben ihm im Gang stand. Das Pappschild, auf dem in Werners etwas altmodischer Handschrift »EHAPA SONSTIGES« stand, war zerknickt. In diesem Karton hatte Albert bei seinem ersten Besuch das Goofy-Album gefunden.

Willkürlich zog er ein weiteres Heft heraus. »Goofy als Robinson Crusoe«.

Das kann kein Zufall sein, dachte er.

»Kennst du das? Soll ich es dir vorlesen?«

Comics vorlesen, ein selten dämlicher Vorschlag. Aber Diana sagte: »Ja, warum nicht. Hauptsache, Goofy hat nicht so eine bekloppte Stimme wie in den Filmen.«

Albert nickte. »Blökt und gluckst nur dämlich rum.«

Weil auch der Hocker am Kassentresen schon weg war, setzten sie sich nebeneinander auf den vergilbten PVC-Boden. Diana verschränkte die Hände hinter dem Nacken, und weil Albert feststellte, dass der Originaltext wenig hergab, begann er, die Texte in den Sprechblasen abzuändern. Goofy sagte nun »Kein Mensch darf ohne einen Globus leben«, »Ich will mein eigener Herr sein« und »Diese italienischen Zeichner haben keinen Sinn für Ästhetik. Ich sehe ganz anders aus.«

Diana lehnte sich an ihn, und Goofy sagte: »Damit hätte ich nun wirklich nicht gerechnet, meine Dame!«

Diana ließ Goofy antworten: »Niemand sollte in Barmbek versauern«, und: »Es wird böse enden!«, und: »Trau, schau, wem!«

Albert als Goofy sprach: »Es tut Albert sehr leid, aber er hatte sich vergiftet.«

Diana nahm Albert das Goofy-Album aus der Hand und legte es zur Seite.

»Albert, das ist egal. Ich wusste nur nicht so recht, was das soll, warum du da mit einem anderen Mädchen Arm in Arm rumläufst. Aber ich hab ja auch Scheiße gebaut, ich hatte einfach keine Zeit für dich. Ich hatte nur meinen Vater und mich selbst im Kopf. Mir tut das total leid, und ich habe keine Ahnung, wo das hinführt. Aber es ist gut, dass du jetzt hier bist.«

Albert strich Diana über die Haare. Unter der schwarzen Farbe war ein blonder Ansatz erkennbar. Dann küssten sie sich.

Später half Albert Diana, die fertig gepackten Kartons in der Nähe der Tür aufzustapeln. Er stellte sich vor, wie schnell der Laden sich leeren würde, wenn sie Ripplinger anbieten würden, dass er alles behalten könnte, was ihm gefiel. Gegen Abend fuhren sie mit Dianas Fahrrad in die Talstraße. »Ich kann jetzt nicht in meine Wohnung«, hatte sie gesagt. Die Küche war erleuchtet, wie Albert feststellte, während Diana das Fahrrad anschloss. Toni? Oder doch Claus? Albert betrachtete Diana. Während der Fahrt hatte sie beinahe heiter gewirkt. Ihr Herrenrad hatte keinen Gepäckträger, und er hatte sich ziemlich anstrengen müssen, einigermaßen voranzukommen, während Diana verkrümmt auf dem Rahmen saß. Er rieb sich mit verzerrtem Gesicht die Oberschenkel.

Sie ließ den Fahrradschlüssel in der Hosentasche verschwinden und grinste. »Na, nicht in Form?«

Albert drückte die Schultern nach hinten durch, woraufhin es bedenklich knackte. »Nicht in Form. Ich komme aus einer sehr bergigen Landschaft, da habe ich mir das Radfahren schon früh abgewöhnt.«

Er hatte die Nähe auf dem Fahrrad sehr genossen. Sie waren durch den Stadtpark und dann an der Alster entlang über die Innenstadt gefahren. Mein Alstertag, zweimal Alster und zurück, dachte er und daran, wie sie ihm Kommandos ins Ohr gerufen hatte: »Rechts, links, schneller! Vorsicht, Schnösel!«

In der WG empfingen sie Musik, lautes Gerede und Zigarettenqualm. Claus, Gernot und Susesch saßen am Küchentisch. Susesch baute in aller Ruhe eine Pyramide aus einer nicht unbeträchtlichen Menge leerer Bierdosen, man saß offenbar schon etwas länger heiter beisammen. Gernot klatschte in die Hände. »Albrecht! Na endlich! Bier ist im Kühlschrank!«

»Diana! Ganz wunderbar!«, sagte die Susi-Stimme, die wie ein Lächeln klang. Diana lächelte herzlich zurück. Claus breitete die Arme aus, auch er schien sich ernsthaft über die beiden Neuankömmlinge zu freuen.

Albert empfand die Situation als pietätlos und blieb einen Moment zu lange unschlüssig im Flur stehen. Diana aber umarmte Susi, nahm sich eine Dose Bier aus dem Kühlschrank und fragte in die Runde: »Habt ihr vielleicht auch 'nen Schnaps? Mein Vater ist gestorben.«

12

Das Gugelot war leer, als Albert erwachte. Er griff nach dem Zettel, der auf seinem Klamottenstapel lag.

»Lieber Albert. Danke! Entschuldige, ich musste los. In den nächsten Tagen ist noch so viel zu klären. Ich melde mich. Diana.«

Neben ihrem Namen lächelte eine weibliche Abwandlung von Goofy. Richtig gut, dachte Albert und bewunderte die Kugelnase und die Ohren der Goofine, die jeweils etwas kleiner waren als bei ihrem männlichen Pendant. Um die Augen schwangen sich lange Wimpern.

Diana hatte sich mit der Band ausgezeichnet verstanden, zwar mitgetrunken, aber nicht so gesoffen wie Gernot und Claus. Albert war es bemerkenswert leichtgefallen, nicht zu trinken. Claus hatte gelöst gewirkt. Fast wie früher, dachte Albert und grinste schief: früher, das passte nicht. Früher war die Zeit vor Hamburg. Wann genau hatte früher eigentlich aufgehört?

Albert spürte dem Gefühl nach, das ihn überkommen hatte, als er Arm in Arm mit Diana eingeschlafen war. Es hatte sich angefühlt, als gehörten sie zusammen. Und nun hatte sie sich schon wieder in Luft aufgelöst.

Albert zog die Stecknadel aus der Wand, die den Flyer der *Cathartics* hielt. Der Zettel segelte hinter das Bett, und Albert befestigte die Goofine über dem Kopfende.

In der Küche begegnete er den Überresten der gestrigen Zusammenkunft in Form von zerdrückten Büchsen und zwei vollen Aschenbechern. Claus' Zimmertür stand offen, er war ebenfalls ausgeflogen.

Albert öffnete den Kühlschrank und warf die Tür sofort wieder zu. Kakaotrunk, Herr Bremer!, dachte er.

Drei Minuten später stand er vor dem Kiosk in der Silbersackstraße, wo der Verkäufer kistenweise Mangos aufeinanderstapelte. Offenbar hatte Albert eine Nummer zu interessiert das ungewöhnliche Obstangebot betrachtet. Der Kioskbetreiber hob großzügig die Hand. »Nimm mit, Junge, nimm mit! Fünf Mark die Kiste. Original aus Südsee.«

Original vom Fischmarkt übrig, dachte Albert, kaufte eine Kiste und brachte sie nach Hause. Am Hauseingang diskutierten zischelnd Frau Bartsch und ihre Tochter. Vitamine würden denen nicht schaden, dachte Albert, unterdrückte aber den Impuls, den beiden ein paar Früchte anzubieten. Die würden sie ohnehin nur vergammeln lassen, und für eine neue Ungezieferinvasion wollte Albert nicht mitverantwortlich sein.

Vor der Wohnungstür überlegte Albert zwei Sekunden, dann stieg er weiter in den zweiten Stock hinauf. Nach dem fünften Klingeln öffnete Frau Baszak.

»Albert! Wie schön, komm rein.«

Er folgte ihr ins Wohnzimmer, wo naturgemäß Freddy sang.

… auf meiner ersten Fahrt fühlte ich mich endlich frei. Keine, keine andre Welt tausch ich mehr dafür. Und ein Mädchen steht am Kai, das gehört zu mir …

Albert stellte die Mangos auf den Wohnzimmertisch.

»Wie geht dir das? Siehst ja schon wieder etwas lebendiger aus. Komm, setz dich, hab gerade Kaffee gekocht.«

»Hier, Frau Baszak, kennst du eigentlich Mango? Die schmecken super.«

Frau Baszak stellte zwei Kaffeetassen auf den Tisch.

»Jung, ich bin vielleicht alt, aber ich komm ja nich von hinterm Mond. Die hat der Erwin manchmal mitgebracht, wenn er damals von großer Fahrt zurückkam. Mönsch, die habe ich ewig nicht gehabt.«

Über ihr Gesicht flog wieder ein Schatten, wie immer, wenn sie von Erwin sprach.

»Ich hol mal ein Messer und schneid uns ein paar von den Dingern in Würfel«, beeilte Albert sich zu sagen.

»Du, ich weiß gar nicht, ob ich die mit dem Gebiss überhaupt essen kann«, rief sie ihm in die Küche hinterher.

Albert kehrte mit dem Gemüsemesser zurück und drückte mit dem Zeigefinger auf eine Mango. »Kein Problem, die sind eher überreif.«

Sie tranken Frau Baszaks Kaffee, der wie immer so stark war, dass man den Löffel hätte hineinstellen können, aßen Alberts Mangowürfel, und Freddy sang dazu.

Als ich noch ein Junge war, träumte ich zu viel. Doch ich wusste damals schon: einmal kommt man doch ans Ziel. War der Weg auch manchmal schwer ...

Albert berichtete von Geschehnissen um seine Kapelle und von Diana. Frau Baszak hörte einfach nur zu und lächelte. Nicht verständnisvoll, sondern wie jemand, der tatsächlich *versteht*.

Der Tag ist gerettet, dachte Albert, als er eine Stunde später die restlichen Mangos im Kühlschrank der WG verstaute. Gehörten Mangos eigentlich in den Kühlschrank?

In den Dämmerzustand vor dem Erwachen schraubte sich Tonis Stimme. Albert bemühte sich, den letzten Traumfetzen wieder an sich zu reißen, Diana hatte ihm etwas nicht Unwichtiges gesagt.

Aber Tonis Vehemenz machte das unmöglich. Albert warf die Bettdecke zur Seite, zog die Knie an und rollte sich mit Schwung in die Senkrechte. Nachdem der Sekundenschwindel nachgelassen hatte, begab er sich in die Küche, wo Toni noch immer auf Claus einredete.

»... dass frische Ananas grundsätzlich mehr Vitamine hat, ist doch Quatsch, Claus! Außerdem ist Dosenananas ja in Zuckerwasser eingelegt, und dadurch werden Nährstoffe besser verstoffwechselt. Wesentlich bekömmlicher ist sie auch! Bei der Lagerung geht ja die Säure raus ...«

Claus leistete keinen Widerstand. Er wirkte erschöpft, und Albert bedachte ihn mit einem verständnisvollen Blick, während er das Telefon vom Küchentisch klaubte.

»Das ist letztlich bei allen Obstsorten so, deswegen wurde ja früher auch so viel eingekocht!«, fuhr Toni mitleidlos fort. Dann rief er Albert ein »Wiederbringen!« hinterher.

Die üblichen beiden Nummern. Diana zu Hause, Diana im Comicladen. Er erreichte sie nicht. Natürlich nicht, dachte Albert, und nach einem Blick auf die Uhr: Ist ja auch erst halb zehn. Später vielleicht.

Einer spontanen Eingebung folgend, wählte er die Nummer seiner Eltern. Buchstäblich mit dem ersten Klingeln riss jemand den Hörer ab.

»Hier Bremer!«, stellte sein Vater atemlos fest.

Wieso ging sein Vater ans Telefon? Sein Vater vermied das Gerät, wo es nur ging. Albert hatte in seinem Leben noch nie mit seinem Vater telefoniert. Hatte er sogar neben dem Telefontisch gelauert?

»Hey, hallo, Papa! Ich bin's ...«

»Albert, endlich!« Sein Vater klang seltsam nervös, was Albert beunruhigte.

»Albert, Mama ist völlig mit den Nerven runter! Seit gestern Mittag versuchen wir, dich zu erreichen! Wir wollten ja morgen in den Spessart, da müssen wir doch um sechs Uhr losfahren, ich habe extra noch die Bremsbeläge gewechselt! Du kannst dir nicht vorstellen, was der Heinz Mittler inzwischen für neue Bremsbeläge nimmt, also diese Mechaniker sind doch Halsabschneider! Aber wenn die Bremsbeläge runter sind, kann man doch nicht auf die Autobahn …«

Albert fragte sich, ob seine Mutter vielleicht wegen dieser Bremsbelägegeschichte so mit den Nerven runter war. »Ja, das hat Mama erzählt …«

Sein Vater schien sich zu sammeln, dann fuhr er in ungewohntem Tempo fort: »Gestern um zwölf, ach nein, um halb eins hat der Jürgen angerufen! Du liebe Güte!«

Albert wurde schwummerig. Die Wohnung in Barmbek und der feine Herr von Weber. Das klang nicht gut. Sein Vater rannte offenbar im Flur neben dem Telefontisch auf und ab und wechselte ständig den Hörer vom linken zum rechten Ohr und zurück.

»Also, man muss ja froh sein, dass es überhaupt herausgekommen ist, das war ja eigentlich unsere Idee oder besser die von Mama! Du weißt doch, Jürgen und Monika haben das Ferienhaus auf Föhr, in Wyk, da waren wir doch auch mal, 1986 oder 1985? Und da meinte Mama, ob sie dir nicht noch Bettwäsche mitbringen könnten, sie hat Biber-Wäsche im Sonderverkauf bei Woolworth gekauft.« Sein Vater sprach »Woolworth« noch immer wie »Wollwort« aus. »Die magst du doch so gerne, die Biber-Wäsche. Und dann hat Mama noch einen Karton mit Marmelade gepackt, davon hattest du ja gar nichts mitgenommen, und wir hatten doch letztes Jahr so viel Stachelbeeren, und außerdem hat die Frau Schlechtingen noch so viel Kirschmarmelade mitgebracht, und Mama dachte, damit du mal was Anständiges hast, nicht nur Spaghetti immer, und dass dieser nette Untermieter auch was davon bekommen soll, weil die fahren doch auf dem Weg an die Nordsee sowieso an Hamburg vorbei ...«

Albert verspürte das Bedürfnis, den Arm auszustrecken, um zwischen Ohr und Hörer den größtmöglichen Abstand zu ermöglichen. »Ja, gut, Papa, freut mich, aber was ist denn eigentlich los?«

Sein Vater atmete so tief ein und aus, dass Albert befürchtete, er würde sogleich in Tränen ausbrechen.

»Albert, das ist nicht witzig! Wie stehen wir denn jetzt da bei Jürgen und Monika? Die Monika war ja ganz aufgelöst! Weil, sie sind dann nach Barmbek gefahren, und dann haben sie geklingelt, und dann hat keiner aufgemacht, aber der Jürgen hat ja natürlich noch einen Schlüssel für die Wohnung! Du kennst ja den Schlüsselbund vom Jürgen! Wie der da den Überblick behalten kann!«

Albert hatte sich auf die Kante vom Gugelot gesetzt. Wenn sein Vater weiterhin nicht zum Punkt käme, könnte er den Hörer auch aufs Bett legen und sich einen Tee kochen. Aber ihm war zu mulmig zumute. »Jedenfalls hat der Jürgen dann die Wohnungstür aufgeschlossen. Du kannst dir nicht vorstellen, was die dort erlebt haben! Chaos ist ja gar kein Ausdruck dafür. Wir können nicht glauben, dass du die Verantwortung dafür trägst. Du bist zwar nicht ordentlich, aber, nein, das können wir uns nicht vorstellen. Dass du so etwas ...«

Albert spürte, wie er vor Scham errötete.

Sein Vater wurde kurz lauter. »Das habe ich dem Jürgen jedenfalls deutlich gesagt, dass du ganz offensichtlich hintergangen worden bist! Die Wohnung sieht aus wie eine Müllhalde. Überall leere Dosen und Flaschen, der Teppichboden ist voller Brandlöcher, dreckiges Geschirr überall, im Badezimmer ist das Waschbecken aus der Wand gerissen und liegt auf dem Boden. Und auf dem Balkon liegt eine verbeulte Schubkarre. Eine Schubkarre gehört doch nicht auf den Balkon! Und damit nicht genug. Im Flur steht ein Mofa! Übrigens eine Zündapp 422. An sich ja eine schöne Maschine, das meinte der Jürgen auch! Aber warum steht die da im Flur? Albert, wie kann so etwas passieren? Ich möchte, dass du die Sache sofort in Ordnung bringst. Ich habe den Jürgen noch nie so enttäuscht erlebt.«

Weber, du gottverdammtes Stück Scheiße, dachte Albert, ich hätte es wissen müssen. Er schwieg ins Telefon. Auch sein Vater schwieg. Er war angezählt. »Ist der Junge gesund?«, rief Alberts Mutter aus dem Hintergrund. Die Sorge in ihrer Stimme ließ Albert in den Stand schnellen.

»Sag Mama, dass es mir gut geht«, sagte er entschlossen, »und dass ich die Sache in Ordnung bringe. Versprochen!«

Sein Vater hatte sich wieder gefasst und in den Tonfall zurück gefunden, den Albert von ihm kannte.

»Ich weiß, Albert. Aber das musst du Jürgen und Monika sagen! Hast du was zu schreiben?«

Albert kritzelte die Nummer der Ferienwohnung auf eine Kopfschmerztablettenpackung. Nachdem er seinen Eltern versichert hatte, dass sie sich beruhigt in den Spessart begeben konnten, verabschiedete er sich, setzte sich wieder auf die Bettkante und vergrub sein Gesicht in den Händen. Ob es erlaubt wäre, Marco Weber an einen Pranger zu stellen?

Kurz darauf nahm er die Tablettenpackung wieder zur Hand und wählte die notierte Nummer. Jürgen hob nach zweimaligem Klingeln ab.

»Hallo, Jürgen, ich bin's, Albert …«

»Albert! Na endlich. Wir warten hier jeden Tag auf deinen Anruf. In unserer Hamburger Wohnung ist ja leider ständig besetzt. Bist du denn jetzt dort? Hast du das Chaos beseitigt? Was ist denn los? Wir können uns gar nicht vorstellen, dass du dich so gehen lässt. Was ist denn passiert? Bist du rauschgiftsüchtig? Oder spielsüchtig? Wir sind wirklich sehr enttäuscht!«

»Es tut mir wirklich leid, Jürgen. Ich habe richtigen Mist gebaut. Eure Wohnung ist super. Und es war wirklich nett von euch, dass ihr da an mich gedacht habt. Aber ich habe ziemlich schnell Leute kennengelernt und habe jetzt eine Band. Ich spiele Gitarre und singe. Und verliebt habe ich mich auch.«

Albert sprach zu Jürgen wie zu Claus oder Toni und wunderte sich über sich selbst. Jürgen schwieg.

»Und Barmbek, das war so weit weg von allem. Ich habe ein Zimmer in einer tollen WG gefunden auf St. Pauli. Und dann habe ich einen ganz großen Fehler gemacht. Ich habe eure Wohnung an einen schlimmen Spinner untervermietet. Aber ich kümmere mich darum. Versprochen. Ich bringe das wieder in Ordnung.«

Immer noch Stille am anderen Ende der Leitung. Dann erhob Jürgen wieder seine Stimme. Langsam und ganz ruhig: »Also, Junge, ich weiß nicht, ob ich das der Monika erklären kann. Der hast du wirklich den ganzen Urlaub verdorben. Wie es dort aussah! Alles voller Müll und Dreck. Wirklich, als hätte eine Bombe eingeschlagen. Und das Verrückteste: Im Flur stand ein Mofa. Eine alte Zündapp 422. An sich ja eine schöne Maschine. Aber die war rosa lackiert! Wirklich, so etwas habe ich noch nie gesehen. Eine rosa Zündapp! Was für ein Unfug! Es stank überall nach Rauch, und kein Mensch war zu sehen. Monika musste weinen!«

Albert nickte nachdenklich, dann fiel ihm ein, dass Jürgen das ja nicht sehen konnte. Seitdem er als Kind zum ersten Mal mit seinen Großeltern telefoniert hatte, passierte ihm das immer wieder.

»Es tut mir wirklich leid«, wiederholte er mit Nachdruck, »ich bringe das in Ordnung. Ich bin schon dabei.«

Jürgen klang beruhigt. »Gut, hör zu! Wir sind hier noch bis zum 18. August auf Föhr. Und auf der Rückfahrt treffen wir uns mit dir in der Wohnung. Wenn es dann dort wieder anständig aussieht, dann geben wir dir ein Essen aus, und die Sache ist vergessen. Aber ansonsten ist es wirklich aus mit uns beiden.«

»Ist gut, Jürgen. Das wird alles. Grüße an Monika! Bis dann!«

»Bis dann, Albert!«

Noch fast drei Wochen Zeit. Das ist machbar, dachte Albert. Er brachte das Telefon in die leere Küche und legte sich wieder ins Bett.

Als er wieder erwachte, musste er sich kurz ins Gedächtnis rufen, dass er nicht mehr in Wehl lebte. Talstraße, nicht Kinderzimmer. Fünfzehn Uhr, verriet die Armbanduhr, die neben dem Kopfende des Gugelot auf dem Boden lag. In der Küche saß ein äußerst gut gelaunter Gernot mit Susesch und Claus am Tisch. Toni löffelte in der Ecke stehend eine Kiwi.

»Guten Morgen!«, rief Gernot mit betont vorwurfsvollem Gesicht. »Da Baron Bremer sein Gemach verlassen hat, würde die Entourage gerne mit ihm zum Proberaum aufbrechen. Vorher schlagen wir jedoch einen Besuch beim Pidemann vor.«

Gute Idee, dachte Albert und hob den rechten Daumen.

Toni begleitete sie.

Im Imbiss besetzten sie zwei der runden Stehtische. Albert entschied sich wie immer für einen Pide mit Schafskäse und Ei, allein um den schweigsamen Pidemann beim einhändigen Aufschlagen des Eis zu beobachten. Das beeindruckte ihn jedes Mal.

Das Qualitätskriterium für türkische Imbisse war laut Claus sehr einfach, aber durchaus schlüssig: Kam ein anständiger Ofen statt einer Mikrowelle zum Einsatz, so war es einer der Guten. Rund um die Reeperbahn waren die richtigen Öfen eindeutig in der Minderzahl. Gernot schaufelte sich drei Teelöffel des roten Plutonium-Pulvers über seinen Döner. Toni hingegen hatte sich mit Hinweis auf »Trennkost, aber nach meinen Regeln!« einen Milchreis bestellt, Claus einen Pide. Wenigstens eine Gemeinsamkeit, dachte Albert.

»Sagt mal, ist der Marco Weber eigentlich wirklich so verantwortungslos …?«, fragte er.

Susesch winkte ab. »Schlimmer, der ist ein Psychopath.«

»Imbezil!«, empörte sich Toni und klopfte mit dem Löffel auf den Rand der Milchreisschale. »Der Typ ist im-be-zil! Was ist denn mit dem?«

»Ach, nur so. Interessante Persönlichkeit.«

Glücklicherweise fragte niemand genauer nach. Susesch rührte drei Löffel Zucker in seinen Tee.

»Albert, was ist eigentlich mit Diana?«

»Ich erreich sie nicht. Wie immer.«

»Irgendwie auch verständlich bei der Scheiße mit ihrem Vater. Weißt du eigentlich, dass sie übermorgen Geburtstag hat?« Susesch tippte mit dem kleinen Finger an seine Schläfe.

»31. Juli. Habe ich mir gemerkt!«

Ich brauche ein Geschenk, dachte Albert.

»Du brauchst ein Geschenk!«, sagte Susesch.

»Die braucht irgendetwas Gesundes«, sagte Gernot, dem das Höllengewürz eigentlich längst die Mundhöhle weggeätzt haben musste, der aber nur ungerührt mit Bier nachspülte.

»Was Gesundes?«, fragte Albert.

»Ja, die sah echt blass aus, vorgestern in der Küche!«

Toni spreizte die Hände. »Echter Gentleman, der Herr Radbruch. Pass auf, Albrecht: Ich kenne ja den Wolle vom Ohio-Kino in Eidelstedt. Soll ich dir Kino-Gutscheine fürs Splatterfilmfest besorgen? Da läuft ja auch *Der gespaltene Schädel* von Fucilio. Das ist ein Volltreffer!«

Der Vorschlag stieß auf betretenes Schweigen.

»Blumen«, sagte Claus.

»Eine Bluse«, sagte Susesch.

»Irgendein Kunstdruck«, sagte Gernot.

»Kinogutschein ist eigentlich echt gut«, sagte Toni. Die Diskussion führte ins Nichts.

Nach einigen Minuten entnahm Gernot dem Kühlschrank eine weitere Dose Bier, öffnete sie und schnipste mit den Fingern. »Entsafter!«

Claus und Albert schwiegen irritiert, Susesch hingegen murmelte: »Nicht übel, nicht übel!«

Gernot nahm einen tiefen Schluck. »Ja, Mann! Izgin und ich hatten letztens Saftpressen! Ich rede jetzt nicht von so 'ner blöden Orangenpresse, die ist viel zu limitiert. Ich meine einen richtigen Entsafter. Da kannst du alles reinschmeißen. Birnen, Möhren, Äpfel, Melonen, Tomaten, ja, sogar rote Bete oder Sauerkraut. Das bringt Farbe ins Gesicht. Izgin hat mal versucht, Spargel zu entsaften. Allerdings erfolglos. Zu faserig! Aber davon abgesehen waren die top! AEG ESF 103. Der Mercedes unter den Entsaftern!«

Toni schüttelte verächtlich den Kopf.

»AEG – Auspacken, einschalten, Garantiefall!«

Gernot ließ sich nicht beirren. »Unfug! Sind einwandfrei, nicht rostende Edelstahl-Reiben und ein extragroßer Fruchtfleisch-Ausstoß. Die sind aber bei uns alle weg, die Dinger.« Er wedelte mit der Bierdose vor Alberts Gesicht herum. »Das wäre echt ein Eins-a-Geschenk! Fruchtkorb dazu, und schon wird's romantisch.«

Gernot leerte triumphierend sein Bier, während die Runde anerkennend nickte.

»Ja, aber wo bekommt man so 'n Ding her? Karstadt?«, fragte Claus.

»Quatsch, Kackstadt!«, erregte sich Gernot. »Apothekenpreise, keine fachliche Beratung! Du musst zu *1000 Töpfe* in die Ruhrstraße. Die haben auch immer genug Ware auf Lager.«

Albert bemerkte aus dem Augenwinkel, wie Toni zusammen-
zuckte.

»Na ja, Entsafter – ob das zu ihr passt?«, fragte Toni ungewöhnlich leise.

»Klar passt das zu ihr«, sagte Gernot überzeugt, »mit dem Ding
kannst du übrigens sogar Kiwis entsaften, die musst du nur vorher
schälen.«

»Kiwi ist eine Löffelfrucht!«, sagte Toni abwesend und ohne den
ihm eigenen Nachdruck.

»Gute Idee, Gernot!«, sagte Albert. Er fragte den Pidemann
nach einem Kugelschreiber und schrieb sich »Ruhrstraße« und
»AEG ESF 103« auf den Arm.

Toni winkte sparsam zum Abschied. »Ich muss noch packen,
morgen geht's wieder nach Berlin.« Eilends verschwand er aus dem
Imbiss.

Susesch blickte ihm skeptisch hinterher.

»Was ist denn mit dem los?«, fragte er.

»Zu viel Löffelfrucht konsumiert!«, mutmaßte Claus.

Sie stiegen in den Karmann-Ghia und fuhren zum Proberaum.

✳ ✳
✳

Albert stand auf dem Parkplatz in der Ruhrstraße und fragte sich,
wer wohl auf diesen schneidigen Namen gekommen war: *1000
Töpfe*. Sicherlich der joviale Seniorchef, der bis heute für die lau-
nigen Formulierungen in den Prospekten zuständig war.

Als er im Markt durch die Gänge schlurfte, stellte er sich vor,
wie Skrei gerade im Gartenbaumarkt zu Wehl Blumenerdesäcke
stapelte oder Heckenscheren nachhängte. Er würde auch in zehn
oder zwanzig Jahren den Ferienjob, in dem er hängen geblieben
war, als nichts Schlechtes und nichts Gutes begreifen, er würde auch

das Wort »Schicksal« nicht bemühen – es war einfach der Punkt, an dem er in seinem Leben war. Eigentlich beneidenswert. Albert sah sich um. Baumärkte sind wie Gartencenter, dachte er, und sie sind in der Metropole Hamburg genauso wie in der tiefen Provinz. Blumentöpfe und Harken, Schrauben in allen Größen, Werkzeug, Mörtel und die immergleichen Keksdosen in der Nähe der Kasse. Auch die Kundschaft war immer gleich: die Profis mittleren Alters, zu deren größter Niederlage es zählte, jemanden vom Personal um Rat zu fragen.

Albert hatte Zeit, also erlaubte er sich, in Ruhe nach dem Entsafter zu suchen. Er musste kurz laut auflachen, als er an Weißhausen dachte. Der wäre nämlich schnurstracks zum nächsten Menschen mit Baumarktuniform gestiefelt und hätte leutselig nach der hiesigen Entsafter-Abteilung gefragt.

Claus drängte sich in Alberts Gedanken. Sein eigenartiges Schlingern zwischen Verschlossenheit und Redseligkeit, zwischen Begeisterung und bitterem Schweigen machte Albert zu schaffen. Bislang hatte er es eigentlich immer nur mit ausgesprochen unkomplizierten Leuten zu tun gehabt, von Nele einmal abgesehen. Wobei er Nele wohl nur deswegen für kompliziert gehalten hatte, weil sie vollkommen anders dachte als er. Dass er selbst die schwierigste Person war, die er kannte – nun, diesen Gedanken hatte er meist erfolgreich verdrängen können.

Er nahm eine Axt aus dem Ständer und ließ sie hin und her pendeln. Ein beeindruckendes Werkzeug. Albert dachte an die Gebrüder Brett, die das Wort Axt ohne Ironie für Gitarre verwendeten. Wie viele sonderbare Menschen er in den letzten Monaten kennengelernt hatte, war erstaunlich.

Alberts Blick fiel auf ein Gesicht, das sich hinter dem Tresen der Zuschnittstelle für Holz befand. Das Gesicht verschwand sofort hinter einer Sperrholzplatte. Albert kratzte sich am Kopf – er musste sich geirrt haben – und ging einige Schritte auf den Tresen zu. Toni lugte halb hinter der Platte hervor, zog den Kopf wieder ruckartig zurück, sah dann aber offenbar ein, dass er entdeckt worden war, und schob sich langsam wieder in Alberts Blickfeld. Langsam und mit schuldbewusstem Lächeln hob er die linke Hand.

»Ach, hallo, Albert!«

Albert winkte zurück. »Toni! Was machst du denn hier?«

»Na, wie sieht es denn aus? Sägeaushilfe Hoff, sehr erfreut!« Er grinste schief. »Hast du deinen Entsafter schon?«

»Nein, hab mich erst mal nur ein bisschen umgeschaut.«

Toni beugte sich über den Tresen.

»Da hinten im Gang, bei den Grills links. Sind heute auch neu reingekommen, glaube ich. Genau das Richtige für Diana.«

»Alles klar, danke, Toni.«

Toni blickte auffällig an Alberts Kopf vorbei. »Gut, ich muss auch mal weitermachen. Wir sehen uns.«

Er verzog sich wieder in die hintere Ecke.

Albert blieb zwei Sekunden lang stehen, lief dann zu den Grills und danach links. Mit einer AEG ESF 103 unter dem Arm begab er sich zur Kasse.

Am nächsten Morgen wachte Albert überraschend früh auf. Acht Uhr! Sollte er versuchen, Diana jetzt schon anzurufen? Vor neun geht nichts, stellte er fest. Er schlurfte in die Küche und betrachtete die Unordnung. So früh am Morgen wirkte diese noch weitaus anklagender als zu normalen Uhrzeiten.

Im ersten Stock weinte das Baby. Albert blieb einen Augenblick vor der Tür von Familie Bartsch stehen und lauschte, dann verließ er betreten das Haus. Die Reeperbahn spuckte die letzten Trunkenbolde aus, die Kehrmaschinen beseitigten unbeirrt die Verwüstungen der letzten Nacht. Albert erwog zuerst, sein Frühstück beim

Bäcker im Silbersack einzunehmen, doch als er einige mit riesigen Topfpflanzen und prallen Obsttüten beladene Leute auf dem Weg zur S-Bahn sah, fiel ihm ein, dass heute Sonntag war. Sein frühes Aufstehen hatte ihm die erstmalige Chance auf einen Fischmarktbesuch in nüchternem Zustand verschafft.

An der Hafentreppe blieb er stehen und ließ den Blick über die gegenüberliegende Elbseite schweifen. Hamburg, Alberts Perle, dachte er und stieg die ersten Stufen herab. Als er einen Hinterkopf mit dünnem blondem Haar entdeckte, machte er in aller Stille kehrt und setzte seinen Weg in einem kleinen Bogen um die rechts gelegene Häuserzeile fort. Udo oder Urs, der Zeitsoldat mit dem untrüglichen Gespür dafür, zu vollkommen unerwarteten Zeitpunkten an überraschenden Orten aufzutauchen. Albert überquerte die Hafenstraße. Unzählige Pflanzenkäufer drängten mit ihrer Beute Richtung Landungsbrücken, durchmischt von schwankenden Gestalten, die in Gegenrichtung unterwegs waren und ihren Saufappetit an den zahlreichen Fressbuden stillen wollten.

»Eine Mark, eine Mark, alles eine Mark!«, brüllten die türkischen Obstverkäufer. Aale-Dieter legte noch eine Tüte Lachs drauf. »Zwanzig Mark, komm mal her, Zuckerschnute ... Hallo, komm du auch mal weiter ran ... Nur erste Wahl ...«

Albert ging weiter zu der Fischbude mit dem rotgesichtigen Verkäufer im touristenumwerbenden blauen Hemd unter weißblauer Schürze und entschied sich für ein Bismarckbrötchen. Mit dem Brötchen in der Hand stakste er über die leeren Kartons hinter den Buden und kletterte dann über das Geländer am Fluss, um auf der Kaimauer sitzend die Füße direkt über der Elbe baumeln zu lassen. Der Fischmarktlärm war hier ein wenig abgedämpft. Albert krümelte in die Elbe. Am anderen Ufer thronte die Werft, Blohm und Voss, Dock zehn. Das Wasser stand tief und warf kaum Wellen. Über ihm kreisten und kreischten die Möwen.

Salz, dachte Albert und betrachtete den angebissenen Hering. Skrei hatte ihm die Etymologie des Bismarckherings einmal erklärt, aber er konnte sich nicht daran erinnern. Wenn er wenigstens ein bierbedingtes Pappmaul hätte, wäre die säuerliche Geschmacksexplosion sehr willkommen gewesen. Doch am Vorabend hatte er es vorgezogen, nüchtern zu bleiben. Statt zu saufen, hatte er Gitarre gespielt und darüber nachgegrübelt, wie alles weitergehen würde und wieso er Claus kaum noch zu Gesicht bekam. Ein versprengtes Zecherkommando sang »Backe, backe Kuchen« und näherte sich seinem Aussichtsposten mit besorgniserregender Schlagseite und Geschwindigkeit. Albert knüllte das Fischpapier zusammen, stand auf und versuchte, seine Hände mit einem Taschentuch vom Heringsgeruch zu befreien. Wieder kämpfte er sich durch Müll und Menschenmassen. In einer abseits gelegenen Straße hügelan fand er eine Telefonzelle und erreichte Diana wieder nicht. Nicht einmal zum Geburtstag gratulieren lässt du dir, dachte er und trommelte verärgert mit zwei Fingern gegen sein Kinn.

Dann wühlte er in seiner Hosentasche. Er war mit elf Mark und siebzig Pfennigen ausgerüstet und entschied sich, Richtung Altona zu latschen. Abwesend durchquerte er die Trostlosigkeit der Neuen Großen Bergstraße, eine für Hamburg untypisch vehement zubetonierte Fußgängerzone. In den Spiegelungen der öden Einzelhandelsschaufenster bemerkte er seinen geduckten Gang, straffte sich und betrat schließlich die unterirdisch gelegene Bahnhofshalle von Altona. Eher eine Katakombe, dachte Albert und blieb an dem gläsernen Kasten mit der Modelleisenbahn stehen. Nachdem er einen Groschen in den Schlitz geworfen und den grünen Knopf gedrückt hatte, setzten sich die Miniaturzüge in Bewegung. Nie mussten sie ihr Territorium verlassen, nur stets dieselben Kurven nehmen. Albert beneidete die am Boden festgeklebten Miniaturschaffner, die Miniaturfamilien und die Miniaturtouristen. Denen hatte man mit der Festklebung zumindest sämtliche Entscheidungen abgenommen.

Kurz entschlossen nahm er die Treppe zu den S-Bahnen hinunter und stieg in den nächstbesten Waggon. Während er den Streckenplan an der Decke studierte, kam ihm die erste Begegnung mit Claus in den Sinn, die empfindlich von der Fahrkartenkontrolle gestört worden war. Was störte eigentlich *jetzt* ständig ihre Begegnungen? Betrachtete Claus ihn allen Ernstes als Konkurrenten? Er erinnerte sich an eine Bemerkung, die Toni über Claus vor einigen Tagen gemacht hatte: »Der hat den Ehrgeiz von seinem Vater geerbt. Aber hast du dir mal ein Haus von dem Dellmann angeguckt? Glas, Chrom, Beton. Anstatt mal ordentlich Backstein einzusetzen. Wir sind doch hier in Hamburg. Genau wie die Texte von Claus, da passt auch immer irgendwas nicht.«

Albert versank langsam in Gedanken, während er aus dem S-Bahn-Fenster schaute.

Sieben Stationen später erreichte die Bahn Wedel. Auf der Suche nach einem bewandelbaren Deich fand er nur fade Kleinstadtsträßchen und stand nach einer halben Stunde wieder vor dem Eingang des Bahnhofs. Er war im Kreis gelaufen. Albert betrat den Bahnhofsgrill und bestellte sich eine Portion Fritten. Während er auf seinen Teller wartete, überlegte er, ob er sich ein Bier aus dem Kühlschrank nehmen sollte, entschied sich jedoch dagegen und lehnte sich an einen der runden Stehtische. Tatsächlich im Kreis gelaufen, dachte er, und das in so einem überschaubaren Vorstädtchen. Sein Orientierungssinn war schon immer katastrophal gewesen. In Wehl hatte Albert sich immer auf Skrei verlassen, wenn sie gemeinsam unterwegs gewesen waren, die ganzen fünfzehn Jahre, die sie sich nun kannten. Und nun in Hamburg war es meist Claus gewesen, der die Richtung vorgegeben hatte.

Doch mit Skrei sprach er viel zu selten am Telefon, und Claus war nicht mehr greifbar. Vielleicht sollte ich lernen, nicht mehr im Kreis zu laufen, dachte Albert.

Er leerte seinen Teller, zahlte und verließ den Imbiss. Weil er keine Lust verspürte, nach dem Weg zur Elbe zu fragen, stieg er in die wartende Bahn und fuhr nach Hause, wo er ein weiteres und letztes Mal versuchte, Diana zu erreichen. Wieder ohne Erfolg. Er nahm die Badewanne in Augenschein und entschied sich augenblicklich dagegen, ein Vollbad zu nehmen. Der heutige Tag war für ihn gelaufen.

Er hatte den Entsafter so in seinem Zimmer platziert, dass Herr Bismarck ihn bewachte, und betrachtete zum wiederholten Mal die Goofine am Kopfende seines Bettes. Alle Wut auf Diana war verraucht, was wusste er denn schon? Er, Albert, aus wohlbehütetem Elternhaus im schönen Oberbergischen Land. Er stand auf, griff sich den Karton und trug ihn in die Küche. Die Tür zu Claus' Zimmer stand offen, er hatte sich schon seit Tagen nicht mehr blicken lassen.

Ob er mit Juliet in den Urlaub gefahren war, ohne Bescheid zu sagen? Zuzutrauen war es ihm.

Albert öffnete den Kühlschrank. Am Vorabend hatte er bei dem redseligen Gemüsehändler in der Paul-Roosen-Straße ein Obstfüllhorn zusammengestellt: Ananas, Äpfel, Birnen und eine Honigmelone. Die erste Melone, die ich in meinem Leben gekauft habe, dachte er. War es überhaupt richtig, Melone im Kühlschrank zu lagern? Und wie lange hielt sich eine Ananas? Sollte er seine Mutter anrufen? Er schüttelte den Kopf. Außerdem waren seine Eltern ja im Spessart. In freier Wildbahn wäre ich definitiv nicht überlebensfähig, dachte er. Ein Schlüssel drehte sich im Schloss der Wohnungstür, und Toni trat ein.

»Albrecht! Hallo!«

»Ach, Toni, alles klar?«

Toni warf eine ehemals hellblaue Sporttasche auf den Boden.

»Sicher, sicher, viel zu tun.«

Sein Blick fiel auf den Entsafter auf dem Küchentisch.

»Sag mal, Albert ...« Er sagt tatsächlich Albert, dachte Albert.
»Von unserer kleinen Begegnung in der Ruhrstraße hast du doch
niemand erzählt, oder?«

»Nö, wem denn? Hätte ich das machen sollen?«

Toni wedelte abwehrend mit den Händen. Er wirkte ernsthaft
nervös. »Nein, nein! Behalt das mal besser für dich. Vom Holzzu-
schnitt muss niemand was wissen. Ist auch echt nur vorübergehend.
So ein Management muss auch erst mal anlaufen. Und in dieser
Überbrückungsphase muss ich eben noch ein wenig querfinanzie-
ren. Verstehst du doch? Ist das für dich vorstellbar, darüber Still-
schweigen zu bewahren?«

Albert setzte sich auf den Müllstuhl und nickte mit gespielter
Gönnerhaftigkeit.

»Aber natürlich!«

Toni nickte ihm lächelnd zu. »Super, feine Sache, Ehrenmann
Albrecht! Dafür hast du natürlich was gut bei mir!«

Albert überlegte kurz. »Da würde mir wirklich was einfallen,
Toni!«

»Ja, immer, sag an!«

»Gut! Also, Marco Weber hängt noch in meiner Wohnung in
Barmbek rum, der ist da richtig Achterbahn drin gefahren, und
Miete hat er auch noch nicht ein Mal bezahlt.«

Toni blickte an die Decke. »Riesenüberraschung! Und, was ist
dein Plan?«

»Ich will den rausschmeißen. Und zwar am besten jetzt gleich.
Das pack ich aber nicht alleine.«

Toni stand auf und nahm eine bedrohliche Pose ein.

»Ja, geil! Klar, ich helf dir. Der Weber ist wie ein Blutegel, wirklich unangenehm. Der saugt sich fest, das merkst du erst gar nicht. Das war fahrlässig, den da reinzulassen! Auch wenn er das nicht böse meint, der kann nicht anders.« Toni zog sich die Lederjacke über. »Der Egel ist ja im Grunde seines Herzens auch ein anständiges Tier.«

»Ja, Toni. Wollen wir los?«

Toni klapperte mit dem Schlüsselbund. »Ja, wollen wir! Ich werd mit dem fertig! Und das Allerbeste: Ich habe ein Auto vor der Tür stehen!« Ihm schien ein Gedanke zu kommen. »Augenblick!«

Toni verschwand im Gästezimmer und kam mit etwas Werkzeug und einer Holzlatte in der Hand zurück. »Keine Angst«, sagte er beschwichtigend, als er Alberts skeptischen Blick bemerkte, »das werden wir bestimmt nicht brauchen, aber vielleicht müssen wir den etwas einschüchtern.«

Albert nickte, drückte Toni die Obsttüte in die Hände und klemmte sich den Entsafter unter den rechten Arm. Er musste Diana heute noch ihr Geburtstagsgeschenk bringen.

Vor der Tür stand ein cremefarbener Seat Ibiza, dessen Innenleben unansehnlich vergilbt war. Toni riss den Kofferraum auf, und Albert verstaute den Entsafter. Die Obsttüte nahm er zwischen die Beine. Am Rückspiegel hing eine dämlich grinsende Diddl-Maus. Aber Albert zog es vor, nicht zu fragen, was es mit dem Gefährt auf sich hatte.

Toni setzte sich allen Ernstes eine Sonnenbrille auf.

»Die Nummernschilder sagen alles. RZ: Rübenzüchter, PI: Provinzidiot. Mann, jetzt fahr mal, du Gliederfüßler! WL: Wichslurch! Sack Zement, ruhig, Keule! Lass mich doch einfach rein, ja? Superaggressiv. Na ja, deutsche Autofahrer …«

Die Schimpfkanonade dauerte mit wenigen Unterbrechungen

bis zur Wohnung in Barmbek, wo Toni einen Parkplatz direkt vor der Tür ansteuerte und umständlich einparkte. Er wirkte hocherfreut. »Wundervolles Barmbek. Platz im Überfluss! So, jetzt setzen wir den Verbrecher vor die Tür! Ach ja, nimm mal lieber die Saftpresse mit raus, der Kofferraum lässt sich nicht abschließen. Ich könnte mir vorstellen, dass sich hier in Barmbek einige über eine AEG ESF 103 freuen würden!«

Toni übernahm die verantwortungsvolle Aufgabe, sehr lange auf die Klingeltaste zu drücken. Niemand öffnete. Nach einigen Minuten verließ eine alte Dame das Haus und sah Albert und Toni misstrauisch an. Die beiden nutzten die Gelegenheit, ins Treppenhaus zu gelangen. Toni hielt sein Ohr an die Wohnungstür.

»Der Typ guckt einen Film.«

Albert lauschte ebenfalls mit dem Ohr an der Tür, obwohl der Fernseher so laut aufgedreht war, dass er auch so Wortfetzen verstehen konnte. »*Dick und Doof*«, sagte Albert.

»Was?«, fragte Toni.

»Der guckt *Dick und Doof*. Den mit dem Piano, glaube ich.«

Toni donnerte mit der linken Hand gegen die Tür, mit der rechten klingelte er Sturm.

»Weber! Du Penner, mach auf, und zwar sofort!«

Der Fernseher war verstummt.

»Wir geben ihm 'ne kurze Bedenkpause«, beschloss Toni und setzte sich auf die Treppenstufen. Neben sich reihte er fein säuberlich das Werkzeug auf: Hammer, Zange, Schraubenzieher und Feile.

Albert setzte sich zu Toni, die Saftpresse stellte er neben sich ab.

Sie warteten schweigend.

Toni atmete tief durch. »Noch kurz runterkommen.« Dann erhob er sich und klingelte ganz sachlich.

Marco Weber öffnete augenblicklich. Die Tür hatte er mit der

Türkette gesichert. »Toni, das ist ja erfreulich! Und Albert, du bist auch da, toll! Eigentlich habe ich gar keine Zeit, aber wo ihr schon mal hier seid, können wir ja zusammen 'ne Cola trinken gehen!«

Toni blieb ruhig. »Marco, wir möchten wirklich lieber bei dir in der Wohnung etwas trinken. Mach doch mal bitte auf.«

»Nee, Jungs, das wird nichts. Und eigentlich bin ich hier mitten in der Arbeit. Ihr würdet mir eh nur meine Ordnung durcheinanderbringen.«

Marco versuchte die Tür zuzustoßen, aber Toni hatte sie bereits mit dem Fuß blockiert. Im selben Moment griff er mit der rechten Hand nach Marcos Ohr. »So, mein Lieber. Ich sag das jetzt ein einziges Mal: Du reichst mir sofort die Schlüssel raus, und dann weg mit der Kette und Tür auf!«

Albert war sehr erstaunt über Tonis Nahkampfqualitäten.

»Jaja, ist ja gut«, jammerte Marco, »aua, Mann! Was soll das denn? Ich hab doch gar nichts gemacht.«

Er reichte den Schlüssel durch den Spalt, dann löste er tatsächlich die Kette. Im Halbdunkel der Wohnung dauerte es eine Weile, bis Albert bemerkte, dass Marco nur mit Unterhose und einem verfleckten Filzhut bekleidet war.

Jürgen hatte wirklich nicht übertrieben. Die Wohnung sah aus wie Scheiße. Überall leere Bierdosen, Weinflaschen und dreckiges Geschirr. Der Teppich war voller Brandflecken. Allerorten Klamotten, überquellende Aschenbecher und Plastiktüten, volle wie leere. Die Matratze lag vor der Küchenzeile. Auf dem Lattenrost hingegen lagerten zwei angerissene Zementsäcke und ein Gerät, das wie eine riesige Schreibmaschine aussah.

»Komm mal ran, Albrecht«, rief Toni aus dem Bad und deutete auf das am Boden liegende Waschbecken.

»Ja, weiß ich schon«, sagte Albert. Er war überrascht, dass er die Fassung behielt.

Marco trat auf Albert zu. »Du, ich hatte in den letzten Tagen etwas Ärger. Aber ich bin doch Untermieter. Geht's dir um die Miete?« Er senkte die Stimme zu einem Flüstern: »Lass dir nichts von Toni erzählen. Der ist ein Grobian …«

»Halt die Fresse, Marco«, sagte Albert lauter, als es seine Art war. Und dann in aller Ruhe: »In fünf Minuten bist du hier raus, damit das klar ist – kapierst du das?«

»Ja, eigentlich 'ne gute Idee«, sagte Marco, »wann kann ich denn die Sachen holen?«

»Weiß ich nicht, du nimmst jetzt das mit, was du brauchst.«

Toni war wieder hinzugetreten. »Marco, du hast echt Glück, dass wir nicht noch mit 'n paar anderen Leuten gekommen sind …«

Er zeigte auf das Mofa. »Das ist 'ne Zündapp 422, oder? An sich ja eine schöne Maschine. Aber in Rosa …«

Albert betrachtete das Mofa, unter dem sich auf dem Boden ein großer Ölfleck gebildet hatte. Marco sprang in Windeseile in seine Klamotten, dann warf er allerlei Kram in eine riesige Sporttasche.

»Okay, Leute, ich geh dann mal.« Er beobachtete, wie Albert den Entsafter in den Flur stellte. »Tolles Gerät! Ist der für mich?«

Albert packte Marco an der Schulter und schob ihn aus der Wohnung. »Hau ab, du Idiot!!«

Toni kehrte vom Balkon zurück. »Marco, eine Frage noch: Warum liegt da eigentlich 'ne Schubkarre auf dem Balkon?«

Marco tat so, als hätte Toni eine wirklich dumme Frage gestellt. »Also komm, das ist ja nun wirklich nicht schwer zu verstehen. Wie hätten wir denn ohne Schubkarre die Zündapp in die Wohnung kriegen sollen?«

Der Typ ist wirklich vollkommen wahnsinnig, dachte Albert, schubste Marco aus der Wohnung und die Tür hinter ihm zu. Dann ließ er den Blick über die Verwüstung schweifen.

»Was macht man nun mit dem Schlachtfeld?«

Toni betätigte den Lichtschalter in der Küche.

»Kaputt. Ruf doch einfach den Ripplinger an und versprich ihm das Mofa, dann räumt der hier alles raus.«

Albert klemmte sich den Entsafter unter den Arm.

»Ja, das ist wahrscheinlich das Beste. Danke, Toni! Kannst du mich noch bei Diana rumfahren?«

Toni schnipste eine vertrocknete Toastbrotscheibe ins Spülbecken. »Klaro, Toni ist zur Stelle!« Er sammelte das Werkzeug von der Treppe auf, dann krochen sie in den Seat, der für den Fahrer eindeutig zu klein war.

Der Comicladen war dunkel und verwaist. Albert nannte Toni Dianas Adresse. Toni war ungewöhnlich schweigsam.

»Hier ist es«, sagte Albert und deutete auf das Backsteingebäude.

Toni hielt. Er schüttelte den Kopf. »Albrecht, Albrecht, Albrecht, du hättest mich doch früher fragen können. Viel früher! So ein Wahnsinn.«

Albert schälte sich umständlich mit dem Entsafter und der Obsttüte aus dem Kleinwagen.

»Du hast ja recht. Also, danke noch mal. Wir sehen uns!«

Toni hob die Hand zum Abschied.

An der Haustür stellte Albert den Karton ab und klingelte. Nach einer halben Minute klingelte er ein weiteres Mal. Er warf einen Blick durchs Balkonfenster, dann holte er einen Filzstift aus der Jackentasche und kniete sich neben die AEG ESF 103.

Auf dem Karton entstand mit kundigem Strich ein Goofy. Er verkündete:

»Hoch sollst du leben! Ihr Gesundheits-Tipp fürs neue Lebensjahr von Albert Bremer: Entsaften – Vitaminhaushalt auffüllen. Melde dich doch mal, wenn es geht. Ich bin da!« An seiner Weste hatte Goofy einen Button mit einem Herz.

Albert stellte den Karton vorsichtig hinter Dianas Balkongeländer ab. Die Obsttüte lehnte er daneben. Hoffentlich hielt ihn niemand für einen Tageseinbrecher.

* * *

»Du trinkst Kaffee? Alles in Ordnung?«

Claus wischte die Frage mit einer Handbewegung weg. Er saß am Küchentisch und rauchte. Als er den Becher zum Mund führte, bemerkte Albert, dass Claus' Hand leicht zitterte.

Albert blickte auf die Armbanduhr, die er auf dem Küchentisch liegen gelassen hatte. Neun Uhr. Wie lange hatte er am Vorabend auf dem Bett gesessen, Gitarre gespielt und in seinen Textnotizen herumgekritzelt? Er hatte sich auch an einem Lied für Diana versucht. Alles, was irgendjemand hätte verstehen können, hatte er gestrichen und durch sehr verschlüsselte Zeilen ersetzt. Immerhin hatte er so jeden Kitsch vermieden. Auf das Ergebnis war er durchaus stolz.

Claus wirkte nicht im Geringsten so, als hätte er ein offenes Ohr für neue Lieder. Er sah sehr müde aus.

»Hast du schon gefrühstückt?«, fragte Albert.

Claus rieb sich den Nacken. Dann schüttelte er den Kopf.

Auf dem Weg zum Silbersack berichtete Albert, wie Toni ihm behilflich gewesen war, Marco Weber zu delogieren. Claus reagierte einsilbig. Albert war ratlos.

Sie betraten die Bäckerei. An einem der hellbraunen Plastiktische saß Thove Flock. Albert ahnte, dass Claus sich dieselbe Frage stellte wie er – wieso ist *der* denn schon wach? Thove wirkte noch blasser als sonst. Vor ihm standen ein zur Hälfte aufgegessenes Eibaguette und ein Pott schwarzer Kaffee.

Er nickte ihnen linkisch zu. »Hallo, na? Wieso seid ihr denn schon wach? Setzt euch doch.«

»Ich bestell mal«, brummte Claus.

Albert nahm gegenüber von Thove Platz, obwohl er sich gerne in Ruhe mit Claus unterhalten hätte. Er sah, dass auch Thoves Hand zitterte.

Thove lächelte, als müsste er sich entschuldigen. »Habe gerade einen ziemlich kräftezehrenden Nebenjob.«

Albert wurde hellhörig. Kräftezehrend wird vielleicht gut entlohnt, dachte er.

»Ach, ja? Was denn?«

Thove stopfte sich die letzte Ecke Eibrot in den Rachen.

»Ach, ich mach ja regelmäßig Blutspenden«, sagte er kauend, »das ist echt in Ordnung. Da kassierst du ein paar Flocken, Cash, und Frühstück gibt's hinterher auch. Na ja, da hat mir so 'n Typ einen super Tipp gegeben: Bei StollMedics Pharma in Billstedt suchen die oft Probanden, neue Medikamente und so. Da gibt es richtig Schotter. Fünf Wochen, drei stationäre Aufenthalte, aber die Kohle stimmt.« Er spülte das Brot mit dem letzten Schluck Kaffee herunter. »Hab gerade ziemliche Kopfschmerzen. Bin wohl nicht in der Kontrollgruppe, da bekommste nur Smarties.«

Thove rieb sich die Augen. Claus setzte sich mit ihrem Frühstück zu ihnen – zwei Käsebrötchen ohne Salat, zwei Tetrapack Kakao. Er schwieg.

Thove drehte sich eine Zigarette und zählte ein paar Bands auf, die in den nächsten Wochen im Filter spielen würden, wegen Übernachtung und so, dann verstaute er seine Zigarette in der Tabakpackung.

»Gut, Jungs. Ich pack's mal. Muss noch den Tagesbericht ausfüllen …« Als er aufstand, hielt er sich kurz an der Rückenlehne der Bank fest.

»Warte mal«, sagte Albert, »hast du zufällig 'ne Nummer von dieser Pharmafirma?«

Thove schüttelte den bleichen Kopf. »Hab ich nicht dabei. Aber die stehen im Telefonbuch. StollMedics Pharma, mit ›c-s‹. Ciao!«

Albert nickte freundlich. »Super, danke!«

Claus winkte müde, Thove verschwand leicht schwankend.

Albert biss in sein Brötchen und betrachtete Claus. »Du siehst echt fertig aus.«

Claus starrte auf die Bank gegenüber und antwortete: »Ich sehe also fertig aus, Herr Bremer, alles klar. Aber selbst Knecht bei so einer Pharma-Klitsche werden, wie fertig ist *das* denn bitte?«

Albert fuhr zusammen. Mit einer derart gereizten Reaktion hatte er nicht gerechnet. »Was soll denn das jetzt? Ist doch ja nur eine Idee, vorübergehend.«

Claus presste die Lippen aufeinander. »Aber sicher, vorübergehend. Alles immer vorübergehend und alles immer schön unverbindlich.«

Albert warf das Brötchen auf den Teller. »Claus, was ist denn *los*?«

»Ist doch egal! Ich kann's einfach nicht ab, wenn Leute immer den Weg des geringsten Widerstands gehen.«

Albert ließ die Hände auf die Tischplatte fallen. »Wie bitte? Kannst du mir das mal erläutern? Außerdem kann ja nicht jeder Architektensohn sein.«

Jetzt blickte Claus ihm direkt in die Augen. Er knurrte: »Ah ja, das höre ich nicht zum ersten Mal. Lässt du mich bitte mal raus?«

Albert machte ihm Platz.

»Wir sehen uns dann morgen direkt bei der Probe.« Claus verschwand.

Entgeistert sah Albert ihm hinterher.

Sollte er Claus folgen? Sollte er ihn in Ruhe lassen? Sollte er in der Talstraße auf ihn warten? Sollte er …?

Heinz Bading starrte ihn durch die Glastür an und wedelte mit seinen langen Armen. Bitte nicht, dachte Albert. Er wedelte gereizt zurück, was der Musikjournalist zum Anlass nahm, ihm durch die geschlossene Tür etwas zuzurufen. Albert zeigte auf seine Ohren und schüttelte den Kopf. Heinz begriff sofort, öffnete die Tür und stolperte in den Laden. Albert hatte sich bereits resigniert wieder zu seinem Käsebrötchen gesetzt. Heinz Bading ließ sich auf den freien Platz fallen. Er wirkte noch fahriger als ohnehin schon.

»Hallo, Albert, weißt du, wen ich heute interviewe, die *Shavettes*!« Badings Stimme überschlug sich beinahe.

Ach ja, dachte Albert, die angesagteste Frauenband aus London …

»Die angesagteste Frauenband aus London«, rief Heinz aufgeregt, »kennst du doch?« Er sah Albert prüfend an.

»Ja, ja. Spielen doch heute im Filter …«

Heinz wedelte erfreut mit den Armen. »Ja, genau, genau! Beste Band seit den *Shangri-Las*, das ist voll-kom-men klar!«

Deswegen lässt Thove die auch nicht im Gästezimmer der Talstraße übernachten, dachte Albert.

Heinz lehnte sich über den Tisch. »Das ist auch nicht eklektizistisch. Das wird das Größte, spätestens nächstes Jahr.« Er lehnte sich triumphierend zurück, schnellte dann aber sofort wieder nach vorne, wobei ihm fast die Hornbrille von der Nase gerutscht wäre. »Weißt du, wer die Debüt-LP produziert?«

»Was darf's sein, mein Lieber?«

Der Verkäufer hatte seinen angestammten Platz hinter dem Tresen verlassen und stand neben ihnen.

Badings Kopf schnellte herum; ohne zu zögern, antwortete er: »Ein Glas Leitungswasser!«

Sichtlich unzufrieden schlurfte der Verkäufer wieder fort.

Heinz trommelte nervös auf dem Tisch herum. »Und ihr so, ihr habt doch das Video fertig, oder? Mit Benno Weichsel? Wie heißt ihr denn jetzt? *Treibjagd*, oder?«

Ein Glas Leitungswasser wurde neben Heinz auf den Tisch geknallt.

»Meinte Clemens von Rhododendron jedenfalls letztens. Und du schreibst jetzt die ganzen Songs, oder? Bist du jetzt der Kopf der Band?«

Auf keine der Fragen wartete Heinz eine Antwort ab. Er stürzte das Glas Leitungswasser herunter, für das er sich nicht bedankt hatte, dann sprang er auf. »Ich muss los«, rief er, verfing sich kurz mit der Umhängetasche in der Tür und war schließlich verschwunden.

Treibjagd, dachte Albert, gar nicht mal so gut. Und was war eigentlich ein *Kopf* einer Band? Er packte Claus' Brötchen und seinen Kakao ein.

»Hat dein Kumpel schon bezahlt, mein Lieber!«, rief der Verkäufer liebenswürdig.

Zu Hause traf Albert auf Toni, der sich in der Küche die Fußnägel schnitt, was Albert durchaus unappetitlich fand. Dennoch freute er sich, Toni zu sehen.

»Hast du schon das Schloss ausgewechselt?«, rief Toni.

Albert verstaute den Kakao im Kühlschrank.

»Bitte?«

»Die Wohnung in Barmbek, der Weber hat doch sicher einen Ersatzschlüssel machen lassen!«

»Ach, das wäre dem doch viel zu umständlich ... aber sag mal, was ist eigentlich mit Claus los?«

Toni hatte offenbar Alberts pikierten Gesichtsausdruck bemerkt und seine Pediküre kommentarlos beendet.

»Keine Ahnung, der hat manchmal solche Phasen, vielleicht

findet er es auch einfach Scheiße, dass deine Songs besser sind als seine und dass du der geilere Sänger bist.«

Albert schwieg. Das passt nicht zu Claus, dachte er.

»Ist doch egal«, befand Toni. »Was ist denn mit dem Video? Wann bekomme ich das mal zu sehen? Ihr sagt mir Bescheid, wenn ich euch helfen soll.« Er kratzte sich hinterm Ohr. »Irgendwann kostet das dann aber auch.«

Albert blickte aufs Spülbecken, aus dem der übliche Geschirrturm aufragte.

»Ja, Toni.«

Wenn Liane da war, genügte meist nur ein Blick von ihr, und einer ihrer Mitbewohner machte sich pflichtbewusst daran, die Küche wieder in einen erträglichen Zustand zu versetzen.

»Sag mal, Toni ...«

»Ja?«

»Ich bin ja nicht mehr bei der Post ... Jetzt hab ich da so was von 'nem Job als Medikamententester gehört. Lohnt sich das?«

Toni machte ein sachliches Gesicht. »Da rate ich schwer von ab. Habe ich vor fünf Jahren auch mal gemacht. Ein Riesenfehler. Bei mir ohne Folgen! Gott sei Dank.« Mit kritischem Blick betrachtete er seine Zehen, ließ die Nagelschere aber an ihrem Platz. »Solche Jobs können wirklich Probleme mit sich bringen. Stichwort Langzeitfolgen! Kommt natürlich auch drauf an, was sie da an dir ausprobieren. Die Leber kann dir davon in den Arsch gehen, aber das größte Risiko sind Thrombosen. Lieber Finger weg!« Er blickte etwas unbehaglich, dann fügte er hinzu: »Aber wenn du Geld brauchst, hab ich da was! Nur bloß nicht an die große Glocke hängen! Bei 1000 Töpfe wird bald 'ne Stelle in der Gartenabteilung frei. Der Holger hört auf. Ist richtig easy. Ich würde ja eigentlich rüberwechseln, aber der ganze Publikumsverkehr ...«

Albert nickte. »Klingt ganz gut.«

»Soll ich mal für dich fragen?«

»Ich überlege mal. Hat eigentlich jemand angerufen?«

»Diana?« Toni schüttelte den Kopf. »Nee, ich bin aber auch erst 'ne Viertelstunde hier.«

13

Als Albert den Proberaum betrat, saßen Gernot und Susesch schon mit geöffneten Bierdosen auf dem schmuddeligen Schlafsofa. Albert überlegte, wann er das letzte Mal Alkohol getrunken hatte. Es schien ihm eine Ewigkeit her zu sein.

Gernot hatte eine Mundharmonika an den Lippen und versuchte sich an der Melodie von »Spiel mir das Lied vom Tod«.

»Das bekommst du eh nicht hin, auf der Aufnahme sind Tonnen von Hall drauf«, sagte Susesch. Gernot versuchte daraufhin, seine Bierdose als Hallgerät zu benutzen.

Albert griff sich seine Gitarre. Der Gurt des Herrn im Frack riss an der Gitarrenhalterung. Kurz entschlossen nahm Albert den Gurt von Claus' Gitarre, die in der Pfandflaschenecke lehnte. Er fummelte ihn an sein Instrument und zog seine Loseblattsammlung mit Texten aus der Jackentasche.

»Nicht schlecht«, sagte Susesch zu Gernot, der tatsächlich mit seiner Bierdose einen interessanten Klangeffekt hergestellt hatte. Als Susesch den Verstärker anschaltete, kam Claus herein.

»Hi!«

Seine Laune schien noch immer nicht besser zu sein, er vermied jeden Blickkontakt zu Albert.

»Willkommen einsamer Reiter«, sagte Gernot und blies in die Mundharmonika.

Claus sagte nichts und griff sich seine Gitarre. »Leute, wer hat hier den Gurt abgemacht?« Er blickte in die Runde.

Die Kapelle übte sich in Schweigen, Claus blickte auf Alberts Herrn im Frack und zeigte auf dessen Gurt:

»Guten Morgen!? Albert? Was soll das?«

»Ja, meiner ist kaputt. Vollkommen mürbe, das Ding, na ja, war ja auch schon uralt. Und?«

»*Und?!* Ey, das ist meiner!«

»Ja, ist ja klar. Ich kaufe für die nächste Probe mal ein paar Gitarrengurte. Aber diesmal brauche ich den. Ich kann im Sitzen nicht singen. Du könntest mal im Sitzen spielen. Ausnahmsweise. Okay?«

»Ich soll im Sitzen spielen, nur weil du es nicht auf die Reihe bekommst, dein Zeug am Start zu haben?«

Zeug am Start, klang es in Albert nach. Claus starrte ihn an, und Susesch und Gernot starrten Claus und Albert an. Nur noch leise intonierte Gernot das »Lied vom Tod«. Albert sah keinen Anlass, Claus den Gurt zu überreichen. Seit Wochen wurde sein Freund, Mitbewohner und Mitmusiker immer merkwürdiger, und jetzt machte er hier allen Ernstes solch eine Folklore wegen eines Gitarrengurts? Daher sagte er nur: »Wie wäre es mit Beruhigen? Runterkommen funktioniert am besten im Sitzen.«

Claus tat nun tatsächlich sehr ruhig, allerdings zuckte der Muskel über seinem rechten Auge.

»Wieso soll ich mich beruhigen? Ich spiel im Stehen.«

Susesch zog mit der flachen Hand seinen sehr korrekten Scheitel nach und erhob sich.

»Ich geh mal eben zur Telefonzelle, Jungs!«

Albert zeigte auf den Gurt. »Also echt jetzt, Claus. Warum ist der Gurt eigentlich grün, und warum steht da Musikhaus Reutlingen drauf? Wann warst du denn in Reutlingen? Auf Tour mit der grünen Raupe zum Wahlkampf?«

»Schwachsinn«, sagte Claus, ohne zu lachen.

»Wer weiß«, entgegnete Albert. Ihm kam plötzlich der Song »Karl der Käfer«, der einzige Hit der Band *Gänsehaut*, in den Sinn. Ob die wohl bei den Grünen waren?, fragte er sich.

»Ich warte nicht mehr lange, Albert«, sagte Claus tonlos.

Gernot legte die Mundharmonika zur Seite, kramte in seiner geblümten Oma-Tasche und holte umständlich eine Packung Zigaretten heraus. »Wann habe ich denn Ernte 23 gekauft?«, sagte er verwundert zu sich selbst, denn niemand sonst hörte ihm zu.

»Albert, gib mir jetzt den Gurt«, sagte Claus sehr ruhig zu Albert.

»Ja, ja, gleich«, sagte Albert, »ich muss nur kurz etwas ausprobieren.«

Albert versuchte, mit seinem Herrn im Frack die Melodie von »Karl der Käfer« herauszufinden. Ihm war klar, dass Claus langsam wirklich sauer wurde. Aber er fand dessen Benehmen und dauernde schlechte Laune derart lächerlich, dass das Lied ihm jetzt durchaus passend erschien.

Claus ging zwei Schritte auf Albert zu

Albert hatte die Melodie fast komplett beisammen. Eingängig, aber sentimental, dachte er. Er spielte sie in hoher Tonlage. Die Gitarre war noch nicht gestimmt, und ein bis zwei Töne passten noch nicht so ganz. Das versuchte er auszugleichen, indem er seinen Verzerrer anschaltete.

»Gib mir jetzt den Gurt!«, brüllte Claus in den plötzlichen Gitarrenkrach hinein.

Albert unterbrach sein Spiel. »Ja, Moment noch, ich muss nur eben noch die Melodie …« Er spielte weiter.

Im nächsten Moment schlug Claus Albert mit der Faust direkt ins Gesicht und schrie gleich danach laut auf. »Scheiße, mein Daumen!«

Albert schrie nicht, aber das Blut quoll ihm aus der Nase.

»Ey, Claus, du Idiot«, rief Gernot. »Guck dir mal Alberts Nase an. Scheiße! Und außerdem darfst du den Daumen nicht in die Faust stecken. Du Trottel. Warte, Albert, ich glaub, ich habe Taschentücher.« Wieder kramte Gernot in seiner Tasche herum.

Während ihm das Blut aus der Nase floss, nahm Albert in Zeitlupentempo den Gurt von seiner Gitarre ab, warf ihn in eine versiffte Mülltüte in der Ecke und verließ den Raum.

Albert betrachtete sich in der Scherbe, die über dem Waschbecken im zweiten Stock vom Spiegel übrig geblieben war. Das eiskalte Wasser hatte den Schmerz gelindert und die Blutung gestillt. Vorsichtig tippte er mit dem Zeigefinger an seine Nase und fuhr zusammen. »Verdammte Scheiße!«

Sein ganzes Leben hatte Albert es bevorzugt, als feige zu gelten, statt sich mit körperlicher Gewalt zu beschäftigen, und war Angriffen auf seine körperliche Unversehrtheit stets geschickt aus dem Weg gegangen. Und nun brach ihm ausgerechnet Claus die Nase. Er lachte kurz und sah sich nach Papierhandtüchern um, die es selbstredend nicht gab. Vorsichtig trocknete er sich das Gesicht mit seinem Shirt ab und kehrte in den Proberaum zurück. Claus war verschwunden. Gernot spielte auf der Mundharmonika wieder die berühmte Filmmelodie, während Susesch sorgfältig sämtliche Kabel aufwickelte. Anscheinend hatte Gernot ihn schon über den Zwischenfall informiert. Susesch hielt inne, schaute Albert an und fragte: »Soll ich dich ins Krankenhaus bringen?«

Albert schüttelte den Kopf. »Danke. Ich werde es überleben. Nehme ich an.«

Susesch nickte zufrieden. »Gut. Ich nehme es e-ben-falls an!« Er betonte jede Silbe von »ebenfalls«. Gernot versuchte sich derweil an einer vollends missratenen Version von »Muss i denn zum Städtele hinaus«, verstaute dann aber die Mundharmonika in einem hellblauen Etui. »Auf den Schreck ein Zweigängemenü in der Grillstation? Ich lade ein!«

»Zweigängemenü?«, fragte Albert ratlos. Einen leichten Schock hatte er vielleicht schon davongetragen.

»Pils und Currywurst«, erklärte Susesch, »ich komm auf jeden Fall mit.«

Albert fixierte kurz das Bild von Hans Hass, das Gernot über seinem Schlagzeug an die Wand genagelt hatte, dann rieb er sich die Augen und murmelte: »Bin dabei.«

Susesch und Albert nahmen auf zwei Bänken Platz, während Gernot die Bestellung aufgab und drei Dosen Bier aus dem Kühlschrank holte.

»Was ist denn da bei euch los?«, fragte Susesch.

»Ach, der Gurt …«

Susesch machte eine Bewegung, als würde er eine lästige Fliege verjagen. »Quatschkram, Gurt! Wegen so einem Unsinn bricht man sich doch nicht die Nase!«

Albert verzog das Gesicht. Susesch hatte eindeutig recht.

Gernot verteilte die Büchsen und setzte sich ebenfalls.

»Der Dellmann ist ja nun nicht der Entspanntesten einer«, konstatierte Gernot, »aber die Nummer heute und sein Verhalten in der letzten Zeit sind doch« – er zog die Lasche von der Bierdose – »zumindest ungewöhnlich.« Er blickte Albert an, der ebenfalls sein Bier öffnete und langsam nickte.

»Claus war in letzter Zeit entweder einfach nicht da oder sehr seltsam. Ich hab keine Ahnung, was er hat. Sagt ja auch nichts.«

Susesch beschrieb mit seiner Dose kleine Kreise auf dem Tisch. »Ja, in dem brodelt was.«

Albert drehte einen Bierdeckel zwischen den Fingern. »Aber euch hat er nichts gesagt? Dass er genervt ist, weil wir jetzt meine Lieder …«

Gernot tippte sich an die Stirn. »Da soll er sich mal nicht anstellen! Der sollte doch froh sein, also ehrlich!«

Susesch schüttelte nachdenklich den Kopf. »Mir hat er nichts dergleichen erzählt. Würde mich allerdings auch wundern, muss ich sagen.«

»Drei Curry, große Pommes Mayo.«

Die Aushilfe, eine unfassbar hagere Gestalt von mindestens zwei Meter zehn, verteilte zielsicher vier Teller auf dem zerkratzten Plastiktisch.

»Danke, Fritz!«, rief Susesch und schwang frohlockend Messer und Gabel.

Fritz klopfte Susesch schweigend auf die Schulter und verzog sich zum Rauchen vor die Tür.

»Jedenfalls«, schob Gernot zwischen zwei Bissen ein, »wird der sich schon wieder beruhigen. Sonst setzt es was!«

»Denke ich auch«, pflichtete Susesch ihm bei.

Für den Rest der Mahlzeit fachsimpelten Gernot und Susesch über das Orchester von Ennio Morricone, was Albert sehr recht war.

Seine Nase schmerzte, und er konnte keinen vernünftigen Gedanken fassen.

»Na kommt, na los. Zahl ich«, sagte Susesch, als Gernot sein Portemonnaie zückte. Er reichte der Bedienung einen Schein. »Stimmt so, Fritz!«

Sie verließen die Grillstube.

»Soll ich dich noch rumfahren, Albert?«, fragte Susesch.

Albert zögerte. Talstraße war gefährliches Terrain.

»Nee, lieber nicht. Ich muss eh noch mal hoch in den Proberaum. Hab meine Texte da liegen gelassen.«

Als Susesch und Gernot verschwunden waren, stand Albert einige Minuten unschlüssig vor der Grillstation, dann ging er zum nächstgelegenen Kiosk, erstand zwei Dosen Bier und begab sich zurück in den Proberaum. Dort legte er sich aufs Sofa.

Das ungewohnte Gefühl von Beklemmung ließ sich auch durch das Bier nicht vertreiben. Er stand auf, umkreiste Gernots Schlagzeug und setzte sich wieder aufs Sofa. Er musste sich beherrschen, nicht an seinen Fingernägeln zu kauen, öffnete auch das zweite Blech und leerte es hastig. Er bemerkte, dass ihm das Bier nach der langen Alkoholpause ungewöhnlich schnell in den Kopf stieg. Die leeren Dosen zertrat er und stopfte sie in die Mülltüte, dann entschied er sich, den Bunker zu verlassen. Hauptsache, raus.

Albert schob den Schlüssel ins Schloss der Tür, bei der noch immer die Klinke fehlte, und versuchte, ihn zu drehen, doch es tat sich rein gar nichts. Albert zog an der Tür und drückte sie nach außen, er versuchte sie anzuheben und nach unten zu pressen. Nichts half, der Schlüssel ließ sich keinen Millimeter bewegen. Albert fluchte. Er sah sich im Proberaum um und fand in einer Ecke zwei Fliesen, deren Hebelwirkung er sich zunutze machen wollte. Ohne nennenswerten Widerstand brach der Kopf des Schlüssels ab. Unter kurzem Wutgeheul ließ Albert den Kopf gegen die Tür fallen.

Er schaute auf sein linkes Handgelenk. Die Armbanduhr hatte er am Morgen neben dem Bett liegen gelassen, es dürfte auf acht Uhr zugehen. Er setzte sich auf die äußerste Kante des Sofas und legte den Kopf in den Nacken. Dann stand er wieder auf und betrachtete das Schlüsselloch. Kein Millimeter des Barts schaute hervor, selbst mit einer Zange hätte er keine Chance gehabt.

Was hatte Gernot gesagt? Wollten die *Drosophilas* heute noch proben oder nicht? Albert erinnerte sich, dass Tilly ihm erzählt hatte, sie probten grundsätzlich nicht abends. Hoffentlich machten sie heute eine Ausnahme. In der Hoffnung, noch eine Giftmischungsdose aus Gernots abgelaufenen Beständen zu finden, nahm Albert einen ungewöhnlich niedrigen Kartonstapel neben dem Schlagzeug in Augenschein.

»IDENA Musterklammern vermessingt«, las er sich selbst mit leiser Verzweiflung vor.

Er leuchtete mit dem Feuerzeug hinter Majas Bassverstärker in der Hoffnung, dort möglicherweise eine von Tilly versteckte Weißweinflasche zu finden. Ebenfalls nichts.

Albert ging wieder zur Tür und legte sein rechtes Ohr daran. Die Bluesfritzen von schräg gegenüber waren doch sonst jeden Abend anwesend, kifften und spielten immer wieder eine sehr holprige Version von »The Joker«, die sie nie zu Ende brachten. Wenn er die durch Klopfen auf sich aufmerksam machen konnte, könnten sie ja die Feuerwehr rufen.

Ausgerechnet heute schien aber Bluespause zu sein. Albert spürte Unruhe aufsteigen.

Er zog kurz Bilanz:

1. Wenn *Drosophila* heute nicht kämen, kämen sie erst nächsten Mittwoch wieder. Um elf Uhr.
2. Claus würde, wenn er sich überhaupt in der Talstraße befand, davon ausgehen, dass Albert zu Diana geflüchtet war. Gernot und Susesch würden in aller Ruhe abwarten, bis einer von ihnen den Waffenstillstand verkündete.
3. Es bestand eine gewisse Hoffnung, dass Gernot fünf Rollen Teerpappe im Proberaum unterbringen musste.
4. Im Guinness-Buch der Rekorde gab es einen Eintrag, dass ein junger Österreicher (oder so) siebzehn Tage ohne zu trinken (oder so) in einer Ausnüchterungszelle überlebte, in der ein Polizeibeamter ihn vergessen hatte, bevor er in den Urlaub fuhr.

5. Wieso kannte er noch immer das Guinness-Buch der Rekorde von 1987 auswendig?

6. Er musste pissen.

Um sich abzulenken, nahm Albert seine Gitarre zur Hand und spielte »Du musst alles vergessen«. Wo Freddy und seine Band wohl geprobt hatten? Im Keller einer Villa? Auf offener Terrasse am Meer? Auf einem Segelschiff? Albert stellte den Herrn im Frack wieder in die Ecke, zog den Gitarrengurt aus der Mülltüte und säuberte ihn an seiner Hose. Dann rollte er ihn pflichtbewusst auf, legte ihn auf Claus' Verstärker und sich selbst aufs Sofa. Er fragte sich, warum Claus eigentlich derart ausgetickt war.

Ohne eine schlüssige Antwort auf diese Frage gefunden zu haben, stand er vom Sofa auf und setzte sich ans Schlagzeug. Nach wenigen Versuchen, einen Takt zu halten, gab er auf. Es stimmte, was Toni ihm neulich gesagt hatte: Um dieses Instrument zu beherrschen, musste ein Mensch körperlich dysfunktional sein.

Irgendwann lief Albert einfach nur noch im Kreis. Was für ein unsäglicher Unsinn, dachte er. Was würde Diana zu der Kleinkriegsepisode sagen? Peinlich, kindisch, lachhaft. Wie spät mochte es nun sein? Neun oder elf? Wie änderte sich eigentlich das Zeitgefühl ohne Tageslicht? Wurde es in einem Bunker nachts nicht eiskalt? Wie in der Wüste Gobi? Würde er verdursten oder erfrieren? Erfrieren schien ihm von Vorteil, da er gelesen hatte, dass man vor dem Exitus ein Gefühl wohliger Wärme verspürte. Albert wühlte in der Mülltüte nach den zertretenen Bierdosen, setzte sie dann aber doch nicht an den Hals. Wie erbärmlich, dachte er.

Er betrachtete Suseschs Bassverstärker. Was, wenn er diesen bis zum Anschlag aufdrehen würde, bis erboste Anwohner die Polizei riefen? Zuerst würden ihm selbst wahrscheinlich die Ohren platzen, was es zu vermeiden galt. Albert legte sich wieder auf das Sofa, wo er bald einschlief. Er erwachte, weil die Gebrüder Brett als Cowboy und Indianer verkleidet um das Sofa tanzten und einen infernalischen Lärm auf zwei Saxofonen produzierten. Im selben Moment verschwanden die Zwillinge und der Lärm. Selbst die Träume gehen den Bach runter, dachte Albert und betrachtete die leise surrende Glühbirne. Wieder blickte er auf sein Handgelenk, die Armbanduhr war noch immer nicht an ihrem Platz. Er entschied sich, liegen zu bleiben und zu lauschen, ob jemand den Flur betrat.

Alles Lauschen half nichts. Es kam niemand. Er musste mittlerweile sehr dringend pinkeln, und sein Durst war auch ziemlich heftig. Er blickte auf die zerknickten Bierdosen. Wie hieß eigentlich dieser Western, in dem die Cowboys eine Wüste durchqueren mussten? War es ihnen schließlich gelungen? Er kam nicht auf den Titel. Immerhin eine Wüste, kein stinkiger Proberaum, dachte er. Dann untersuchte er die Flaschen in der Ecke. Sie waren alle leer, bis auf eine Plastik-Wasserflasche, die zu einem Drittel gefüllt war und in der sich Zigarettenkippen auflösten. Ob das wohl sehr giftig war? Gesund sah es zumindest nicht aus.

Albert musste an den eingelegten Lurch denken, den ihr Biologielehrer Herr Ihlenfeld einst in einer Art überdimensioniertem Gurkenglas präsentiert hatte. Der Lurch war ganz blass. Genauso blass wie Herr Ihlenfeld in seiner dunkelgrünen und viel zu weiten Cordhose. Albert überlegte, ob er die Zigarettenfilter nutzen konnte, um das Wasser in der Flasche zu entgiften. Hätte er doch bloß im Physikunterricht besser aufgepasst. Oder hätte er das im Biologieunterricht bei Herrn Ihlenfeld lernen können? Vermutlich am ehesten bei MacGyver. Den fand er noch blöder als Colt Seavers. »Das kann man sich nicht anschauen«, hatte auch Skrei gesagt. »Allein schon wegen der Frisur.«

Albert nahm eine der leeren Wasserflaschen und verschaffte sich Erleichterung. Aber er würde verrückt, wenn er nicht bald hier rauskam. Er suchte nach einem Schraubenzieher, um am Schloss rumzubasteln, fand aber nur: zwei Plektren (.88 mm und .73 mm), einen Kugelschreiber (Aufschrift: »Auto-Hotel-Braunschweig«), eine Plastikgabel mit nur noch zwei Zinken, einen rostbefallenen Gitarren-Pick-up und einen Button (Aufschrift: *Donkey Kings*«). Er versuchte dann, mit seinem Schlüsselbund, mit Teilen des Schlagzeuggestänges und diversen anderen improvisierten Werkzeugen den abgebrochenen Schlüssel im Schloss zu bewegen. Ohne Erfolg.

Mittlerweile hatte er wirklich keinerlei Ahnung mehr, welche Tages- oder Nachtzeit herrschte. Dann schaltete er die Gesangsanlage ein, griff sich das Mikro und rief um Hilfe. Das Gebrülle steigerte jedoch nur seine innere Unruhe. Er hörte auf und lauschte. Keinerlei Reaktion. Dann versuchte er es abwechselnd mit dem Bassverstärker und dem Mikrofon. Was war denn bloß mit den Anwohnern los? Taube Rentner? Genau die waren doch sonst zumeist sehr geräuschempfindlich. In Wehl wäre längst jemand gekommen. Er schlug gegen die Bunkerwand. Als ob ihm das irgendwie helfen würde. Er wusste noch nicht einmal, ob es sich bei den Wänden um Außenmauern handelte. Waren die Wände feucht genug, dass er sich durch großflächiges Ablecken genug Flüssigkeit zuführen könnte? Vermutlich nicht. Er schaute auf die Urinflasche. Sein Durst war durch das Hilfegeschrei noch schlimmer geworden. Wie war das denn mit Urin? Konnte der ihn vorm Verdursten retten? Ihm fiel wieder ein, was der Touristenführer damals auf der Klassenreise in Verdun erzählt hatte. Von den Soldaten, die ihren eigenen Urin getrunken hatten und davon wahnsinnig geworden waren. Warum hatte er damals eigentlich nicht nachgefragt, warum die das getan hatten?

Er stellte die Flasche in die Ecke, unternahm einen weiteren erfolglosen Hilferufversuch und legte sich dann aufs Sofa. Irgendwann schlief er wieder ein. In den unruhigen Schlaf drang ein kratzendes Geräusch. Halb wach überlegte Albert, was das nun wieder für ein Unsinn war. Dann drückte jemand den abgebrochenen Bart von außen durchs Schlüsselloch, er fiel leise klimpernd zu Boden. Nach kurzem Geruckel öffnete Claus die Tür.

»Hier bist du!«

Albert blieb verkrümmt liegen. »Hier bin ich.«

Claus lehnte sich mit dem Rücken an die Tür, während Albert sich langsam aufrichtete. Dann schüttelten sie beide den Kopf.

»Gut, dass du kommst!«, rief Albert und spurtete an Claus vorbei zur Toilette.

Als er zurückkam, stand Claus an seinem Verstärker und spielte mit dem grünen Gitarrengurt. »Wie geht es der Nase?«

»Scheint halb so wild. Aber ich verdurste.«

Claus legte den Gurt zurück. »Gehen wir in die Grillstation? Ich muss da vielleicht was erklären.«

Im Imbiss leerte Albert im Rekordtempo eine Halbliterflasche Wasser. Claus betrachtete ihn schweigend, dann nahm er zwei Dosen Bier aus dem Kühlschrank.

»Prosit!«

»Welcher Tag ist heute eigentlich?«

»Samstag«, antwortete Claus. Albert schaute auf die Uhr über dem Tresen. 16 Uhr und 15 Minuten. Noch nicht einmal 48 Stunden, dachte er.

Sie tranken. Claus fuhr mit dem Zeigefinger die Kratzer auf der Tischplatte nach. »Ich war wohl eher scheiße in letzter Zeit«, setzte er dann an.

»Es war nicht ganz einfach«, sagte Albert.

Claus stützte sein Kinn auf die Hände. »Ich hab einfach kein Talent.«

»Das ist doch Quatsch«, antwortete Albert.

»Ja, das sagst du so einfach. Du tauchst ein paar Tage bei der Baszak-Oma unter und schreibst mal so eben zehn Songs. Alle sind begeistert. Sogar Gernot entfaltet plötzlich einen bizarren Aktivismus und organisiert einen Videodreh. Susesch ist Feuer und Flamme, zum ersten Mal scheint der wirklich was an unserer Musik zu finden, statt dass er heimlich davon träumt, bei *Hot Chocolate* oder so etwas zu spielen. Ich habe mich seit Monaten damit abgekrampft, irgendwelche Songs zurechtzubasteln, sitze da mit diesem bekloppten Peter-Bursch-Gitarrenbuch. Ich höre mich durch meine Plattensammlung. Aber mein ganzes Spezialistentum hilft mir nicht. Alles zweitklassig.«

»Na ja …« Albert wollte zu einer beschwichtigenden Erwiderung ansetzen, besann sich jedoch, als er Claus' Blick begegnete. »Okay, stimmt, vermutlich habe ich da echt eine Begabung. Aber immerhin musste ich erst mal so richtig auf die Fresse fallen, um das zu erkennen. Ich weiß nicht, manchmal denke ich, eigentlich wäre es doch auch ganz nett, einer von diesen Studenten zu sein, so richtig schön mit Block, Lehrbuch und Ledertasche. Aber das geht wohl irgendwie nicht für mich. Für dich ja vermutlich auch nicht, wenn ich mir die Studienunterlagen in deinem Zimmer ansehe.« Er lächelte. »Ja, mag sein, vielleicht habe ich Talent. Aber das hätte ich ohne dich nie entdeckt. Ohne dich wäre ich vermutlich auch nie in einer Band gelandet und nicht auf St. Pauli. In dieser wunderbaren ekelhaften Wohnung. Ich glaube, du hast das gar nicht kapiert, was du alles für mich getan hast. Es geht doch auch nicht darum, wer der Talentierteste ist. Ohne dich könnte ich das alles gar nicht …«

Claus fiel ihm ins Wort. »Ja, aber immerhin ging es darum, wer jetzt hier der Sänger ist und wer die Songs schreibt. Für mich war das echt hart, zu kapieren, dass die Karten neu gemischt sind. Irgendwie ist bei mir alles weggebrochen. Mir hat auch echt jemand gefehlt, mit dem ich das besprechen konnte.«

»Juliet auch nicht?«, fragte Albert.

»Juliet hat sich von mir getrennt. Schon vor drei Wochen.«

»Echt, wo warst du denn die ganze Zeit?«

»Ich war bei meinen Eltern und hab nur rumgelegen, das hat mich ziemlich umgehauen.«

»Scheiße«, sagte Albert. »Ein Grund mehr für die Band.«

Claus starrte aus dem Fenster, wo Fritz stand und rauchte und starrte.

»Ich hab gestern bis um zwei in der Talstraße auf dich gewartet. Dachte, du bist vielleicht noch auf dem Hamburger Berg. Heute Morgen hab ich dann gesehen, dass du gar nicht nach Hause gekommen bist. Hab Gernot angerufen und Susesch, aber die wussten auch nix. Diana auch nicht, ich hab mir die Nummer von Susesch geben lassen.«

Albert riss den Kopf hoch. »Du hast Diana erreicht?«

Claus setzte ein verwundertes Gesicht auf. »Klar, sofort. Wieso? Sie meinte, du solltest dich mal melden. Falls du wieder auftauchst.«

»So, meinte sie das«, sagte Albert.

Claus nickte. »Nun ja. Jedenfalls …«, Dellmann'sche Pause, »… war ich gestern nach dem, äh, Zwischenfall noch bei Rhododendron. Shoppen aus Frust oder so. Creutziger und Simone waren auch da, und Simone hat gefragt, ob wir nicht am 13. beim Konfident-Abend im Silbernen Mops spielen wollen.«

Erstaunlich, dachte Albert.

»Welche Entwicklungen doch vonstattengehen, während man beinahe stirbt!«, sagte er.

Claus grinste, und Albert grinste zurück.

»Nochmals Prost!«

»Prost!«

Gegen Mittag tauchten Susesch und Gernot in der Talstraße auf.

»Haben die Süßen sich wieder vertragen?«, fragte Susesch lächelnd.

Albert berichtete ausführlich von seinem drohenden Ableben durch Verdursten und die heldenhafte Rettung durch den furchtlosen Claus Dellmann.

Gernot machte ein schuldbewusstes Gesicht. »Dieses elende Schloss! Das geht ja wohl auf meine Kappe. Da ist eine Einladung in die Bier-Börse fällig. Tausend Sorten Bier und ständig steigende und fallende Kurse! Da machen wir mal in Aktien, Albert!«

Gernots Vorliebe für abwegige Lokalitäten wurde stets widerspruchslos hingenommen, wie Albert festgestellt hatte.

»Gute Idee«, meinte Claus, »lass uns doch alle vier hin! Ich lade dich ein, Susi. Hab ja auch Scheiße gebaut.«

»Liebend gern«, sagte Susesch freundlich.

»Aber jetzt mal wegen unserer Themen«, fuhr Claus fort, »der Weichsel hat uns heute um sechs in die Grille bestellt.«

»Zu den Hippies in Ottensen?«, fragte Gernot. »Was will er denn da?«

»Da kann er den Schnittplatz in der Videowerkstatt benutzen. Und dann können wir uns mal angucken, was er fabriziert hat. Wird ein Klassiker, sagt er. Danach in die Bier-Börse?«

Alle Beteiligten nickten zustimmend.

»Zweites Thema, das Konzert im Silbernen Mops. Wir müssen das heute bestätigen. Das Ding wird auf alle Fälle Stadtgespräch. Das gibt bestimmt einen fetten Bericht im *Okapi* und vielleicht sogar in der *Mopo*. Allerdings müssten wir das heute fest zusagen.« Claus machte eine kurze Pause und blickte in die Runde.

»Und Simone will unseren Bandnamen wissen.« Susesch kratzte sich am Hinterkopf, Gernot klopfte abwesend mit einem Feuerzeug auf den Tisch, und Albert starrte auf den Aufkleber an der Kühlschranktür: HANDBALL. UNSER LEBEN.

Das Konzept der Verdrängung hatte beim Thema Bandnamen offensichtlich bei allen sehr gut funktioniert.

»Was haltet ihr von *Halbhirnschlaf*?«, sagte Claus.

Die Begeisterung hielt sich sehr in Grenzen.

»*Hellkamp*«, sagte Albert.

»Nee, das ist nix! Gibt es doch auch sicher schon!«, sagte Claus entschlossen.

Gütesiegel, Sportprinz, Kofferwort, Dosenbrot, Sartorius, Nordmende, Sportdach, Fallobst, Die Bags, Zeitenwende (nach diesem Vorschlag von Claus erstickte Gernot beinahe vor Lachen), *Breitensport* stießen auf Ablehnung.

Claus rieb sich die Augen. »Scheiße, das kann doch nicht sein, dass erwachsene Menschen sich nicht auf einen Bandnamen einigen können!«

»*Rundstück Warm* finde ich immer noch gut«, merkte Gernot an.

Claus verschränkte die Arme vor der Brust und blickte ihn mit gespielter Resignation an. »Schamlos! Der Mann ist vollkommen schamlos!«

»Ja, Leute, ist halt meine Meinung«, sagte Gernot ungerührt.

»Aber klar, Schlagzeuger-Diss. Wir arbeiten am härtesten und werden nicht ernst genommen. Und davon mal abgesehen: Okke und Felk hatten gestern reichlich Quittengeist zur Hand. Hab die in Planten und Blomen getroffen. Ziemlich mieser Verschnitt. Ich hab echt 'n Brand von dem Zeug. Ich bräuchte …«

Claus sprang vom Stuhl auf und klatschte in die Hände.

»BRAND! Das ist es! Eine Silbe, Königsdisziplin, gutes Wort, gute Bedeutung, und mit ›r‹!«

Gernot wirkte skeptisch. »*Brand*? Da denken doch alle sofort an Willy Brandt …«

Claus' Augen funkelten. »Quatsch, das ist super. *B-R-A-N-D*! Das fetzt!«

»Willy Brandt war ja auch ein guter Typ!«, sagte Susesch, woraufhin Gernot ihn entgeistert ansah.

»Ist doch egal«, beeilte Albert sich zu sagen, um eine politische Grundsatzdiskussion im Keim zu ersticken, »ich find Brand super.«

»Abgemacht!«, stellte Claus fest, der das Telefon bereits in der Hand hielt.

»Abgemacht!«, stimmte Susesch zu.

»Na gut«, sagte Gernot, »aber das war meine Idee, klar?«

»Natürlich, Gernot«, sagte Claus, »und jetzt Ruhe, bitte! Es klingelt bei der Hotline von Konfident Records!«

Nachdem er von einem Praktikanten umständlich in die Chef-etage durchgestellt worden war, lauschte die Band andächtig Claus' Gespräch mit Simone.

»Ja, wir sind dabei. Wir haben jetzt auch den endgültigen Namen. Wir heißen *Brand* ... B-R-A-N-D. ... Ja, danke, finden wir auch super.«

Claus hob den Daumen. »Ja, wegen der Flyer wollten wir euch eh noch fragen ... Genau, einfach *BRAND* in Großbuchstaben ... Ja, natürlich verteilen wir auch welche! Übermorgen ... ja holen wir bei euch ab.«

Claus hörte längere Zeit zu, ohne etwas zu sagen. Albert be-dauerte, dass ihr Telefon keine Lautsprecherfunktion hatte. Das von Skreis Eltern hatte eine, was ihnen viele vergnügliche Stunden an öden Nachmittagen beschert hatte. Gernot und Susesch starrten Claus ähnlich gespannt an.

»Alles klar, Simone, vielen Dank! Bis übermorgen!«

Er legte das Telefon auf den Tisch. »Die ist echt super«, sagte er. »An die sollten wir uns halten. Die ist nicht so wirr wie der Creut-ziger.«

Die Gruppe *Brand* feierte die rosigen Aussichten bei einem aus-giebigen Pizza-Mahl am Hans-Albers-Platz, dann fuhr sie in Su-sesch Karimis Karmann-Ghia in das Kulturzentrum Grille.

»Schon unangenehm hier«, zischte Claus, noch bevor sie das Gebäude betreten hatten.

»Besser als die CDU-Parteizentrale am Leinpfad«, stellte Gernot fest und öffnete eine angelehnte Bürotür. »Da hat nämlich die Junge Union ihre Videoschnittwerkstatt«, fügte er erklärend hinzu.

Er fragte einen bleichen Hippie nach Benno. Kraftlos wies der ihnen den Weg. Susesch klopfte an die Tür mit dem laminierten Schild »VIDEO WERKSTATT«.

Benno riss nach Sekunden die Tür auf. »Hey, Jungs, super. Ihr kommt genau richtig. Ist gleich fertig. Ich muss nur noch kurz die Endbearbeitung machen.«

Er zwirbelte sich im Haar. Die Band setzte sich auf die altersschwachen Kiefernholzstühle einer Sitzecke.

»Ist gleich so weit!«, murmelte Benno immer wieder. Offenbar nötigte ihm die Arbeit höchste Konzentration ab. Regelmäßig bat er um Ruhe. Nach einer halben Stunde fragte Gernot vorsichtig, ob sie nicht später noch einmal wiederkommen sollten.

»Nein, das lohnt sich gar nicht, wenn ihr noch mal weggeht«, betonte Benno, »ist gleich so weit!« Nach anderthalb Stunden lehnte Benno sich triumphierend in seinen Drehstuhl. »Voilà!«

Brand versammelte sich um den Bildschirm.

»Also, bei den Farben kann man noch was drehen, aber im Grunde ist das das *Final*!« Benno startete den Film. Der Sound klang gut durch die großen Boxen. Die Bilder waren zum Teil recht verwackelt. Gesang und Schlagzeug waren wenig synchron zum Bildmaterial, wie Albert feststellte. Plötzlich waren Ansichten des alten Elbtunnels in Schwarz-Weiß zu sehen.

»Zweite Ebene, erkläre ich euch nachher!«, rief Benno.

Die Gebrüder Brett eroberten das Bild. Sie wirkten noch besoffener als beim Dreh. Wieder ein Schnitt zum Elbtunnel, dann die rangelnden Gebrüder Brett, im Hintergrund die Band, Chaos, Ende.

Albert bemühte sich, seine Enttäuschung zu verbergen. Auch Claus wirkte wenig begeistert.

»Geil«, sagte Gernot, »echt geil, Weichsel! Aber dieser Elbtunnelschrott muss weg.«

Benno zwirbelte wieder. »Also, das ist ja meine zweite Ebene. War auch eigentlich die Grundidee. Und es fehlte noch Material. Das macht auch gleich klar, dass ihr aus Hamburg seid. Und die Kenner wissen sofort Bescheid: Carol Reed, *Der dritte Mann*, Orson Welles und so. Ist ja in gewisser Weise auch ein Hitchcock-Zitat. Außerdem Roland Klick und Klaus Lemke.«

»Klar, Klick und Lemke!«, sagte Gernot und legte den Kopf schief.

»Ich mache das ja auch ohne Gage«, fuhr Benno fort und wirkte nervös, »und ein wenig meiner künstlerischen Handschrift …«

»Lass doch noch mal laufen!«, schlug Claus vor.

Beim zweiten und dritten Mal gefiel Albert der Clip besser. Nach dem fünften Mal waren alle begeistert.

»Richtig gute Arbeit, Benno«, lobte Gernot. »Wir gehen jetzt in die Bier-Börse. Kommst du mit?«

Benno Weichsel deutete entschuldigend auf seinen Arbeitsplatz. »Nee, Jungs, ich muss hier noch einiges machen. Also, Elbtunnel habt ihr jetzt verstanden, oder?«

»Klar!«, sagte Gernot. »Hitchcock und so, voll gut!«

Die vier brachen auf Richtung Bier-Börse.

* *
*

Noch bevor der Wecker ihn behelligen konnte, schaltete Albert ihn aus. Drei vor neun, Glück gehabt. Das elendige Piepen hätte ihm die gute Laune verdorben. Er fühlte sich noch immer betrunken – das vollkommen behämmerte Konzept der Bier-Börse hatte zu einem intensiven Zechgelage geführt. Die Bierpreise stiegen und fielen zu unvorhersehbaren Zeitpunkten um unvorhersehbare Prozentpunkte.

Bei einem hochprozentigen belgischen Kirsch-Bier war die Stimmung auf dem Höhepunkt angelangt. Mit den Worten »Schnell, eine einmalige Gelegenheit!« war Bierbroker Gernot Radbruch zum Tresen geeilt und dort beinahe zu Boden gegangen. Nachdem sie den heldenhaften Einsatz des Schlagzeugers gefeiert hatten, war einmütig festgestellt worden, dass der Band *Brand* eine große Zukunft beschieden war und auch, dass es sich bei Benno Weichsel um ein gottverdammtes Genie handelte.

Albert betrat die Küche. Claus saß am Küchentisch und reichte ihm ein Tetrapack Kakao.

»Hier, frisch aus dem Kühlschrank! Morgen! Ich bin bereit! Räumkommando Weber!«

Grinsend nahm Albert das Getränk entgegen. Langsam fiel ihm auch wieder ein, dass sie gestern Nacht noch gemeinsam Ripplinger angerufen hatten, um ihn für die Entrümpelung der Wohnung in Barmbek zu rekrutieren. Ripplinger war begeistert gewesen ob der Aussicht, alles behalten zu dürfen, was er wollte.

»Ich schätze Ihren Schneid, Dellmann!«

Er war erleichtert, dass sich der Knoten zwischen ihnen offenbar gelöst hatte.

Claus wirkte vollkommen entspannt. »Ich hab gerade mit Ripplinger telefoniert. Der kommt um zehn.«

Aus dem Sammelsurium an Putzmitteln im Schrank suchten sie sich heraus, was sie für brauchbar erachteten. In der Drogerie gegenüber, die wie aus einem Heimatfilm der Fünfzigerjahre wirkte, besorgten sie Müllbeutel und Schwämme. Beladen wie eine Putzkolonne bestiegen sie die S-Bahn und standen eine halbe Stunde später in Alberts ehemaliger Bleibe.

Claus blies anerkennend die Wangen auf. »Mein lieber Herr Gesangsverein! Wie lange hat der Weber hier gewohnt? Dreißig Jahre? Zu zehnt?«

Albert stellte den Wischmopp in die Ecke. »Sechs Wochen.«

Claus betrachtete interessiert die Zündapp. »Rosa Mofa. Der Weber spinnt wirklich vollkommen.« Er besichtigte mit Albert die Wohnung.

»Aha, Riesenschreibmaschine im Bett.«

»Ja, das hat man heute so«, versicherte Albert.

»Und die Kartons?«, fragte Claus.

»Gehören zum Inventar, können Sie übernehmen«, sagte Albert vorauseilend.

Unter albernem Gekicher durchwühlten sie Dutzende Videokassetten, eine stattliche Sammlung von Nacktmagazinen und begutachteten eine originalverpackte »Fußmassage-Wanne USAMBARA«. Mitleidig betrachtete Albert eine halb vertrocknete Topfpflanze.

Sie betraten die Küche. Die Wand war über dem Tisch mit Kritzeleien übersät, die etwas Wahnhaftes an sich hatten.

Albert las vor: »Acht Flaschen Sekt, 6-hundert Gramm gemischtes Hack, Eier! Mehl, Zimt, Majoran, Gefrierbeutel (?), Kartoffeln (vorwiegend festkochend), Meersalz. Es irrt der Mensch, solang er strebt.«

»Goethe!«, stellte Claus fest.

»Nun ja«, sagte Albert, »aber wieso der Einkaufszettel an der Wand? Die kann man ja nicht mitnehmen.«

»In der Tat«, erwiderte Claus.

Im Badezimmer nahmen sie das demolierte Waschbecken in Augenschein, fanden einen aufgerollten alten Teppich in der Duschkabine und einen verrosteten Vogelkäfig in der Ecke.

»Kannst du so was reparieren?«, fragte Albert und zeigte auf das Becken.

»Nee«, sagte Claus knapp.

»Tapezieren?«

»Nö.«

»Teppich verlegen?«

»Nein!«

»Sprengabriss?«

»Ja, durchaus.«

»Und der Ripplinger?«

»Frag den bloß nicht, der denkt bestimmt, dass er das kann.«

Claus zog die Badezimmergardine zur Seite und blickte auf die Straße. Immerhin war das Fenster intakt. »Wo bleibt der eigentlich? Schon halb elf!«

In der Abstellkammer fand Albert zwei der Umzugskartons, mit denen er auch angereist war. Das, was er von seinen Habseligkeiten fand, verstaute er darin und füllte noch einen Müllsack mit ihnen. War das nicht mehr gewesen?

Sie begannen, die Abfallberge abzutragen und die Böden zu reinigen. Nach einer Stunde meldete sich entschlossen die Klingel. Claus betätigte den Summer, und Ripplinger flog in bester Stimmung in den ersten Stock herauf. Er trug einen blauen Overall.

»Guuuuten Morgen! Darf ich mich vorstellen: Ripplinger – putzt so sauber, dass man sich drin spiegeln kann.« Er blickte Claus und Albert strahlend an. »Geil, oder? Hab ich von meinem Schrauber!«

Albert und Claus lächelten müde.

Ripplinger kletterte über die Mülltüten, die bereits vor der Wohnungstür standen, und warf eine riesige Umhängetasche in den Flur.

Er sah sich um. Ihm entfuhr ein überraschtes »Oha!«, doch für weitere Irritation blieb ihm keine Zeit. Mit steigender Begeisterung wirbelte er durch die Zimmer. Zunächst beanspruchten die Kartons mit den VHS-Kassetten seine ganze Aufmerksamkeit.

»Geil! *Zwei wie Pech und Schwefel! Vier Fäuste für ein Halle-*

luja ... Buddy haut den Lukas! Geil, geil ... *Magnum, Lindenstraße, Fernsehhase Cäsar.* Geil!«

Er stand auf und beäugte misstrauisch den Zustand der Pappkartons. »Die Dinger sehen brüchig aus. Habt ihr Gaffa-Tape am Mann?«

Albert und Claus schüttelten den Kopf. Ripplinger tat beleidigt. »Na, ihr seid ja tolle Musiker! Aber: Nicht verzagen, Ripplinger fragen!« Er klaubte eine Rolle Klebeband aus seiner Tasche und stabilisierte die Kartons mit großer Sorgfalt.

Albert sah ihn fragend an. »Die Kassetten hätten wir doch in den Müllsäcken abtransportieren können ...«

Ripplinger wirkte empört. »Aber in den Kartons kann ich die viel besser stapeln. Hab doch jetzt die neue Garage!«

Albert blickte ratlos zu Claus.

In diesem Moment entdeckte Ripplinger die Zündapp. »Geil. Geil! Eine Zündapp 422. Das geilste Mofa überhaupt!« Er streichelte mitleidig das Zweirad.

»Welcher Idiot hat dich denn rosa lackiert? Egal! Und ich kann die echt mitnehmen?«

Albert nickte. »Ja, sicher! Nimm alles mit, außer dem Kram in der Abstellkammer und den Möbeln, die sind vom Vermieter.«

Ripplingers Augen glänzten vor Freude und Gier.

»Geil! Gut, dass ich den 260er dabeihabe, da passt alles rein.« Dann erkundete er weiter die Wohnung.

Die geheimnisvolle Maschine, die auf dem Lattenrost gestanden hatte, hatten Claus und Albert in die Küche geschleppt, um die Matratze wieder an ihren Platz bringen zu können.

Ripplinger vollführte einen Freudentanz. »Geil! Das gibt es ja nicht! Ein T 1000 von Siemens! Das war der seinerzeit führende Fernschreiber.« Ehrfurchtsvoll fummelte er an dem Gerät herum. »Geil, mit Netzkabel! Genial ...«

Sein Blick fiel auf die Zimmerpflanze, der Albert bereits ein wenig Wasser gegeben hatte.

»Genial, ein Fick-us!« Ripplinger wackelte mit dem Daumen. »Na, was ist das?«

Albert und Claus blickten ihn fragend an.

»Mein Daumen ist grasgrün! Okidoki, den Ficus hole ich zurück ins Leben! Also mit der Zündapp müsstet ihr mir helfen, den Rest schaff ich alleine.«

»Ja, das machen wir am besten mit der Schubkarre«, meinte Albert, »so hat der Weber die hier wohl auch hochgebracht. Die ist auf dem Balkon.«

Ripplinger sprintete los. »Gajohl! Das geht! Gute Ideen hatte der Marco ja schon immer!«

Das Mofa auf der Schubkarre durch die Wohnung zu transportieren erwies sich als überaus heikel. Das Überwinden der Treppe war nur im Schneckentempo und mit Riesengetöse möglich. Claus und Albert ächzten unter dem Gewicht, aber Ripplinger, das musste Albert zugeben, war hoch konzentriert und sehr motiviert. Er hatte sogar den Tank der Zündapp kontrolliert und zugedreht. Daran hätte Albert nie im Leben gedacht.

Der riesige Kombi stand selbstverständlich direkt vor der Tür.

»Okay, Jungs, liegend bekommen wir das Teil ganz locker rein, die Rückbank hab ich schon umgeklappt.«

Das Mofa in den geräumigen Kofferraum zu befördern erwies sich als weniger kraftraubend, als Albert erwartet hatte.

Ripplinger freute sich sehr. »Gut, dann hole ich mal den Rest!«

»Sicher«, erwiderte Albert.

In Windeseile gelang es Ripplinger, Zementsäcke, die Topfpflanze, die Fußbadewanne, vier Kartons mit Videos (die Nacktmagazine hatte er auf den Kassetten verteilt, »damit nicht alles durch die Gegend fliegt«), den Fernschreiber und drei leere Bierkästen in sein Auto zu stopfen. Währenddessen hatten Albert und Claus den restlichen Unrat in Müllbeutel befördert.

Ripplinger kontrollierte mit eiligem Blick die Säcke.

»Echt immer wieder geil, so eine Wohnungsauflösung. Ich muss los, der Volvo muss schnell zu meinem Schrauber zurück, die Ölwanne leckt. Aber das passt eh, dann kann ich die Sachen erst mal bei ihm im Schuppen unterstellen. Soll ich den Sack hier noch mit runternehmen?«

»Wär super, die Glascontainer sind im Hof! Vielen Dank für deine Hilfe!«

»War mir eine Ehre. Danke für die geilen Sachen!« Er hielt kurz inne. »Und der Weber will die echt nicht wiederhaben?«

»Nein, das Zeug ist höchstrichterlich beschlagnahmt«, sagte Albert.

»Okay, supi, tschüssikowski! Geil!« Ripplinger griff sich den Müllsack. Flaschen klirrten, und weg war er.

Vom Balkon aus beobachteten Albert und Claus, wie Ripplinger versuchte, den Sack in den Kofferraum zu stopfen. Da dies ein Ding der Unmöglichkeit war, verteilte er schließlich die einzelnen Pfandflaschen in sämtlichen verbliebenen Freiräumen seines Fahrzeuges. Den leeren Sack faltete er sorgfältig zusammen und legte ihn auf den Fahrersitz. Dann rauschte er fort.

Albert schritt durch die einzelnen Räume. »Hier muss definitiv renoviert werden. Kennst du jemanden, der das kann?«

Claus hob entschuldigend die Hände. »Nein. Also zumindest niemanden, bei dem das dann hinterher besser aussieht.«

Ich ruf Skrei an, dachte Albert. Den sollte ich ohnehin zum Konzert einladen.

»Und jetzt?«, fragte Claus. »Es ist noch voll früh. Das ging ja doch ziemlich schnell dank Herrn Raffzahn.«

»Wir waren auch nicht übel«, meinte Albert, »und vielen Dank! Echt.«

Claus schloss die Balkontür. »Wollen wir noch was essen gehen? Barmbek ist Croque-Gebiet. Wir könnten zum dicken Willi gehen. Der hat Croque Fischstäbchen.«

»Gute Idee.«

»Und dann direkt zur Probe?«

»Ich würd mich gern noch umziehen ... Außerdem muss ich zu Alex in den Laden und zwei Gitarrengurte kaufen.«

Sie lächelten sich verlegen an.

»Okay, stimmt, ist noch ewig Zeit. Susi ist heute wieder bis sechs in der Boutique.«

Albert nickte zustimmend und schloss gewissenhaft die Tür ab.

* * *

Gestern erst hatten sie geprobt, und heute trafen sie sich schon wieder im Bunker. Je näher der Auftritt im Silbernen Mops rückte, desto mehr wuchs der Ehrgeiz der Rockgruppe *Brand*, vor allem bei Claus. Am Vorabend hatte Albert nach dem Zähneputzen aus Claus' Zimmer das Klackern einer nicht verstärkten E-Gitarre gehört – Dellmann übte! Offenbar steckte ihm die Blamage vom *Roten Pfingsten* noch in den Knochen. Susesch war damit beschäftigt, seine Saiten zu wechseln, als Claus und Albert den Proberaum betraten.

»So, meine Herren! Im Silbernen Mops ist funky Karimi am Start, kein Gemumpfe am Bass! Schneidende Läufe!«

Claus und Albert applaudierten pflichtschuldig und grinsend.

Zwei Minuten später spielte ein frisch besaiteter Susesch eine äußerst vehemente Version von »The Passenger«, und ein gut gelaunter Gernot betrat den Proberaum. Er zog eine VHS-Kassette aus seiner hellbraunen Herrenhandtasche. »Tatü, tata! Wisst ihr, was das ist? Das ist ein Musikvideo. Und zwar nicht irgendeins, sondern unseres! Diese Kopie hat heute Vormittag unser kongenialer Regisseur B-Punkt Weichsel für uns gezogen. Und das …«, er machte eine alberne Kunstpause, »ist nicht alles. Wisst ihr, wer stolzer Besitzer eines Video-Projektors ist? Richtig, unser aller Kamerad Ripplinger. Das bedeutet …«, wieder alberne Kunstpause, »heute in drei Tagen wird die Gruppe *Brand* nicht nur den Silbernen Mops beehren, nein, sie wird dort auch ihr BRANDneues Musikvideo präsentieren.«

Ein Lächeln legte sich auf die Gesichter.

»Ripplinger kommt um halb sieben hier vorbei und bringt uns den Projektor. Ist also null Stress für uns.«

Allgemein zustimmendes Nicken.

»Wunderbar! Dann einmal durchs Programm!«, ordnete Susesch an.

Albert war beeindruckt von der Energie, die mit dem neuen Bandnamen Einzug gehalten hatte. Endlich mal ohne Geholper, dachte er, als sie ihr geschickt zusammengestelltes Set beendet hatten. Die Abfolge der Lieder hatten sie vollkommen einhellig beschlossen – auch dies ein Novum –, zu zwei Dritteln spielten sie Songs von Albert, der Rest war von Claus.

»Also, ich glaube ja, wir kommen nicht auf die vierzig Minuten mit neun Songs«, gab Susesch zu bedenken und rieb sich sein ungewöhnlich unrasiertes Kinn.

»Ach, ist doch vollkommen wumpe, kurz und bündig ist immer gut, sonst zeigen wir einfach noch mal das Video!«, proklamierte Gernot, der sich für die letzten drei Lieder mit vollkommener Selbstverständlichkeit einen grünen Strohhut aufgesetzt hatte.

Albert betrachtete nachdenklich den Hals seiner Gitarre.

»Ich hätte da noch einen Vorschlag. Kennt ihr ›Verliebt ins

Risiko‹ von Freddy Quinn? Das ist ein Spitzensong, lasst uns den mal covern!«

Claus schaute mürrisch. »Das ist doch Käse! Wir sind doch keine Fun-Punk-Band. Nee, bitte nicht!«

Susesch schwieg. Gernot fummelte an seiner Fußmaschine herum. Als er hinter seinem Instrument wieder auftauchte, sagte er trocken: »Wenn Freddy, dann auf alle Fälle ›Du musst alles vergessen‹. Mit Abstand sein bester Text.«

Immer wieder für eine Überraschung gut, der Mann, dachte Albert. »Ja, noch besser! Richtig gutes Lied. Kann ich auch.«

Als wäre es ein berechtigter Einwand, warf Susesch ein: »Euch ist schon klar, dass Freddy Quinn Österreicher ist? Aber egal, meinetwegen können wir das trotzdem machen.«

Er sagte tatsächlich »trotzdem«.

Claus tippte widerwillig mit Mittel- und Zeigefinger auf seiner Oberlippe herum, ließ sich dann aber doch von Albert die Akkorde zeigen. Nicht zuletzt Gernots eigenwilliger, vehement herausgeholzter Beat überzeugte Claus. Albert selbst war überrascht von der Dringlichkeit, die »Du musst alles vergessen« in der *Brand*-Version hatte.

Nachdem sie das Lied dreimal gespielt hatten, erhob Gernot sich und kletterte auf den Schlagzeughocker. »Leute, achtzehn Uhr. Bier holen und auf Ripplinger warten. Stichwort Projektor.«

Auf der Bank vor dem Bunker konsumierten sie Dosenbier und Pommes aus der Eimsbüttler Grillstube. Alle waren bester Stimmung.

Gernot berichtete, welche Niederlagen und Triumphe er mit seiner alten Band *Opti Plus* hatte erleben dürfen. »Das ist schon was anderes, was wir hier jetzt aufziehen«, stellte er fest.

Sogar Gernot, der sonst von nichts zu beeindrucken war, maß

ihrer Band eine derartige Bedeutung bei. Hoffentlich verschätzt er sich nicht, dachte Albert.

»Was ist eigentlich mit Gästeliste?«, warf Susesch ein. »Ich hätte da ja schon ein paar Kandidaten.«

»Ja, ich auch«, fügte Gernot hinzu.

»Du sparst ja einen Platz, jetzt, wo Juliet nicht mehr kommt, oder?«, sagte Gernot. Susesch und Albert schauten betreten, aber Claus schüttelte nur mit einem melancholischen Lächeln den Kopf.

»Kommt Diana?«, fragte Susesch an Albert gewandt.

»Nicht die geringste Ahnung«, antwortete der. »Ich kann sie mal wieder nicht erreichen.«

Susesch nickte wissend. »Schon kompliziert, was?«

Unvermittelt schlug sich Claus an die Stirn. »Verflucht! Wir müssen doch heute noch die Flyer bei Konfident abholen!«

Er eilte zur Telefonzelle und kehrte nach zwei Minuten zurück. »Alles easy, die sind noch bis neun im Büro. Wir haben sechs Gästelistenplätze.«

Susesch verzog das Gesicht. »Sehr überschaubar! Konfident Records – Ihr schottisches Schwabenlabel!«

Ein rosa lackiertes Mofa knatterte im Zeitlupentempo am Bunker vorbei. Darauf saß Olf oder Ulf oder Arno, bekleidet mit einem braunen Cordanzug und mit einem orangefarbenen Bauarbeiterhelm. Er winkte Albert freundlich zu, dann formte er mit den Fingern ein Victory-Zeichen. Er hielt jedoch nicht an.

Susesch war schwer beeindruckt.

»Wer oder was war *das* denn?«

»Ein Kommilitone, guter Typ.«

Susesch stemmte die Fäuste in die Hüften. »Eine Zündapp 422! Im Grunde eine sehr schöne Maschine. Aber in der Farbe …«

Wenige Minuten später lenkte Ripplinger seinen Volvo-Dampfer auf den Vorplatz. »Tach, die Herren! Fasst jemand kurz mit an?«

Im Kofferraum lag ein riesiger Fernseher. »Was ist das denn für ein Hühnerkohl?«, fuhr Gernot ihn an.

Ripplinger reagierte umgehend beleidigt. »Alter, ich habe drei Stunden nach dem Projektor gesucht. Fehlanzeige. Ich glaube, ich habe den bei meinen Eltern eingelagert. Aber das hier ist gleichwertiger Ersatz. Bang & Olufsen, Leute, 1976! Ein Top-Gerät. Geil, oder?«

Allen war klar, dass Diskussionen in diesem Falle zwecklos waren.

Nachdem sie das Ungetüm in den Proberaum gewuchtet hatten, fuhr Ripplinger Claus und Albert mit Bleifuß zu Konfident Records.

Die Räumlichkeiten der Plattenfirma lagen im zweiten Stock einer abbruchreifen Bausünde in Hamburg-Altona. Da die Klingel kaputt war, wummerte Claus mit der Faust an die graue Eisentür.

Ein schmaler Jüngling öffnete ihnen.

»Grüß Gott, wir sind *Brand*«, sagte Claus, »wir wollen die Flyer für den Mops-Abend abholen.«

Der Jüngling stellte sich als Matthias, Praktikant vor.

»Kommt rein, die Flyer sind hinten bei Lothar.«

Das Büro bestand aus einem in die Länge gezogenen Raum mit fünf überdimensionierten Schreibtischen, die aussahen, als stammten sie aus der Entrümpelung des Bezirksamts. Dazwischen befand sich ein Parcours aus zahllosen Kisten aller Größen, an den Wänden Metallregale voller Akten, Tonträger und Gerümpel.

In einer Ecke standen Teile eines Schlagzeugs und ein aufblasbares Krokodil. Die Schaltzentrale des Hamburger Undergrounds machte einen etwas ungepflegten Eindruck.

Simone begrüßte sie mit einem Lächeln.

»Hi«, sagte Claus, »Hallo«, sagte Albert und fragte sich, ob Claus ebenso nervös war wie er selbst.

»Die Band *Brand* – falls das noch aktuell ist!«, sagte sie. Es klang freundlich und ein bisschen süffisant. »Finde ich super, dass ihr uns beim Verteilen helft. Lothar müsste wissen, welche Kneipen noch fehlen. Ich bin gespannt auf euer Konzert. Lothar meinte, an Pfingsten wart ihr schon ziemlich gut.«

Claus winkte ab. »Das war noch nix, Samstag geht es erst richtig los!«

Albert hob erstaunt beide Augenbrauen.

»Guten Abend, Jungs!« Lothar Creutziger erschien mit einer Flasche Bier in der Hand aus einem abgetrennten Raum am Ende des Konfident-Schlauches. Er setzte sich an einen Schreibtisch, der mit Leergut, Notizzetteln und CD-Stapeln übersät war. »Ja, Jungs, ihr seht – viel Arbeit! Es hört nie auf.«

Er öffnete sein Bier mit der Kante eines Lochers. Einmal mehr fiel Albert auf, dass er gleichzeitig verschlafen und verschlagen wirkte. »Schön, dass ihr am Samstag mit dabei seid! Wo hab ich denn …« Aus einer riesigen Schublade kramte er einen Stapel Flyer hervor, warf sie in einen alten Schallplattenkarton und überreichte sie Claus.

»Aber nicht wegwerfen!«

»Nee, wir wollten heute auf den Hamburger Berg und morgen durch ein paar Plattenläden in der Schanze.«

Lothar lehnte sich in seinem sehr abgenutzt und sehr bequem aussehenden Sessel zurück. Albert fiel auf, dass Lothars Schreibtisch der einzige war, auf dem kein Computer stand.

»Das ist super, Jungs.«

Claus klemmte sich den Karton unter den Arm und sagte: »Übrigens – wir würden gerne am Samstag unser Video präsentieren, direkt vor dem Konzert, geht das?«

Lothar schlug gönnerhaft die Beine übereinander.

»Logomat, mehr ist mehr. Das ist vom Benno, oder? Ich lasse den plus zwo auf die Gästeliste schreiben.«

Er deutete entschuldigend auf seine wüste Schreibtischlandschaft. »Okay, dann macht's gut, Jungs, ich muss hier noch Endspurt machen vor Feierabend!«

Claus und Albert verabschiedeten sich und begaben sich in Richtung Ausgang.

»Wartet mal!«, rief Simone. Sie drückte den beiden eine Maxi-CD in die Hand. »Hier, nehmt die mal mit. Das neue Projekt von Karlo von *Réti-Aljechin*.«

»Super, danke! Dann bis Samstag!«

Im Treppenhaus stieß Albert Claus an. »Hast du gesehen, der Praktikant hatte ein Happy-Flowers-Shirt an!«

Claus nickte und wirkte ebenso beeindruckt vom ersten Besuch bei der Plattenfirma, wie Albert es war. »Ja, cool. Wirklich cool!«

Claus zog zwei Flyer aus dem Beutel. Einen gab er Albert. Sie betrachteten den schlecht kopierten Zettel etwas länger als nötig, worüber sie beide lachen mussten. Die Grafik war unterirdisch. Der Name *Brand* war in einer pixeligen Computerschrift gesetzt, darunter befand sich etwas, das man als »geometrische Figur« bezeichnen konnte.

»Sieht aus, als hätte der Creutziger das mit dem Mund gemalt«, stellte Albert fest.

»Das ist irgendwie der Konfident-Style«, meinte Claus, »dieser Büro-Humor. Das darf dann aber nicht auf unser Album abfärben.«

Wirklich sehr entschlossen, der Herr Dellmann, dachte Albert und spürte selbst eine gewisse Euphorie.

Sie hatten die Talstraße erreicht.

»Bier und Pide?«, fragte Claus.

»Ja, gern – ich wollte es eben noch mal bei Diana versuchen.«

»Gut, bis gleich! Nimmst du die Flyer mit hoch? Ich nehm nur ein paar für den Pidemann raus.«

Claus betrat den Imbiss, Albert wechselte die Straßenseite, öffnete die Tür und stieg die Treppen zur Wohnung hinauf.

Halb zehn. Jetzt könnte sie doch mal zu Hause sein. Nach dem zehnten Klingeln legte Albert auf. Das ist doch scheiße von ihr, dachte er, richtig scheiße.

Er legte den Flyerstapel auf den Küchentisch, nahm den obersten Flyer zur Hand und schrieb auf die Rückseite:

Liebe Diana! Unsere Band heißt jetzt BRAND und hat einen sehr hässlichen Flyer. Am Samstag spielen wir im Mops. Kommst Du vorbei? Denn sehr freuen würde sich: Ich! Hoffentlich waren die letzten Tage für Dich nicht zu böse. Ich denke oft an Dich. Dein ergebener Vasall Albert

Auf dem Küchentisch lag ein leerer, an Toni adressierter Umschlag, dessen Briefmarke nicht abgestempelt war. Welch glückliche Fügung, dachte Albert.

Er klebte einen Fetzen Papier über Tonis Anschrift, schrieb Dianas Adresse darauf und krakelte einen schiefen Goofy auf die Rückseite.

Guter Dinge verließ er die Wohnung und lief zum Briefkasten. Nach Einwurf des Umschlags stieß er beinahe mit Tilly zusammen.

Sie blickte ihn mit ihrem eingebauten Lächeln an. »Albert, wie sieht's aus?«

Auch Albert lächelte, etwas breiter, als ihm lieb war. Obwohl er sich sehr über die Begegnung freute, spürte er, wie er nervös wurde.

»Hallo, Tilly, gut, ausgezeichnet! Was machst du? Ich war nur kurz am Briefkasten.«

Tilly lehnte sich an die Hauswand. »Ich bin auf dem Weg in den Hinkelstein, kommst du mit?«

»Nee, heute nicht. Aber am Samstag …« Er zögerte. »Wir spielen am Samstag im Silbernen Mops«, fuhr er fort, »beim Konfident-Abend. Wir heißen jetzt übrigens *Brand*. Komm doch auch.«

Tilly lächelte anerkennend. »Samstag, nee, da spielen wir selbst. In Antwerpen. Voll schade.«

Zur Verabschiedung umarmten sie sich, und Albert sah ihr einen kurzen Augenblick hinterher, wie sie über den Bürgersteig entschwebte. Antwerpen hatte sie gesagt, ganz beiläufig.

Am nächsten Vormittag schlurfte Albert in die Küche, wo er auf Liane traf. Fast strahlte er sie an. »Ach, wieder da?«

Sie goss kochendes Wasser in eine Tasse mit Teebeutel.

»Ja, seit gestern um halb zwölf, war natürlich niemand hier.«

Verschlafen nahm Albert am Tisch Platz. »Und?«

»War super!«

Liane berichtete. Dublin, Wickow Way, die grünsten Wiesen der Welt, Hurling und der Ire an sich. Irland hatte nie weit oben auf der Liste seiner Reiseziele gestanden, aber Albert freute sich, dass Liane offenbar eine gute Zeit gehabt hatte, und noch mehr darüber, dass mit ihr ein bisschen Normalität in die Talstraße zurückgekehrt war.

Im nächsten Moment betrat Toni die Küche, über den Alf-Boxershorts in ein weißes Unterhemd mit aufgedrucktem Adler gewandet. Albert fragte sich ganz kurz, ob Toni tatsächlich gedient hatte.

»Ah, unser Wandervogel. Gar nicht braun geworden! Dauerregen?«

Liane nahm den Teebeutel mit einem Löffel aus dem Becher und drückte ihn sorgfältig auf einer Untertasse aus.

»Hallo, Toni, freut mich auch, dich wiederzusehen!«

Toni ließ sich in den Sperrmülldrehstuhl fallen und nahm sich einen Flyer vom Stapel.

»Ah, die Flugis für den Mops, alle Achtung! Super Layout!« Er hielt Liane einen Zettel hin, zog ihn aber sofort wieder weg, als sie danach greifen wollte. Albert und Liane grinsten sich an, was Toni nicht bemerkte.

»Ist dir eigentlich klar«, setzte er bedeutungsschwanger an, »dass aus Clausens Hobbyband dank Albert jetzt eine vielversprechende *Rock*-Gruppe geworden ist? Am Samstag werden wir sie live sehen!«

Liane nickte. »Super, ich komme!«

Claus betrat die Küche. »Liane! Willkommen zurück.«

»Hast du denn Nessie gesehen?«, fragte der Musikmanager in Alf-Unterhose.

»Toni, Loch Ness ist in Schottland.«

»Tatsächlich? Aber wieso soll das Vieh nicht auch mal verreisen? Man weiß ja kaum was über sie …«

»Ist richtig, Toni!«, sagte Liane und stellte eine kleine Reisetasche auf den Tisch. »Hier, Souvenirs!«

Claus überreichte sie eine Dose mit *Irish Fudge* und Toni *Lyons Tea Original Blend.* Albert bekam ein Glas *Irish Orange Marmalade.* Damit hatte er nicht gerechnet und bedankte sich gerührt. Auch Toni wurde kleinlaut.

»Danke, Liane, das ist ja fan-tas-tisch!« Er deutete auf den Geschirrstapel, der aus dem Spülbecken emporwuchs.

»Darum kümmern wir uns gleich. Wollten wir eh. Ehrenwort!«

»Macht ihr mal!«, sagte Liane, klopfte Toni auf die Schulter und verschwand in ihrem Zimmer.

Motiviert erledigten sie den Abwasch. Toni trocknete das Geschirr ab und hielt einen Vortrag über irische Literatur. »Den *Ulysses* muss Joyce besoffen verzapft haben, das ist einfach Mumpitz!«

Nach getaner Arbeit brachen Albert und Claus auf, um die restlichen Flyer in Plattenläden zu verteilen. Ihre Runde wollten sie bei

Rhododendron Records beginnen, wo Clemens Leydvoll sie erstaunt ansah. »Was macht ihr denn zu so früher Stunde schon hier?«

Claus überreichte ihm einen kleinen Stapel Flyer. »Hier, wir, am Samstag! Kommst du auch?«

Clemens betrachtete das Motiv mit der ihm eigenen Sorgfalt und Skepsis. »Ja, das wird sich ja wohl kaum vermeiden lassen.«

Claus war in Angeberlaune. »Wir zeigen dort auch unser Video!«

»Echt, das ist fertig geworden? Trotz Benno? Alle Achtung! Dann bekommen die Dinger hier einen Exklusivplatz.«

Er fegte mit Fachhändlergeste das übrige Werbematerial vom Tresen direkt in den Papierkorb.

»So, damit sich alle auf das Wesentliche konzentrieren.«

Guter Typ, dachte Albert. Sie fachsimpelten eine Weile mit Clemens über die Nachteile der Monatspresse, kramten in den Single-Kisten und setzten nach einer halben Stunde ihren Werbefeldzug fort. Nachdem sie die Plattenläden im Schanzenviertel, im Karoviertel und in Altona abgeklappert hatten, waren immer noch einige Flyer übrig.

»Doch zu sparsam gewesen. Wir könnten noch ins Grindelviertel laufen«, stellte Claus zur Diskussion, »das sind aber eher uncoole Läden: Plattenkiste, Time-Tunnel und Ralfs Rillen Shop. In der Plattenkiste gibt es immerhin eine Punk-Ecke. Da macht man ab und an ganz gute Deutschpunk-Funde. Und im Time-Tunnel haben sie manchmal seltenes Garagenzeug.«

Albert dachte an sein leeres Bankkonto. Er würde vielleicht wirklich auf Tonis Angebot zurückkommen und sich wie sein Freund Skrei mit Gartenartikeln befassen. Die Medikamententests hatte er als Möglichkeit verworfen.

Im Time-Tunnel gab es keinerlei seltenes Garagenzeug, lediglich der unwirklich struppige Bart des Verkäufers machte Eindruck auf Albert.

Rillen-Ralf hingegen schien große Angst vor Dieben zu haben, er folgte Albert und Claus auf Schritt und Tritt durch seine verwinkelten Gemächer und beobachtete sie mit Argusaugen.

In der Plattenkiste herrschte eine angenehm verkiffte Entspanntheit. Tatsächlich barg die Punk-Ecke einige Schätze. Claus zog eine LP in Braun und Orange aus der Kiste. »Kennst du die? *OHL – Verbrannte Erde.*«

Albert wiegte skeptisch den Kopf. »Ach, die immer mit ihrem Militaristen-Käse …«

Claus betrachtete das Cover fasziniert. »Gernot hat die. Die klingt schon geil. Ziemliches Brett. Für 1983 sehr beeindruckend. Das ist schon eher Hardcore als Deutschpunk.«

Das klingt verlockend, dachte Albert. »35 Mark?«, warf er ein.

Claus fummelte das Beiblatt aus der Hülle. »Nicht billig! Aber mit Textbeilage im Posterformat!« Er faltete es auseinander.

»Hier, guck doch mal, wie die aussehen!« Lederjacken, Stiefel, todernster Blick, die Last der Welt auf den schmalen Schultern. Albert sah, dass es in Claus arbeitete. Kaum jemandem war das Denken so deutlich anzusehen wie ihm. Seine Augen verengten sich, und die Unterlippe drückte sich gegen die oberen Scheidezähne.

»Albert! Weißt du was? Das ist ein echt gutes Bandfoto. Die sehen ja selbst aus wie eine Armee, eine zerlotterte Armee. Das sind Punksoldaten! Und schau dir mal die Stiefel an. Der eine trägt ja richtige Knobelbecher und die anderen Springerstiefel! Das ist doch echt traurig, dass niemand mehr Springerstiefel trägt. Sogar die Punks tragen mittlerweile Doc Martens.«

Albert musste zugeben, dass er darüber bis dato nie nachgedacht hatte.

Claus stellte die Platte zurück ins Fach. »Weißt du, was ich richtig geil fände, Albert?«

»Sag an!«

»Wenn die Band *Brand* mit Springerstiefeln bekleidet wäre. So eine Art Uniform auf den zweiten Blick! Ansonsten lassen wir alles wie gehabt. Das wäre doch total genial. Wir sind die letzten Leute mit Springerstiefeln. Diese unterschwellige Aggression.«

»Na ja, und Bundeswehrsoldaten eben …«

»Ja, aber die sind immer in der Kaserne. Das bekommt doch keiner mit!«, wischte Claus den Einwand beiseite.

Albert betrachtete seine Turnschuhe, die bereits auseinanderfielen. Die Vorstellung, dass Susesch seine Mokassins gegen Armeestiefel eintauschen würde, erheiterte ihn.

»Stecken wir denn dann die Hose in die Stiefel rein oder krempeln wir hoch?«, fragte er.

»Das soll Susi entscheiden«, sagte Claus, »Hauptsache, Springerstiefel. Da spielt man bestimmt auch aggressiver!«

»Bestimmt, aber ich hab echt gerade nicht so viel Kohle …«, begann Albert.

»Ich weiß ja«, unterbrach ihn Claus. »Freihafen!«

»Bitte wie?«

Claus war in seinem Element. »Im Freihafen gibt es so eine geniale Lagerhalle, die verkaufen das Paar gebrauchte Springer für neun Mark. Wir holen da einfach vier Paar!«

»Na gut, alle zusammen nur eine Mark mehr als die *OHL*-Platte«, stellte Albert fest.

Sie liefen die Grindelallee entlang und stiegen an der Station Hoheluftbrücke in die U3. Vom Baumwall aus war es nicht mehr weit bis zum Freihafen.

In einer ansonsten leeren Halle türmten sich vollkommen ungeordnet Tausende und Abertausende von Stiefeln auf dem nackten Beton.

Aus einem verglasten Kasten näherte sich ein hagerer Typ im

Blaumann, dessen Verfärbungen im Schnurrbart auf leidenschaftlichen Zigarettenkonsum schließen ließen.

»Moin! Ihr findet euch zurecht?« Er deutete mit dem Daumen auf den Stiefelberg hinter sich, der wohl die größte Erhebung darstellte, die Albert bis jetzt in Hamburg zu Gesicht bekommen hatte. Der Schnauzbart fummelte eine Zigarette aus einer zerknautschten Packung und verschwand wieder in seinem Büro, während Claus bereits in den vollkommen unsortierten Stiefeln rumwühlte.

»Gernot 44?«

»Könnte hinkommen«, sagte Albert.

»Und Susi?«

»Auch 44, würde ich sagen.«

Albert griff sich einen Stiefel. »Da stehen ja gar keine Größen drin.«

»Teilweise schon. Wichtig ist, dass sich die Sohlen nicht vorne ablösen!«

Nach einer guten Stunde hatten sie vier passende Paare gefunden.

»Jo, gebt mir 35, Jungens«, sagte der Blaumann großzügig und gab ihnen noch einen fleckigen Leinensack dazu.

»Aus Marinebestand, hält ewig!«, versicherte er ihnen.

»Danke! Beste Beigabe überhaupt.«

»Lass uns durch den alten Elbtunnel zurücklaufen. Ist ja schließlich der Drehort eines legendären Musikvideos!«, sagte Claus.

»Weißt du denn, wo das langgeht?«

»Klar, ich komm doch aus Hamburg!«

Claus' Lokalpatriotismus konnte manchmal etwas anstrengend sein. Natürlich verliefen sie sich, während sie in Gespräche über die Band vertieft waren. Claus hatte in seinen Gedanken das Konzert im Silbernen Mops bereits erfolgreich hinter sich gebracht und überlegte nun, in welchem Studio sie ihr erstes Album aufnehmen würden. Albert wurde von der Euphorie seines Freundes zunehmend in Brand gesetzt. Irgendwann fiel ihnen auf, dass Michel und Fernsehturm immer kleiner wurden. Sie drehten um und liefen fast anderthalb Stunden durch die Industrieödnis, die aussah wie eine Kulisse aus einem *Tatort* mit Stoever und Brockmöller.

Hamburg fühlt sich gut an, dachte Albert. Nachdem sie weitere zwanzig Minuten durch die menschenleere Gegend geirrt waren, trafen sie einen einzelnen Rentner, der ihnen umständlich den Weg zum alten Elbtunnel erklärte. Dort teilten sie sich den knarrenden Fahrstuhl mit einigen Lagerarbeitern und durchquerten die grün gekachelten Gänge. Albert freute sich über die Fischkeramiken und war tatsächlich beeindruckt, in diesem Moment unter der Elbe entlangzulaufen. Wahrscheinlich hatte Benno Weichsel doch recht gehabt. Ein guter Ort für einen Videodreh. Zumindest fühlte man sich wie Orson Welles in *Der dritte Mann*.

14

Das Konzert am Folgetag warf bereits seine Schatten voraus. Es waren Schatten der Freude. Auf dem Weg zum Proberaum alberten Claus und Albert herum. Claus machte den Taubengang, Kopf bei jedem Schritt vor und zurück.

»Bei ›Schlechte Beziehung‹ kommt die Bassmelodie nach dem zweiten Kehrreim nur einmal, Herr Bremer!«

»Bei ›Das in E-Dur‹ setzt du nicht sofort ein!«

»›Das in E-Dur‹ ist ein idiotischer Titel.«

»Wir haben aber noch nichts Besseres. ›Destruction Boogie‹ ist nämlich auch für die Tonne.«

Sie standen vor dem Bunker. Ausnahmsweise war abgeschlossen. Claus fummelte den Schlüssel aus der Tasche und murkste am Schloss herum.

Sie stiefelten in den dritten Stock und betraten den Raum. Auf dem Tisch, den irgendwer vom Bierflaschenchaos befreit hatte, stand ein Karton mit der Aufschrift »FÜR LAUS UND ALBERT!!!!«.

Laus ohne »C« und vier wichtigtuerische Ausrufezeichen.

Albert öffnete ihn und holte zunächst ein Stück Papier heraus, es war ein offensichtlich in äußerster Hast verfasster Brief auf einem schmuddeligen Quittungszettel.

»Kann morgen leider nicht dabei sein! Muss mit Ripplinger nach

Dänemark. <u>TODSICHERES DING, WICHTIG!</u> Mit dem Gerät wird alles klappen! Cheers Gernot.«

Claus wickelte ratlos das *Gerät* aus dem Packpapier.

»Boss DR-55.«

Albert wedelte bereits mit den Händen, um den Wutausbruch abzufedern, Claus warf voller Ingrimm das *Gerät* auf den Tisch.

»Ein Drumcomputer. Unser Schlagzeuger ist.« (Wie so oft machte Claus einen Punkt mitten im Satz.) »Geistesgestört. Gernot Radbruch ist ein Irrer. Völlig panne!« Er versuchte sich zu sammeln. »Ich fasse es nicht. Nein, ich fasse zusammen: Wir spielen morgen ein Konzert im Silbernen Mops, nicht wahr? Spielen wir doch?«

Albert zuckte resigniert die Schultern. »Ich habe davon gehört.«

Claus fuhr fort, bemüht, nicht mit den Zähnen zu knirschen: »Unser Trommelkünstler bevorzugt es aber offensichtlich, mit dem nicht minder wahnsinnigen Herrn Ripplinger einen Ausflug nach Dänemark zu machen, wo er ein *todsicheres Ding* zu drehen gedenkt. Was ist denn das schon wieder für ein Schwachsinn?!«

Albert hatte sich aufs Sofa gelegt.

Claus wütete weiter. »Und was soll dann die Scheiße mit dem Drumcomputer?! Ich weiß nicht, was dieser Bekloppte vorhat, aber der scheint ernsthaft zu glauben, dass wir mit dieser Kackmaschine spielen?! Und wer soll das alles programmieren?!«

Albert fühlte sich sehr müde. »Lass ma gucken, was Susesch dazu sagt, okay?«

Albert lehnte das Fahrrad an das schwarze Rolltor, dessen Farbe schon abplatzte. An der rechten Seite war das Tor mit einer rostigen Eisenkette und einem schweren Vorhängeschloss gesichert. Auf einem Stück Plastik, das mit einer Heftzwecke an einem Längsbalken befestigt worden war, stand in ungelenken Großbuchstaben IZGIN. Von RADBRUCH keine Spur, dachte Albert. Er sprang in die Höhe, um einen Blick auf den chaotischen Platz hinter dem Tor zu werfen. Es herrschte vollkommene Stille.

Die Probe am Vorabend war denkwürdig gewesen. Nachdem Susesch eingetroffen war, hatten Claus (auf hundertachtzig) und Albert (in leiser Resignation) ihren Bassisten über die unaufschiebbare Geschäftsreise des Schlagzeugers aufgeklärt und ihm Gernots famose Ersatzstrategie erläutert.

Susesch hatte sie einige Sekunden wortlos angestarrt, dann hatte er sich mit den Worten »Ich schmeiß dem Penner sein Schlagzeug die Treppe runter!« auf das Sofa fallen lassen. So wütend, dachte Albert, hatte er Susesch Karimi noch nie erlebt.

Dann aber war es wiederum Susesch gewesen, der überlegt hatte, wie man die Situation retten könnte. »Kinder«, hatte er gesagt, »lasst uns wenigstens keine Zeit verlieren.«

Claus war es tatsächlich gelungen, dem Drumcomputer brauchbare Rhythmen zu entlocken und diese auch zu speichern. Susesch schloss das Gerät an die Anlage an, und weil es einer gewissen Komik nicht entbehrte, zu den ungerührt hämmernden Maschinenrhythmen zu spielen, musste die Band *Brand* im Verlauf der Probe häufig sehr lachen.

»Das wird schon irgendwie. Muss ja!«, hatte Susesch am Ende gesagt.

Auf dem Heimweg hatten Claus und Albert überlegt, wie sie das Equipment in den Mops bekommen würden, denn in Suseschs Karmann-Ghia passte höchstens sein Bass, und Ripplingers Volvo Kombi stand gerade für Gernot Radbruchs Untaten jenseits der dänischen Grenze zur Verfügung.

Deswegen schielte Albert nun bei Izgin durch eine Lücke im Zaun. Der verbeulte Kastenwagen stand direkt vor der düsteren Baracke, wie zur Abholung bereit. Die Glocke neben dem Tor gab nur ein erbärmliches Bimmeln von sich. Selbst wenn Izgin irgendwo auf dem Gelände war, würde er das kaum hören. Falls es Izgin überhaupt gibt, dachte Albert. War Izgin möglicherweise Gernots Pseudonym in der Halbwelt des Restpostenhandels?

Albert überlegte kurz, ob es sich lohnen würde, auf den geheimnisvollen Kompagnon zu warten, und entschied sich dann, mit Lianes Fahrrad zurück in die Talstraße zu radeln.

In Claus' Zimmer wüteten die *Bad Brains*.

»Don't care what they may do – we got that attitude!

Hey we got that PMA!«

Die Tür war nur angelehnt. Albert klopfte und trat ein.

»Wolltest du nicht bei deinen Eltern nach einem Auto fragen?«

Claus drehte die Musik leiser. »Nee. Gute Nachrichten! Matthias von Konfident hat hier angerufen, ob einer von uns nach dem Konzert noch ein bisschen auflegen will. Ich hab ihm unsere Situation geschildert, und er meinte, er kann uns mit Lothars Karre abholen!«

»Ach, cool. Sicher auch ein Volvo Kombi!«, sagte Albert.

Claus hob die Nadel von der Platte.

»Ja, das passt. Oder so ein hellbrauner Lehrermercedes … Na, mal sehen. Ich hab schon mit Susi telefoniert, er macht früher in der Boutique Schluss und ist in einer Stunde im Proberaum. Wir sollten alles noch einmal mit dem *neuen Schlagzeuger* durchspielen.«

Susesch erwartete sie im Proberaum mit einem Hut auf dem Kopf. Boss DR-55 begleitete die Band *Brand* variantenarm, aber zuverlässig. Um vier Uhr packten sie ihre Instrumente zusammen und schleppten sie mitsamt den Verstärkern und Ripplingers Fernseher vor die Tür. Matthias erwartete sie bereits.

Susesch pfiff durch die Zähne. »Opel Ascona Kombi!«

Sie verstauten ihr Equipment. Da sie kein Schlagzeug zu transportieren hatten, mussten sie nicht einmal die hinteren Sitze umklappen.

»Ich fahre übrigens eher ungern«, gab Matthias zu.

»Ich fahre übrigens sehr gern!«, antwortete Susesch.

»Das ist besser. Für mich und für die Mitmenschen«, sagte Matthias.

Susesch ließ sich die Schlüssel geben, Albert setzte sich zu Claus auf die Rückbank und nahm den neuen Schlagzeuger auf den Schoß.

Susesch legte den ersten Gang ein. »Geniales Gefährt! Interessant, dass Lothar das so ohne Weiteres verleiht. Würde ich nicht machen!«

Claus beugte sich nach vorne. »Lothar hat sicher immer richtig viel zu tun, oder?«

Matthias prustete seine Schokoladenmilch aufs Armaturenbrett. »Nun, ich würde sagen: Er hat sehr viel damit zu tun, so zu tun, als hätte er viel zu tun.« Er fand im Handschuhfach ein Taschentuch und wischte die Kakaospritzer ab. »Manchmal holt er sich auch ein Bier aus dem Kühlschrank, telefoniert mit irgendwem und erzählt, dass ich dem dies und jenes schicken würde. Und manchmal sagt er mir dann sogar, was ich wem schicken soll.«

Susesch wirkte am Steuer sehr glücklich.

»Steht dir übrigens ausgezeichnet, der Hut«, sagte Albert.

»Finde ich auch«, pflichtete Claus ihm bei.

Susesch lenkte den Ascona auf den kleinen Platz vor dem Silbernen Mops und klopfte mit der flachen Hand auf das Lenkrad. »War mir ein Vergnügen!«

Auf einer Bierbank neben dem Eingang saß ein Mann und rauchte. Trotz des jungenhaften Gesichts hatte er eine fast vollständige Glatze. Er trug einen hellblauen Anzug, der aussah, als hätte ihn 1920 das letzte Mal jemand getragen. Der Stoff glänzte und das linke Hosenbein war unten aufgerissen. Seinen Hals zierte eine weiße Fliege mit roten Punkten.

»Grüß Gott, Habakuk!«, sagte Susesch.

»Einen Wunderschönen, ihr Lieben!«, erwiderte Habakuk. Seine Stimme ist noch angenehmer als die von Susi, dachte Albert.

Claus boxte Habakuk auf den Oberarm. »Ebenfalls, mein Lieber. Das ist Albert – ihr kennt euch noch gar nicht, oder? Albert, das ist Habakuk, unser heutiger Tonmeister.«

Sie gaben sich die Hand.

»Freut mich«, sagte Habakuk.

Matthias öffnete den Kofferraum.

»Da fehlt doch was«, stellte Habakuk fest.

Claus legte den Kopf schief. »Ja, da gibt es noch eine gewisse Besonderheit. Nämlich dass unser Schlagzeuger ein Vollidiot ist.«

In knappen Worten legte Claus die Situation dar.

Habakuk lachte nicht laut, aber seine Augen verrieten, dass er sich sehr amüsierte.

Albert drückte ihm den Karton in die Hand. »Hier, der Boss!«

Habakuk nickte. »Da machen wir ein *AC/DC*-Schlagzeug draus! Ich hatte hier neulich eine Band, da hat der Trommler auf einem Übungsset für Vierjährige gespielt. Mit Essstäbchen! Das hat auch geknallt!«

Sie brachten ihr Equipment zur Bühne, die eher ein kleines Podest an der hinteren Seite des Raums war. Das DJ-Pult befand sich direkt daneben.

»Na, dann passt ihr ja heute wenigstens alle auf die Bühne«, stellte Habakuk bodenständig fest.

Während die Band *Brand* ihre Verstärker aufbaute und verkabelte, trank Habakuk ein Astra, rauchte und versuchte, den Drumcomputer an die Anlage anzuschließen. Matthias fuhr zurück ins Büro.

»Wir haben gerade nur sechs Kanäle frei, und davon sind zwei halb kaputt und einer völlig«, erklärte der Mischer entschuldigend, »aber das bekommen wir schon irgendwie hin.«

Wenige Sekunden später bollerte der Ersatzschlagzeuger in einer derartigen Lautstärke los, dass dem Mops nahezu das Dach abgedeckt worden wäre.

Habakuk hob die Hände. »Sorry, sorry, sorry! Das ist der Kanal, der sich nicht leiser machen lässt … Na, schauen wir gleich mal.« Er kümmerte sich zunächst um den Sound der Band. Nachdem Habakuk damit zufrieden war, gesellte Susesch sich zu ihm. Gemeinsam suchten sie nach einem Weg, den Boss DR-55 anständig zu verstärken.

»Hat das Mischpult eigentlich jemals jemand sauber gemacht?«, fragte Susesch.

Habakuk öffnete ein Astra und rauchte. »Nö, wieso?«

In diesem Moment flog die Tür auf. Mit der Bassdrum unter dem linken und der Standtom unter dem rechten Arm stolperte Gernot in den Silbernen Mops. Sein Haar hing ihm wirr ins Gesicht, er war kreidebleich und wirkte abgekämpft.

Alle übrigen Mitglieder der Band *Brand* verschränkten gleichzeitig die Arme vor der Brust.

»Ach nee!«, rief Susesch.

Hinter Gernot betrat Ripplinger den Club mit Snaredrum und Hängetom. Er sah sich um, als sähe er den Silbernen Mops das erste Mal von innen. »Geil!«

»Fragt nicht. Fragt einfach nicht«, sagte Gernot, »macht mal lieber Platz fürs Schlagzeug!«

Für diese Unverschämtheit hätte er eigentlich eine Backpfeife verdient, dachte Albert, räumte aber seinen Verstärker zur Seite.

»Wo kommt ihr denn jetzt her?«, fragte Claus.

»Aarhus. Sind um halb drei losgefahren.«

Albert sah auf die Armbanduhr. »Jetzt ist es fünf …«

Susesch blies Luft durch die Lippen. »Das sind doch dreihundertfünfzig Kilometer!«

Gernot sah ihn verzweifelt an. »Ja eben, Mann!«

Susesch nickte anerkennend. »Und dann wart ihr noch beim Proberaum? Respekt!«

Gernot stellte die Bassdrum an ihren Platz. »Respekt, Respekt! Ich habe Gott gesehen. Und damit meine ich nicht den Fahrer!«

Ripplinger grinste stolz.

Gernot schraubte die Hängetom an ihre Halterung. »Habakuk, hast du vielleicht ein Bier für mich?«

»Mit Sicherheit«, sagte Habakuk und brachte Gernot ein Astra. Auch er öffnete sich eine Knolle.

Gernot stellte den Schlagzeughocker auf und setzte sich.

»Wo sind denn die Becken? Verflucht, wir haben die Becken vergessen!«

Ripplinger sprang auf. »Hol ich, hol ich!«

Gernot warf ihm den Proberaumschlüssel zu. »Ich steige diesen Monat in kein Auto mehr!«

Ripplinger stob von dannen.

»Du hast sie echt nicht alle«, stellte Claus fest. Damit schien das Thema für ihn erledigt zu sein.

Susesch hängte sich den Bass um, stellte sein linkes Bein auf die Bassdrum und belästigte Gernot mit »Smoke on the Water«.

»Und? Hat es sich denn gelohnt, dein todsicheres Ding?«, fragte er lächelnd.

Gernot winkte ab und wirkte sehr müde. »Vergiss es, Karimi. Vielleicht werde ich irgendwann darüber lachen können …«

Eine halbe Stunde später fiel Ripplinger mit fünf Becken unter dem Arm im Silbernen Mops ein. Er blickte Gernot vorwurfsvoll an. »Mann, du hättest mir echt mal sagen sollen, dass da alles durcheinander ist! Ich hab sicher zehn Minuten gebraucht, bis ich die passenden Dinger gefunden hatte!« Er hielt Gernot die Bleche hin, der nahm sie entgegen und schüttelte entsetzt den Kopf.

»Fünf HiHat-Becken?«

Ripplinger drehte eine Zigarette zwischen den Fingern. »Ja, Mann! Die Becken waren alle unterschiedlich groß! Ich musste da voll rumsuchen, bis ich gleich große gefunden habe!«

Gernot sackte in sich zusammen. »Der Mann will mich wirklich umbringen.«

Susesch stellte seinen Bass in die Ecke, nahm Gernot die Becken aus der Hand und packte Ripplinger am Kragen. »Los jetzt! Das bringen wir in Ordnung!«

Irritiert ließ Ripplinger sich von Susi zu seinem Auto führen, was Claus und Albert vom Tresen aus beobachteten. Claus winkte ab. »Man ist ja selbst schuld, wenn man sich ausschließlich mit Hirnverbrannten umgibt. Schlicht und ergreifend selbst schuld.«

Albert betrachtete Claus. Der lehnte entspannt am Tresen und hatte offenbar beschlossen, sich von dem Wahnsinn, der ihn umgab, heute nicht aus der Ruhe bringen zu lassen. Vorbildlich, dachte Albert.

Habakuk rauchte, trank von seinem Astra und deutete auf Ripplingers Bang-&-Olufsen-Gerät, das in einer Ecke stand. »Was ist eigentlich mit dem Ding da?«

»Für das Video«, antwortete Albert. »Ich glaube, Benno bringt einen Videorekorder mit.«

Er sah Claus fragend an. »Bringt er doch, oder?«

Claus hob die Hände. »Ich hoffe es.«

»Na, dann warten wir mal auf den Meisterregisseur«, sagte Habakuk und begab sich hinter den Tresen. Dort öffnete er eine in den Boden eingelassene Klappe, stieg in den Keller und kam nach wenigen Sekunden mit einer Klapptafel wieder zum Vorschein.

Aus einer Zigarrenkiste nahm er ein Stück Kreide.

»Wie heißt ihr jetzt? Brand wie Durst oder Brandt wie Willy?«

»Durst«, sagten Albert und Claus simultan.

Habakuk schrieb:

HEUTE!
KONFIDENT LIVE!!!
<u>BRAND</u>
<u>22:00</u>
DJ Lothar
DJane Laub im Haar
5 DM

»DJ Lothar«, las Albert vor, »ziemlich guter Name.«

Claus nickte zustimmend. »Echt sehr gut.«

Gernot saß auf seinem Schlagzeughocker, hatte den Kopf an die Wand hinter sich gelegt und die Augen geschlossen. Er schien zu schlafen.

Albert betrachtete Habakuks Halbschuhe aus hellbraunem Leder. Sie sahen aus wie die Gartenpantoffeln eines Pensionärs.

»Was ist eigentlich mit den Stiefeln für die Bühne?«, fragte er.

Claus schlug mit der flachen Hand auf den Tresen. »Stimmt! Die stehen in der Küche. Ich geh die mal eben holen!«

Claus kehrte zur selben Zeit zurück, als Susesch und Ripplinger mit den richtigen Becken auftauchten. Gernot schraubte sie an, und *Brand* konnten einen kurzen Soundcheck machen. Habakuk drehte ein wenig am Pult, dann stellte er sich vor die Band, nickte im Rhythmus mit dem Kopf, rauchte und trank Astra.

»Klingt super«, rief er, als die vier das Lied beendet hatten, »ihr seid ja sozusagen eine gute Band!«

Susesch zog den Hut und machte einen Knicks. »Hab Dank!«

»Klingt wirklich gut!«, rief Simone von hinten. Unbemerkt hatte sie mit ihrem Plattenkoffer den Mops betreten und kam auf die Bühne zu.

»Lothar kommt ein bisschen später. Läuft doch hier! Aber Matthias meinte, ihr spielt heute ohne Schlagzeug?«

»Ich bin dem Tod noch von der Schippe gesprungen«, entgegnete Gernot.

»Ist doch toll«, sagte Simone und wuchtete ihren Koffer neben das DJ-Pult.

Sie legte einen französischen Chanson auf.

Claus leerte den Inhalt des Marinesacks vor der Bühne aus. »Hier, wir haben uns mal Gedanken zum Thema Band-Outfit gemacht …«

Gernot nahm interessiert einen der Stiefel in die Hand. »Was sind denn das für Botten? Also, die sollen wir beim Konzert tragen?« Er ließ den Schuh am Senkel baumeln. »Ganz schön massiv. Keine Ahnung, ob ich damit überhaupt spielen kann. Aber neue Schuhe wären schon nicht schlecht!«

Susesch waren deutliche Zweifel anzumerken. »Sehr grobes Schuhwerk! Das passt doch nicht zu meinem Hut, Leute!«

»Klar passt das, Susi«, sagte Claus, »du bist doch ein Mann, der Kontraste überwinden kann!«

Susesch verzog das Gesicht. »Kontraste überwinden, klar. Na ja, ich kann sie ja mal anprobieren.«

In diesem Moment kam Benno Weichsel zwirbelnd in den Mops. Über der Schulter trug er einen Baumwollbeutel mit dem Aufdruck »OBST AUS DEM ALTEN LAND«. Mit der ihm eigenen Nervosität winkte er nur wortlos in die Runde und schoss zielstrebig auf Habakuk zu, dem er etwas ins Ohr flüsterte, woraufhin dieser den Kopf schüttelte.

Benno legte die flache Hand vor den Mund und überlegte einige Sekunden, dann kam er auf Claus und Albert zu.

»Hey – sagt mal, habt ihr eigentlich einen VHS-Rekorder in der WG?«

Albert und Claus schüttelten den Kopf.

Benno machte ein schuldbewusstes Gesicht. »Ich wollte mir ja eigentlich einen aus der Schnittwerkstatt leihen, aber die sind echt komisch! Also, so ganz spießig!« Er friemelte eine Videokassette aus seinem Obstbeutel. »Der Clip, super Quali! Hab ich heute Morgen noch runtergezogen!«, erklärte er stolz. »Aber mein Videorekorder ist kaputt, der frisst immer alle Bänder ...«

Simone stand plötzlich neben ihnen. »Ruf doch Lothar an, der soll unser Ding einfach mitbringen.«

Benno starrte sie an. »Echt? Ja, gute Idee, gute Idee ...«

»31790856«, sagte Simone.

»31790856!«, wiederholte Benno und ging zum Münzfernsprecher im Separée.

Zwanzig Minuten später stand Lothar Creutziger mit einem Videorekorder unter dem Arm vor ihnen. Seine Körperhaltung ließ erkennen, dass er sich für die heldenhafte Anlieferung des Geräts am liebsten den Nobelpreis verliehen hätte. Habakuk und Benno gelang es, Fernseher und Videorekorder in Gang zu bringen, was Ripplinger mit lautem Klatschen honorierte.

Albert und Claus beobachteten durch das Fenster, wie sich der Außenbereich des Clubs füllte. Auf der Treppe neben dem Mops hockten Dutzende Leute, tranken Bier und schwadronierten. Gernot saß immer noch auf seinem Schlagzeughocker und freute sich des Lebens.

»Wie schnell alles geht«, sagte Claus, »viel zu schnell.«

Albert blickte ihn überrascht an. Er hätte nicht damit gerechnet, dass auch andere sich vom allgemeinen Tempo überfordert fühlten.

»Wie eine Mülltonne, die man den Berg runtergetreten hat«, sagte er.

»Ziemlich genau so«, murmelte Claus.

»Kommt Juliet heute?«, fragte Albert vorsichtig.

Claus sah ihm in die Augen. »Ich weiß es nicht. Und ich will es auch eigentlich gar nicht wissen. Diana?«

Albert zuckte mit den Schultern.

Während Simone jugoslawischen Funk auf mexikanische Beatmusik folgen ließ, berichtete DJ Lothar dem Schallplattenhändler Clemens Leydvoll, wie er die heutige Videopremiere gerettet hatte. Immer mehr Gäste fanden sich ein. Albert erblickte Liane, die ihm freundlich zunickte und es sich am Tresen bequem machte. Susesch begrüßte den schönen Patrick vom *Roten Pfingsten*, und Gernot erhob sich endlich vom Schlagzeughocker und begann, mit Habakuk Bier zu trinken. Matthias saß an der Kasse.

»Das wäre schon abgefahren, wenn die alle unseretwegen hier wären«, sagte Albert zu Claus.

Claus nickte. »Irgendwie auch beängstigend, oder?«

Mit einer Zigarette und einem Astra in der Hand kam Habakuk auf sie zu. »Ich glaube, heute müssen wir gar nicht so lange warten. Kann demnächst losgehen!«

»Alles klar«, sagte Claus.

»Was ist denn mit einer Setlist?«, fragte Albert.

Claus setzte ein anerkennendes Gesicht auf. »Ja, das wäre vielleicht keine schlechte Idee … Habt ihr mal zwei, drei Blätter, Habakuk?«

Der Tonmeister schüttelte den Kopf. »Wir ham so kleine Notizblöcke, aber Blätter … nee. Was sollen wir denn hier aufschreiben, Mann!«

»Notizzettel ist doch etwas SEHR klein«, stellte Claus fest.

Habakuk schien ein Gedanke zu kommen. »Wartet mal eben, Jungs.« Er verschwand.

Simone spielte »The Thrill Is Gone« von B. B. King. DJ Lothar unterhielt sich mit Pfanne über Blues in den Achtzigern. Habakuk kam mit zwei Platzdeckchen aus gummiertem Plastik zurück. Jeweils drei aquarellierte Elefanten waren darauf in tiefstem Glück vereint. »Hier, fast DIN A4. Edding hab ich auch!«

Albert nahm beides entgegen und verfasste zusammen mit Claus in Windeseile eine Setlist. Drei Minuten später versammelte sich die Gruppe *Brand* mit Habakuk am Mischpult.

»Lothar will ja sicher 'ne Ansage machen, macht er ja immer bei den Konfident-Abenden«, sagte Habakuk, »ansonsten gibt es halt das Video, und danach könnt ihr einfach loslegen.«

Susesch beauftragte Ripplinger, DJ Lothar ausfindig zu machen, der gerade auf dem Vorplatz vom Silbernen Mops stand und den Umstehenden berichtete, wie er mit der Doppelbelastung Plattenboss/Diskjockey umging. Simone spielte Beethovens »Ode an die Freude«, während die Band *Brand* ihr Schuhwerk wechselte.

»Schon ganz geil«, raunte Susesch anerkennend und verstaute seine Mokassins hinter dem Verstärker.

Ripplinger, der bereits eine gewisse Schlagseite aufwies, schleppte den Conferencier ans Mikrofon. Lothar wartete, bis Simone die Musik verstummen ließ. Dann sprach er: »Ja, halli-hallo, liebe Freunde von KONFIDENT! Es ist mir eine Ehre, heute das ganz heiße Eisen anzukündigen! Freut euch mit mir auf … äh …«

»*Brand*!«, soufflierte Simone.

»… freut euch auf BRAND! Das knallt! Und danach geht's weiter mit DJ Lothar!«

Simone ließ sich nichts anmerken.

»Ey, Lothar, erst das Video!«, brüllte Habakuk vom Mischpult.

Lothar brauchte einen Moment, um zu begreifen. »Ach ja, richtig! Erst mal der Clip. Weltpremiere hier in Hamburg! Applaus für Benno Weichsel, den Regisseur!«

Vereinzeltes Gejohle ertönte. Benno drängte sich zur Bühne und startete den Videorekorder. Aus den Boxen war ein lautes Brummen zu hören, die Musik hingegen kaum. Habakuk drehte hektisch an den Knöpfen. Das Brummen wurde etwas leiser. Die vorderen Reihen verrenkten sich die Köpfe, um einen Blick auf den Fernseher zu bekommen. Nach der Filmvorführung begab sich die Band auf Position.

Äußerst unpraktisch, dachte Albert mit Blick auf den Fernseher, der noch immer auf der Bühne stand. In diesem Moment drängelte sich Ripplinger heran. »Ich sichere das Gerät.« Er schob den Fernseher unter das DJ-Pult.

Gernot zählte ein. Als erstes Lied stand »Kies« auf der Setlist. Dann drosch er auf sein Schlagzeug ein, als wäre der Leibhaftige in ihn gefahren. Claus grinste Albert an. Albert betrachtete ungläubig die Hammermaschine hinter sich, sah dann, wie Susi den Bass in die Senkrechte zog, griff h-Moll, und brüllte: »Listen! Listen und Zeichen!«

Albert sah, wie Ripplinger sich die Kapuze seines Pullis über den Kopf zog und zum Pogo-Angriff überging. Er wirbelte herum, ließ sich nach hinten fallen und hätte beinahe zwei Zimmermänner in voller Montur umgemäht. Als er wie angestochen zur Seite sprang, schnellte eine Aktentasche auf seinen Kopf nieder. Der schwergewichtige Inhaber der Aktentasche war Albert vom Konzert der *Coral Key Parks* bekannt und wartete offenbar nur darauf, weiter auf den Derwisch einzuwirken. Clemens Leydvoll stand in der Ecke vor der Bühne und nickte anerkennend mit dem Kopf. Albert rutschte auf Claus zu, der wie ein Ventilator die Gitarrensaiten bearbeitete. Lied eins war geschafft, Hamburgs Schickeria johlte. Gernot zählte ein, »Kleiner Versuch« im Höllentempo, Susesch fiel beinahe der Hut vom Kopf. Die Gebrüder Brett näherten sich der Bühne, beide im Frack, als Kellner verkleidet. Der Mecki trug eine Flasche Korn vor sich her, der Iro hatte ein halbes Dutzend Schnapsgläser in der Pranke. Gernot Radbruch spielte schneller als

Art Blakey, Albert und Claus sangen im Chor: »Einen Versuch war es wert / aber mehr eben auch nicht!«

Ripplinger flog von links nach rechts durch den Raum und kassierte vereinzelt Tritte. Schluss. Die Bretts schenkten Schnaps aus, Claus und Habakuk griffen gerne zu, Albert winkte ab. Gernot rief nach mehr Bier und begann, den Beat von »Schlechtes Ende« in sein wehrloses Schlagzeug zu dreschen. Albert musste sich beherrschen, den Herrn im Frack nicht aus schierem Übermut ins Publikum zu werfen. Plötzlich stand Lutz vor ihm. Was hatte dieser Vollidiot denn hier zu suchen? Lutz hatte seine Kamera bereits im Anschlag und drängelte alle, die ihm im Weg waren, rücksichtslos zur Seite. Dabei zwinkerte er Albert auch noch zu. »Schlechtes Ende« kam zu einem guten Ende. Die Bretts versorgten Claus und Gernot mit Bier und Korn. Albert spielte die ersten Akkorde von »Stumpfes Messer«, Gernot und Susesch setzten zu einem vollkommen falschen Zeitpunkt ein, aber mit einem derartigen Nachdruck, dass es Albert beinahe von den Füßen gehauen hätte.

Albert sah, dass der aufdringliche Fotograf auch weiterhin wie eine Abrissbirne agierte, und überlegte sich eine Ansage für die nächste Pause. »Immer noch besser / ein stumpfes Messer / als gar keine Schnitte!«, schrie er ins Mikro. Im selben Moment erschien der Zeitsoldat in der ersten Reihe, packte Lutz am Schlafittchen und beförderte ihn hinaus. Albert wähnte sich im falschen Film. Was machte der hier? Plötzlich war er sich sicher: Der Mann hieß Arnulf. Toni stand neben dem Gang zu den Toiletten und machte allen Ernstes Notizen in ein Büchlein.

Beim nächsten Lied drehte Albert sich mit dem Rücken zum Publikum. Eigentlich eine peinliche Geste, aber er wollte Gernot holzen sehen. Gernot schien nichts von seiner Umwelt mitzubekommen. Albert blickte zu Susesch, dann zu Claus. Beide nickten ihm lächelnd zu, Albert drehte sich wieder um, Claus sang den ganzen Text alleine. Albert bemerkte, dass es sich ausgezahlt hatte, den Gitarrenpart von »Der Fehler bin ich« zu üben, er musste nicht aufs Griffbrett gucken und konnte den Blick übers Publikum schweifen lassen. Albert hatte keine Ahnung, wie viele Leute sich im Silbernen Mops drängten, er hatte Mengen noch nie schätzen können. Die Gebrüder Brett hüpften auf der Stelle, Ripplinger lehnte links von der Bühne erschöpft an der Wand. In der Nähe des Eingangs zog Lothar Creutziger mit wohlwollendem Gesichtsausdruck an seiner Pfeife. Neben ihm stand eine sehr kleine Gestalt. Albert erschrak. Gertrud Baszak hielt sich die Ohren zu, wirkte aber vergnügt, soweit Albert das aus dieser Distanz erkennen konnte. Dennoch machte er sich Sorgen: Was, wenn Ripplinger auf die Idee käme, seinen nächsten Veitstanz im hinteren Bereich des Clubs aufzuführen? Beruhigt beobachtete Albert, wie Matthias die alte Dame freundlich zwischen der breiten Schulter Lothar Creutzigers und der Wand in Sicherheit brachte.

Nachdem sie als ungeplante Zugabe ein zweites Mal »Du musst alles vergessen« gespielt hatten, stolperte Gernot hinter seinem Schlagzeug hervor und wurde von Susi herzlich in die Arme geschlossen. »Alter, was war denn da los? Brauchst wohl immer 'ne Nahtoderfahrung vor Konzerten, oder was?«

»Ich lebe!«, rief Gernot und ließ sich auch von Claus und Albert umarmen.

»Mega!«, sagte Claus nur und schüttelte ungläubig den Kopf.

Albert verstaute den Herrn im Frack und machte sich auf die Suche nach Frau Baszak. Er fand sie direkt vor der Tür, wo sie sich mit Liane unterhielt. Als sie Albert erblickte, breitete sie die Arme aus. »Das war ja ganz rasant, min Jong! Nur so laut, da versteht man ja kein Wort bei dem Getöse! Aber ›Du musst alles vergessen‹ vom Freddy, das habe ich wiedererkannt.«

Albert legte ihr die Hand auf die Schulter. »Warum hast du denn nichts gesagt? Wir hätten dir doch sicher noch einen Stuhl hinstellen können oder so!«

»Pass man auf, du!« Sie machte eine mahnende Geste mit dem Zeigefinger. »Ich bin zwar ein büschen klapprig, aber alleine stehen kann ich noch ganz gut!«

Clemens Leydvoll schob sich an ihnen vorbei. »Eindrucksvoll«, sagte er, »deutsche Texte sind ja nicht so mein Ding, außer Volker Lechtenbrink – aber das war wirklich nicht schlecht!«

Frau Baszak nickte. »Na, die werden dich ja alle schön in Beschlag nehmen heute. Ich mach mich man auf!« Sie sah ihn streng an. »Und keine Sorge, du! Ich find schon allein nach Hause!«

»Wir sehen uns!«, rief Albert ihr hinterher.

»Tolle Show!«

Albert drehte sich um. Der Zeitsoldat grinste ihn an.

»Vielen Dank! Dich hätte ich ja jetzt nicht hier erwartet.«

»Dass du in einer Kapelle spielst, wusste ich ja auch nicht! Dabei habe ich jede Scherbe von Konfident!«

Hilfe, mein Weltbild, dachte Albert.

»Ich hoffe, das mit dem Knipser hat euch nicht aus dem Konzept gebracht«, sagte Arnulf höflich, »aber den Hirni habe ich gefressen, seit er mir mal sein Objektiv in die Zähne gehauen hat!«

Albert lachte. »Das war genau richtig mit dem Hirni!«

Er zeigte entschuldigend Richtung Bühne. »Tut mir leid, aber ich muss wieder rein ...«

»Klar«, sagte Arnulf, »ich halte dann mal die Augen auf nach eurem Longplayer! Und vielleicht sieht man sich ja auf dem Campus!«

»Sicher!«, rief Albert und begab sich zu seiner Kapelle.

Auf dem Weg zur Bühne hielt Liane ihn am Arm fest. Sie zeigte auf Matthias. »Wer issen der schnuckelige Typ da, den kennst du doch, oder?«

»Der? Das ist der Praktikant von Konfident, Matthias ...«

»Matthias! Das ist aber süß!« Zielstrebig ging seine Mitbewohnerin auf Matthias zu.

Gernot lehnte an der Wand und trank sichtlich entspannt Bier. Susesch hielt den schönen Patrick im Arm, während Claus sich von den Bretts einen Schnaps nach dem anderen kredenzen ließ und einen Stepptanz um Gernot aufführte. Dazu johlte er immer wieder im Brustton der Begeisterung: »Radbruch, Rad ab! Radbruch, Rad ab!«

Sehr schön, dachte Albert.

»Der Herrgott muss a Wiener sein ...«

Ein etwa sechzigjähriger Typ im Jeanshemd knödelte Albert von der Seite an und hielt ihm einen Teller mit Würstchen unter die Nase. »Echt Waldviertler Debreziner, frisch gebrüht! Na nimm, die Combo hat doch sicherlich Hunger!«

Er verteilte auch an den Rest der Band eine Stärkung.

»Danke, Bernd!«, riefen Claus und Gernot artig.

Bernd empfahl sich.

»Der Inhaber vom Mops«, erklärte Gernot dem sichtlich irritierten Albert, »der ist sonst eigentlich fast nie hier.«

In Windeseile verstauten sie ihre Instrumente in Ripplingers Volvo. Der Halter des Wagens lag nach einem überdimensionierten Joint der Brett-Zwillinge auf dem Bauch in der Bushaltestelle neben dem Club.

»Da besteht keinerlei Gefahr, dass der heute noch auf die Idee kommt, seine Karre wegzufahren«, analysierte Gernot, »außerdem behalte ich die Schlüssel. Am Mann!«

Sie begaben sich zurück zu den Menschentrauben unter das Vordach vom Silbernen Mops. Toni, der seinen Notizblock achtlos auf irgendeiner Bank zurückgelassen hatte, kam strahlend auf sie zu.

»Jungs, ich hab die Zukunft gesehen! Wir müssen dringend einen Termin machen, wegen Beratung und so!«

Claus fiel Toni umschweiflos in die Arme. »Termin wegen Beratung! Bitte morgen früh um halb neun, ich komme rüber!«

»Macht ihr mal. Wir verziehen uns«, sagte Susesch und winkte in die Runde. Dann entfernte er sich mit dem schönen Patrick. Toni und Claus johlten. »Bloß kein Neid, Jungs!«, rief Susi im Weggehen.

Albert sah den beiden eine Weile hinterher. Eigentlich bedauerlich, dachte er, ich hätte gerne noch einmal mit Susesch über Diana gesprochen.

»Hallo, Albert.«

War das eine Sinnestäuschung? Dabei war er stocknüchtern.

»Hey, Diana … hallo … Ich meine …«

Da steht die Frau meiner Träume, und ich verliere mich in Gestammel, dachte Albert. Sie nahm ihn in den Arm.

»Ihr habt schon längst gespielt, oder? Nicht einmal das bekomme ich hin.«

»Das macht doch nichts.«

»Das macht schon etwas. Wollen wir kurz aus dem Trubel raus?«

Er nickte, und sie überquerten die Straße. »Schöne Schuhe«, sagte sie. Sie setzten sich auf eine Mauer.

Diana fuhr sich durch die Haare. Sie schien nicht zu wissen, wie sie ansetzen sollte. Dann sagte sie abrupt: »Ich haue ab.«

Albert war nicht überrascht, auch wenn er sich durch ihre Direktheit vor den Kopf gestoßen fühlte. Er wartete ab, ob sie eine Erklärung folgen lassen würde.

Diana starrte auf das schwarze Band der Elbe. Dann sah sie ihn an, schloss für drei Sekunden die Augen, blickte ihm wieder ins Gesicht.

»Ich muss raus. Ich habe die letzten Jahre nur zwischen alten

Comics verbracht und darauf achtgegeben, dass mein Vater nicht ganz abschmiert. Es hat mir manchmal die Luft zum Atmen genommen. Und jetzt bin ich alles los. Der Laden ist leer. Um die Wohnung kümmert sich Dieter. Und ein Ticket habe ich auch schon.«

Was für ein Tempo, dachte Albert. »Vielleicht können wir ja die letzten Tage ...«

Sie fiel ihm ins Wort. »Flugticket für morgen, Albert. Es tut mir leid. Aber es ist der einzige Schritt, der sich nicht verkehrt anfühlt.«

Sie weinte. Albert nahm sie in den Arm. Wer war er, das jetzt zu kommentieren? Trotzdem spürte er ein übles Ziehen im ganzen Körper.

Diana vergrub ihr Gesicht an seiner Brust und atmete tief. Dann hob sie den Kopf. »Können wir zu dir gehen?«

Albert nickte wortlos. Es war sein größter Wunsch und seine größte Angst.

*　*
*

Albert beschloss, zu Fuß vom Flughafen nach Hause zu gehen.

Die Nacht mit Diana hatte sich so vertraut angefühlt.

Es war das erste Mal gewesen, dass er wirklich innigen Sex gehabt hatte. Ohne peinliche Scham. Ohne Angst, etwas falsch zu machen, und ohne Erwartungen. Diese Nacht war die großartigste und intensivste Nacht seines Lebens gewesen. Er hatte nur den Moment gespürt, ohne morgen und ohne gestern. Ein Wagen hupte ihn an, als Albert, ohne hinzuschauen, die Straße überqueren wollte. Das wohlige Gefühl trat in den Hintergrund. Er befürchtete, vor Sehnsucht wahnsinnig zu werden, wenn sie nun verschwand. Allerdings konnte er ihren Entschluss nur zu gut verstehen. Diana hatte schon so viel mehr erlebt, sie würde verenden, wenn sie Hamburg nicht den Rücken kehrte. Am Morgen hatte sie ihm in der

Küche die erste Etappe ihrer Weltreise auf eine sehr improvisierte Weltkarte gezeichnet: von Melbourne nach Norden, dann nach Port Moresby, wo sie versuchen würde, eine Spur ihrer Kindheit ausfindig zu machen. Mit einer seltsamen Selbstverständlichkeit waren sie in Dianas Wohnung gefahren, um ihren Rucksack zu holen. Dann hatte Albert sie zum Flughafen gebracht, wo sie sich ohne Sentimentalitäten verabschiedet hatten.

»Ich schreibe dir, versprochen«, hatte sie gesagt.

»Vielleicht komme ich nach«, hatte er geantwortet.

Dann war sie zur Sicherheitskontrolle aufgebrochen. Zum Glück hatte sie sich nicht noch einmal umgedreht.

Alberts Kopf rauschte, obwohl er sich vollkommen leer anfühlte. Die Stadtwanderung half kaum gegen seine innere Wirrsal. Er fragte sich, ob es in seiner Macht gestanden hätte, Diana davon abzuhalten, alles hinter sich zu lassen.

Zweieinhalb Stunden später schloss er die Wohnung in der Talstraße auf.

»Da isser ja.«

Albert verschlug es die Sprache, obwohl er ohnehin keinen klaren Gedanken hätte formulieren können.

Skrei saß am Küchentisch.

»Nicht uninteressant, wie du hier lebst.«

»Nicht uninteressant, dass du hier sitzt.«

Skrei erhob sich, und sie umarmten sich.

»Wer hat dich denn reingelassen? Und wieso hast du nicht vorher angerufen?«

»So 'n Typ mit 'ner Fahne von hier bis Buxtehude. Hat sich sofort wieder hingelegt. Ich dachte, ich guck mal, was du so treibst, wenn man sich nicht ankündigt.«

Es raschelte im Flur. Matthias stand in Unterhose und Lianes New-Model-Army-Shirt vor der Küchentür.

»Morgen! Wollt nur was zu trinken holen …«

Er nahm eine Flasche Cola aus dem Kühlschrank und schlich wieder zurück.

»Einiges los hier«, kommentierte Skrei.

»Ich denke, ich könnte Ihnen einiges berichten. Lass mal rausgehen.«

»Adäquat«, sagte Skrei gedehnt.

Zwanzig Minuten später saßen sie auf einem der Anleger an den Landungsbrücken. Skrei zog zwei Mettwürstchen aus der Brusttasche und reichte Albert eines.

»Best Wurst I've ever eaten«, sagte Skrei zufrieden.

Albert nickte.

Zum ersten Mal seit er in Hamburg lebte, blinzelte er in die Sonne.

–ENDE–

Quellenangabe

Die Passagen der Morphologie-Vorlesung stammen aus:

Skript zur Einführung in die Sprachwissenschaft von PD Dr. Jens Fleischhauer, Institut für Sprache & Information, Abteilung für Allgemeine Sprachwissenschaft, Heinrich-Heine-Universität Düsseldorf, Wintersemester 2021

Die wilden Jahre auf dem Sunset Boulevard, eine legendäre Rockband und eine bittersüße Liebesgeschichte

Daisy Jones, jung, schön, von ihren Eltern vernachlässigt, hat eine klare Stimme und einen starken Willen: Sie möchte mit ihren eigenen Songs auf der Bühne stehen. Als sie zum ersten Mal gemeinsam mit THE SIX auftritt, ist das Publikum elektrisiert von ihr und Billy, dem Leadsänger der Band. Die beiden zusammen sind nicht nur auf der Bühne explosiv und führen die Band zu ihrem größten Erfolg, auch Backstage sprühen die Funken – bis eines Tages alles in Flammen steht.

»Selten habe ich ein Buch gelesen, das so viel Spaß macht!« **Dolly Alderton**

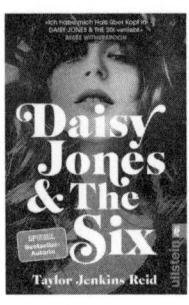

Taylor Jenkins Reid
Daisy Jones & The Six
Roman

Aus dem Amerikanischen von Conny Lösch
Taschenbuch
Auch als E-Book erhältlich
www.ullstein.de

ullstein

»Eine Gesellschaftssatire, zum Totlachen, für alle, die noch nicht tot sind.«

Elisabeth von Thadden, Die Zeit

Willkommen in QualityLand, in einer nicht allzu fernen Zukunft: Alles läuft rund – Arbeit, Freizeit und Beziehungen sind von Algorithmen optimiert. Trotzdem beschleicht den Maschinenverschrotter Peter Arbeitsloser immer mehr das Gefühl, dass mit seinem Leben etwas nicht stimmt. Wenn das System wirklich so perfekt ist, warum gibt es dann Drohnen, die an Flugangst leiden, oder Kampfroboter mit posttraumatischer Belastungsstörung? Warum werden die Maschinen immer menschlicher, aber die Menschen immer maschineller? Marc-Uwe Kling hat die Verheißungen und das Unbehagen der digitalen Gegenwart zu einer verblüffenden Zukunftssatire verdichtet, die lange nachwirkt.

Marc-Uwe Kling
QualityLand
Roman

Taschenbuch
Auch als E-Book erhältlich
www.ullstein.de

ullstein

»Beste deutsche Unterhaltungsliteratur.«

Denis Scheck, *Der Tagesspiegel*

Die goldenen Siebziger sind vorbei, und Sylt ist zu »Deutschlands Traumziel Nummer eins« aufgestiegen. Doch die Insulaner können ihren Erfolg nicht lange genießen. Es gilt, eine Jahrhundertsturmflut, die ersten Immobilienhaie und eine Umweltkatastrophe abzuwehren. Dann bricht auch noch die Punkerszene in das Urlaubsparadies ein und feiert lautstark den Song *Westerland* in der Fußgängerzone. Susanne Matthiessen und ihre Freunde brechen in den Achtzigern von der magischen Insel auf, um die große weite Welt zu erkunden. Die Gefühle von damals werden wachgerufen, als sich die Sylter 2020 plötzlich auf einer menschenleeren Insel wiederfinden.

Mit viel Humor und klug beobachtend erzählt Matthiessen von einer sehr deutschen Insel und ihren Einwohnern, denen man bis heute anmerkt, dass sie von Strandräubern und Walfängern abstammen.

Susanne Matthiessen
Diese eine Liebe wird nie zu Ende gehn
Roman einer Sylter Jugend

Taschenbuch
Auch als E-Book erhältlich
www.ullstein.de

ullstein